Ein alter, renommierter Schriftsteller soll von seinen Söhnen entmündigt werden. Kurz darauf ist er tot, ein rätselhafter Abschiedsbrief liegt vor. Doch vieles deutet darauf hin, dass es kein Selbstmord war. Rechtsmedizinerin Alice Allevi nimmt sich die Familiengeschichte und die Werke des Schriftstellers vor und entdeckt immer mehr Ungereimtheiten. Auch in ihrem Privatleben herrscht großes Chaos: Die Beziehung zu Arthur scheint ohne Zukunft zu sein. Dagegen beginnt ausgerechnet ihr Kollege Claudio Conforti einen heftigen Flirt …

Alessia Gazzola, 1942 in Philadelphia geboren, gelang mit dem Thriller »Gorgeboren 1982 in Messina, ist Chirurgin und hat gerade ihre Facharzt-Ausbildung zur Rechtsmedizinerin beendet - ihrem Traumberuf. Ihre weitere große Leidenschaft ist seit ihrer Kindheit das Schreiben. Mit ihrem Krimidebüt »Mit Skalpell und Lippenstift« konnte sie beiden Passionen gerecht werden und erlebte damit einen riesigen Erfolg bei Lesern und Kritikern. Auch »Herzversagen«, der zweite Band mit der Rechtsmedizinerin Alice Allevi, wurde in Italien sofort ein Bestseller. Der dritte Band ist in Planung.

Alessia Gazzola bei btb
Mit Skalpell und Lippenstift. Roman (74676)

ALESSIA GAZZOLA

Herzversagen

Roman

Aus dem Italienischen
von Sylvia Spatz

btb

Die italienische Originalausgabe erschien 2012 unter dem Titel »Un segreto non è per sempre« bei Longanesi, Mailand.

MIX
Papier aus verantwortungsvollen Quellen
FSC® C083411

Verlagsgruppe Random House FSC® N001967
Das für dieses Buch verwendete FSC®-zertifizierte Papier *Lux Cream* liefert Stora Enso, Finnland.

1. Auflage
Genehmigte Taschenbuchausgabe Juni 2015,
btb Verlag in der Verlagsgruppe Random House GmbH, München

Umschlaggestaltung: semper smile, München
Umschlagmotive: © Shutterstock; © die Kleinert / Mats Bergen
Druck und Einband: CPI books GmbH
SL · Herstellung: sc
Printed in Germany
ISBN 978-3-442-74956-0

www.btb-verlag.de
www.facebook.com/btbverlag
Besuchen Sie auch unseren LiteraturBlog www.transatlantik.de!

Für Stefano und Olly

Auf dieser Welt ist selbst das Leben eines Schmetterlings hektisch

Kobayashi Issa

Das Institut für Rechtsmedizin, an dem ich arbeite, ist wie ein eifersüchtiger Liebhaber, der lieber nimmt als gibt.

So wie heute. Da hat sich wieder einmal herausgestellt, dass Leistung nicht zählt. Alles begann mit einer kurzen, aber nervenaufreibenden institutsinternen Prüfung. Die Kandidaten waren wir Assistenzärzte. Denn nur eine oder einer von uns darf zur Forensik-Weiterbildung nach Paris fahren. Das Ganze hatte etwas von einer Realityshow. Niemand hätte auf mich gesetzt. Ein Fehler. Denn so wahr ich Alice Allevi heiße – ich wäre sogar auf den Strich gegangen, um den ersten Platz zu ergattern. Heute wollte ich unter keinen Umständen ohne mein Flugticket nach Paris nach Hause gehen. Der Grund für meinen unbändigen Ehrgeiz: Ich hätte die Chance, eine Woche in der schönsten Stadt der Welt zu verbringen. Dort hält sich zufällig auch gerade der einzige Mensch auf, für den ich mich sogar von dieser alten Schreckschraube Wally in die Mangel nehmen lasse – Arthur Malcomess, Sohn von meinem Boss. Er ist als Reporter für Agence France Presse in Krisengebieten unterwegs und der Mann meines Herzens.

Und so befand ich mich in der Folterkammer, in Wallys Büro. Sie ist die Assistentin des Allerhöchsten und hat im letzten Herbst meine Nerven mit einem Ultimatum auf eine harte Probe gestellt. So ganz habe ich mich immer noch nicht davon erholt. Damals riskierte ich einen historisch einmaligen Rausschmiss – zwischen zwei Ausbildungsjahren –, was verhängnisvoll gewesen wäre.

Neben Wally sitzt, wie er leibt und lebt, der Allerhöchste, müde und mit einer Laune, die sich zusehends verschlechtert.

Wir Assistenzärzte sind nur eine kleine Gruppe, und bei der Prüfung ging es nach dem Alphabet.

Zum Erstaunen der Kollegen, meiner Vorgesetzten und sogar der Putzfrau, schnitt ich von allen am besten ab.

Natürlich war es auch Glück, das stimmt, aber nicht nur.

Als die Wally mit ihrer Raucherstimme mein Wissen zu Pfählungsverletzungen prüfte – ausgerechnet, ganz wie zu Draculas Zeiten –, war sie überzeugt, dass ich mir an diesem Thema die Zähne ausbeißen würde. Natürlich konnte sie nicht ahnen, dass ich neulich erst einen Film mit Keanu Reeves gesehen hatte. Der hatte mich auf die Idee gebracht, mir genau dieses Thema gründlich vorzunehmen.

Es war so aufregend, einmal an der Spitze zu sein, dass es mir fast um alle verpassten Gelegenheiten in der Vergangenheit leidtat. Vielleicht lohnt es sich, die Erfahrung zu wiederholen.

Und als ob dieser Erfolgsrausch nicht genug gewesen wäre, durfte ich miterleben, wie die institutseigene Nummer eins völlig versagte: Ambra Negri Della Valle, die zu gleichen Teilen aus Muskeln und Silikon besteht. Ihr Prüfungsergebnis war derart mittelmäßig, dass es mir einen Augenblick lang vorkam, als wäre ich in *Candid Camera*.

Es ist nicht nett, sich an den Niederlagen von Leuten zu erfreuen, die sich für etwas Besseres halten, aber man darf sich im Leben nicht alle Freuden versagen. Es reicht schon, ständig bei den Kalorien und beim Geldausgeben aufpassen zu müssen.

Ich hatte mir eigentlich kaum Chancen ausgerechnet, aber jetzt, wo Ambra aus dem Spiel war, gehörte der Platz in Paris mir, da war ich sicher.

Ich suchte im Internet schon mal nach passenden Flügen, als man uns per Telefon mitteilte, dass man sich entschieden habe.

In freudiger Erwartung der Ankündigung – *Also, der Platz gehört Dottoressa Allevi, und um ganz offen zu sein, hat Sie Ihnen allen den Rang abgelaufen* – betrat ich das Büro des Allerhöchsten. Und traute meinen Ohren nicht, als er uns mitteilte, dass Ambra nach Paris durfte.

Sie nahm das wie eine Selbstverständlichkeit hin, als hätte sie mit nichts anderem gerechnet.

»Vielen Dank, Professore«, säuselte sie und zwinkerte meinen Kollegen zu. Vielleicht hatten auch die keine Sekunde lang geglaubt, dass ich die Beste sein würde.

»Ambra, eigentlich erwarten wir uns mehr von Ihnen«, merkte Wally an, immerhin ein Anflug von Ehrlichkeit.

Lara Nardelli – sie ist in meinem Ausbildungsjahr, und ich teile mit ihr und Ambra das Büro – warf mir einen betrübten Blick zu.

»Aber wir sind uns im Klaren, dass Ihre Leistungen normalerweise besser sind als das, was Sie uns heute in der Prüfung gezeigt haben. Und wir sind überzeugt, dass Sie die Chance, die wir Ihnen hiermit bieten, nutzen werden«, fuhr sie fort.

Niedergeschlagen und empfindlich getroffen, kehrte ich in mein Büro zurück. Was für eine Enttäuschung! Im Geiste hatte ich mich schon mit Arthur durch die Straßen von Saint-Germain-des-Prés spazieren sehen, ganz in Rosa, wie in der Werbung für Miss Dior Chérie, vollgestopft mit Macarons und ohne den inneren Druck, eine Woche Ferien nehmen zu müssen und auf dem Schreibtisch alles unerledigt zurückzulassen.

Es dauerte keine Stunde, da stand ich erneut im Büro des Allerhöchsten, um eine Erklärung einzufordern. Denn Malcomess Senior mag in seiner Art undurchschaubar sein, aber er ist aufrichtig, und so etwas ist eigentlich nicht sein Stil.

Er betrachtete mich aus seinen grauen Augen, die wenig von dem preisgeben, was er wirklich denkt.

»Haben Sie etwas gegen das Prüfungsergebnis einzuwenden?«, fragte er mich mit seinem englischen Akzent, der etwas hörbarer ist als der Arthurs.

»Warum haben Sie nicht mich genommen?«, fragte ich ihn geradeheraus. Das wäre mir früher niemals in den Sinn gekommen. Mir war meine Position am Institut nie wichtig, bis ich eines Tages begriff, dass ich am Rande eines Abgrunds stand.

»Ich bin für aufgeklärte Tyrannei und nehme Ihre Frage an«, antwortete der Allerhöchste. »Das Endergebnis basiert auf einer gründlichen Beurteilung. Ich habe Sie durchschaut, Dottoressa. Interessiert Sie wirklich das Seminar, oder ist es lediglich der Vorwand für einen Kurzurlaub in Paris? Und kann ich wirklich darauf zählen, dass Sie dort unser Institut vertreten und nicht lieber einige Vorlesungen schwänzen, um den Nachmittag mit meinem Sohn zu verbringen? Das waren die Fragen, die ich mir stellte, bevor ich mich am Ende für Dottoressa Negri Della Valle entschied.«

Bei solch klaren Worten half nur eine ehrliche Antwort.

»Ich gebe zu, dass mich dieser glückliche Zufall angespornt hat ... aber es ist nicht fair. Wenn Sie von meiner Beziehung zu Arthur nichts wüssten und sich nur an meinen heutigen Leistungen orientiert hätten, wäre dann Ambra immer noch an meiner Stelle?«

»Die Antwort ist ganz einfach: Wenn mein Sohn nicht im Spiel wäre, dann hätten Sie niemals diese Leistungen gezeigt. Nicht etwa, weil Sie dazu nicht in der Lage sind, das durchaus nicht, sondern weil Ihnen die Motivation gefehlt hätte. Aber es gibt viele Billigflüge, und ich gebe Ihnen gerne ein paar Tage Urlaub.«

Na, dieses Angebot werde ich sicher annehmen! Erst musste ich mich aber von dieser Schlappe erholen. Es war wirklich alles andere als angenehm, dem Ziel schon ganz nahe zu sein und dann zu merken, dass sich gewisse Dinge niemals ändern: Die Assistenzärztin am Institut, der man nichts zutraut und auf die niemand zählt, bin nun mal ich.

Dass ich bei der Rückkehr ins Büro miterleben musste, wie Ambra eine Reise organisierte, die eigentlich meine hätte sein sollen, hob meine Stimmung nicht gerade.

»Claudio? Kannst du kurz beim Reisebüro vorbeigehen und die Hotelvoucher abholen? Kaum zu glauben, die schaffen es nicht einmal, sie mir zu mailen. Die leben wirklich noch in der Steinzeit. Ich kann das jetzt nicht erledigen, ich habe keine Zeit!«, erklärte sie ihrem Lebensgefährten. Claudio Conforti ist der vielversprechendste wissenschaftliche Mitarbeiter am Institut und ebenso gut aussehend wie hinterhältig.

Zwischen Claudio und mir gab es einmal eine Phase der Nostalgie, wie man sie für etwas empfindet, das eigentlich niemals stattgefunden hat. Eine derartige Anziehungskraft birgt großes Potenzial, aber die Chance, dass etwas Konkretes daraus wird, liegt bei null.

»Es ist mir egal, ob du zur Polizei musst, mach das doch später«, fuhr Ambra fort. Dass es Ambra tatsächlich gelingen würde, Claudio Schritt für Schritt in einen Pantoffelhelden zu verwandeln, hätte niemand für möglich gehalten.

»Jetzt hör mir mal gut zu, Dottor Conforti. Es interessiert mich nicht, ob du nach dem Fall Valenti an Boden verloren hast. Wenn du an mangelndem Selbstbewusstsein leidest, dann ist das dein Problem, halt mich da raus …«

Den Rest der Unterhaltung konnte ich nicht mehr mitverfolgen, weil Ambra sich entfernte, um in aller Ruhe weiterzuschimpfen. Als sie einen Augenblick später wieder hereinkam, war ihre Laune auf dem Tiefpunkt.

Etwa eine Stunde später betrat Claudio unser Büro. Ambra blickte nicht von ihrer Arbeit auf.

Er sparte sich die Begrüßung und sagte zu niemandem ein Wort. Claudio legte die Dokumente, nach denen Ambra verlangt hatte, auf ihren Schreibtisch, drehte sich um und ging. Sein Missfallen war unübersehbar. Bei Ambra fiel der Groschen, und wie eine Furie fuhr sie von ihrem blauen Bürostuhl auf und rannte hinter ihm her: »He, Claudio, komm zurück!«

Offenbar ging er unbeirrt weiter.

Als sie wieder hereinkam, war sie nur ein wenig errötet.

»Was starrt ihr mich so an?«, fragte sie uns. Wahrscheinlich leuchteten unsere Gesichter vor Genugtuung.

Wir murmelten Beiläufiges – es gibt Leute, denen es noch viel schlechter geht, sagte ich mir.

Um neun Uhr bin ich mit Cordelia in einem grell erleuchteten Restaurant verabredet, einer Neueröffnung in der Nähe der Piazza Navona.

Cordelia Malcomess ist Arthurs Schwester; ihre Karriere als Schauspielerin ist so wechselhaft wie ihr Liebesleben. Seit drei Monaten hat sie, nach ihren Worten, endlich den Mann fürs Leben gefunden: Der Glückliche heißt Lars Mikkelsen, ein Manager aus Norwegen; er ist neununddreißig, sieht aber älter aus. Sie redet nur noch von ihm, und irgendwie gelingt es ihr, jede Unterhaltung auf ihn zu bringen, auch wenn die Vorwände bisweilen mehr als fadenscheinig sind.

Heute Abend trägt Cordelia eine kurze orangefarbene Bluse aus teuerster Seide.

»Gibt's was Neues?«, fragt sie mich, während sie ihre Tasche auf einem Stuhl ablegt und zur Speisekarte greift. »Gegrillter Lachs mit Tatarensoße … das soll sehr fein sein. Eigentlich sollte ich mich zurückhalten, ich habe schon wieder ein paar hundert Gramm zugenommen. Aber es ist eine Empfehlung von Lars, er war letzte Woche hier.«

Ich überlege. Doch, es gibt eine Neuigkeit.

»Wusstest du schon, dass Riccardo sich verlobt hat?«, eröffne ich ihr.

Cordelia senkt verblüfft die Speisekarte. Wie konnte es der arme Riccardo, ein enger Freund von Arthur, wagen, sich einfach eine nette Freundin zu suchen und aufhören, ihr hinterherzulaufen? »Du meinst Riccardo Gherardi?«

»Genau den.«

»Das ist absurd«, kommentiert sie schrill.

»Und warum? Was soll daran so merkwürdig sein?«

»Wie kann er nur so inkonsequent sein? Erst große Liebesschwüre – du kannst dir nicht vorstellen, was für Szenen er mir nach seiner Rückkehr aus Khartoum gemacht hat. Und jetzt kommt heraus, dass er schon längst Ersatz für mich gefunden hat. Findest du das nicht unverschämt?«

»Nein, für mich ist das Überlebensinstinkt. Riccardo hat dich doch eigentlich nie interessiert. Ich bin froh, dass er eine Freundin gefunden hat, die seine Gefühle erwidert.«

Cordelia mustert selbstgefällig ihre Fingernägel, die schlammfarben lackiert sind, einfach scheußlich. »Und wer ist die Glückliche?«

»Sie ist Model und heißt Emma, glaube ich.«

»Emma … ich weiß, wer das ist!«, meint sie giftig. »Kennst du sie?«, fragt sie mich dann finster.

»Ich habe sie im letzten Monat kennengelernt, als Arthur hier war. Sie ist ganz hübsch.«

»Möglicherweise war dein chirurgischer Blick getrübt – wie kannst du das nur behaupten?«

Ich unterdrücke ein Lachen, denn sie ist wirklich nicht zu Scherzen aufgelegt. Im Gegenteil, sie meint es todernst.

»Vielleicht hast du auch recht, sie ist eine graue Maus«, erwidere ich entgegenkommend. Sonst verschluckt Cordelia sich am Ende noch am Lachs, den man gerade aufgetragen hat.

»Gibt es Neuigkeiten von meinem Bruder?«

»Es geht ihm gut. Morgen bricht er nach Myanmar auf.«

Cordelia steckt den Schlag weg. Es macht ihr keinen Spaß zuzugeben, dass sie von nichts wusste. Sie ist unschlüssig, ob sie sich die Blöße geben oder darüber hinweggehen soll. Am Ende befindet sie anscheinend, dass der Abend ihr genügend Themen zum Nachdenken und Selbsterkenntnis beschert hat und somit niederschmetternd ist. Und so macht sie sich über ihren Lachs her und stellt mir eine Frage, die ich Arthur nicht gestellt habe, weil ich eine Kurzrecherche bei Google bevorzuge.

»Und wo liegt das?«

* * *

Bis letzte Woche hatte auch ich keine Ahnung, dass Myanmar der neue Name für Burma ist. Später, bevor ich schlafen gehe, erzählt mir Arthur noch etwas über das Land.

»Der Auftrag ist relativ leicht. Der Ausgang der Wahlen steht ohnehin schon so gut wie fest, denn die Oppositionspartei ist bereits vor einiger Zeit aufgelöst worden. Ein leicht errungener Sieg also. Eine Schande.«

»Ist Burma ein schönes Land?«

»Schön schon, aber krisengeschüttelt.«

»Ich möchte dich so gerne sehen, seit unserem letzten Treffen ist mehr als ein Monat vergangen.«

»Stimmt«, erwidert er vage und ziemlich teilnahmslos. »Es tut mir leid, Honey, ich muss Schluss machen.«

»Wirst du auch Aung San Suu Kyi interviewen?«

»Da schau an, du hast dich schlaugemacht!«

Ich hätte so gern ganz viel Zeit, um seinen Erzählungen über alle diese Länder zu lauschen, die so fern sind, dass ich wirklich gar nichts über sie weiß. Aber die Zeit reicht nie, wenn man einander fern ist, und nur Sehnsucht gibt es im Überfluss.

Nachdem ich aufgelegt habe, beginnt eine abendliche Routine, von der zwei Varianten existieren. Welche gerade dran ist, hängt davon ab, ob Yukino, meine Mitbewohnerin, zu Hause ist oder nicht. Im ersten Fall kümmert sie sich ums Essen und auch um die Abendgestaltung. Gewöhnlich vertreiben wir uns die Zeit mit einer Privatshow von *Anime*-Filmen. Im zweiten Fall bin ich allein, was aber auch nicht immer unangenehm ist. Um elf liege ich mit einer spannenden Lektüre im Bett.

Wenn der Alltag durcheinandergerät, dann gibt es nur ein Mittel, um die alte Ordnung wiederherzustellen: Man muss sich neue Gewohnheiten zulegen. Und genau das habe ich getan, als mir klar wurde, dass mir nichts anderes übrig bleiben würde, als mich auf eine Fernbeziehung mit langen Telefonaten einzustellen. Oder, dank Skype, mit Videogesprächen. Immer wenn Arthur abreist und wir uns wieder einmal flüchtig voneinander verabschiedet haben, spüre ich, wie in mir etwas zerspringt. Es kommt mir so vor, als müsste ich wieder ganz von vorn anfangen. Am Tag darauf fühlt es sich dann so an, als wäre er schon ewig weg und als gäbe es nichts anderes als diesen unentrinnbaren Schwebezustand.

Ein furchtbares Gefühl.

Narrheit, Herr, geht rund um die Welt; sie scheint allenthalben

William Shakespeare, *Was ihr wollt*

Ein Entmündigungsverfahren?«

Ich wiederhole die Worte von Dottor Anceschi, einem meiner Vorgesetzten.

Während der letzten Monate hat der gute Dottore, in seinen besten Zeiten so groß und dick wie Notorius B.I.G., einige Kilos verloren, und jetzt kann man seine Augen sehen, wenn er lacht.

»Das ist doch was für dich. Außerdem hast du dich bislang noch nie mit dem Thema beschäftigt, oder?« Stimmt, und ich muss mich auch erst einmal schlaumachen, um was es eigentlich geht. »Ein Kollege aus einem anderen Fachgebiet unterstützt uns bei diesem Auftrag, der Psychiater Dottor Laurenti. Er kommt später vorbei, um über den Fall zu sprechen. Ich sage dir Bescheid, dann kannst du ihn kennenlernen.«

Kaum bin ich wieder im Büro, gehe ich noch einmal das Kapitel *Entmündigung* durch:

> Man spricht von Entmündigung, wenn sich eine volljährige Person in einem dauerhaften Zustand von Geistesschwäche befindet und daher nicht in der Lage ist, die eigenen Interessen wahrzunehmen.

»Alice.« Die Stimme ist arrogant bis unverschämt. »Was machst du da?«

»Ich lerne.«

Claudio tritt an meinen Schreibtisch und lugt auf mein Buch. »Wie schön. Sonst lernst du nie was, ich weiß gar nicht, wie du das Studium geschafft hast. Aber leider hast du gerade den falschen Moment erwischt. Hast du die Autopsie von heute ganz vergessen? In einem Anfall von Großmut ist mir der Einfall gekommen, sie dir in Gänze anzuvertrauen.«

Ich lese ohne aufzuschauen weiter.

»Ist Ambra nicht da?«, frage ich zurück. Normalerweise spielt sie immer die Rolle der Primadonna. Jetzt mimt er den fairen Dozenten und antwortet, dass er streng darauf achte, dass alle die gleichen Chancen bekommen.

Wir laufen durch die Gänge des Instituts in Richtung Leichenhalle, wo Claudio triumphal Einzug hält: Die Techniker schauen huldvoll zu ihm auf, die Assistenzärztinnen beten ihn an, nur die männlichen Kollegen können ihn unterschwellig nicht ausstehen. Wie auch immer, der glückliche Stern über seinem Leben lässt Menschen in seiner Umgebung nur die Wahl zwischen zwei Grundgefühlen: Bewunderung oder abgrundtiefer Neid.

Heute geht er in seiner Rolle als Star auf, die Grenzen zum Größenwahn sind fließend. Er reicht mir den gefütterten blauen Kittel, den Mundschutz, das Skalpell, und mit seinem typischen unverschämten Lächeln verkündet er: »Heute führt Alice die Autopsie durch. Fertig?«

Na, da bleibt mir wohl gar nichts anderes übrig.

Alle schauen mir zu. Aber ich komme klar. Der Mann, der vor mir liegt, hat sich erhängt. Claudio hält Selbstmordfälle für die einfachsten, na, wenn das nicht der Grund für seine heutige Großzügigkeit ist. Ich löse das Großhirn heraus, und es rutscht mir ausnahmsweise nicht aus den Händen; die Hauptschlagader durchtrenne ich an der richtigen Stelle und hebe gekonnt die Nieren heraus. Alles läuft bestens, und Claudio ist sogar richtig zufrieden. Bis ein Blutstropfen von meinen Händen auf seine Schuhe tropft und er in Sekundenschnelle in Zorn gerät.

»Wie zum Teufel schaffst du es, so ungeschickt zu sein, Allevi! Das darf nicht wahr sein!«

»Wieso trägst du keine Überschuhe?«, wende ich ein, ohne meinen Blick von dem nunmehr leeren Brustkorb des Leichnams zu wenden. Verblüfft murmelt er etwas von mangelndem Respekt und nimmt seine Jacke.

»Gehst du?«

»Schau, dass du hier fertig wirst. Und pass auf, dass du nicht noch mehr anstellst.«

Das sagt sich so einfach. Die anderen Kollegen starren mich an, und ich fühle mich ohne ihn auf verlorenem Posten. Am Ende brauche ich eine Stunde für etwas, das ich normalerweise in zwanzig Minuten schaffen könnte, bringe aber alles zu einem guten Abschluss.

Bei meiner Rückkehr ins Institut stellt mir Anceschi einen Kollegen vor, dessen Gesicht mir bekannt vorkommt.

»Dottoressa Allevi, darf ich dich mit Niccolò Laurenti bekannt machen? Er arbeitet mit uns bei dem Entmündigungsverfahren zusammen, von dem ich dir erzählt habe.«

Laurenti ist ein bisschen älter als ich. Ich war noch im ersten Studienjahr, da war er schon im sechsten. Er hat ungewöhnlich dunkle und dichte Locken, ist groß und schlaksig, und wenn er sich etwas Mühe geben würde, wäre sein Blick aus den blauen Augen durchaus anziehend. Doch im Augenblick wirkt er eher genervt.

»Sehr erfreut«, erwidert er mit einer unvermutet dunklen Stimme, die klingt wie von einem Synchronsprecher. Er streckt mir die Hand hin; seine Finger sind unglaublich lang, wie bei einer Filmfigur von Tim Burton.

Anceschi lässt uns beide allein. Ich lade Niccolò auf einen Kaffee ein, zum gegenseitigen Beschnuppern.

In dem Café um die Ecke bestellt er einen Espresso, ich einen Cappuccino. Gesprächig ist er nicht gerade.

»Ich habe bereits Kontakt mit der Tochter von Konrad Azais aufgenommen, um einen Termin zu vereinbaren. Er lebt bei ihr. Sie hat mich in aller Form darum gebeten, dass die Untersuchung bei ihr zu Hause stattfindet«, erläutert er mir knapp.

»Na, dann machen wir das dort.«

»Ich habe angefangen, etwas von ihm zu lesen. Er hat mich niemals interessiert, aber ich muss sagen, was er schreibt, ist... beachtlich. Interessant, würde ich sagen.«

Ich habe den Faden verloren. Wahrscheinlich klebt noch Milchschaum an meinen Lippen, als ich den Mund aufmache und sage: »Entschuldigung, ich kann dir nicht folgen.«

Meine Äußerung scheint Niccolò aus der Fassung zu bringen. Er setzt seine Tasse ab, betupft seine Lippen, räuspert sich und sieht mich herablassend an.

»Dir sagt der Name Konrad Azais nichts?«

»Sollte er das?«, frage ich ihn gereizt zurück, denn seine Oberlehrerart geht mir auf die Nerven.

Er legt die Stirn in Falten, als müsste er über die Antwort nachdenken. »Er ist ein sehr wichtiger Schriftsteller«, meint er schließlich in einem neutralen Tonfall.

»In Italien?«

»Weltweit«, verbessert er mich und entnimmt seiner Tasche ein abgegriffenes Buch mit einem orangefarbenen Einband. »Diesen Roman habe ich gerade fertig gelesen. Nicht sein bester, aber so kannst du dir einen Eindruck verschaffen.« Er reicht mir das Buch. »Ich melde mich, sobald ich von der Tochter gehört habe.«

»Einverstanden«, erwidere ich zerstreut, weil ich bereits mit dem Roman beschäftigt bin.

Ich lese die Anfangsworte.

Anfangs sah es nach einer Tragödie aus. Sofort danach begriff ich, dass es eine Befreiung war.

Auf der Rückseite des Buches stehen einige dürre Worte zum Autor. Ich beschließe, bei Google nachzulesen. Unterdessen wird Niccolò zunehmend ungehalten und weist mich darauf hin, dass es für ihn wirklich an der Zeit ist aufzubrechen.

»Wenn du mir vielleicht deine Nummer geben könntest…«, meint er und hält ungeduldig sein Mobiltelefon bereit.

»Natürlich, Verzeihung«, erwidere ich und klappe das Buch sofort zu. Das kann ja heiter werden.

Konrad

Einige Tage darauf mache ich mich für die Fahrt nach Tarquinia fertig. Azais lebt dort bei seiner einzigen Tochter und deren Familie. Ich habe ein Notizheft eingesteckt, habe eine klarere Vorstellung vom Leben und Werk Azais', viel Geduld, um Niccolò zu ertragen, und bin schrecklich aufgeregt, weil ich eine lebende Legende kennenlernen werde.

Anceschi hat uns bereits angekündigt, dass er sich um eine Viertelstunde verspäten würde, was bei ihm mindestens eine halbe Stunde heißt. Wir sollten ruhig schon aufbrechen, meinte er.

Ich bin mit Niccolò vor seinem Haus verabredet, ein rostfarbenes Mietshaus in der Nähe der Metrostation Monti Tiburtini. Von dort aus geht es mit seinem lauten metallicblauen Punto, dem neuesten Modell mit allen Schikanen, auf der Autobahn Richtung Tarquinia, wo Azais mit Tochter, Schwiegersohn, Nichte und einer Pflegerin unter einem Dach wohnt.

»Weißt du jetzt, wer Azais ist?«, fragt Niccolò, natürlich von oben herab.

Klar. Der Roman ist nervtötend ohne Ende, und ich habe nicht einmal verstanden, wovon eigentlich die Rede ist. Gott sei Dank gibt es Wikipedia, wo ich Folgendes nachlesen konnte:

Konrad Andràs Azais (* 12. März 1928 in Debrecen) ist ein ungarischer Autor und Dichter. Bekannt wurde er durch seinen ersten, kontroversen Roman *Die Gier des Desziderius Horvath,* der 1950 in Ungarn erschien.

Leben

Azais wurde in Debrecen als Sohn von Csàk Azais, einem Staatsbeamten aus dem gehobenen Bürgertum, und Izabella Beàta Banolis geboren, die aus einer alteingesessenen Familie litauischen Ursprungs stammte. Er war das zweite von fünf Kindern und wuchs in Debrecen auf. 1940 emigrierte die Familie nach Paris. Csàk Azais stand unter dem Verdacht der Staatsfeindschaft und hatte sich an seinen Cousin, Farkas Kiràly, gewandt, der bereits in Frankreich lebte.

In Paris trat Csàk Azais der Résistance bei. Er band die älteren seiner Kinder in seine Aktivitäten ein und machte sie so mit einem kulturellen Ambiente vertraut, welches die literarische Produktion von Azais prägte.

Im Alter von zwanzig Jahren bezog Konrad Azais zusammen mit Oliver Volange, dem Autor von *Unterbrochene Einsamkeiten,* eine Wohnung im fünften Arrondissement. Nach dem Tod seiner Schwester Heni (Henrietta) veröffentlichte Azais im Eigenverlag eine Sammlung von Gedichten, die ihr gewidmet waren. Der Band fand kaum Beachtung, wurde von der Kritik lange übersehen und erregt erst heutzutage Aufmerksamkeit.

1950 nahm Azais einen Lehrauftrag am Institut für Ungarische Sprache und Literatur an der Universität in Paris an. Zur gleichen Zeit erschien sein Roman *Die Gier des Desziderius Horvath,* der in Pariser Literaturkreisen begeistert aufgenommen und innerhalb von wenigen Jahren zu einem internationalen Erfolg wurde. 1951 beschloss Azais, Paris endgültig den Rücken zu kehren und sich in Mailand niederzulassen, wo er die folgenden zwanzig Jahre verbrachte.

1955 veröffentlichte er den Roman *Qual;* die Literaturkritik reagierte verhalten, vom Publikum wurde er verrissen. Qual schien künstlerisch nicht an *Die Gier des Deszïderius Horvath* heranzukommen. 1959 erschien in italienischer Sprache der Roman *Gestern und dann nie mehr,* der allgemein sehr negativ aufgenommen wurde. 1961 heiratete Azais die zehn Jahre jüngere Maia Maniscalchi, mit der er vier Kinder hat: Leone (* 1964), Enrico (* 1966), Oscar (* 1970) und Selina (* 1973).

Nach *Gestern und dann nie mehr* veröffentlichte Azais, vermutlich aufgrund der literarischen Misserfolge, lange Zeit nichts mehr. 1971 zog er nach Udine um und lehrte an der dortigen Universität Ungarische Sprache und Literatur. Im selben Jahr erschien im Eigenverlag der Roman *Das lange Warten,* der nach Anlaufschwierigkeiten beachtliche Resonanz fand. Azais nahm seine literarischen Aktivitäten wieder voll auf und veröffentlichte in den Folgejahren die *Trilogie von Margò,* die 1974 als Vorlage für einen Film diente. In einem Interview eröffnete Azais, dass sich hinter Margò eine alte Jugendliebe verbirgt, in der manche die Ballerina Catherine Rouvroy vermuten.

Der Roman *Die Gier des Deszïderius Horvath* wird allgemein als Azais' wichtigstes Werk angesehen, doch ist die *Trilogie von Margò* sein bekanntestes. Im Jahr 1974 erschien eine Sammlung von Gedichten, die seiner Tochter Selina gewidmet ist. 1977 starb Maia Maniscalchi an Lungenkrebs. Im selben Jahr zog Azais von Udine nach Rom um, wo er Luisa Valli kennenlernte, bis 1985 seine Lebensgefährtin. 1979 erschien der autobiografische Roman *Ich, Konrad* und 1982 *Margòs Spiele,* in dem einige Figuren aus der gleichnamigen Trilogie wieder auftauchen. Das Werk wurde allgemein verhalten aufgenommen. 1986 erschien *Der Unmoralische,* eine Mischung aus Fiktion und Sachtext, nach Azais' eigenen Worten »sein schlechtestes Buch«.

Werk

Heni, 1947
Die Gier des Desziderius Horvath, 1950
Qual, 1955
Gestern und dann nie mehr, 1959
Das lange Warten, 1971
Margò, 1972
Margòs Unruhe, 1972
Noch einmal Margò, 1973
Für Dich, Selina, 1974
Ich, Konrad, 1979
Margòs Spiele, 1982
Der Unmoralische, 1986

Besondere Anmerkung

Im Jahr 1978 wurde Konrad Azais zum Ehrenpräsidenten der Associazione Italiana di Enigmistica Classica (Italienischer Rätselverband) ernannt. Er gilt international als einer der größten Erfinder von Bilderrätseln sowie als äußerst geschickt bei deren Auflösung.

»Und? Gefällt dir *Der Unmoralische*?«, fragt Niccolò nach.

»Nicht besonders«, antworte ich aufrichtig.

Auf Niccolòs Gesicht breitet sich ein Lächeln aus, das bedeuten soll: *Na, das war klar, ich hatte auch nichts anderes erwartet*.

»Der Roman ist eine tiefgründige Metapher auf die Instrumentalisierung von Sex in den Beziehungen zwischen den Geschlechtern«, schiebt er als Erklärung nach.

»So viel habe ich auch begriffen, aber mir haben weder Form noch Inhalt gefallen. Ich geb ihn dir bald wieder zurück, ich glaube nicht, dass ich ihn zu Ende lesen werde.«

»Wie du willst.«

Wir verharren in düsterem Schweigen. Offensichtlich hält Niccolò mich intellektuell nicht für ebenbürtig und schweigt lieber.

»Schöne Landschaft«, kommentiere ich, als wir uns dem Reiseziel nähern. Die goldenen Getreidefelder scheinen sich unendlich hinzuziehen.

»Ja«, antwortet er knapp. »Außerdem gibt es hier einige einzigartige Grabstätten aus etruskischer Zeit – wenn einen so etwas interessiert«, fügt er spitzfindig an. Er wirft einen Blick auf sein Navi. »Wunderbar, wir sind gleich da«, verkündet er dann erfreut.

»Wollen wir vorher vielleicht noch was Kleines essen?«, schlage ich vor, denn mir knurrt der Magen.

»Ich will mich nicht zu lange aufhalten. Hier sind ein paar Cracker, wenn du willst.«

Wir gelangen zu einer zweihundert Jahre alten kleinen Villa aus gelben Granitquadern. An einer Seite erhebt sich ein Türmchen diskret über das Dach. Am Tor drängen sich ein paar dicke Katzen, und nach den herbstlichen Regenfällen riecht es nach feuchtem, moderndem Laub.

Das Tor öffnet sich, und wir gelangen in einen sichtbar vernachlässigten Garten: wild wuchernde Kletterpflanzen, und die Schüsseln für die Katzen sind voller alter Futterreste. Trotzdem hat dieser heruntergekommene Garten seinen Zauber. Ein eindringlicher, reiner Celloklang, der aus einem offenen Fenster dringt, trägt zu dieser Atmosphäre bei.

Vom Garten gelangt man zu einer überdachten Veranda, die mit gelb-blau gemusterten Fliesen ausgelegt ist. Aus der hölzernen Eingangstür tritt eine Frau von verblasster Schönheit, ganz so wie dieses Haus. Sie ist sehr weiblich, anmutig, ohne aufreizend zu sein. Ihr blondes, gewelltes Haar ist zu einem Knoten gebunden. Sie hat helle grüne Augen, denen aber der Glanz fehlt, und ihr Lächeln ist freundlich, aber auch müde. Sie trägt eine hellgraue Strickjacke, darunter ein fliederfarbenes T-Shirt und eine beige Hose. Ihre Gesichtszüge verraten Intelligenz, aber ihre Miene hat gleichzeitig auch einen verlorenen Ausdruck.

»Ich bin Selina Norbedo«, begrüßt sie mich und kommt auf mich zu. Sie streckt ihre Hand aus, sehr gepflegt, aber ohne Schmuck, die Nägel unlackiert.

Die Cellomusik bricht unvermittelt ab, der Klang scheint noch etwas nachzuschwingen.

Selina bittet uns herein. Drinnen riecht es nach Landleben. Das Haus selbst ist geschmackvoll im Countrystil eingerichtet. In jedem freien Winkel stehen Vasen mit frischen Blumen, und auf einem weißen, verzierten Tisch in der Raummitte befindet sich ein Kuchen, oder besser: die Reste davon. Wohin man blickt, sind Bücher, die riesige Regalwand ist zum Bersten voll, und sie stapeln sich sogar auf dem Holzboden. Durch rot-weiß karierte Vorhänge dringt, nach dem Wolkenbruch von heute Nacht, schwach warmes Sonnenlicht herein und taucht den Raum in eine Atmosphäre von Zeitlosigkeit.

»Ich habe gerade Wasser aufgesetzt. Hätten Sie gern einen Tee und ein Stück Kuchen? Meine Tochter Clara hat ihn gebacken.«

»Sehr gern!«, antworte ich sofort. Selina nickt freundlich und ruft laut nach einer gewissen Terézia.

Darauf erscheint eine füllige Frau mit herben Gesichtszügen und murmelt etwas in einer unverständlichen Sprache. Selina antwortet ihr im gleichen Idiom – es kann sich dabei nur um Ungarisch handeln.

»Bitte setzen Sie sich doch. Er ist oben, er kommt nie aus seinem Zimmer. Und heute wird er keine Ausnahme machen. Das wird Ihnen sehr unfreundlich vorkommen, und, um die Wahrheit zu sagen, er ist unfreundlich … Man muss ihn zu nehmen wissen. Er benimmt sich wie ein verwöhntes Kind.«

Während Niccolò sich zum Thema Psychiatrie auslässt – Selina scheinen seine Ausführungen nicht sehr zu interessieren –, lasse ich meinen Blick schweifen. Da ist das Violoncello, auf dem eben noch so gefühlvoll gespielt wurde, ein Notenständer mit einer Partitur des Prélude zur *Suite für Violoncello n. 1* von Johann Sebastian Bach; an den Wänden Bilder mit Blütenmotiven; neben dem erloschenen Kamin, in dem noch die Asche liegt, drei schlafende Kätzchen; daneben ein Schälchen mit Milch. Terézia kehrt mit kleinen Porzellantellern zurück, auf denen jeweils ein Stück Schokoladenkuchen angerichtet ist. Die Teekanne mit dem heißen Wasser hat Sprünge und passt zu den Tellern. Sie reicht mir eine Schachtel mit verschiedensten Teesorten, damit ich mir meinen Lieblingstee aussuchen kann.

Was für ein zauberhaftes Haus.

Hier würde ich gern wohnen.

Hast du schon einmal jemanden kennengelernt, der so richtig glücklich ist? Und trotzdem bei klarem Verstand, meine ich …

Terézia, frag bitte Clara, ob sie Tee will.«

»Nein!«, ertönt die genervte Stimme eines Teenagers; es kann sich nur um Clara handeln.

Die Mutter lächelt uns verlegen zu. Hoffentlich legt Niccolò jetzt nicht gleich zum Thema *Störungen im Sozialverhalten bei Jugendlichen* los.

Selinas Liebenswürdigkeit hat etwas Seidiges, leicht Romantisches, wie aus einem Film von Jane Campion.

»Ihr Haus gefällt mir sehr, Signora Norbedo.« Ich muss ihr das einfach sagen.

Sie erwidert das Kompliment mit einem Lächeln: »Ich habe Jahre gebraucht, bis es endlich fertig war. Aber jetzt mag ich es auch sehr«, fügt sie hinzu, und ein Lächeln erhellt ihr Gesicht.

Meine Anwesenheit geht Niccolò anscheinend mehr und mehr auf die Nerven. Sein Kuchenstück hat er unfreundlich zurückgewiesen, und jetzt sieht er alle paar Minuten auf die Uhr. Er verhält sich unmöglich. Wir haben Selina erklärt, dass wir nicht ohne Dottor Anceschi beginnen können, aber das ist ihr offenbar ziemlich gleichgültig.

»Mama, Großvater hat sich wieder eingenässt«, meldet Clara in einem schneidenden Tonfall. Sie trägt langes Haar, in ungefähr der gleichen Farbe wie das ihrer Mutter; die Augen sind mit schwarzem Kajal umrandet, die Fingernägel blau lackiert. Wie bei allen Linkshändern ist ihre Hand mit

Tinte beschmiert; an den Füßen trägt sie Gummistiefel, darüber ein rosa Kleid mit einem grauen Schal. An einem Ohr baumelt ein langer Ohrring.

»Terézia, sei so gut und geh kurz nach oben. Clara, mein Schatz, bist du sicher, dass du nichts willst? Dein Kuchen schmeckt wunderbar.«

Clara nickt unwillig und bricht mit den Fingern ein Stückchen ab.

»Darf ich Ihnen meine Tochter Clara Norbedo vorstellen?«

Clara hebt nur kurz die Hand zum Gruß. Ich frage mich, ob sie schüchtern oder einfach nur ungezogen ist.

»Die wollen rausfinden, ob Großvater nicht mehr ganz bei Trost ist, oder?«, wendet sie sich an ihre Mutter; in ihren Mundwinkeln kleben Krümel.

»Mehr oder weniger«, erwidert Selina unbeteiligt.

Clara seufzt tief. »Großvater ist vollkommen bei Verstand. Ihm fehlt nichts. Er ist ein Genie und hellwach. Nur damit ihr's wisst.«

»Dass du deinen Großvater so verteidigst, ist sehr ehrenwert, aber die Ärzte hier wissen, was sie zu tun haben, und kommen ohne dein Urteil zurecht.«

Clara sieht ihre Mutter entgeistert an. »Und du machst da mit«, zischt sie ihr mit einer Mischung aus Wut und Enttäuschung zu, bevor sie das Zimmer verlässt. Selina folgt ihr eilig. Terézia ist ebenfalls oben und vermutlich damit beschäftigt, Konrad Azais die Windel zu wechseln. Und so bleiben Niccolò und ich allein zurück und schauen uns dumm an.

»Kommen wir zur Sache, Alice. Ich möchte anfangen, sobald Selina Norbedo wieder hier ist.«

»Weißt du, was sie so macht?«

Niccolò betrachtet mich, als wäre ich nicht ganz bei Trost. »Woher soll ich das wissen?«, erwidert er abschätzig.

Als sie wieder zurückkommt, ist Selina Norbedo allein. Sie macht einen gefassten Eindruck, anscheinend ist sie nicht so leicht aus der Ruhe zu bringen, und lächelt uns freundlich zu.

Es klingelt, und Anceschi ist da. Er betritt den Raum mit großem Getöse und verzögert zu Niccolòs Entgeisterung alles noch mehr, weil er natürlich nicht an dem Kuchen vorbeikann. Er sitzt auf dem Sofa und macht den Eindruck, als wäre ihm das Entmündigungsverfahren total gleichgültig.

»Wollen wir anfangen, Signora Norbedo?«, schlägt Niccolò schließlich gereizt vor.

Warum ist er bloß so ungeduldig?

»Oh, ja, natürlich«, erwidert Selina ein wenig zerstreut.

»Also. Beschreiben Sie mir bitte die Gesundheit Ihres Vaters, Signora Norbedo. Alles, was Ihnen dazu einfällt, von seiner Jugend bis heute.«

Selina überlegt. »Nun, da gibt es nicht viel zu erzählen. Meinem Vater ging es gesundheitlich immer ziemlich gut. Als junger Mann war er mal in eine Messerstecherei verwickelt, stellen Sie sich das vor. Offenbar eine Frauengeschichte. Für uns Kinder war das so etwas wie eine Heldensaga. Als ich noch klein war, wurde er wegen eines aufgebrochenen Geschwürs operiert. Außerdem hatte er unzählige Bandscheibenvorfälle, deshalb kann er auch nicht mehr laufen. Er ist inkontinent und hat geringfügige Kreislaufprobleme. Das ist alles.«

»Und warum hat man eine Entmündigung in die Wege geleitet?«

Selina errötet. »Ich bin damit nicht einverstanden. Das war eine Idee meiner Brüder.«

Niccolò versucht, die Situation zu begreifen. Ich höre aufmerksam zu. »Was meinen Sie, wenn Sie sagen, dass Sie damit nicht einverstanden sind?«

»Ich glaube, dass mein Vater noch voll geschäftsfähig ist.

Er hat einen furchtbaren Charakter, aber das war schon immer so. Mit seiner Leidenschaft für Sprachrätsel und seinen permanenten Spielchen quält er uns, aber auch das war schon immer so. Sein Verstand ist völlig in Ordnung.«

»Na, das werden wir ja sehen«, entgegnet Niccolò mit einer Gereiztheit, die ich für fehl am Platz halte.

Selina ist über diesen Kommentar sichtlich verärgert. Sie sieht ihm stirnrunzelnd dabei zu, wie er aus der orangefarbenen Tasche eine Mappe mit den kognitiven Tests herausnimmt, die für Konrad Azais bestimmt sind. Dann erhebt sie sich. Wir folgen ihr auf der weiß gestrichenen Treppe nach oben. An der Wand hängen Schwarz-weiß-Porträts von einer Frau mit zarten Gesichtszügen, vielleicht Azais' Ehefrau. Ich kann in der Tat eine leichte Ähnlichkeit mit Selina und Clara erkennen.

Das Zimmer von Konrad Azais liegt sehr versteckt. Selina geht uns bis zur Tür voraus und drückt die Klinke.

Doch die Tür geht nicht auf.

Selinas Gesichtsausdruck verändert sich. »Clara!«, ruft sie laut.

Das Mädchen erscheint in der Tür seines Zimmers. »Was ist los?«

Selina wirft ihr einen erzürnten Blick zu. »Warst du das? Her mit dem Schlüssel.«

Clara zuckt mit den Schultern. Sie errötet, und ich finde sie unglaublich unverschämt. »Ich habe ihn nicht«, antwortet sie, »er hat sich eingeschlossen. Siehst du, er ist vollkommen bei Verstand. Er hat alles durchschaut.«

»Bestimmt hast du ihm alles gesagt«, erwidert Selina.

»Du irrst dich, so etwas würde ich nie machen.« Aber ich wette, das Gegenteil ist wahr.

Niccolò verliert langsam die Geduld. »Und jetzt, Signora Norbedo?«

»Wollen Sie das Schloss aufbrechen?«, fragt Selina sarkastisch. Clara kichert, und Anceschi zwinkert ihr verschwörerisch zu.

»Und wenn Sie ihn einfach fragen, ob er uns aufmacht? Wenn er, wie Sie behaupten, seinen Verstand beieinanderhat, was stört ihn dann die Untersuchung?«, fragt Niccolò unfreundlich. Wenn ich an Selinas Stelle wäre, würde ich ihn beim Kragen packen und aus dem Haus werfen.

»Apa? Apa? Nyílem az ajitó.«

»Geht es auch auf Italienisch?«, ereifert sich Niccolò, und ich wette, am liebsten würde er mit dem Fuß aufstampfen.

Selina folgt seiner Aufforderung würdevoll. »Papa... mach auf.«

»Ich denke nicht dran«, antwortet Azais, entschieden und mit rauer Stimme.

»Warum hast du dich eingeschlossen, Papa?«

»Ich mag mich nicht von diesen *hülyék* untersuchen lassen.«

»Er hat euch Idioten genannt«, ruft Clara aus. Sie hat die Arme vor der Brust verschränkt und im Gesicht ein Lächeln, das tiefes Einverständnis mit dem Urteil ihres Großvaters signalisiert.

»Signora Norbedo...«, Niccolò spricht jede Silbe ihres Namens überdeutlich aus. »Wir gehen erst, wenn wir Ihren Vater untersucht haben.«

Angesicht einer solchen Dreistigkeit kann ich nicht stillhalten. Nicht zuletzt, weil das ausschließlich seine Meinung ist, die ich ganz und gar nicht teile. Ich hätte nichts dagegen, noch einmal hierherzukommen. Hoffentlich schlägt sich Anceschi auf meine Seite.

»Nun, Niccolò, ich erzwinge ungern eine Untersuchung. Ich glaube, in diesem Fall haben wir ausreichend Zeit«, befindet Anceschi ruhig

»Signora Norbedo«, schalte ich mich jetzt ein. »Uns ist klar, dass das alles nicht so einfach ist. Wir können wiederkommen, wenn sich Ihr Vater in einem besseren Gemütszustand befindet.

»Nur damit das klar ist: Keine Untersuchung«, lässt sich Konrad vernehmen.

»Ist Ihnen bekannt, warum wir Sie untersuchen wollen?«, frage ich durch die Tür hindurch.

Seine Antwort klingt glasklar. »Klar. Ich bin alt, aber nicht verwirrt, auch wenn man das behauptet.«

»Und um uns genau das zu beweisen, sollten Sie sich untersuchen lassen«, erklärt Anceschi. Niccolò merkt anscheinend, dass er verloren hat, und hält den Mund.

»Aber nicht heute.«

»Seien Sie doch vernünftig«, bitte ich. Aber ohne Nachdruck.

»Kommen Sie nächste Woche wieder. Heute habe ich Kopfschmerzen.«

»Hören Sie mit Ihrem Theater auf, Azais!«, ruft Niccolò gereizt aus.

»Hören Sie mit Ihrem Theater auf«, tönt es von der anderen Seite zurück. »Wissen Sie eigentlich, mit wem Sie es zu tun haben? Haut ab! Und ruft das nächste Mal an, ich lass euch rein, wenn mir danach ist.«

»So funktioniert das nicht, Papa. Die Ärzte müssen dich nicht um Erlaubnis fragen.«

»Und warum nicht?«, fragt Clara, übrigens völlig zu Recht. Mit geübter Geste flicht sie ihr langes Haar zu einem Zopf.

»Sie haben einen Gerichtsbescheid«, antwortet Selina vorsichtig.

»Was heißt hier Gerichtsbescheid? Das Wichtigste ist Respekt. Und wenn Großvater die Untersuchung heute ungelegen kommt, dann sehe ich nicht ein, dass man ihn dazu zwingt.«

»So steht es auch in der italienischen Verfassung«, bestätige ich mit einem Kopfnicken. Sogar in meinen Ohren klingt mein Tonfall feierlich. »Und deshalb kommen wir wieder, wenn Signor Azais sich zu einer Untersuchung in der Lage fühlt.«

»Sind Sie damit einverstanden, Signor Azais? Vielleicht am kommenden Montag?«, schlägt Anceschi vor.

Niccolò schaut mich grimmig an, Selina und Clara wirken erleichtert.

Azais verharrt einige Sekunden lang in Schweigen. »Am nächsten Montag passt es«, räumt er ein.

An der Haustür verabschiedet Selina Norbedo sich sehr herzlich von mir und überreicht Anceschi ein großes Stück Kuchen, das in ein weißes Küchentuch eingeschlagen ist. »Ich danke Ihnen für Ihr Verständnis«, sagt sie lächelnd. Niccolò wird weniger freundlich verabschiedet.

* * *

»Den können wir nicht behalten, Yuki.«

Yukino, die das Italienische noch immer nicht so gut beherrscht, wie sie das gern möchte, bettelt: »Ich bitte dir.«

Das scheckige, vernachlässigte Hündchen, das sie mütterlich in ihren Armen hält, ist unwiderstehlich.

Bei meiner Rückkehr von den Azais war ich ziemlich erledigt – zwei Stunden Autofahrt mit Niccolò würden jeden Menschen um den Verstand bringen, und zu Hause erwartete mich die Überraschung. Yukino hatte schon einen ganzen Vorrat an Hundefutter, Hundekeksen, Hundespielknochen aus Büffelleder und rosa Regenmäntelchen. »Was machen wir sonst mit dem ganzen Zeug?«

»Vielleicht hättest du mich anrufen können, bevor du auf Shoppingtour gehst.«

Yuki besinnt sich auf ihre bewährte Strategie: Sie bittet und bettelt und kommt wieder mit ihrem gewohnten

Argument – ihrer immer näher rückenden Abreise nach Japan.

»Und genau, weil du wieder nach Japan gehst, können wir ihn nicht behalten. Wie soll ich ihn allein versorgen?«

»Wenn ich nach Kyoto gehe, nehme ich ihn mit. Ich habe dort einen anderen Hund. Du musst ihn nur noch die letzten paar Monate aushalten.«

Ich habe ihr noch nie etwas abschlagen können: weder nächtliche Gelage mit furchtbarem japanischem Essen, das sie zubereitet hatte, noch *Anime*-Marathons, noch den Spontanausflug nach Florenz oder Nachhilfe in Italienisch … und jetzt den Hund.

»Ich habe auch schon einen Namen«, fügt sie schelmisch hinzu.

»Ach ja?«, frage ich mit gespielter Gleichgültigkeit.

»Ichi, in Erinnerung an *Parfait tic*. Aber dir gefällt vielleicht Daiya besser.«

»Such du dir einen Namen aus, dir gehört der Hund. Auch wenn mir vielleicht Hachiko gefiele …«

Yukino schüttelt energisch den Kopf. »Einen solch banalen Namen bekommt er nicht. Entweder Ichi oder Daiya, such es dir aus.«

»Dann lieber Ichi. Und jetzt gib ihn mir mal.«

I love Paris in the fall

Dürres Laub, verschneite Äste, die sich in den rauchverhangenen Himmel recken. Die einzigartige Atmosphäre von Saint-Germain. Kleine, von der Alltagshektik unberührte Plätze. Die schmutzigste Metro, die mir jemals begegnet ist. Heiße Schokolade in einem Louvre-Café. Eiskalte Füße beim Bummeln auf den Champs-Elysées, aber das macht überhaupt nichts. Zum Aufwärmen eine Stippvisite bei Guerlain. Beeindruckende Gemälde von Ingres. Ein Nutella-Crêpe in einem Lokal (nicht sehr vertrauenerweckend im Vergleich zu anderen, aber ein bisschen Unsauberkeit verfeinert den Geschmack wie ein exklusives Gewürz, sagt er). Den Gelegenheitsmalern am Montmartre aus dem Weg gehen (einer von ihnen hat kurz seine Augen skizziert, und das war nicht einmal so schlecht). Meine Unkenntnis beim Anblick von vielen Werken im Centre Pompidou (er besteht darauf, dass es sich um Kunst handelt). Auf der Île Saint-Louis herumrennen wie Kinder. Mit Genuss Buttercroissants im Bett verzehren. Zum Abendessen verschiedene Käsesorten (sie riechen wie alte Socken, wir lachen darüber, dass die am besten schmecken, die am schlimmsten stinken). Nächte mit wenig Schlaf. Die Pflichten des Alltags einfach vergessen. Die Musik von Edith Piaf und Vanessa Paradis. An den Ständen in der Nähe von Notre-Dame einen Kunstdruck für sein karges Zimmer in der Rue d'Alésia aussuchen (ich begreife nicht, warum ihm die Damen in Gewändern des achtzehnten Jahrhunderts nicht gefallen, die so reizend aussehen). Ein endloser Nachmittag bei Shakespeare & Co. (und ich muss ihn bremsen, damit er nicht jedes Buch kauft, das ihm in die Finger kommt). Das Funkeln der Lichter am Eiffelturm. Karussells, die aussehen wie Spielzeug, auf denen aber Kinder sitzen und bald darauf auch ich, mit einem Stab Zuckerwatte in der Hand. Er fühlt sich in dieser Stadt viel wohler als in Rom, so viel ist klar. Das und noch viel mehr ist Paris mit Arthur an diesen eiskalten Novembertagen.

Ich bin in aller Eile aufgebrochen, fast sah es nach Flucht aus. Der Allerhöchste hatte mir ja einige Tage Urlaub zugesagt. Am Sonntag geht es wieder nach Hause, rechtzeitig für den zweiten Anlauf im Entmündigungsverfahren von Konrad Azais und wieder in Begleitung des ach so charmanten Niccolò.

Drei Tage, mal ohne Distanz, gerade so, als ob in unserer Beziehung eine gemeinsame Zukunft nicht mit jedem Tag ferner rücken würde. Doch immer, wenn ich ihn sehe, verfliegt angesichts unserer Leidenschaft und Nähe jeder Zweifel. Die wenigen Minuten am Telefon jeden Abend, die E-Mails, die Sehnsucht, alle Gefühle, die mich am Boden zerstören, sind den Augenblick wert, in dem ich in der anonymen Atmosphäre des Flughafens meinen Kopf müde an seine Schulter lege.

Die Gier des Deszidierius Horvath

Als ich, schlecht gelaunt wie bei jeder Rückkehr, nach Hause komme, schläft Ichi auf meinem Bett.

»Ja, das gefällt ihm«, erklärt mir Yukino beiläufig, so als wäre es das Normalste von der Welt.

»Yuki, das ist unhygienisch und eine ganz schlechte Angewohnheit!«

»Ach, das verstehe ich nicht«, behauptet sie. Dann ruft sie Ichi auf Japanisch zu sich ins Zimmer.

Ich folge ihnen. In Yukinos Zimmer sieht es aus wie in einem Laden für Hello-Kitty-Artikel. Auf ihrem Schreibtisch liegen ein Gedichtband von Montale und einige Blätter mit Notizen. Während sie mit Ichi spielt, werfe ich einen Blick darauf und finde zufällig eine Anmerkung zu Azais.

»Hast du schon mal etwas von Konrad Azais gelesen?«

Sie hebt ihren klaren Blick und streichelt unterdessen Ichis geschecktes Fell.

»Natürlich! *Die Gier des Deszidierius Horvath* ist einer der schönsten Romane, den ich je gelesen habe.«

»Und worum geht es da?«, erkundige ich mich neugierig, setze mich aufs Bett und beginne ebenfalls, Ichis Bäuchlein zu streicheln; der liegt genießerisch da wie ein Sultan im Harem.

»Darum, dass man nicht mit dem zufrieden ist, was man hat. Dass man Böses anstellt, um an das zu kommen, was man will, und darum, dass man sich eigentlich bedanken müsste.«

»Um Dankbarkeit also?«

»Wie heißt das Gegenteil?«

»Undankbarkeit.«

»Genau, darum. Im Roman geht es um Undankbarkeit.«

»Nicht sehr originell.«

Yukino nickt. Wenn es um Literatur geht, ihre große Leidenschaft, dann wird sie schlagartig ernst, und das hat immer etwas unfreiwillig Komisches. »Das stimmt, aber er hat eine ganz eigene Art zu erzählen. Das ist das Schönste, was er geschrieben hat.«

»Weißt du was? Morgen werde ich Konrad Azais einen Besuch abstatten.«

»Ist er tot?«, fragt sie.

»Nein. Aber ich weiß nicht, was schlimmer ist. Man will ihn entmündigen.«

»Was heißt das?«, fragt sie nach und legt den Kopf schief.

»Das heißt, dass man ihn für geisteskrank erklärt«, vereinfache ich, damit sie es besser versteht.

»Also für verrückt?«, erkundigt sie sich verwirrt.

»Genau.«

»Ich glaube auch, dass er verrückt ist. So ein Buch kann man nur schreiben, wenn man verrückt ist. Aber er ist auf geniale Weise verrückt und nicht wirklich.«

»Vielleicht. Morgen werden wir's sehen.« Und ich erinnere mich, dass ich mich noch mit Niccolò für die Fahrt verabreden muss. Anceschi will sein Motorrad nehmen, da fahre ich lieber bequem Auto, als auf dem Motorradsitz gerade mal einen halben Zentimeter Platz zu haben.

»Erzähl mir was von Paris«, fordert sie mich auf. »Wie geht es Arthur-*kun*?«

»Gut. Paris ist genau die richtige Stadt für ihn. Er ist einfach ein Egoist, auch wenn er sich ein bisschen gebessert hat, glaube ich. Aber er ist ein besonderer Mensch, und es ist schwer, ihm zu widerstehen.«

»Er hat große Ähnlichkeit mit dem Sänger von Led Zeppelin, als er noch jung war. Arthur-*kun* ist ein toller Typ.«

»Das weiß er leider auch.«

»Du klingst nicht sehr begeistert. Früher hast du ihn nie kritisiert.«

»Ich weiß auch nicht. Vielleicht werde ich erwachsen. Oder vielleicht sehe ich einfach der Realität ins Auge. Ich gehe jetzt duschen, Yuki. Gute Nacht, ihr beiden«, verabschiede ich mich und streichele Ichi noch ein letztes Mal. Als Antwort fährt er mir mit seiner rauen Zunge über die Hände.

* * *

»Beim letzten Mal hat alles viel besser gestimmt: Der Berater der Azais' war nicht dabei, es war ein schöner Tag, und ich hatte keine Nachtschicht hinter mir.«

Niccolò geht mir auf die Nerven. Ich sitze in seinem Punto, und wir fahren durch die etruskische Landschaft, während es schüttet. Ich habe Bauchkrämpfe – irgendetwas in Paris ist mir nicht bekommen –, und Niccolò hat miserable Laune.

»Was für ein Problem hast du mit dem Berater?«

»Kein Kommentar«, erwidert er in seiner ihm eigenen, unverschämten Art.

»Wie du möchtest, Niccolò.«

»Hier geht es nicht um ein Problem, höchstens um eine Unannehmlichkeit«, erläutert er ungeduldig.

Im Herbstlicht erscheint die kleine Villa wie ein englisches Cottage aus einem Roman von Katie Fforde. Clara macht uns auf. Ihr langes Haar hat sie zu zwei Zöpfen geflochten, was sehr romantisch aussieht, die Augen sind stärker geschminkt als beim letzten Mal, und an den Füßen trägt sie lilafarbene Ballerinas.

»Hallo«, begrüßt sie mich und ignoriert Niccolò. »Wo ist der andere Arzt?«

»Er wird gleich hier sein«, antworte ich.

Selina kommt in Begleitung eines Kätzchens auf uns zu. »Heute ist er umgänglicher«, versichert sie uns und führt uns ins Wohnzimmer. Auf dem Sofa sitzen, in hitziger Debatte, drei Herren.

Bei unserem Eintreten springen sie auf und stellen sich vor.

Der erste ist hochgewachsen, hat nur noch wenig Haar und wirkt nicht sehr interessant: Enrico Azais.

Der zweite ist kräftiger gebaut, gut aussehend und hat einen offenen, klaren Blick: Leone Azais, der älteste Sohn. Es fehlt Oscar, der jüngste.

Der Dritte in der Gruppe ist Dottor Paladino, der ärztliche Berater der Antragsteller. Er ist um die sechzig, überadrett und überkorrekt, wie sich sofort zeigt. »Es war gut, dass Signor Konrad Azais beim letzten Besuch die Untersuchung verweigert hat. Ich wusste nichts davon, und daran ist die Sekretärin von Signor Azais schuld.«

»Ich habe sie bereits entlassen«, erklärt Leone Azais von oben herab. »Und meine Schwester hatte mich natürlich auch nicht von dem Termin in Kenntnis gesetzt«, fügt er spitz hinzu.

Die Anwesenheit Dottor Paladinos scheint Niccolò zu hypnotisieren. Er starrt ihn nur an wie einen Heiligen. Auf mich wirkt Paladino eher wie ein Schwachkopf mit Doktorhut.

Trotz des schlechten Wetters lässt Anceschis Ankunft diesmal nicht auf sich warten. Nach seinem Eintreffen werde ich wie üblich zur Assistenzärztin degradiert, die jeder übersieht – es sei denn, mir unterläuft ein Fehler. So bleibt mir nichts anderes übrig, als schon mal mit dem Protokoll anzufangen. Clara schaut mir neugierig über die Schulter. Diese

Konsultation ist alles Mögliche, aber bestimmt keine trockene bürokratische Angelegenheit.

»Mit Ihnen kann ich reden«, meint sie leise. »Wir dürfen uns nicht geschlagen geben. Meine Onkel sind nur hinter dem Geld her, die veranstalten das Ganze, damit sie das Testament meines Großvaters anfechten können.«

»Was für ein Testament?«

»Großvater hat einen Brief an seine Kinder entworfen. Onkel Leone hat den heimlich gelesen und erfahren, dass mein Großvater sein gesamtes Erbe einer Unbekannten hinterlassen will. Keiner von uns kennt das Testament, aber meine Onkel befürchten das Schlimmste, und deswegen haben sie beschlossen, ihn zu entmündigen. Mein Großvater könnte ja sterben, und dann würde sein Letzter Wille befolgt.«

»Geh auf dein Zimmer, Clara, das hier ist nichts für ein Kind«, unterbricht Leone Azais und wirft seiner Nichte einen vernichtenden Blick zu. Clara schaut ihn finster an. Dann verlässt sie das Wohnzimmer.

Ich bin verblüfft und weiß nicht, ob ich ihr glauben soll: Um ein Testament, das Azais bereits hinterlegt hat, für ungültig erklären zu lassen, hätte man sofort handeln müssen. Hinterher hat das keinen Sinn mehr, denn eine Entmündigung gilt vom Augenblick des richterlichen Beschlusses an und hat rückwirkend keine Kraft.

»Gehen wir nach oben?«, schlägt Selina Norbedo vor. Wahrscheinlich will sie die Sache so schnell wie möglich hinter sich bringen. Die Brüder folgen ihrer Aufforderung sofort, und auch Dottor Paladino erhebt sich vom Sofa. Wir steigen die Treppe hinauf. Diesmal ist die Tür nicht abgeschlossen.

Konrad Azais sitzt im Rollstuhl vor dem Fenster. Er kehrt uns den Rücken zu und rührt sich nicht.

»Papa«, ruft seine Tochter schüchtern.

Er verharrt in seiner starren Haltung. Die Stille im Raum ist bedrückend.

»Die Ärzte sind hier, Papa.«

»Ich werde mich untersuchen lassen, aber deine Brüder bleiben draußen.«

Die Gebrüder Azais geraten nicht im Geringsten aus der Fassung. »Einverstanden, wie immer ein Ausbund an Freundlichkeit, *apa*«, erklärt Enrico und weicht in Richtung Tür zurück.

»Wollte Oscar auch kommen, Selina?«, fragt Konrad.

»Nein, Papa.«

Leone berührt ihn leicht am Arm. »Papa, damit du's nur weißt: Deinem Oscar sind wir alle scheißegal. Vor allem du. Weißt du, warum er Kontakt hält? Weil er hinter deiner Kohle her ist, die braucht er. Und du empfängst ihn als Einzigen von uns, obwohl er diesen Antrag, wegen dem du uns nicht mehr sehen willst, genauso unterschrieben hat.«

»Lass es, Leone«, murmelt Enrico mit finsterer Miene.

»Bitte deine Brüder, mein Zimmer zu verlassen, Selina.«

»Da brauchst du gar nicht viel zu bitten, wir gehen schon von allein«, meint Leone betont gleichgültig.

Erst als beide das Zimmer verlassen haben, dreht sich Konrad zu uns um.

Er hat kantige Gesichtszüge, die in jungen Jahren sicher etwas Gewinnendes hatten. Jetzt wirken sie verdrossen und hochmütig. Sein Haar ist glatt, schlohweiß und lang für sein Alter. Er trägt eine Hausjacke im Schottenmuster, in der Hand hält er eine Pfeife, die einen Duft von Lakritz verströmt. Seine Haut ist faltig, seine Augen so hellgrau wie die eines Wolfes. Vielleicht wirkt er deswegen beunruhigend.

Dottor Paladino mustert ihn herablassend und stellt sich vor. Dann hebt er zu einer kurzen Lobrede auf Konrad Azais' schriftstellerisches Werk an. Unterdessen entnimmt Niccolò seiner Tasche einige Zettel, um sich Notizen zu machen, und schiebt dazu auf Azais' Schreibtisch mühsam einen Stapel Werke eines Lyrikers namens Vítezslav Nezval beiseite. Plötzlich ertönt ein Knall, und alles ist stockdunkel. In Azais ruft dieser Zwischenfall eine unerklärliche Heiterkeit hervor, er lacht unbändig und gehässig.

»*Apa*...«, murmelt Selina erschöpft und schiebt die Vorhänge beiseite, um für ein wenig mehr Licht zu sorgen. Doch mehr als melancholisches Zwielicht dringt von draußen nicht herein. Mit einem Mal klingelt Anceschis Mobiltelefon, und er zieht sich aus dem Raum zurück, um den Anruf entgegenzunehmen. Inzwischen reicht Niccolò Dottor Paladino ein Dokument zum Unterzeichnen, und die Untersuchung beginnt mit einer ausführlichen Anamnese. Azais liefert die nötigen Informationen mit unerwarteter Präzision. Als er den Tod seiner Schwester Heni erwähnt, überfliegt Trauer sein Gesicht. Selina muss ihn nicht einmal korrigieren oder ihm Einzelheiten in Erinnerung rufen. Und ich frage mich, was wir hier eigentlich machen.

Azais ist vollkommen bei Verstand, mehr als ich.

Anceschi kommt ins Zimmer zurück und nimmt mich beiseite. Leise informiert er mich, dass er mir hier die Verantwortung überträgt.

»Leider muss ich weg, Allevi. Meine Schwiegermutter liegt im Sterben. Protokollieren Sie alles genau, ich bitte Sie, achten Sie auf jedes Detail.«

Er entschuldigt sich bei Laurenti und Paladino und unterschreibt den Bericht. Dann verabschiedet er sich von Selina Norbedo und rast auf seiner Suzuki durch den Regen davon.

Die Untersuchung von Konrads körperlichem Zustand ergibt eine Atrophie der unteren Gliedmaßen, eine Folge des Rollstuhls. Ansonsten ist er in Topform. Azais macht bei der Untersuchung widerstandslos mit, ja, bis zum kognitiven Test verhält er sich geradezu entgegenkommend. Doch als er ein paarmal hintereinander Wörter wie *Haus, Maus, Laus* wiederholen oder einfache geometrische Figuren nachzeichnen soll, verliert er die Geduld.

»Wofür haltet ihr mich eigentlich?«, murmelt er ungehalten, als er Niccolò den Stift zurückgibt. Paladino scheint von dem Ergebnis des Tests enttäuscht.

Als wir wieder in Selinas Wohnzimmer sind, behauptet Paladino, dass es sich um einen *klassischen* Fall von Demenz handeln würde, bei dem es dem Kranken zwar noch gelinge, einfache Anordnungen auszuführen, er aber nicht mehr fähig sei, autonome Entscheidungen zu treffen.

»Diese Meinung teile ich ganz und gar nicht«, werfe ich ein. Außerdem verblüfft mich Niccolòs unschlüssige Haltung. Wie kann man einen solchen Unsinn durchwinken! Es mag schon sein, dass in der Medizin grundsätzlich alles möglich ist, aber das ist noch lange kein Grund, jeden Blödsinn gelten zu lassen. Azais hat zeitliches und räumliches Orientierungsvermögen, er ist mürrisch, das schon, aber durchaus in der Lage, eingehend Selbstauskunft zu geben. Und als er uns fragte, ob wir *Die Gier …* gelesen hätten, war er sogar richtig freundlich.

Niccolò, der ewige Streber, hat natürlich sofort mit *selbstverständlich* geantwortet, während ich meinen Mut zusammennahm und verneinte. »Gib mir ein Exemplar für die hübsche Dottoressa, Selina, sonst hat sie am Ende noch eine große Bildungslücke«, meinte Azais lächelnd.

Dann nahm er einen Füllfederhalter von seinem Schreibtisch und schrieb mir eine kurze Widmung hinein.

Als ich Paladino an diese Episode erinnere, blickt er mich hochmütig an. »Das ist typisch für eine bipolare Störung, Frau Kollegin. Sind Ihnen nicht die extremen Stimmungsschwankungen während unseres Besuchs aufgefallen? Die aggressive Haltung gegenüber den Söhnen?«

»Ich möchte wetten, dass jeder Mensch seine Söhne aggressiv behandeln würde, wenn es um seine Entmündigung geht«, entgegne ich spontan.

»Haben Sie nicht bemerkt, dass seine Wut sich nur gegen zwei der Söhne richtet, obgleich alle drei involviert sind?«

»Das sind seine persönlichen Angelegenheiten!«, lautet mein Kommentar.

Niccolò hebt die Augenbrauen und blättert aufmerksam in seinem DSMIV, dem Standard-Handbuch für psychiatrische Störungen, so etwas wie die Bibel der Psychiatrie. Er scheint nichts Eigenes zur Unterhaltung beitragen zu wollen. Über das Buch gebeugt, entzieht er sich der Diskussion, und die wird allmählich hitziger.

»Finden Sie nicht, dass Ihre Sicht der Dinge ein wenig zu emotional ist und mit Wissenschaft wenig zu tun hat?«, fragt Paladino. »Schauen Sie her. Lesen Sie diesen Brief von Azais an seine Kinder. Er ist der Grund für den Entmündigungsantrag«, fährt er fort und reicht mir ein Blatt.

»Wie haben Sie von dem Brief erfahren?«, erkundige ich mich, neugierig geworden.

»Leone Azais hat ihn im Zimmer seines Vaters gefunden, als dieser bei ihm und seiner Familie in Rom wohnte. Konrad Azais wollte für jedes seiner Kinder eine Abschrift machen und sie so auf die Enttäuschung bei der Testamentseröffnung vorbereiten. Daraus sind dann Reibereien entstanden, und deshalb ist Azais zur Tochter gezogen.«

Meine Neugier ist geweckt, und ich beginne zu lesen.

Für Leone, Enrico, Oscar und Selina

An Euch ist dieser merkwürdige Brief gerichtet. Ihr wartet auf Geld, das nicht kommen wird.
Mein Schicksal will es so, denn ich kann diese Welt nicht verlassen, ohne alles in Ordnung gebracht zu haben.
Es ist eine Gewissensfrage, die mich nun eingeholt hat.
Lasst Euch durch nichts von der Erfüllung meines letzten Wunsches abbringen. Mein Ehrgefühl bedrängt mich

Immerzu und treibt mich zu dieser gewagten Entscheidung.
Es ist nicht einfach, Euch eigenmächtig um Euren Reichtum zu bringen, aber ich allein trage die Folgen.
Verderben hätte ich verdient, Ihr versteht das alles nicht, das weiß ich, Ihr tappt im Dunkeln, das ist
Offensichtlich, denn wie könnt Ihr auch begreifen, doch manches ist nur für einen Menschen bestimmt, eine
Leserin, das Testament ist für sie allein, dort ist alles erklärt, noch ist alles am
Anfang, doch wird der richtige Augenblick kommen. Noch will ich nicht, dass Ihr ihren Namen kennt.
Nein, Ihr sollt ihn noch nicht erfahren, übt Euch in Geduld und lasst ihr alles, denn ich schwöre, nichts
Gutes wird Euch sonst widerfahren. Für die Freude, die Ihr mir geschenkt habt, werde ich Euch
Ewig dankbar sein, meine Kinder,

Konrad Andràs Azais

»Der Brief ist … mysteriös«, stelle ich fest.

»Sehen Sie, Kollegin? Dieser Brief ist ein eindeutiger Beleg für Azais' Demenz und seine narzisstische Störung. Nur ein kranker Mensch kommt auf die Idee, dermaßen bizarr und selbstherrlich über seinen Besitz zu verfügen. Die Söhne können diese Geheimniskrämerei nicht einfach hinnehmen.«

»Schon, aber Azais ist ein kreativer Mensch. Der Brief mag in der Form eigenwillig sein, aber sein Inhalt ist ganz klar. Die Idee dahinter ist eindeutig: Er will seinen Besitz einer Frau hinterlassen, deren Identität er noch nicht offenlegen möchte, und nur ihr allein will er den Grund für diese Entscheidung mitteilen. Das ist legitim, denn das Geld gehört ihm und nicht den Kindern … Er schuldet ihnen keinerlei Erklärung, und niemand kann ihn dazu zwingen.«

Paladino blickt mich an, als wäre ich ein lästiges Insekt. »Wenn ich nicht irre, dann obliegt das psychiatrische Gutachten Dottor Laurenti, und Sie haben Dottor Anceschi lediglich begleitet. Sie sind doch noch Assistenzärztin, nicht wahr?«, bohrt er nach, um meine unbedeutende Rolle in dieser Angelegenheit zu unterstreichen.

»Und das Testament?«

»Es ist versiegelt bei einem Notar hinterlegt. Niemand kennt den Inhalt.«

»Könnte ich diesen Brief abschreiben? Ich würde ihn gern Dottor Anceschi zeigen.« Mit unbewegter Miene lässt Paladino mich machen. Zeile für Zeile schreibe ich Konrads Brief ab, und sobald ich fertig bin, verlassen wir nach höflicher Verabschiedung das Haus.

Auf dem Rückweg nach Rom wirkt Niccolò verwirrt. Ich verstehe seine Position in diesem Fall nicht ganz: Als ich ihm sage, dass Azais meiner Meinung nach voll zurechnungsfähig ist, scheint er mir zuzustimmen. Aber ich bin mir nicht ganz sicher, denn er bleibt einsilbig und vage.

Zu Hause mache ich es mir auf dem Sofa bequem – Ichi wärmt mich besser als jede Wärmflasche – und beginne mit der Lektüre des Buches, das mir Konrad Azais geschenkt hat.

Es beginnt ganz leise, steckt aber voller Überraschungen und hat einen sehr kreativen Umgang mit Sprache. Ich lese bis zum Morgengrauen, so sehr bin ich von der Lektüre gefesselt – das ist mir schon lange nicht mehr passiert.

Und von mir anfangs unbemerkt, umhüllte mich Melancholie wie eine dunkle Wolke

Konrad Azais, *Die Gier des Desziderius Horvath*

Der Roman von Konrad Azais, den ich am Nachmittag des folgenden Tages zu Ende lese, wird dem Ruhm des Autors gerecht. Er versetzt den Leser in eine Welt, die von ungewöhnlichen, aber menschlich sehr überzeugenden Figuren bevölkert wird. Der Text hat eine klare Aussage, und er geht mir so nahe, als wäre er nur für mich erdacht und niedergeschrieben. Kann man wirklich glücklich sein, oder wird man nicht zugleich immerzu von nostalgischem Bedauern gequält? Fragt man sich nicht fortwährend, ob der eingeschlagene Weg der richtige war? Azais geht diesen beunruhigenden Fragen mit Menschenkenntnis und psychologischem Feinsinn auf den Grund. Jetzt begreife ich Yukinos Begeisterung, und auch die von Niccolò, die ich bislang für Bildungsgetue gehalten hatte.

Ich betrachte die Seiten meiner handsignierten Ausgabe wie einen wertvollen Schatz. Als ich sie Yukino zeige, steht eine gesunde Portion Neid in ihren Augen.

»Ich habe dir ja gesagt, das ist ein wunderbarer Roman«, merkt sie an, sie hat ihn schließlich für mich entdeckt. Wir sitzen in unserer Küche, durch das Fenster dringt das Rauschen des Regens. Im Stockwerk über uns wirft sich ein Paar Geschirr an den Kopf, aber das ist nichts Neues. Ichi schläft auf dem Sofa, und aus Yukinos Notebook ertönt die Musik von Olivia Lufkin, einer japanischen Sängerin, die sie sehr mag. Und Yukino bereitet einen Smoothie aus

Früchten, die bei uns im Augenblick garantiert nirgendwo wachsen.

»Glaubst du, dass man sein Glück ruinieren kann, wenn man ständig allem nachtrauert, Yuki?«

»Du redest von dem Roman, stimmt's?«, fragt sie zurück. Sie seufzt und gießt etwas von dem Smoothie in meine grüne Tasse mit den Punkten. »Ja, das glaube ich. Ich erinnere mich, da gibt es diesen Teil, in dem es um Lebensentscheidungen geht. Er hat recht mit dem, was er da sagt. Aber ich müsste das Ganze noch einmal lesen.«

Ich betrachte sie aufmerksam. Ich habe mich daran gewöhnt, sie – zu Unrecht – als stets unbeschwerten Menschen wahrzunehmen, als ob sie niemals traurig sein könnte. Aber sie ist keine Manga-Figur, sie ist aus Fleisch und Blut und hat auch ihre Probleme. Das sollte ich mir wirklich öfter bewusst machen.

Heute wirkt sie bedrückt.

»Was ist los, Yuki? Hast du Sorgen?«

Sie setzt sich auf den Platz mir gegenüber und hält den Blick auf ihr Glas gesenkt, das mit großen roten Erdbeeren verziert ist. In ihrem leichten roten Wollpullover und mit der Perlenkette, die ihre Mutter ihr diesen Sommer aus Kyoto mitgebracht hatte, sieht Yukino bezaubernd aus.

»Ich denke darüber nach, nach Hause zu fahren«, sagt sie leise. Ich bin nicht sicher, ob ich richtig verstanden habe.

»Jetzt schon?«, frage ich. Wirklich alarmiert bin ich nicht, sondern nur beunruhigt, denn ihre Abreise steht erst in acht Monaten bevor.

»Ja«, erwidert sie und hält sich am Glas fest.

»Gibt es dafür einen besonderen Grund?« Die Vorstellung, allein in der Wohnung zu leben, gefällt mir gar nicht.

»Ich glaube, die Entfernung bekommt der Beziehung zu Sosuke nicht. Gestern hatten wir einen schlimmen Streit und haben uns noch nicht wieder vertragen.«

»Streit kommt vor. Das ist bei Paaren so. Solange das nicht ausartet wie bei den beiden über uns«, merke ich vorsichtig an. Ich habe meine grüne Tasse noch nicht einmal angerührt, mir ist der Appetit vergangen.

Yuki lächelt kurz und wird dann wieder ernst. »Man kann nicht so lange getrennt sein, ohne dass das Folgen hat.« Ihre Worte treffen mich bis ins Mark, mir wird ganz kalt. Arthur taucht einen Augenblick lang vor meinem inneren Auge auf.

»Ich habe hier erreicht, was ich wollte: Mein Italienisch ist besser geworden. Ich mache jetzt mit dem Konjunktiv nichts mehr falsch«, sagt sie mit einem traurigen Lächeln.

»Aber du sagst immer noch *biete* anstatt *bitte*.«

»Nur, weil du daran deinen Spaß hast«, erwidert sie. Dann legt sie den Keks, den sie gerade essen wollte, auf den Teller zurück. Vielleicht ist ihr auch der Appetit vergangen.

* * *

Marco und Alessandra erwarten mich in Alessandras schwarzem Twingo. Schon beim Einsteigen spüre ich die ansteckende gute Laune der beiden.

Nach Jahren ohne feste Freundin, in denen ich ihn schon für schwul hielt, ist mein Bruder Marco jetzt mit meiner Studienfreundin Alessandra zusammen, einer so heiteren und freundlichen Person, dass man denken könnte, sie lebe in einer anderen Welt. Und die beiden sind ein so harmonisches Paar, dass es zu fast zu schön ist, um wahr zu sein. Im Grunde sind sie ein bisschen langweilig, aber – schön für sie – unzertrennlich.

»Wie wär's mit Pizza?«, schlägt Marco vor. Er hat einen neuen Haarschnitt, mit dem er aussieht, wie es sich gehört, und nicht mehr so alternativ wie in früheren Zeiten. Alessandra plaudert lebhaft drauflos. Ich gehe gern mit den beiden aus. Wir tun das relativ häufig, auch wenn ich mich hin und wieder in ihrer Gegenwart merkwürdig fühle, so als hätten sie es geschafft und ich nicht.

Während ich unschlüssig die Speisekarte studiere, scheinen Marco und Alessandra vor Ungeduld zu platzen.

»Was ist denn mit euch los?«, frage ich die beiden, während sie Händchen haltend tuscheln.

»Wir wissen nicht, wie wir's dir sagen sollen«, erwidert Alessandra und hat dabei die rosarote Brille auf.

»Was denn?«, frage ich nach, aber mein Interesse ist nicht sehr groß. Ich bin vor allem mit der Frage beschäftigt: eine Pizza *Brivido d'Inverno* oder eine einfache *Margherita*?

»Marco und ich wollen heiraten, Alice«, verkündet Alessandra strahlend, ganz so, wie es sich gehört.

Ich schaue die beiden verblüfft an. Natürlich freue ich mich, aber ich bin auch ein bisschen neidisch.

»Und das ist noch nicht alles. Du wirst Tante. Und zwar in sieben Monaten, wenn alles gut geht«, fügt Marco hinzu und streichelt die Wange seiner zukünftigen Frau.

Das bedeutet, eine gemeinsame Zukunft zu planen, etwas zu erschaffen, und ich bewundere die beiden von ganzem Herzen. Denn dass sie neues Leben in die Welt setzen werden, ist wirklich eine beachtliche Leistung: Vielleicht wird er (oder sie) Papas Augen und Mamas Anmut erben, seine Kreativität und ihre freundliche Lebenseinstellung, seine schönen Hände und ihr gewelltes, glänzendes Haar. Das jedenfalls wünsche ich dem Baby.

»Und ich würde mich sehr freuen, wenn du meine Trauzeugin wärst«, schiebt Alessandra nach. Ich habe sie mit meinen Tränen angesteckt, das hört man, und dann meint sie: »Mach dir nichts draus. Das sind die Hormone.«

Nicht hier und nicht jetzt, in diesem furchtbaren Riesenpech

Kommen wir zur Sache, Alice, was meinst du zu dem Fall?«, fragt Anceschi.

»Meiner Meinung nach ist Konrad Azais bei klarem Verstand und in der Lage zu eigenen Willensäußerungen.«

»Hat er Laurentis Test bestanden?«, will er wissen.

»Meiner Meinung nach ja.«

»Das reicht nicht aus. Wir müssen das Gutachten abwarten. Das letzte Wort haben in jedem Fall wir. Ich verstehe eigentlich auch gar nicht, warum der Richter angeordnet hat, dass wir mit einem Psychiater zusammenarbeiten sollen. Normalerweise entscheiden wir, ob wir einen Kollegen hinzuziehen oder nicht. Dass Laurenti seine Finger mit im Spiel hat, gefällt mir nicht.«

»Ich teile Ihre Meinung ganz und gar«, stimme ich zu.

»Aber dieser Brief hier …«, murmelt er, während er das Stück Papier, auf dem ich den Text abgeschrieben habe, zwischen seinen Wurstfingern wendet, »ist schon eigenartig.«

»Weil man erst dahinterkommen muss. Azais ist ein eigenwilliger Künstler, ein Rätselliebhaber. Der Brief entspricht völlig seinem Wesen.«

»Vielleicht. Schreiben Sie schon mal ein paar Zeilen zusammen. Ich schaue mir die Krankenakte an und treffe mich dann mit Laurenti, um zu einem Ergebnis zu kommen.«

Ich nicke, sammle die Unterlagen ein und nehme sie mit in mein Büro.

Lara sitzt an ihrem Schreibtisch; von Ambra fehlt seit einigen Tagen jede Spur.

»Wo ist denn unsere Prinzessin?«, frage ich spitz. Lara streicht mit einem dunkelrosa Marker Stellen in ihrem Lehrbuch zur Kriminologie an und antwortet, ohne ihren Blick abzuwenden: »Wahrscheinlich heult sie sich irgendwo aus.«

»Und warum?«

»Weißt du das denn nicht?«, fragt sie und sieht mich aus ihren dunklen Augen ungläubig an.

»Was denn?«

»Es geht das Gerücht um, dass zwischen ihr und Claudio Schluss ist.«

»Und warum das?«, frage ich nach und kann meine Neugier kaum zügeln.

»Das weiß ich nicht genau. Aber es scheint so, als wäre das von ihm ausgegangen. Vielleicht hat er eine andere.«

»Schau, Lara, deine Jacke... da ist noch das Preisschild dran.«

Sie tastet nach dem Schildchen, der Preis ist nicht ohne.

»Wie kann das sein? O nein, das darf nicht wahr sein!«

»Was ist los?«

»Ich habe meine Jacke mit der von einer Leiche vertauscht, die schon für die Beerdigung fertig gemacht war! Ich hab mich schon gewundert, warum sie ein bisschen zu weit ist und merkwürdig riecht.«

»Das ist dir nicht aufgefallen?«, frage ich ungläubig.

»Hoffentlich haben sie meine Jacke noch nicht mitbeerdigt!«

Sie öffnet die Tür und rennt gegen Claudio.

»Wohin so eilig?«, fragt er.

»Das ist eine lange Geschichte«, ruft sie nur und lässt uns allein.

»Sie hat ihre Jacke mit der von einer Leiche verwechselt«, erzähle ich Claudio auf der Stelle.

»Schon gut«, winkt er ab. »Ist noch etwas offen?«, fragt er dann.

»Wie meinst du das?«, erwidere ich leicht verunsichert.

Claudio verdreht die Augen. »Na, was glaubst du denn, Allevi?«, hebt er an, und sein Tonfall ist sarkastisch, aber gleichzeitig kostet er die Zweideutigkeit seiner Äußerung aus. »Gibt es noch irgendwelche unerledigten Arbeiten?«

»Ja, der Fall V.«, gebe ich zurück und habe mich wieder unter Kontrolle. Ich krame zwischen den Akten auf meinem Schreibtisch und ziehe einen lila Ordner mit Claudios Anmerkungen in der für ihn typischen, pedantisch klaren Handschrift aus dem Berg.

»Wann war der Termin?«, fragt er mit verschränkten Armen.

Ich schaue nach und sehe, dass die Fristen schon länger abgelaufen sind.

Ich sehe ihn flehentlich an. »Es ist alles schon erledigt.«

»Für dich ist das vielleicht erledigt, aber für mich fängt die Arbeit erst an. Such alles Notwendige zusammen und komm dann in mein Büro.«

So wie er da steht, in dem Licht, das auf sein gegeltes Haar fällt, fühle ich mich in alte Zeiten zurückversetzt, als er mich mit erbarmungslosen und ausschweifenden Kommentaren auf meine Fehler aufmerksam machte.

»Dieser Fall war nicht einfach, das gestehe ich dir zu. Wir sollten ihn in kleiner Runde mit deinen Kollegen diskutieren«, fügt er in verändertem Tonfall hinzu. Claudio nimmt seine Dozentenrolle sehr ernst, und ihm ist jede Gelegenheit willkommen, seine didaktischen Fähigkeiten unter Beweis zu stellen. »Du übernimmst die Organisation.«

»Heute sind wir aber nicht alle da, Ambra fehlt, das ist dir bestimmt bekannt.«

Er geht über meine Bemerkung hinweg. »Das spielt keine Rolle«, bemerkt er trocken.

»Warum ist es zwischen euch beiden aus?«, frage ich ihn unvermittelt.

Anstelle einer Antwort wirft Claudio mir einen zornigen Blick zu. Er ist blass geworden.

»Wegen unüberwindlicher Meinungsverschiedenheiten.«

»Das klingt wie bei einer Scheidung.«

»Wir waren uns bei einem wichtigen Thema nicht einig. Mehr verrate ich dir nicht, du Schnüfflerin, es hat also keinen Zweck, wenn du mich bedrängst. Wir sehen uns in einer halben Stunde in der Aula.« Er tut so, als hätte er weiß Gott was preisgegeben, aber ich berste immer noch vor unbezähmbare Neugier.

* * *

Wir versammeln uns alle mehr oder weniger motiviert in der Aula. Natürlich wartet Claudio schon und sieht tadelnd auf die Uhr.

»Irgendeine Erklärung für die Verspätung? Wohl total von euren Computerspielen in Beschlag genommen?« Auf dem Karriereweg nach oben hat er einige von Wallys unerträglichen Angewohnheiten angenommen.

»Egal«, meint er dann. »Alice, stell den Fall mal vor.«

Das ist nicht so einfach, er unterbricht mich dauernd und macht die Kollegen fertig, die sich zu Wort melden.

Klar, wenn sich keiner von uns beteiligt, sind wir Nullen, wenn wir aber aktiv mitarbeiten, hat er Gelegenheit, uns kleinzumachen.

»Conforti, du ziehst ja immer noch dieselbe Show ab. Du änderst dich nie, immer noch der gleiche Versager wie damals.«

Eine Unbekannte hat die Sätze in einem leichten süditalienischen Akzent hingeworfen. Alle Blicke wandern zum Aulaeingang: Dort steht eine junge, hochgewachsene und attraktive Frau, die alles amüsiert verfolgt. Claudio wirkt ganz und gar überrumpelt.

Die Unbekannte hat langes, feines hellbraunes, fast blondes Haar und leicht kantige Gesichtszüge. Ein paar Kilo mehr würden ihr nicht schaden, aber ihre Proportionen stimmen. Ihre stark geschminkten Augen blicken schlagfertig in die Runde. Sie steht mit verschränkten Armen gegen den Türrahmen gelehnt und sieht so aus wie jemand, der voller Genuss eine Szene mitverfolgt, wie er sie erwartet hat. An ihren Fingern trägt sie Ringe, an ihren Armen klimpern zahllose Reifen. Ihr graues Kleid mit dem Blumenmuster würde ich nicht einmal anziehen, wenn man es mir schenken würde. Ihre ganze Erscheinung wirkt überladen, aber trotzdem angenehm.

Claudios magere Wangen röten sich. Aber es verschlägt ihm nur für einen Augenblick die Sprache, dann findet er wieder zu seiner alten Form zurück.

»Da schau an, was verschafft mir die Ehre, Beatroce?«, begrüßt er sie mit beißendem Humor.

Ihr Lachen ist ansteckend und so laut, dass selbst ich nicht umhin kann zu lächeln.

»Immer noch dieser unmögliche Spitzname.« Ohne uns weiter zu beachten, durchquert sie die Aula. Zur Begrüßung gibt sie ihm einen Kuss auf die Wange.

Wenn er könnte, würde er sie am liebsten auf der Stelle wegzaubern, verrät sein Blick.

»Einen Moment«, meint er zu uns und verlässt uns dann mit der Unbekannten.

»Wer ist das?«, fragt mich Lara. Seltsamerweise geht sie davon aus, dass ich mehr weiß als sie.

»Keine Ahnung.«

»Ich glaube, das ist eine Ex«, meint sie und knabbert dabei mit ihren kleinen weißen Zähnen an einem Stück Nagelhaut.

»Schon möglich. Claudio hat alle möglichen Frauen flachgelegt. Außer uns beide«, gebe ich leise zurück, weil mich diese Unterbrechung ärgert.

Lara seufzt. »Leider.«

* * *

Es ist Zeit zu gehen. Ich musste noch einige Arbeiten erledigen und habe deswegen den ganzen Nachmittag im Institut verbracht. Jetzt ist Zeit fürs Abendessen. Ich schließe die Tür zu meinem Büro und kann es kaum erwarten, endlich zu Hause zu sein. In der Nähe des Ausgangs treffe ich auf Claudio. Ich wusste nicht, dass auch er noch so lange hier war.

»Immer noch der Versager von damals, Conforti«, imitiere ich Beatroces Worte.

Die Aussage scheint ihn zu treffen. Dann breitet sich auf seinem wohlproportionierten Gesicht ein Lächeln aus. »Tja.«

»Wer war das?«, frage ich unverblümt.

»Ein Gespenst«, erwidert er. Er öffnet die Tür und lässt mir ungewohnt höflich den Vortritt.

»Ich meine, im Ernst.«

»Soll ich dich nach Hause bringen?«, fragt er anstelle einer Antwort.

»Gern, wenn du mir ein paar Einzelheiten verrätst.«

Claudio schüttelt den Kopf; er verzieht resigniert das Gesicht, denn wieder einmal habe ich die Gesetze der Logik missachtet. »*Du* hast etwas davon, wenn du meine Einladung annimmst, nicht ich.«

Er hat ja recht, und so nehme ich an, bevor er es sich anders überlegt.

Ein Rätsel ist eine Aufgabe, die durch Denken gelöst werden muss
Wikipedia

Ich habe mir noch einmal den Brief von Konrad Azais an seine Kinder vorgenommen. Je öfter ich ihn lese, desto mehr frage ich mich, ob Azais zwischen den Zeilen nicht eine Nachricht versteckt hat. Er wäre genau der Typ für diese Art von Spielchen.

Yukino klopft an meine Tür und reißt mich aus meinen Gedanken. Sie trägt eine rote Baskenmütze mit weißen Troddeln und hält Ichi an der Leine. Der kleine Hund ist außer sich vor Freude und verfolgt unruhig unsere Unterhaltung.

»Ich esse heute Abend mit Leuten aus der Uni. Ich komme sicher spät nach Hause, für dich habe ich *Yakisoba* vorbereitet.«

Von allen ihren Küchenexperimenten fürchte ich *Yakisoba* fast am meisten.

Ich nicke zerstreut und schaue mir den Brief noch einmal genau an.

Mit einem Mal leuchten einige der Buchstaben farbig auf, ganz wie in dem Film *A beautiful mind – Genie und Wahnsinn* über den Mathematiker John Forbes Nash, und werden zu einem richtigen Code.

»Yuki, das kann nicht wahr sein!«

»Was ist los?«, fragt sie mich ganz besorgt.

»Das ist ein Akrostichon.«

Meine arme Mitbewohnerin versetzt der unbekannte Begriff in höchste Alarmstufe.

»Was ist das?«

»Du hast einen Satz oder ein Wort oder auch einen Namen, der sich aus dem ersten Buchstaben jeder Verszeile von einem Gedicht oder einem anderen Text zusammensetzt.«

Yuki rümpft die Nase.

»Ist das etwas Ernstes?«

Sie hat überhaupt nichts verstanden. »Mach dir keine Gedanken, Yu. Geh nur.«

»Okay … ich bin dann weg. Ich führe Ichi kurz aus und bringe ihn dann zurück. Kannst du bei ihm bleiben? Oder gehst du auch noch weg?«

»Nein, ich bleibe auf jeden Fall zu Hause!«, rufe ich aus und bin über meine Entdeckung ganz aus dem Häuschen.

Die Anfangsbuchstaben der Zeilen in Konrad Azais' Brief ergeben von oben nach unten gelesen den Namen einer Frau: AMELIE VOLANGE.

Volange … Zunächst erinnere ich mich nicht, wo ich diesen Namen schon einmal gelesen oder gehört habe. Aber ein Schluck Cola Light bringt mein Gedächtnis in Schwung.

Volange hieß der Mitbewohner von Azais in Paris.

Ich google sofort Amélie Volange und erhalte eine ganze Reihe von Einträgen. Der interessanteste ist der Wikipedia-Eintrag zu Catherine Rouvroy, Jugendliebe von Konrad Azais. Sie ist Amélies Mutter.

Catherine Marie-Geneviève Rouvroy (* 17. Oktober in Paris) ist eine ehemalige französische Ballerina.

Leben

Sie stammt aus einer bürgerlichen Familie. Ihr Vater war Regierungsbeamter, ihre Mutter, Yvonne Saint-Marie, war ebenfalls Ballerina, die jedoch nach einer schweren Oberschenkelverletzung ihre Karriere aufgeben musste.

Sie war die erste Tanzlehrerin ihrer Tochter und trainierte diese mit großer Härte. In einem Interview berichtete Rouvroy, dass die Mutter sie mit Haarnadeln stach, wenn sie Fehler machte. 1946 trat Rouvroy in die Ecole de Danse de l'Opéra in Paris ein. Mit neunzehn wurde sie Tänzerin im Ensemble des Ballet de l'Opéra. Dort durchlief sie die Tanzhierarchie als coryphée, sujet und 1955 als première danseuse.

Sie gilt als eine der bedeutendsten Tänzerinnen ihrer Zeit. Neben einer souveränen Körperbeherrschung besaß sie vor allem einzigartige Eleganz und Ausdruckskraft.

Nach einer langjährigen Beziehung mit dem Schriftsteller Konrad Azais heiratete sie 1960 Olivier Volange, mit dem sie zwei Kinder hatte: Sebastian (1967), der 1982 bei einem Verkehrsunfall verunglückte, und Amélie (1971), die eine Laufbahn als Diplomatin einschlug und heute an der spanischen Botschaft in Paris arbeitet. 1978 trennte sich Rouvroy von Volange durch Scheidung.

Ich gebe Olivier Volange ein, und da wird es noch spannender: Er beging 1980 Selbstmord und galt als mittelmäßiger, in Paris lebender Schriftsteller; er verfasste einige Erzählungen und Romane, die vom Publikum weitgehend ignoriert wurden. Seine Werke werden in Italien seit mehr als dreißig Jahren nicht mehr aufgelegt. Nachdem seine schriftstellerische Karriere gescheitert war, widmete er sich dem Unterrichten.

Nicht schlecht, diese Entdeckung!

Es ist Sonntag, und an diesem Wochenende bin ich nicht zu meinen Eltern nach Sacrofano gefahren, denn Claudio hat Bereitschaftsdienst und muss für die Staatsanwaltschaft jederzeit erreichbar sein, falls es Todesfälle gibt. Und ich muss also für ihn erreichbar sein. Yukino und ich haben uns zu Mittag gefrorene Lasagne vom Supermarkt in den Ofen geschoben. Ich schlummere gerade, in meine rosa Steppdecke gehüllt, auf dem Bett, als mein Mobiltelefon klingelt. Ohne die Augen zu öffnen, ertaste ich es zwischen den anderen Gegenständen, die auf der Kommode liegen, und lege es langsam an mein Ohr.

»Arthur«, murmele ich. Es kann nur er sein.

»Nein, viel besser«, erwidert am anderen Ende ein ungeduldig klingender Claudio. »Schaffst du es, in knapp zwanzig Minuten fertig zu sein?«

»Ein Todesfall?«

»Ich hab dich gewarnt, ich will jetzt keine Entschuldigungen hören. Wir müssen ein gutes Stück fahren, also trödel nicht herum. Ich komm vorbei und hol dich ab. Beeil dich«, meint er abschließend.

In einer Rekordzeit von achtzehn Minuten schaffe ich alles: Ich tausche meinen Schlabberpullover gegen einen ordentlichen blauen Pulli; ich ziehe mir Strümpfe und Stiefel an; ich trinke ein Glas Wasser; ich esse ein Stück Schokolade, putze mir die Zähne, trage Lipgloss auf und stehe draußen auf dem Bürgersteig, noch bevor Claudio um die Ecke biegt und einen Wutanfall bekommen würde, wenn er auch nur fünf Sekunden warten müsste. Mit einem lauten Hupen kündigt er seine Ankunft an und liest mich unter einem Mauervorsprung auf, wo ich gerade versuche, einen kaputten Regenschirm aufzuspannen.

Der Himmel ist regenverhangen, die Straßen liegen verlassen da, und die Hände kleben vor Feuchtigkeit. Die Vorstadt sieht bei diesem Wetter noch trostloser aus; die sonntägliche Ruhe ist nicht erholsam, sondern lähmt. Heute zu sterben ist nicht schön, denke ich bei mir. Ohne Claudio um Erlaubnis zu bitten, drehe ich das Radio an. Wenigstens gibt es dort *China Girl* von David Bowie.

»Weißt du etwas zu dem Fall?«, frage ich ihn. Der Song ist gerade verklungen und hat eine merkwürdige Atmosphäre hinterlassen – eine Mischung aus Achtzigerjahren und Fernem Osten.

»Ein unerwarteter Todesfall, irgendein alter Schriftsteller.«

Bei mir gehen alle Lichter an, das kann nicht möglich sein, das muss ein anderer Schriftsteller sein, nicht schon wieder, so wie bei Giulia Valenti.

»Hier in Rom?«, frage ich unvermittelt.

»Nein, in Tarquinia.«

»Konrad Azais?«

»Genau der«, erwidert er und stellt das Radio lauter. Offensichtlich hat er keine Lust zum Plaudern.

Es gibt keinen Zweifel.

Ich bringe Unglück, ich bin ein Todesengel. Alle Menschen, die ich zufällig kennenlerne und aus irgendeinem Grund sympathisch finde, müssen sterben.

Ich stelle das Radio leiser. »Und was weißt du noch?«

»Nicht viel. Man hat ihn tot aufgefunden, Verletzungen hat er auf den ersten Blick keine.«

»Ich kenne ihn.« Ich finde, Claudio sollte das wissen.

Seine dunklen Augenbrauen wandern nach oben. »Ach, was du nicht sagst«, meint er sarkastisch, »schon wieder.« Er denkt auch gleich an den Fall Valenti. »Bringst du etwa Unglück, Allevi?«

»Mir kommt es auch so vor«, murmele ich düster.

»War nicht so gemeint. Und wie hast du ihn kennengelernt?«

»Im Zuge einer Entmündigungsklage, die Anceschi übernommen hat.«

»Genau, das ist eines der wenigen Details, die ich auch erfahren habe. Deswegen hat der Staatsanwalt beschlossen, sich den Fall näher anzusehen. Er möchte, dass ich Mord als Todesursache ausschließe.«

Ich denke an Selina und Clara, und wie sehr Clara an ihrem Großvater hängt.

»Er war ein großer Schriftsteller.«

»Ach ja?«, meint er ohne großes Interesse und schaut weiter geradeaus auf die Straße.

»Das letzte Mal, als ich bei ihm war, hat er mir von seinem schönsten Roman ein handsigniertes Exemplar geschenkt. Wenn du willst, leihe ich es dir aus«, biete ich großzügig an. Eigentlich hasse ich es, Dinge auszuleihen, besonders Bücher.

»Spar dir deinen guten Willen, ich würde ihn ohnehin nicht lesen. Kennst du das Haus?«, fragt er.

»Das Haus gehört eigentlich der Tochter, Selina Norbedo. Konrad wohnt bei ihr und ihrer Familie.«

»Ist er wirklich nicht geschäftsfähig?«, will er wissen. Er fährt viel zu schnell. Mit Niccolò kam mir die Fahrt endlos vor, an seiner Seite erscheint sie mir ganz kurz.

»Ach was.« Jetzt, wo Konrad Azais tot ist, ist Anceschis Urteil mit einem Mal von unschätzbarem Wert, finde ich.

»Gut, dass du mit dem Haus bereits vertraut bist: Ich

überlasse das Fotografieren dir. Schalt dein Telefon ab. Und lass dich um Himmels willen nicht wieder von den Verwandten in Beschlag nehmen, Alice. Mach aus dem Fall keine persönliche Angelegenheit wie bei der Valenti«, fügt er unterkühlt hinzu.

»Ich habe mir geschworen, dass mir das nicht noch einmal passiert«, erkläre ich im Brustton der Überzeugung.

»Allevi, da bin ich erleichtert«, gibt er in einem Tonfall zurück, mit dem er zuweilen die trockene Art des Allerhöchsten nachzuahmen versucht. Aber – und es fällt nicht leicht, das einzugestehen – Claudio hat weder dessen Ernsthaftigkeit noch seine Würde.

* * *

Claudio parkt vor dem Tor, das ich bereits kenne. Im Garten sind diesmal keine dicken Katzen zu sehen, vielleicht haben die vielen fremden Menschen sie vertrieben. Drinnen brennt kein Licht; das schummrige Tageslicht, das durch die Fenster fällt, ist die einzige Beleuchtung und gibt den Gesichtern aller Anwesenden einen Grauton.

Die Familie von Konrad Azais ist vollständig versammelt: Außer den beiden Brüdern, die ich schon kenne, ist da noch eine mir unbekannte Frau mit zwei Jungen, die ihr sehr ähnlich sehen. Ich nehme an, dass es sich um die Ehefrau von Leone Azais handelt. Ohne ein Wort läuft sie in dem kleinen Wohnzimmer fortwährend im Kreis. Enrico Azais ist mit einem sympathisch aussehenden Mann um die vierzig, den ich zum ersten Mal sehe, im Gespräch. Er hat langes Haar, eine charmant achtlose Ausstrahlung, schmal geschnittene Augen und ein strahlendes Lächeln.

Selinas Augen sind verquollen. »Oh, Dottoressa«, sagt sie nach einem höflichen Händedruck leise. Sie duftet nach Vanille und Kamille.

Leone scheint von meiner Anwesenheit überrascht. Ich bin sicher, dass er sich fragt, ob sie mit meiner Rolle im Entmündigungsverfahren kompatibel ist.

Ich mache auch Oscar Azais aus; er hat leichte Ähnlichkeit mit seinem ältesten Bruder und sieht so aus, als hätte ihn eine Zeitmaschine direkt von der Côte d'Azur der Sechzigerjahre hierher in die Gegenwart befördert. Er sitzt in einem Sessel mit einem groben braunen Baumwollbezug und lauscht gelangweilt den Ausführungen einer kleinen älteren Frau, die aussieht wie die Hauptfigur in der Zeichentrickserie *Frau Pfeffertopf*, nur dass sie ein wenig fülliger ist. Es stellt sich heraus, dass es sich um Tante Elisabetta, die Schwester von Konrad Azais, handelt.

Und dann ist da auch noch der Superprofi der italienischen Polizei höchstpersönlich.

Seine Beobachtungsgabe ist sprichwörtlich und Grundlage für seinen Erfolg: Ispettore Roberto Calligaris, der in den letzten Monaten offenbar einige Kilo zugelegt hat und jetzt nicht mehr ganz so ausgezehrt wirkt. Er ist immer die unauffälligste Gestalt, die man sich überhaupt denken kann.

»Alice«, begrüßt er mich in seinem leicht gurrenden Tonfall. »Ihr seid immer zusammen, Conforti und du«, fügt er dann hinzu und grüßt Claudio mit einem kurzen Nicken.

»Reiner Zufall, Ispettore.«

Er übergeht meine Bemerkung und schreibt etwas in sein Moleskine-Notizbüchlein, das ich zu gern lesen würde.

»Wir arbeiten wieder zusammen, du kannst dir nicht vorstellen, wie mich das freut«, meint er dann und zieht ein Päckchen Kaugummi aus der Tasche seiner ausgewaschenen Hose. »Es wurde auch Zeit, dass wir meinen Vorschlag vom letzten Sommer endlich umsetzen«, ergänzt er dann noch leise, damit Claudio uns nicht hören kann. Bei Calligaris verbindet sich eine gewisse Gespreiztheit mit einem Temperament, das bewusst gedämpft ist. Die Mischung ist ungewöhnlich, aber durchaus nicht unangenehm. Claudio hält mir einen Fotoapparat hin, das Objektiv sieht aus wie eine Kanone.

»Den hab ich schon richtig eingestellt, Alice. Dieses Rädchen hier darfst du auf keinen Fall anfassen«, ermahnt er mich, als wäre ich eine Anfängerin. Und das nur, weil ich ihm einmal einen kleinen Hebel von seiner wertvollen Nikon abgebrochen habe. Er musste den Apparat einschicken und hat dann nie wieder etwas davon gehört. Ein wenig Ahnung, wie man mit diesem Apparat umgeht, habe ich. Arthur hat einen ähnlichen und hat mir das eine oder andere erklärt. »Fang mit dem Eingang an.«

Dass ich das selbstständig machen darf, ist eine Sensation.

Und so fotografiere ich das Haus, ohne etwas auszulassen. Allerdings ist alles noch so wie bei meinen beiden Besuchen vorher und gänzlich unverdächtig.

Nur Clara fehlt, wie es scheint. »Signora Norbedo?«, frage ich eine von Schmerz gebeugte Selina.

»Ja, meine Liebe?«, antwortet sie und zieht die Nase hoch.

»Wo ist Ihre Tochter?«

Selinas Gesicht verdüstert sich weiter. »Ausgerechnet Clara hat meinen Vater gefunden. Heute ist ihr Geburtstag, und wir waren gerade beim Feiern. Ihr Großvater wollte nicht dabei sein, was nicht weiter ungewöhnlich ist. Er hat sich immer mehr abgesondert … In Wirklichkeit wollte mein Vater vermeiden, meinen Brüdern zu begegnen, das haben Sie sicher begriffen. Clara ging hoch, um ihm ein Stück von der Torte zu bringen, und da … meine arme, kleine Clara. Ausgerechnet sie, die so an ihrem Großvater hing … jetzt ist sie in ihrem Zimmer. Der Ispettore hat ein paar Fragen.«

Nach einer kleinen Pause fährt Selina fort: »Mein Vater …

hat einen Brief hinterlassen. Darin kündigt er seinen Selbstmord an. Der Brief liegt auf seinem Schreibtisch, Sie werden ihn sehen. Und dann ist da auch noch das Entmündigungsverfahren …« Sie lässt den Satz unbeendet, wohl überzeugt, dass ich verstanden habe, was sie sagen will.

Konrad Azais soll Selbstmord begangen haben?

Diese Nachricht passt meiner Meinung nach ganz und gar nicht zu ihm! Aber vielleicht hielt er sein Leben für beendet. Vielleicht hatte er genug davon, immer nur im Rollstuhl zu sitzen und darauf zu warten, bis Terézia ihm die Windeln wechselte; vielleicht war er verbittert darüber, dass er beim Schreiben nichts mehr zuwege brachte, was seinen Ansprüchen genügte; vielleicht fühlt er sich so einsam, dass er andere nicht mehr ertrug. Die Einsamkeit ist ein Gefühl, das nicht unbedingt durch die Anwesenheit eines anderen Menschen gelindert wird.

»Seit sie den Großvater gefunden hat … spricht Clara nicht mehr, das ist das Problem«, sagt Selina leise. In ihren Händen hält sie ein Glas mit wunderschönen Verzierungen.

»Ach, Edo! Wie geht es Clara? Ist der Ispettore fertig? Darf ich Ihnen meinen Mann vorstellen, Dottoressa? Edoardo Norbedo.« Es ist der sympathische Mann, der mir vorhin im Wohnzimmer aufgefallen war.

Er lächelt mich unsicher an und reicht mir geistesabwesend die Hand. »Selina, meine Liebe, Clara ist sehr verstört. Vielleicht sollten wir einen Arzt zu Rate ziehen …«

»Also, ich weiß nicht. Sie steht unter Schock, ich verstehe sie. Lassen wir ihr Zeit«, erklärt Selina. Ihr Mann nickt, macht aber keinen sehr überzeugten Eindruck. Die beiden entfernen sich langsam, und ich trete zu Claudio.

»Bist du endlich fertig?«

Ich nicke und denke daran, dass ich gerade gegen seine Anweisung verstoßen habe – mich nicht mit Verwandten abzugeben –, von meinen eigenen guten Vorsätzen ganz zu schweigen.

Wir gehen zusammen zu Konrads Zimmer. Calligaris schließt sich uns an, das Notizbuch gezückt. Ich fotografiere die geöffnete Tür und auch die Tortenreste und die Scherben des Tellers, auf der das Tortenstück vermutlich lag. Sahne und Marmelade sind auf dem Fußboden verspritzt wie Erbrochenes.

Konrad sitzt in der gleichen Haltung wie beim ersten Mal, als ich ihn besuchte: vor dem Fenster, mit dem Rücken zum Betrachter. Doch heute ist der Kopf zur Schulter geneigt, der Hals schief auf einer Seite, und die Arme hängen leblos am Körper herab. Das Plaid mit dem Schottenmuster, das immer auf seinen Beinen lag, ist verrutscht. Selbst im Tod macht er auf mich den Eindruck eines alten verwahrlosten Wolfs.

Ich mache von allen Seiten Aufnahmen, auch vom Fenster, dem Bett, das so ordentlich ist wie in einem Hotelzimmer, und vom Schreibtisch, auf dem sich wie beim letzten Mal Bücher türmen. Alle sind geschlossen, nur eines liegt offen da, das *Paradies* von Dante Alighieri. Daneben liegt ein vergilbtes Blatt Papier, ein kurzer Brief, auf dessen Zeilen die Tinte verblasst ist.

> Was ist Talent?, frage ich mich. Was unterscheidet ein mittelmäßiges Kunstwerk von einem gelungenen, wenn nicht persönlicher Geschmack? Keines meiner Werke ist gelungen. Diese Erkenntnis ist niederschmetternd – als junger Mann wünschte ich mir nichts so sehr, wie Bücher zu schreiben, und doch hat mich nichts so unfroh gemacht wie der Gedanke, dass Leute meine Bücher lesen werden. Ich bin verrückt, ein verrückter Alter, ein Undankbarer, der heute, in vollem Besitz seiner Willens- und Geisteskräfte, dieses Leben hinter sich lässt.

Ich glaube nicht, dass darauf ein anderes folgt. Ich glaube an nichts, nur an eine höhere Gerechtigkeit, die mich mit diesem Leben für alte Verbrechen bestraft hat. Mein Leben lang habe ich diese Strafe gebüßt, denn meine Bücher haben niemandem gefallen. Auch mir nicht.

Verbrennt mich und verstreut meine Asche.

»Mach Aufnahmen von den Leichenflecken, Alice.«

»Es ist kaum noch Licht.«

Die Dämmerung ist hereingebrochen. Calligaris betätigt den Lichtschalter. Er macht Notizen und schreibt dann den Abschiedsbrief ab.

Claudio untersucht den Leichnam. Er nimmt die wichtigsten Details auf, um später den Todeszeitpunkt bestimmen zu können, und er sucht nach äußeren Verletzungen oder anderen Einwirkungen. Außerdem macht er weitere Aufnahmen – den Apparat habe ich ihm sofort wieder zurückgegeben. Sein Gesichtsausdruck ist leicht besorgt.

Nach einer halben Stunde ist er fertig. Auf Fragen antwortet er ausweichend, Calligaris ebenso.

* * *

Kurz drauf sitzen wir im Auto. Wie immer, wenn er nervös ist, stellt Claudio das Radio ab.

»Wir haben nichts. Keine Hinweise auf äußere Faktoren … kein Blut, keine Verletzungen. Nichts Verdächtiges, keine Medikamente oder giftige Substanzen. Wie hat er sich bloß umgebracht?«, überlegt Claudio laut, während er auf die Autobahn fährt.

»Ich kann mir das auch nicht erklären.«

»Der Brief bringt alles durcheinander. Alles deutet auf eine natürliche Todesursache hin. Aber wir müssen etwas finden, was den Selbstmord erklärt.«

»Wann findet die Autopsie statt?«

Claudio hält das Steuer umklammert. In seinem Gesicht lese ich leichte Beunruhigung. »So bald wie möglich. Im Augenblick spricht alles dafür, dass uns dieser Fall eine Menge Ärger machen wird.«

Und wie wunderbar ist es, mich in diesem Zauber zu verlieren

Nach meiner Rückkehr aus Tarquinia muss ich die drei Stockwerke zu Fuß hochlaufen, weil der Aufzug kaputt ist. Ich schließe die Tür auf und sehe Yukino auf dem Sofa sitzen, was eigentlich gar nicht ihre Art ist. Normalerweise benutzt sie es als Hängematte oder Liegecouch. Sie sieht auch nicht fern, sondern liest einen Roman von Irène Némirovsky.

»Hast du was zum Essen vorbereitet?«, frage ich und stelle meine Tasche neben Ichi ab, der sich wie immer an das winzige Hinterteil meiner Freundin gekuschelt hat.

»Ich habe einen Riesenhunger.«

Yuki wird rot. »Ich habe schon gegessen.«

»Yuki!«, rufe ich irritiert. »Du hast nicht auf mich gewartet!« Das ist ungewöhnlich.

»Ich dachte, du wärst zum Abendessen nicht da«, erwidert sie und breitet, die Unschuld in Person, die Arme aus.

»Dann muss ich mir wohl eine Pizza bestellen«, beschließe ich und nehme mein Mobiltelefon zur Hand.

»Nein, ruh dich aus und geh in dein Zimmer. Ich bestelle dir die Pizza, die du so gern magst, damit du nicht mehr böse auf mich bist«, fügt sie eilig hinzu und springt auf. Sie lächelt so breit, dass ihre Augen zu zwei winzigen Schlitzen werden. Das ist alles höchst merkwürdig, aber ich bin viel zu müde, um nachzufragen. Dann folge ich dem übermütigen Ichi in mein Zimmer.

Und da sitzt er.

Vor meiner Nase, völlig unerwartet.

Mit dem Rücken gegen die Wand gelehnt sitzt er wie selbstverständlich auf meinem Bett. Mit der einen Hand durchblättert er den Roman von Konrad Azais, in der anderen hält er eine E-Zigarette, die er schon fast aufgeraucht hat.

Arthur.

Die Luft in meinem Zimmer ist von einer Mischung aus Weichspüler, Shampoo, frischem Tabak und einem Hauch von seinem Duft erfüllt. Seine Haut ist nicht mehr so gebräunt wie einst, als er noch die Welt bereiste, um Strände zwischen Ipanema und den Kykladen zu erkunden und Reisetipps zu geben.

»Wie du mir, so ich dir«, meint er in Anspielung auf einen Überraschungsbesuch meinerseits, der einige Zeit zurückliegt.

Unsere Umarmung könnte nicht leidenschaftlicher sein. Wie kann ich nur nicht an diese Liebe glauben, schießt es mir durch den Kopf. Arthur ist hier bei mir, ganz plötzlich, es ist wie die Erfüllung eines Traums. Ich bin so glücklich, dass mir Tränen in die Augen treten, und ich vergesse fast, dass ein furchtbarer Tag hinter mir liegt.

* * *

»An die Elfenbeinküste?«, wiederhole ich meine Frage. Ich trage mein enges weißes Nachthemd mit Marienkäfern und dem sexy Schnitt und liege eng an Arthur gekuschelt. Er erklärt mir gerade die Gründe für diese neue Überraschung. Sein Haar ist beneidenswert weich, das bekomme ich nicht einmal mit Unmengen von Spülungen hin.

»Wir reden morgen darüber …«, murmelt er undeutlich, und sein englischer Akzent ist stärker als sonst. »*Let's sleep*.«

»Uns bleibt nur so wenig Zeit, und da willst du schlafen?«, frage ich enttäuscht.

Er nickt treuherzig.

* * *

Den Tag darauf gehe ich nicht ins Institut. Bei einem Cappuccino erläutert Arthur mir seine Pläne für die nahe Zukunft.

»Übermorgen reise ich nach Yamoussoukro.«

»Und was ist das für eine Stadt?«

»Eine Art Vorhölle.«

»Und du sitzt ganz ruhig hier! Konntest du den Auftrag nicht einfach ablehnen?«

Arthur taucht müde sein Croissant in den Kakao und schüttelt den Kopf, nachdem er mich kurz mit hochmütiger Gelassenheit gemustert hat. »Ich bin schneller wieder da, als du glaubst. Bevor ich's vergesse ... mein Vater und Ludovica haben uns heute Abend mit Cordelia zum Essen eingeladen. Natürlich nur, wenn du Lust hast«, fährt er fort. Seine rechte Augenbraue ist nach oben gezogen, sein Blick lauernd und amüsiert zugleich.

Ich? Zum Abendessen beim Allerhöchsten?

»Dass du so konventionell bist, hätte ich nicht gedacht. Ein Abendessen beim Herrn Papa, das sieht dir gar nicht ähnlich«, frotzele ich.

»Auch wenn es mitunter nicht so scheint – ich habe einen Vater. Und eine Mutter, wenn wir schon dabei sind.«

»Stimmt. Meinst du, die lerne ich mal kennen?« Arthur blickt unentschlossen. Seine Mutter Kate und ich zusammen: Die Vorstellung scheint ihn zu erschrecken.

»Wenn wir heiraten. Vorher nicht.«

»Heiraten?«

»Warum nicht? Irgendwann einmal, vielleicht. Wenn wir

unseren Platz auf dieser Welt gefunden haben«, weicht er aus.

»Und warum darf ich sie schon vorher kennenlernen?«, frage ich neugierig nach und gehe auf das Thema Heiraten nicht weiter ein.

»Weil meine Mutter bisher gegen jede meiner Frauen etwas einzuwenden hatte. So viele hat sie zwar bisher nicht kennengelernt … eigentlich nur zwei, wenn ich richtig überlege. Aber aller guten Dinge sind drei, wie man so schön sagt.«

»Martine hat ihr nicht gefallen?« Wenn das stimmt, dann ist mir Kate richtig sympathisch.

»Ja, sie fand sie aufdringlich. Und was Nokwazi angeht …«

»Nokwazi?«

»Meine erste Freundin. Wunderschön. Manchmal träume ich noch von ihr. Die arme Nokwazi, so lieb. Aber ihrer Meinung nach war sie vulgär.«

»Und stimmt das?«

»Nein, das hatte sie sich in den Kopf gesetzt. Und selbst wenn, was kümmerte sie das? Ich war damals gerade siebzehn. Nokwazi hatte lange Zöpfe und die Haut war so schwarz, wie ich sie nie mehr gesehen habe. Wer weiß, was aus ihr geworden ist.«

»Jetzt reicht es, Arthur.«

»Nun komm schon, Alice. Eifersüchtig auf vergangene Liebschaften, das kann nicht sein«, und er beendet seine Rede mit einem selten strahlenden Lächeln. Unterdessen hat er eine CD mit *The rain song* von Led Zeppelin aufgelegt, und in der kleinen Küche wird es melancholisch.

»Also, besuchen wir meinen Herrn Papa oder nicht?«, hakt er nach, räkelt sich und unterdrückt ein Gähnen.

Das Abendessen voller Wunder

Um sieben Uhr abends ist die Einladung immer noch nicht bestätigt.

»Ruf ihn doch an«, ermuntere ich Arthur, als wir zusammen auf dem Sofa sitzen und uns einen Film ansehen.

»Das Abendessen findet wohl nicht statt.«

»Und wenn er in letzter Minute Bescheid sagt? Ich möchte nicht mit leeren Händen vor der Tür stehen. Wir könnten zum Beispiel... eine Flasche Wein kaufen. Wenn wir nicht hingehen, trinken wir sie.«

»Nein, ich bin zu faul, ich habe keine Lust rauszugehen. Ich bin dauernd in der ganzen Welt unterwegs. Mit dir in einer normalen Wohnung zu sitzen und ganz banal fernzusehen, kommt mir ganz unwirklich vor. Falls wir die beiden wirklich besuchen sollten, können wir Ludovica morgen einen Strauß Blumen schicken. Aber die rufen nicht an, du wirst sehen.«

Um ganz ehrlich zu sein, hoffe ich das. Ich habe überhaupt keine Lust auf so ein Abendessen in Familienrunde. Außerdem ist Yuki heute Abend außer Haus, und ich muss mich um Ichi kümmern. Der Arme leidet unter Trennungsängsten und stellt uns die Wohnung auf den Kopf, wenn wir ihn allein lassen.

Um genau zehn vor neun – Arthur und ich sitzen gerade am Tisch und essen die letzten Bissen eines Omeletts, das er zubereitet hat – läutet sein Mobiltelefon.

Wir werfen beide einen Blick auf das Display.

Der Name, der dort erscheint, lässt nichts Gutes erahnen: *Dad*.

Er möchte wissen, warum wir immer noch nicht da sind.

Arthur ist nach Lachen zumute, aber ich habe eine Panikattacke. Er hat das Gespräch noch nicht beendet, da habe ich mir die Zähne geputzt, Haarlack auf meinen Pony gesprüht und Ichi angeleint. Ich nicke Arthur zu, damit er sich beeilt.

Als wir bei Arthurs Vater läuten, wünsche ich mir, unter mir würde sich der Erdboden auftun und mich verschlucken.

Ich betrete die Wohnung starr vor Hochachtung. Der Allerhöchste ist *casual* gekleidet – graue Kaschmir-Strickjacke und Flanellhosen – und sieht um einige Jahrzehnte jünger aus als im Institut. Seine Lebensgefährtin Ludovica, zwei Jahre jünger als Arthur, ist, wie nicht anders zu erwarten, eine ausgemergelte Bohnenstange, die sich für etwas Besseres hält und auf alle Welt herabblickt. Über drahtlose Lautsprecher erklingen in der ganzen Wohnung Schuberts *Deutsche Tänze*, und der Blick auf Rom von hier aus ist atemberaubend. Die Wohnung liegt gegenüber dem Gebäude des *Messaggero*, und die Leuchtschrift mit dem Namen der Tageszeitung fällt durch die riesigen Wohnzimmerfenster herein. Der Raum wird ganz von einem wunderschönen, schwarz glänzenden Flügel eingenommen. Auf dem Notenhalter liegt die *Kreutzersonate* von Beethoven; Ludovica ist Konzertpianistin und lässt keine Gelegenheit aus, ihre Umgebung immer wieder daran zu erinnern.

»Wir warten noch auf Cordelia«, erklärt Ludovica leicht verärgert. Die kleine Malcomess-Tochter lässt wie immer auf sich warten, heißt das.

»Heute Abend will sie uns ihren Lebensgefährten vorstellen«, wirft der Allerhöchste, ganz verständnisvoller Vater, ein.

Meine Jacke wird mir eng, ich sitze auf dem weißen Ledersofa und kriege den Mund nicht auf. Arthur tauscht sich unterdessen mit seinem Vater angeregt über die politische Lage Italiens aus. Trotz Ludovicas Rauchverbot – sogar der Allerhöchste, habe ich gesehen, raucht seine Zigarren auf dem Balkon – hält er eine Zigarette zwischen den Fingern.

»Hör auf, Arthur. Du rauchst zu viel«, lautet Ludovicas Kommentar, als sie mit einem Tablett im Wohnzimmer erscheint.

Ohne sie auch nur eines Blickes zu würdigen, nimmt Arthur einen tiefen Zug und meint dann: »Irgendwann vielleicht.«

Die Stimmung ist auf dem Nullpunkt, doch Ichi sorgt sogleich für Aufheiterung: Zuerst beschnüffelt er die Häppchen, um sich dann an Brunilde, Ludovicas reinrassige türkische Angorakatze, heranzumachen.

»Gib Ruhe, du Kleiner«, ermahnt sie Ichi, aber ihr sanfter Tonfall klingt gezwungen.

Ein Türläuten gibt uns neuen Schwung.

»Das muss Cordelia sein«, säuselt Ludovica.

Cordelia ist ganz allein gekommen. Sie schaut grantig und ist ungeschminkt. Kein schöner Anblick.

»Hallo, ciao, Arthur«, begrüßt sie uns in distanziertem Tonfall und gewährt nur dem Bruder einen Kuss.

»Und dein Lebensgefährte?«, forscht Ludovica sofort mit Unschuldsmiene nach.

»Der konnte nicht mitkommen.« Cordelia ist kurz angebunden, und ihr Tonfall lädt nicht zu weiteren Kommentaren ein.

»Oh, das ist aber schade!«, ruft Ludovica aus. Vielleicht meint sie das ernst, und es tut ihr wirklich leid, dass ihre Neugier nicht befriedigt wird.

»Na, dann vielleicht beim nächsten Mal«, erwidert der Papa. Sobald es sich um seine Tochter handelt, beginnt in der harten Brust des Allerhöchsten ein weiches Vaterherz zu schlagen.

»Ich habe ihm genau erklärt, wie wichtig mir das heute Abend ist«, flüstert Cordelia mir zu. »Aber er wollte nicht, ich bin total fertig.«

Das ist der Auftakt zu einem Abendessen, bei dem Cordelia wie üblich von nichts anderem redet als von Lars und ihrer Beziehung: ihre gemeinsame Vergangenheit, ihre Pläne für eine gemeinsame Zukunft. Keiner außer mir denkt daran, der Köchin Komplimente zu dem ausgezeichneten Roastbeef zu machen.

»Oh, das habe nicht ich zubereitet, unsere Hausangestellte ist eine ausgezeichnete Köchin. Du möchtest nichts davon, Arthur?«

»Ich bin Vegetarier«, gibt er zurück und schenkt sich Merlot nach.

Wieder breitet sich Schweigen aus. Der Allerhöchste unterbricht es mit der Frage nach Cordelias beruflichem Fortkommen. Und an dieser Stelle erreicht die allgemeine Befangenheit an diesem Abend ihren Höhepunkt.

»War da nicht diese Rolle in *Nora oder Ein Puppenheim*?«, fragt Ludovica nach und spielt auf ein Projekt an, das sich vor ein paar Monaten in Luft aufgelöst hat. Sie ist derart darauf konzentriert, die Tochter in den Augen ihres Vaters herabzusetzen, dass ihr Ichis Paarungsversuch mit Brunilde entgeht.

»Daraus ist nichts geworden, aber alles hat am Ende sein Gutes.« Cordelia nimmt sich von den süß-sauer eingelegten Perlzwiebeln. »Ich habe beschlossen, meine Richtung zu ändern, und eine Arbeit gefunden, die mir sehr viel Spaß macht.«

Arthur schaut zum ersten Mal interessiert von seinem Teller auf. »Eine Arbeit?«, wiederholt er verblüfft.

Auch der Allerhöchste schaut drein wie vom Schlag getroffen.

»Ja, seit einer Woche arbeite ich«, fährt Cordelia fort. »Ich bin noch in der Probezeit, aber ich hoffe, danach geht es weiter. Ich bin Verkäuferin bei Vuitton in der Via Condotti.«

»Verkäuferin?«, fragt der Allerhöchste kopfschüttelnd.

»Als Verkäuferin bei Vuitton zu arbeiten ist nicht das Gleiche wie in irgendeinem anderen Laden«, verteidigt sich Cordelia. Die Spitzen ihrer langen blonden Haare hängen in den Teller aus teuerstem Porzellan, ihr Essen ist fast unberührt. »Da muss man bestimmte Voraussetzungen erfüllen.«

»Zum Beispiel?«, fragt Ludovica, und ich frage mich, ob ihre Neugier echt ist oder boshaft.

»Zum Beispiel muss man Fremdsprachen beherrschen und ein gewisses Auftreten und eine angenehme Ausstrahlung haben«, erwidert Cordelia. »An diese Stelle heranzukommen war nicht einfach – um ehrlich zu sein, hat mich eine von Mamas Freundinnen empfohlen. Ich bringe als Schauspielerin nichts zuwege, und, Papa, mit sechsundzwanzig möchte ich nicht mehr von dir abhängig sein.«

»Na, solange du zufrieden bist …«, gibt er wohlwollend zurück.

»Ja, das bin ich, und zwar sehr«, erklärt sie und betupft sich, nachdem sie aus ihrem Glas einen Schluck Wein genommen hat, mit der weißen Leinenserviette die schmalen Lippen. Cordelia gehört zu den Menschen, die immer unentschlossen sind und mit dem Kopf in den Wolken leben. Es fällt mir schwer, sie mir bei der Arbeit vorzustellen, als Ehefrau oder gar als Mutter. Arthurs Blick ist beunruhigt.

»Es ist nicht sehr nett von euch, daran zu zweifeln. Das Ganze ist keine Notlösung, sondern eine bewusste Entscheidung«, fügt sie hinzu, und aus ihrer ansonsten perfekten Stimmlage ist ein Missklang herauszuhören.

»Niemand zweifelt daran«, erwidert der Allerhöchste erschöpft.

»Doch, ihr alle zweifelt daran. Gerade du, Ludovica, mit deinem verächtlichen Gesichtsausdruck.«

Auf deren Zügen breitet sich aufrichtiges Erschrecken aus.

»Tu was, Alice! Dein Hund pinkelt auf meinen Teppich!«, ruft sie und springt von ihrem Stuhl auf. Sie läuft auf Ichi zu und gibt ihm einen Klaps auf sein kleines Hinterteil. Wenigstens gilt ihr Abscheu jetzt nicht mehr Cordelia, die nun leise mit Arthur plaudert. Die beiden sind auf ihrer Insel der Zweisamkeit, zu der niemand sonst Zugang hat.

Nach zwei weiteren Stunden bin ich erleichtert, als mir Arthur, der sich seinen Schal umlegt, mit einem vielsagenden Blick zu verstehen gibt, dass die Qualen ein Ende haben.

»Meine liebe Alice, es war schön, dich kennen gelernt zu haben«, meint Ludovica zum Abschied, während sie uns zur Tür begleitet. Sie betätschelt Ichi und tut so, als ob seine kleinen Einlagen ihr nicht das Geringste ausgemacht hätten. Der Allerhöchste schüttelt mir lächelnd die Hand.

»Bis morgen, Allevi«, meint er nur. Damit ist klar, dass er in mir vor allem die Assistenzärztin im zweiten Ausbildungsjahr sieht, die zwei linke Hände hat und bei der er sich manchmal fragt, warum er sie bei der Zulassungsprüfung durchgewunken hat.

I have known the inexorable sadness of pencils,
Neat in their boxes
Theodore Roethke, *Dolor*

Heute Morgen wäre ich gern noch ein bisschen im Bett geblieben, um Arthurs Gegenwart und das Geräusch des Regens zu genießen, aber jetzt sitze ich doch schon in der Küche und frühstücke eilig. Denn heute ist die Autopsie von Konrad Azais.

Auf der Kommode hinterlasse ich eine Notiz für Arthur und renne zur Metro, um ins Institut zu fahren. Aber weil ich heute Morgen nicht rechtzeitig aufgestanden bin, komme ich dort mit beträchtlicher Verspätung an.

Claudio sieht so aus, als hätte er eine schlaflose Nacht hinter sich. Er diskutiert den Fall mit Anceschi.

»Wann fangt ihr an?«

»Ich warte noch auf einen Befund aus der pathologischen Anatomie, die hatte ich um Mithilfe gebeten. Soweit ich beurteilen kann, brauchen wir in diesem Fall die Unterstützung eines Pathologen und eines Toxikologen. Es ist nicht auszuschließen, dass Azais irgendetwas genommen hat, ob nun freiwillig oder nicht.«

Während Claudio sich mit Anceschi weiter über Einzelheiten zu dem Fall austauscht, wirft er mir ein freundliches Lächeln zu. Das kommt wirklich selten vor. Ich finde, Claudio wirkt heute leicht verwirrt. Er hat gerade den letzten Schluck von seinem schwarzen Kaffee genommen, da gesellt sich die Freundin aus alten Zeiten zu uns.

»Bonjour«, ruft sie mit ihrer unverkennbar hohen

Stimme fröhlich. Der Himmel weiß, warum sie immer so gute Laune hat. Es ist Beatrice – oder Beatroce, wie Claudio sie so gern nennt.

»Da bist du ja«, begrüßt er sie und trifft mit seinem Plastikbecher knapp den Müllkorb. »Wir warten schon auf dich. Giorgio, darf ich dir Beatrice Almondi vorstellen? Sie hat gerade eine Forschungsstelle in der pathologischen Anatomie angetreten.«

Anceschi reicht ihr freundlich seine Pranke, und ich folge seinem Beispiel.

»Beatrice, das ist Alice Allevi, unsere hervorragende Assistenzärztin.«

Hervorragend, hört, hört! Ein derartiges Kompliment habe ich aus seinem Munde noch nie vernommen.

»Entschuldigt meine Verspätung«, meint sie. Sie trägt ein abgetragenes Pelzjäckchen. »Kann ich mich hier irgendwo umziehen?«

»Aber selbstverständlich. Begleite sie in mein Büro, Alice«, ordnet Claudio an und reicht mir seine Schlüssel.

Beatrice folgt mir in Claudios Büro. Dort zieht sie einen sorgfältig gefalteten Kittel aus ihrer Tasche, zieht ihn über und achtet darauf, dass ihr Dekolleté gut sichtbar bleibt. Meine gottverdammte Neugier! Ich hätte zu gern Näheres über die gemeinsame Vergangenheit der beiden gewusst. Denn eines ist gewiss: Zwischen ihnen gibt es eine Verbindung, das sieht man an ihren Blicken und spürt man an der leichten Spannung zwischen ihnen.

Unterdessen läutet ununterbrochen ihr Mobiltelefon, irgend so ein schreckliches Modell von Nokia, und sie ist in Gespräche aller Art verwickelt. Als sie mit allem fertig ist, läuft sie einfach los und lässt mich links liegen. Ich schließe die Tür zu Claudios Büro ab und folge ihr. Ihr langes Haar fällt über ihren Kittel und sieht ganz so aus, als hätte sie es noch in letzter Minute gewaschen. Auf der Nase trägt sie ein blaues Brillengestell, welches ihr Gesicht aber nicht verschandelt, sondern im Gegenteil noch anziehender macht. Sie lächelt mir zerstreut zu. Auf dem Flur begegnen wir Ambra, die ganz mager und verhärmt aussieht. Beatrice wirft ihr einen so hochmütigen Blick zu, dass Ambra davon eigentlich schrumpfen müsste. Es gibt nur eine Möglichkeit: Entweder ist bei Ambra endgültig der Lack ab, oder Beatrice ist bei diesem unterschwelligen Duell zwischen zwei Alpha-Frauen eindeutig überlegen. Es ist ein bisschen wie bei den Hunden: Kürzlich, als ich Ichi ausführte, genügte ein Blick eines winzigen Pekinesen, und Ichi war trotz seines vergleichsweise kräftigen Körperbaus mucksmäuschenstill.

Eine weiß von der anderen, so viel ist sicher. In Ambras Augen stehen Tränen, und das, muss ich gestehen, lässt mich nicht kalt. Sie schien immer über allem zu schweben und von sich selbst überzeugt, und sie jetzt so niedergeschmettert zu erleben, ist bedrückend.

»Ambra.« Die Arme schaut Claudio flehentlich an, der sie gerade gerufen hat. »Hast du mein Aufnahmegerät dabei?«, fragt er in neutralem Tonfall.

Sie nickt. Sie wirft eine Zwei-Euro-Münze in den Kaffeeautomaten und nimmt ihren Cappuccino entgegen. »Kann ich Ihnen etwas anbieten?«, fragt sie Beatrice, ihr Ton ist höflich-kühl.

»Danke, einen Kaffee«, gibt Beatrice zurück und sieht Ambra nicht einmal an. Sie benimmt sich, als hätte sie es mit einer Kellnerin zu tun.

»Wie viel Zucker?«

»Schwarz und bitter, wie das Leben!«, entgegnet Beatroce. Dann stürzt sie sich in einen Monolog, in dem sie sich mit bemerkenswerter Unbekümmertheit über berufliche und private Details auslässt und uns als Publikum für einen Privatauftritt nutzt. Claudio behält sie unschlüssig im Blick. »Nervig oder interessant?«, lese ich in seinen Augen.

Als sie endlich fertig ist – aus Angst, dass sie nicht mehr aufhört, hat keiner ihren Monolog unterbrochen –, löst Claudio die Versammlung auf. Er wirft einen kurzen Blick auf sein Smartphone, reibt sich die Hände, trommelt alle zusammen und marschiert in Richtung Leichenhalle.

* * *

Auf dem Seziertisch liegt, noch mit Morgenmantel, Schlafanzug und Pantoffeln bekleidet, der Leichnam von Konrad Azais. Seine Finger sind voller Tintenflecke, genau wie bei Clara, seiner Enkelin. Ich frage mich, ob die Tinte aus dem Füller stammt, mit dem er seine letzte Nachricht verfasst hat.

»Alice, auf geht's.« Claudio, der ganz in seiner Rolle als erfahrener Dozent aufgeht, hat beschlossen, mir das Zepter zu überlassen.

Das Zepter ist in unserem besonderen Fall scharf und glänzend, ein Skalpell.

Ich nehme es in die linke Hand und beuge mich über Azais' Leichnam. Und obgleich es mir wehtut, die Haut eines Menschen aufzuschneiden, den ich noch vor gar nicht so langer Zeit als lebendiges, freundliches, hochsensibles und waches Individuum erlebt habe, unterläuft mir kein einziger Fehler.

Sogar Claudio ist anscheinend zufrieden. Auch wenn er heute so zerstreut wirkt, wo doch die Leichenhalle sein zweites Zuhause ist. Er weiß nicht einmal, was er auf meine Frage, was ich mit dem Herzen anfangen soll – sezieren oder nicht? –, antworten soll.

Beatrice meldet sich zu Wort. Sie trägt als Einzige einen Mundschutz. Uns hier im Institut hat der Allerhöchste eingebläut: Ein Mundschutz behindert den Geruchssinn, und bei einer ersten Diagnose kann der Geruch über vieles Auskunft geben. »Wenn du einverstanden bist, würde ich Herz und Gehirn als Ganzes entfernen«, schlägt sie vor. Er nickt zustimmend, sehr seltsam, denn außer mit sich selbst ist Claudio normalerweise nie mit jemandem einverstanden. Ich hätte ihrem Vorschlag nicht zugestimmt und die beiden Organe im Körper untersucht. Widerstrebend überreiche ich ihr Konrads Herz, das sie ohne große Anteilnahme entgegennimmt und in ein Gefäß versenkt, aus dem es stark nach Formalin riecht.

Bei diesem Leichnam gibt es keine Hinweise auf irgendeine spezifische Todesursache. Die pathologischen Befunde deuten weder auf Krankheit noch auf äußere Einflüsse hin: Bei mindestens achtzig Prozent der Leichen sind die Gedärme verstopft, ist die Milz verschrumpelt und ischämisch – ein Hinweis auf einen hohen Adrenalinausstoß –, aber der ist unter physiopathologischen Gesichtspunkten nicht ungewöhnlich bei Selbstmord. Auch das Lungenödem hat nicht viel Aussagekraft: Es deutet lediglich auf Herzinsuffizienz hin. Ihre Ursache können wir ohne den toxikologischen und histologischen Befund nicht bestimmen.

Unterdessen nimmt Claudio für die toxikologische Analyse Blut ab und setzt sich dann an den Schreibtisch, um den Totenschein auszustellen. Resigniert schreibt er am Ende bei der Todesursache in seiner klaren Handschrift: »Noch ungeklärt.«

»Es liegt nun bei dir und der Toxikologie, die wahre Ursache festzustellen«, wendet er sich an Beatrice und überreicht ihr die Mappe mit der Krankengeschichte von Konrad Azais.

Beatrice nimmt sie mit ihren sorgfältig manikürten Händen entgegen. »Ich arbeite schnell«, erwidert sie gekünstelt.

»Der Toxikologe hoffentlich auch. Ich möchte diesen Fall so rasch wie möglich abschließen«, meint Claudio.

Beatrice tritt an ihn heran und flüstert ihm etwas ins Ohr, auf das er mit einem kurzen Lächeln reagiert. Diese Szene bringt Ambra dermaßen aus der Fassung, dass sie die Leichenhalle grußlos verlässt.

Außer mir fällt das niemandem auf.

Es ist immer noch besser, im Zweifel zu handeln, als im Fehler zu verharren

Alessandro Manzoni

Als ich zu Hause ankomme, sitzt Arthur vor dem Laptop und arbeitet. Im weißen Licht des Bildschirms wirken seine Augen größer, ihr Blau intensiver und seine Augenringe dunkler. Zwischen den Lippen hängt eine Zigarette, und das Haar hat er mit einer von Yukis rosa Klammern zurückgesteckt. Zu seinen Füßen schlummert Ichi und begrüßt mich gähnend.

»Ich hab Hunger, Honey«, meint er undeutlich, weil die Zigarette ihn beim Sprechen behindert.

»Soll ich was kochen?«, frage ich, aber ich hoffe, dass er bereits Pläne hat.

»Nein, besser nicht«, erwidert er vorsichtig und schaltet den Laptop aus. Kochen gehört nicht zu meinen Stärken, das muss ich zugeben. Und deshalb hat mir Alessandra, eine ausgezeichnete Köchin, einen Intensivkurs vorgeschlagen. Er beginnt nächste Woche, und ich kann es kaum erwarten. Dort werde ich lernen, wie man Bœuf Bourgignon zubereitet, genau wie im Film *Julie & Julia*, und alle werde mich beglückwünschen und ausrufen: *Alice, so was Feines hätten wir dir gar nicht zugetraut!*

»Zurück zu den Anfängen«, fährt er fort und steht vorsichtig auf, damit er Ichi nicht tritt. »Wie wär's mit indisch, das gefällt dir doch!«

Und hier wären wir, an einem der Orte, an dem alles anfing: bei meinem Lieblingsinder an der Piazza Trilussa.

»Musst du eigentlich ausgerechnet in die Elfenbeinküste? Kannst du dir nicht ein ruhigeres Ziel aussuchen?«

»Nein«, gibt er trocken zurück. Seine Wangen sind leicht gerötet, denn es ist sehr warm hier drinnen. Und die Luft ist erfüllt vom Duft der verschiedenen Gewürze, von denen aber keines hervorsticht. Das gefällt mir besonders.

»Hast du eigentlich nie Angst?«, frage ich ihn, aber die Antwort, sage ich mir im gleichen Augenblick, ist offensichtlich und lautet: Nein. Die einzige, die Angst hat, bin ich; die Unterschiede zwischen uns werden immer deutlicher.

»Es wäre gelogen, wenn ich behaupten würde, dass ich nie welche habe. Manchmal bin ich vor Angst wie gelähmt, es gibt Augenblicke…« Er unterbricht sich, so als wollte er das Wesentliche für sich behalten. »Mein Problem ist – und mir ist klar geworden, dass es wirklich problematisch ist –, dass ich mich erst lebendig fühle, wenn ich richtig Angst habe. Angst hält mich von Orten nicht fern, egal, wie unwirtlich oder gefährlich sie sind. Gefahr zieht mich an. Jedenfalls ist das im Augenblick so; was morgen wird, weiß ich nicht. Vielleicht ist es dann anders. Aber ich glaube es nicht.«

Wenn ich über Arthur, seine Lebensziele und sein Temperament nachdenke, dann überkommen mich unendlich viele Zweifel, einer schlimmer als der andere. Angefangen beim Banalen – *Gibt es überhaupt eine Zukunft für uns, und wenn ja, wann?* – über die unangenehme Frage – *Ist er der richtige Mann für mich?* – bis zur selbstzerstörerischen Überlegung – *Bin ich die richtige Frau für ihn?*

* * *

Am Tag darauf reist Arthur Richtung Elfenbeinküste ab, und ich kehre wieder in meinen Alltag zurück. Leichenhalle, Institut, Warterei auf Untersuchungsergebnisse zur Autopsie von Konrad Azais und die übliche Langsamkeit des Toxikologen, mit dem Claudio seit Anfang seiner Karriere zusammenarbeitet. Unterdessen hat Dottor Anceschi Besuch vom lästigen Niccolò erhalten, der mitsamt seinen Akten, seinen Tests und seinen Illusionen, was die eigene Unfehlbarkeit bei der Einschätzung der menschlichen Seele angeht, bei ihm aufgekreuzt ist.

Ich bin gerade dabei, mir mein Horoskop im Internet anzuschauen. Keine gute Zeit für Schützen, sagt es, und damit mache ich mich zu Anceschis Büro auf. Ich klopfe ein bisschen zögerlich, doch der Institutsbuddha nickt mir durch die halb geöffnete Tür zu, ich solle doch eintreten. Dann wendet er sich wieder dem Bericht zu, den ihm Niccolò, der neben ihm sitzt, zeigt.

»Oh, Alice, guten Tag«, unterbricht sich der geschätzte Kollege. Er macht keinerlei Anstalten, aufzustehen oder meine Antwort abzuwarten, und liest mit seiner wohlklingenden Stimme weiter aus seinem Text vor, der vor Rhetorik geradezu strotzt. Einem Abschnitt, in dem sich negative Behauptungen nur so häufen, entnehme ich, dass für Dottor Niccolò Laurenti, seines Zeichens Facharzt der Psychiatrie, der Fall Konrad Azais abgeschlossen ist: Azais sei weder bei Verstand noch in der Lage gewesen, einen eigenen Willen zu äußern, und damit habe seiner Entmündigung nichts im Wege gestanden. Und nicht nur das: Sein Zustand sei bereits seit mindestens zwei Jahren derselbe gewesen.

Ich bin zutiefst empört.

Ich unterbreche seine weitschweifige Interpretation mit einer Provokation: »Niccolò, einen Augenblick. Ich glaube, ich habe mich verhört. Wie kannst du Azais nur für unzurechnungsfähig erklären?«

Niccolò, wirklich ein Ausbund an Unverschämtheit, sieht mich herablassend an: »Der Befund von Professor Paladino sowie meine eigenen Untersuchungen führen mich unzweifelhaft zu diesem Ergebnis.« Aha, jetzt ist alles klar! Er kuscht vor diesem aufgeblasenen Paladino! Der von Azais' Erben ein hübsches Sümmchen dafür erhält, dass er Konrads Testament, unschlagbarer Beweis für Geistesschärfe, für ungültig erklären lässt. »Und der Selbstmord …«

»Was den Selbstmord angeht, ist alles noch offen«, fahre ich dazwischen.

»Mir scheint, er hat einen Brief hinterlassen«, wehrt er pedantisch ab. »Vorausplanung bei einem Selbstmord ist ein sicheres Anzeichen für Krankheit. Der Selbstmord hat meine letzten Zweifel ausgeräumt.«

»Also, sich in diesem Stadium auf Selbstmord zu berufen ist keine gute Idee«, meldet sich Anceschi zu Wort. Er holt ein Weichbonbon aus seiner Schublade. »Wir wissen noch nicht, ob es wirklich Selbstmord war, und ich möchte nicht so tun, als ob etwas sicher wäre, wenn das nicht so ist«, beschließt er seine Rede und steckt das Bonbon in den Mund.

»Genau, deshalb habe ich meinen Befund auf Untersuchungsergebnisse gestützt, die meiner Meinung nach eindeutig sind«, gibt ein ertappter Niccolò zurück.

»Was meinst du dazu, Alice?«, fragt Anceschi, und sein vertrauensvoller Blick wärmt mir das Herz.

Ich atme tief durch, nehme all meinen Mut zusammen und lege los.

»Ich sehe das ganz anders. Meiner Meinung nach war Azais absolut in der Lage, seinen Willen zu äußern. Und er war absolut bei Verstand. Eine Entmündigung wäre unangebracht gewesen.«

»Sie wollen doch nicht etwa meine Analyse anzweifeln, Frau Kollegin? Auf welcher Basis?«, will Niccolò wissen, er klingt mehr erschreckt als aufgebracht.

»Doch, genau das will ich.«

Das folgende Schweigen ist eisig. Anceschi räuspert sich; Niccolò sucht seine Akten zusammen und bläst zum Angriff.

»Es ist ja nun so, dass es sich bei Dottoressa Allevi um eine Assistentin handelt. Ich gehe davon aus, dass ich mich ausschließlich mit Ihrem Urteil auseinandersetzen muss.«

»Laurenti, wenn das so ist, dann lassen Sie mir doch eine Kopie Ihres Berichts hier. Ich werde ihn mir in den nächsten Tagen in aller Ruhe ansehen, aber ich glaube nicht, dass ich zu einem anderen Ergebnis kommen werde als meine Mitarbeiterin.«

Was für ein toller Typ, ich bin begeistert.

Niccolò ist aufgebracht, stimmt aber zu. Seine Abschiedsworte sind verbindlich, doch der Tonfall ist gereizt, und er bittet Anceschi um einen Termin, um die Beratungsgespräche abzuschließen.

Erst als Niccolò gegangen ist, wirft Anceschi mir einen ernsten Blick zu.

»Ich nehme dich in Schutz, Alice … aber könnte es ein, dass deine Fantasie mal wieder mit dir durchgeht, so wie damals im Fall Valenti?«

* * *

Zu Hause erhalte ich einen Anruf von Cordelia.

»Hast du heute Abend schon was vor?«, fragt sie mit tränenerstickter Stimme. »Komm du zu mir!«, bittet sie, nachdem ich ihr gesagt habe, dass ich mit jedem Vorschlag einverstanden bin.

Sie ist ungeschminkt, in einen lilafarbenen Kimono gehüllt und hat verheulte Augen; überall in der Wohnung liegen Papiertaschentücher verstreut, die Topfpflanzen kämpfen ums Überleben, und im Kühlschrank herrscht, von einer Schachtel mit verschimmeltem Frischkäse und einem schlaffen Salat abgesehen, gähnende Leere.

»Was ist los?«, erkundige ich mich.

Cordelia vergräbt sich ins Küchensofa und schluchzt los. Sehr beunruhigt bin ich davon noch nicht, die kleine Malcomess ist nah am Wasser gebaut.

»Ich bin eine Versagerin. Mein Leben hat keinen Sinn«, fängt sie an, und diese Verzweiflung trifft mich dann doch. Ich setze mich neben sie und nehme ihre schmale, kleine Hand. »Lars hat mich verlassen. Immer das Gleiche, Alice. Immer das Gleiche. Mit mir stimmt was nicht, ich kann nicht mehr glauben, dass immer die anderen schuld sind. Er ist verheiratet und hat Zwillinge, in Oslo. Und dabei hat er mich zu sich nach Haus eingeladen, dieser Mistkerl. Aber das war in Wirklichkeit die Wohnung eines Freundes. Ich könnte kotzen. Und dann will mich auch keiner als Schauspielerin, selbst wenn ich gratis arbeiten würde. Diese Geschichte mit Vuitton ist nur eine Notlösung, wenn du es genau wissen willst. Ich weiß nicht mehr weiter!«

Als ich nachfrage, kommt heraus, dass die Neuigkeiten über ihren abtrünnigen Liebhaber von der Freundin jener Freundin stammen, die ihr den Norweger einst vorgestellt hat. Lars war innerhalb eines engen Kreises von römischen Singles wegen seiner unrühmlich verlaufenden Affären bekannt. Und als ob diese Nachricht nicht schon niederschmetternd genug wäre, hat man sich bei den Probeaufnahmen für ein Musikvideo, man möchte es nicht glauben, nicht für sie, sondern für eine – in ihren Worten – himmelschreiende Fehlbesetzung entschieden. Dass die Siegerin Riccardos neue Flamme ist, setzt dem Ganzen die Krone auf.

»Na, man hat sich bei einem Casting in Italien auch mal gegen Angelina Jolie und für Alessia Merz entschieden«, wende ich ein, das habe ich in irgendwelchen Klatschspalten gelesen.

»Schon, aber dann hat Angelina wenigstens das Video zu *Alta marea* von Venditti machen können.«

Cordelia ist untröstlich und weint lange hinter dem blonden, dünnen Haar versteckt.

Als sie sich ein wenig erholt hat, bestellen wir Pizza. »Arthur hat mir erzählt, dass Yukino bald nach Japan zurückkehrt«, meint sie beim Essen.

»Hör bloß auf.«

»Wirst du dann nach einer neuen Mitbewohnerin suchen?«, fragt sie mich. In den Mundwinkeln hat sie ein wenig Bechamelsoße. Ich habe den Eindruck, dass sie seit zwei Tagen nichts mehr gegessen hat.

»Ich weiß noch nicht, was ich mache. Die Wohnung ist sehr klein und in schlechtem Zustand. Wer will schon in einer feuchten Wohnung mit Schimmel und obszönen Geräuscheinlagen aus dem oberen Stockwerk leben? Da wohnt irgendein Paar, das in jeden amerikanischen Horrorfilm passt. Vielleicht ist es Zeit für einen Tapetenwechsel.«

In Cordelias Blick tritt ein Leuchten.

»Warum ziehst du nicht hier ein? Bei mir ist ein Zimmer frei. Und die Wohnung gehört meiner Mutter, da musst du keine Miete zahlen, sondern dich nur an den Unkosten beteiligen.«

Irgendein Bauchgefühl hält mich davon ab, ihren Vorschlag sofort anzunehmen. Ich bleibe über Nacht bei ihr und schlafe in ihrem Kingsize-Bett. »Wie wollen wir uns hinlegen?«, fragt sie mich und hält mir ein rosa Nachthemd hin. Sie scheint ihre alte Lebhaftigkeit wiedergefunden zu haben. »Ich kann nur mit Körperkontakt schlafen, aber keine Sorge, ich werde dich schon nicht begrapschen.«

Überraschung beim Einkauf

Beim Erwachen bin ich etwas durcheinander, so wie es einem oft ergeht, wenn man nicht im eigenen Bett schläft. Cordelia hat eine Schlafmaske über ihren Augen und ist noch in ihre Daunendecke gekuschelt. Sie hat offenbar keine Lust aufzustehen. Ich mache mir schnell eine Tasse Nescafé, dusche lauwarm – Cordelia hat vergessen, den Boiler anzustellen – und begebe mich hinaus in die Novemberkälte.

Der Vormittag im Institut ist langweilig, viel Routine und wenig Interessantes. Yuki ruft mich mehrmals an, damit ich nicht vergesse, noch einzukaufen, bevor ich nach Hause komme, und so mache ich mich auf zum Supermarkt. Ich laufe mit meinem Einkaufswagen durch die Gänge und versuche, nicht wie üblich Fertiggerichte hineinzulegen. Laut Alessandra fängt gute Küche bei den Zutaten an – ihre erste Lektion –, und ich versuche, meine schlechten Gewohnheiten zu überwinden. Gerade als ich ein Gläschen ins Regal zurückstelle, sein Inhalt ist die reine Chemie, sehe ich beim Pastaregal ein Gesicht, das mir bekannt vorkommt. Es ist das einer Frau; neben ihr steht ein Junge mit einem Smartphone.

Kein Zweifel, das ist die Ehefrau von Konrads ältestem Sohn, Leone Azais. Ich habe sie an dem Tag kennengelernt, als man die Leiche fand. Sie hat schulterlange dunkle Locken, ist kaum geschminkt und sieht jünger aus, als ich sie in Erinnerung habe.

Diese zufällige Begegnung ist allzu verführerisch, um sie ungenutzt verstreichen zu lassen. Und weil ich Zufällen dieser Art nie widerstehen kann, auch wenn sie mir nichts als Ärger einbringen, stoße ich mit meinem Einkaufswagen – natürlich rein zufällig – gegen ihren. Sie bemerkt das kaum und geht auf meine Entschuldigung nicht weiter ein, sondern wendet sich wieder der Pasta zu, und ich ziehe weiter, weil ich nichts erzwingen will. Da höre ich, wie sie mich ruft.

»Entschuldigen Sie, kennen wir uns nicht?«

Die Frau, sie heißt, wenn ich mich recht erinnere, Marcella, hält mittlerweile ein Paket Spaghetti in den Händen und sieht mich fragend an.

»Sind Sie nicht die Assistenzärztin, die dabei war, nachdem man meinen Schwiegervater fand?«

»Das stimmt«, bestätige ich.

»Wie schön, Sie in einer ganz alltäglichen Situation wiederzutreffen. Sie sind noch so jung! Wie kommt es, dass jemand mit einem so hübschen Gesicht wie Sie einen so furchtbaren Beruf ausübt?«, fragt sie, und es scheint fast so, als würde sie mir am liebsten über die Wange streichen.

»Man gewöhnt sich an alles, das können Sie mir glauben. Und wie geht es Ihnen?«, frage ich, ganz überrascht von ihrer Freundlichkeit.

»Hol doch bitte mal Salatsoßen, Gianmarco«, bittet sie ihren Sohn, der sich mit unwilligem Schnauben entfernt. Dann fährt sie fort: »Vielen Dank, es geht uns gut. Auch wenn der Tod meines Schwiegervaters noch nicht lange zurückliegt. Aber er war recht alt, und man muss sich damit abfinden, dass man früher oder später von seinen Lieben Abschied nehmen muss, auch wenn das schwerfällt.« Die Worte klingen wie einstudiert und so, als ob sie sie endlose Male wiederholt hätte.

»Ja, das stimmt …«

»Was uns tief getroffen hat, ist die Art und Weise, wie es passiert ist. Wie furchtbar! Finden Sie nicht auch?«

»Ja, doch …«

»Ausgerechnet an Claras Geburtstag muss er sich das Leben nehmen. Obwohl er sie doch angeblich so geliebt hat! Diese Bevorzugung war allerdings ungerecht und ist uns immer gegen den Strich gegangen.«

»Das kann ich mir vorstellen …«

»Ausgerechnet bei einem Familienfest … So war es doch, oder? Das hat man doch bestätigt?«

Jetzt begreife ich, warum sie einen Vorwand gesucht hat, damit der Sohn außer Hörweite ist, und warum sie sich so freut, mich wiederzusehen.

»Für ein abschließendes Urteil ist es noch zu früh.«

»Schon, aber dieser Brief … der ist doch eindeutig, glauben Sie nicht?«

»Was ich glaube, spielt keine Rolle.«

»Wir haben uns aber alle gefragt, wie er das angestellt hat. Denn es fehlen direkte Hinweise …«

»Ja, das stimmt, der Fall ist nicht ganz einfach …«

Was für ein Glück, dass sie mich nie ausreden lässt, so muss ich nicht nach Antworten suchen.

»Leone, mein Mann, kann es nicht fassen, und alles, was er nicht begreift, bringt ihn durcheinander. Aber da kann man nichts machen: Selbstmord liegt in der Familie.«

»Wie meinen Sie das?«

»Nun, mein Schwager Enrico. Der hat schon mehrmals versucht, sich das Leben zu nehmen. Wahnsinn liegt in der Familie, da gibt es kein Entkommen. Mit Ausnahme meines Mannes, der kann sich natürlich nicht einfach damit abfinden. Auch wenn einem vieles klar ist, kann man Leute, die so – anders – sind, nicht wirklich verstehen.«

»Wie meinen Sie das mit Ihrem Mann? Glaubt er, dass es sich um etwas anderes als Selbstmord handeln könnte?«

Marcella starrt mich verblüfft an.

»O nein! Wo denken Sie hin! Sie und Ihre Kollegen gehen doch nicht etwa davon aus, dass es vielleicht Mord war …?«

Das hatte ich mit keiner Silbe angedeutet. »Nein, ganz und gar nicht. Ich habe mich nur auf Ihren Mann bezogen.«

Marcellas Gesicht nimmt einen ernsten und gefassten Ausdruck an: »Mein Mann meint, dass das zu erwarten war. Er kann sich mit dem Tod nicht abfinden, aber die Umstände stellt er nicht infrage. Denn als mein Schwiegervater noch bei uns wohnte, hat er immer wieder gesagt, dass er Selbstmord begehen würde, wenn er einmal alt und gebrechlich wäre, so wie sein Landsmann Sándor Márai.«

»Das hat Ihr Schwiegervater so gesagt?«

»Ja, genau so. Aber Márai hat sich erschossen. Und mein Schwiegervater … keine Ahnung.«

»Also kam das alles nicht gänzlich unerwartet«, merke ich ein wenig bissig an.

»Genau … mein Mann konnte sich an diese Aussage nicht mehr erinnern. Er ist auch wenig zu Hause. Trotz der Uneinigkeiten zwischen ihm und seinem Vater hat er ihn doch sehr geliebt.«

»Dann hat er wahrscheinlich sehr darunter gelitten, dass die Beziehung sich so verschlechterte.«

Marcella spitzt nachdenklich die Lippen. »Dass mein Schwiegervater zu Selina gezogen ist, hat ihn sehr verletzt. Er war auch ein bisschen eifersüchtig. Und er hat sich Sorgen gemacht, dass man sich nicht richtig um ihn kümmern würde.«

»Ihr Schwiegervater wollte ihn dann nicht mehr sehen, nicht wahr?«

»Ja, auch mich nicht mehr. Ganz schön undankbar. Ich war zu ihm wie zu meinem eigenen Vater, vielleicht hatte ich sogar noch mehr Respekt. Er hat uns einfach aus seinem Leben ausgeschlossen und enterbt. Das war nicht komisch.

Leone hat seinen Stolz, müssen Sie wissen, und ihm machte es viel aus, einfach so links liegen gelassen zu werden. Er war immer der Vorzeigesohn gewesen, der einzige, der meinem Schwiegervater Freude machte: der einzige mit einer festen Arbeit und einer gewissen sozialen Stellung, wenn Sie verstehen, was ich meine«, fügt sie stolz hinzu. »Meine beiden Schwager haben zwar viel Fantasie, aber wenn es konkret wird, sind sie nicht zu gebrauchen. Wenn mein Mann sich nicht um den Familienbesitz gekümmert hätte, würden sie am Hungertuch nagen.«

»Könnte es sein, dass es Ihr Schwiegervater nicht verzeihen konnte, dass seine Söhne ihn entmündigen wollten?«, werfe ich ein.

»Bestimmt. Mein Schwiegervater war störrisch. Aber was hätten wir denn tun sollen? Seine Entscheidung war unannehmbar, und vor allem war sie ganz und gar unverständlich!«

»Ich verstehe.«

»Danke, mein Lieber«, meint sie an ihren Sohn gewandt, der mit einem Arm voller Salatsoßen zurückgekehrt ist. »Es hat mich gefreut, Sie wiederzusehen, Dottoressa«, sagt Marcella Azais dann und streckt mir mit einem freundlichen Lächeln die Hand entgegen. Sie ist augenscheinlich erleichtert, dass sie ihrem Herzen ein bisschen Luft machen konnte.

Derartige Begegnungen riechen geradezu nach Zufall. Ich schiebe den Einkaufswagen zur Kasse, bezahle und bin so in Gedanken versunken, dass ich nicht einmal bemerke, dass man mir falsch herausgibt.

Italien ohne Sizilien macht gar kein Bild in der Seele. Hier ist erst der Schlüssel zu allem

Johann Wolfgang von Goethe, *Italienische Reise*

Ich habe es mir auf dem Sofa unseres Miniwohnzimmers gemütlich gemacht und bin in die Lektüre des zweiten Bands der *Trilogie von Margò* vertieft, die ich nur unterbreche, um mir hin und wieder Kartoffelchips in den Mund zu schieben. Draußen wird es dunkel, ohne dass ich es bemerke.

Dieses Buch unterscheidet sich von Konrads anderen Romanen. Im ersten Band träumt Margò, eine zwanzigjährige Ungarin, davon, Balletttänzerin zu werden. Es wird sehr einfühlsam beschrieben, wie sie ihre Unschuld verliert, und mich reißt der Roman derart mit, dass ich es kaum erwarten kann, am folgenden Tag am Institut mit meiner Arbeit fertig zu werden, damit ich endlich weiterlesen kann.

Und in dieser Gemütsverfassung begebe ich mich zum Allerhöchsten, der mich um genau 14.38 Uhr, wirklich eine ungewöhnliche Uhrzeit, zu sich bestellt hat. Eigentlich wollte ich schon auf dem Heimweg sein. In meinem grauen Regenmantel klopfe ich an seine Tür. Da lässt mich ein Getöse auffahren, dessen Echo auf dem Hauptgang des Instituts widerhallt. Mit einem höflichen »Sie erlauben« trete ich ein.

Vor dem Schreibtisch des Bosses steht Claudio, scheinbar unbeteiligt und die Hände in den Taschen. Der Boss hört gar nicht mehr auf zu niesen.

»Nehmen Sie Platz«, fordert er mich zwischen zwei Attacken gereizt auf.

Ich sehe Claudio verblüfft an – ich bin ein wenig besorgt,

weil man nie weiß, was kommt, wenn der Allerhöchste einen zu sich bestellt, und zudem noch um diese Uhrzeit. Aber Claudio wirkt so abgeklärt wie immer.

Der Allerhöchste reicht mir eine Broschüre; es ist das Programm eines Kongresses, der am Ende der Woche auf Sizilien stattfinden soll.

»Erklären Sie's ihr, Conforti …«, meint er, bevor es wieder mit dem Niesen losgeht.

Claudio richtet seinen undurchdringlichen Blick auf mich, seine Augen habe die Farbe schattigen Waldgrüns.

»Eigentlich hätten Professor Malcomess und ich am Nationalen Kongress zur forensischen Pathologie teilnehmen sollen, der am Wochenende stattfindet. Aber leider lässt das sein gesundheitlicher Zustand nicht zu. Ich werde die Präsentation einer Arbeit übernehmen, die wir zusammen verfasst haben, aber es ist schade, dass der andere Platz, die Einschreibung und alles andere, ungenutzt bleiben. Und da dachte Professor Malcomess, dass einer der Assistenzärzte den Platz übernehmen könnte.«

»Ich?«, frage ich, ganz benommen von der Nachricht.

»Mit Ihren Beziehungen zu Arthur und Cordelia hat das nicht das Geringste zu tun«, ergänzt der Allerhöchste, bleich und mit bläulich verfärbten Lippen.

»Ich habe dich vorgeschlagen«, meint Claudio und zieht sich eine dunkelgraue Jacke über seinen blauen Kittel. »Wir fahren morgen um 8.55 Uhr los«, fährt er fort. »Ich hole dich gegen sieben ab.«

Von einem Tag auf den anderen verreisen … Ausgerechnet ich, wo ich schon ganz aufgeregt werde, wenn ich mit der Metro in eine unbekannte Gegend fahre. Das habe ich nur einmal gemacht, damals, als ich nach Khartoum flog, um Arthur zurückzugewinnen.

»Einverstanden«, erwidere ich und tue den beiden gegenüber so, als wäre ich dankbar und begeistert. Der Allerhöchste, schlecht gelaunt, verzieht kurz das Gesicht und entlässt mich dann. Claudio geht mit mir zur Tür, nachdem er sich vom Boss auf eine Weise verabschiedet hat, die verrät, dass er gern dessen Vertrauter wäre, was er aber nicht ist.

»Und wieso nimmst du mich mit, Claudio? Hat das etwas zu bedeuten?«

»Geh einfach weiter«, erwidert er und gibt mir einen leichten Klaps auf den Po. Ich sehe ihn ernüchtert an.

»Ach, sind wir jetzt so weit?«

»Jetzt tu nicht so, als ob dir das nicht recht wäre. Bis morgen, Allevi. Und bring nicht deinen ganzen Kleiderschrank mit, wir kommen Sonntag schon wieder zurück.«

* * *

Auf Sizilien heißt uns die Sonne willkommen. In Rom hat es bei der Abfahrt gehagelt, und hier ist die Frühlingssonne so warm, dass die wattierte Weste überflüssig ist. Claudio, ganz Gentleman, trägt mir die Tasche, nimmt einen Mietwagen und lehnt meinen bescheidenen Beitrag ab. Dann treten wir in einem bronzefarbenen Mercedes der A-Klasse bei dröhnender Musik die Fahrt über die Autobahn von Catania nach Taormina an. Wir haben uns nichts zu sagen.

»Darf ich eine rauchen?«

»Klar, das ist ja nicht mein Auto.«

Ich stecke mir eine Zigarette an und blicke aufs Meer. Beim Anblick des Sonnenlichts auf den Schaumkronen kommt mir der Gedanke, dass ich mit Arthur einmal Ferien am Meer machen sollte, und zwar hier auf Sizilien. Das wäre bestimmt schön. Ich könnte den Bikini von Victoria's Secret anziehen, den Silvia mir aus Miami mitgebracht hat, wir würden Schwertfisch und Cassata essen, das antike Theater besuchen und uns dort griechische Tragödien ansehen.

Die Straße zum Hotel führt genau am tiefblauen Ionischen Meer entlang, am liebsten würde ich hineinspringen. Als ich von oben die Isola Bella erblicke, bitte ich Claudio, langsamer zu fahren. Die Insel ist winzig, ihre Felsen ragen aus dem türkisfarbenen Wasser; sie ist durch einen schmalen Sandstrand, an dem sich die Wellen brechen, mit dem Festland verbunden.

»Im Sommer muss es hier wunderschön sein«, sage ich und drehe das Fenster herunter, um mich an den atemberaubenden Farben zu erfreuen. Unglaublich, dieses Licht und dieses Blau.

Claudio sagt nichts darauf und fährt im Schneckentempo weiter, bis hinter uns ein Wagen anfängt zu hupen. Wir erreichen das Hotel, das allein von außen seine fünf Sterne wert zu sein scheint, wenn nicht noch mehr.

»Nicht schlecht. Ihr lasst es euch gut gehen, du und der Boss.«

Das Hotel ist ein ehemaliges Kloster, und es hat die Strenge seiner einstmaligen Bestimmung bewahrt, strahlt aber gerade aufgrund seiner Nüchternheit einen unglaublichen Luxus aus, und zwar echten Luxus, pures Understatement.

Mein Zimmer geht aufs Meer hinaus, und es ist ebenfalls purer Luxus. Hoch soll er leben, der Allerhöchste! Ich schicke Arthur eine ironische Nachricht, was den Geschmack seines Vaters angeht, und lasse mich in die weiche Matratze sinken.

Eigentlich habe ich keine Lust mehr aufzustehen, aber mir bleiben gerade zehn Minuten, um mich an der komfortablen Unterlage zu erfreuen. Schon klopft Claudio an meine Tür und ruft zu allem Überfluss auch noch: »Auf geht's, Allevi!«

Ich stürze barfuß zur Tür, und während er noch telefoniert, hole ich meine Pumps für professionelle Anlässe hervor. Wir laufen zum Kongresssaal, und ich komme mir vor wie seine Bedienstete. Er trifft überall auf alte Freunde und

Bekannte, während ich an ihm klebe wie eine Muschel am Felsen. Mir bleibt nichts als zu lächeln und hin und wieder »freut mich, Sie kennenzulernen« zu murmeln.

»Entspann dich, Allevi.« Sein warmer Pfefferminzatem streichelt mein Ohr. Ich weiß nicht so recht, ob mir das gefällt. Er reicht mir die Tasche für den Kongress: ein Notizblock, ein paar Stifte, eine Informationsbroschüre und ein paar Gadgets.

»Ein Sarg?«, rufe ich aus, während ich den Schlüsselanhänger mit dem Minisarg auf meiner Handfläche betrachte. Claudio reibt sich die Stirn und muss unwillkürlich lächeln. »Na, so unlogisch ist das nicht. Medizinerkongresse werden von Pharmakonzernen gesponsert. Und wer, meinst du, sponsert einen Kongress für Rechtsmediziner? Ein Bestattungsunternehmen.«

»Dein Sarg ist rosa und meiner grün. Können wir tauschen?«

»Ich schenk ihn dir«, erwidert er, und als ob die Tasche mit dem Material nicht schon genug wäre, reicht er mir auch gleich seinen Mantel. »Reservier schon mal zwei Plätze. Am besten in der zweiten Reihe, ganz in der Mitte. Und natürlich nebeneinander.« Und schon wendet er sich zu irgendeinem alten Typen, der schon seit Jahrzehnten pensioniert sein muss, und begrüßt ihn überschwänglich. Ich stelze auf meinen Pumps davon und finde tatsächlich zwei Plätze, die ihm hoffentlich zusagen. In eines der roten Sesselchen lasse ich mich fallen und wache über Claudios ganzen Kram. Als die Moderatoren an den Tischen Platz nehmen, setzt sich Claudio mit einem freundlichen Lächeln auf seinen Platz an meiner Seite. Seine braunen Pomadenlocken lassen ihn älter erscheinen. Während ich während des gesamten Kongresses mehr oder weniger mit offenen Augen vor mich hinträume, ist Claudio aufmerksam, macht sich Notizen und beteiligt sich. Dann ist Mittagspause. Die Kollegen stürzen sich aufs

Buffet, Claudio dagegen möchte mit mir noch einige Themen vertiefen, die ihm besonders interessant erscheinen. Er begreift nicht, dass ich vielleicht auch gern ein paar von den Bällchen aus Büffelmozzarella probiert hätte.

Der Nachmittag verläuft ganz wie der Morgen. Der einzige Unterschied ist Claudios Beitrag zu einem Fall von Vergiftung, der ihm am Anfang seiner Karriere untergekommen ist und der bei solchen und ähnlichen Gelegenheiten immer wieder herhalten muss. Aber er redet mit einer Eloquenz, die er über Jahre perfektioniert hat, und am Ende ist dieser alte Hut sogar richtig interessant.

»Möchtest du zurück ins Hotel?«, fragt er mich, als die Sitzung vorbei ist. Wir sind auf der Hauptstraße von Taormina, die das Kongressgebäude mit dem Hotel verbindet. Die Luft ist frisch und belebend.

»Ich würde gern spazieren gehen und ein Eis essen.«

»Ein Eis? Aber wir essen bald zu Abend«, wendet er ein.

»Ich weiß, aber ich habe Lust dazu.«

Wir betreten einen Eissalon mit einer riesigen Auswahl, bei der es mir schwerfällt, mich zu entscheiden. Er möchte mir mein Nugateis unbedingt spendieren; anschließend will er immer wieder probieren, sodass wir uns das Eis letztlich teilen. Die Straße ist menschenüberfüllt, und wir kommen nur langsam voran. Es ist schon fast dunkel, nur am Horizont sind noch Lichtstreifen zu sehen. Wir werden fast von zwei Kindern umgerannt, die bunte Ballons in den Händen halten und mit hellem Lachen weiterlaufen. Es ist, als ob dieser Ort eine ganz eigene Mischung von Düften und Geräuschen hätte: nach Meer, Südfrüchten, Himmel, Fels und Blumen.

»Ich hätte nie gedacht, dass diese kleine Stadt so … hübsch ist«, rufe ich überwältigt aus. Mir fällt nichts, das weniger abgedroschen wäre, und noch ahne ich nicht, dass mir dieser Ort immer in Erinnerung bleiben wird.

So if you're lonely, you know I'm here waiting for you

Wir essen im Hotelrestaurant in einem Raum zu Abend, der im Stil eines viktorianisches Wohnzimmers gehalten ist. Fisch und teurer Wein in klassischem Ambiente, so kultiviert wie die Musik von Liszt, die auf dem Klavier erklingt. Ich fühle mich wie ein Stück kostbares ungarisches Porzellan, eine Augenweide, aber am Rand angeschlagen.

Es ist das erste Mal, dass ich mit Claudio abends ausgehe. Daran ist eigentlich nichts Schlimmes oder Falsches, aber ich fühle mich unwohl. Ich muss an Arthur denken – vielleicht wäre ich auch nicht sehr begeistert, wenn ich wüsste, dass er mit einer Frau zu Abend isst, die er geküsst hat, und der gegenüber er unklare Gefühle hegt, die er selbst nicht ganz begreift. Aber Arthur ist in Yamoussoukro und macht sicher alles Mögliche, aber bestimmt nicht mit einer schönen Frau zu Abend essen. Arthur ist seriös, nicht so wie ich.

»Dein Haar ist gewachsen«, merkt Claudio mit einem schmeichelnden Blick auf meine Mähne an.

»Ich müsste es schneiden lassen«, erwidere ich und nehme eine Locke zwischen die Finger: Haarspliss.

»Nein, auf keinen Fall«, sagt er und trinkt sein Weinglas leer. »Lass es ruhig wachsen, vor allem deinen Pony. Dann kommt deine schöne Stirn besser zur Geltung.«

Ich weiß nicht so recht, was ich darauf erwidern soll, denn ich bin nicht darauf gefasst, dass Claudio mir Komplimente zu meinem Aussehen macht. Das erste in vier Jahren, abgesehen von einer ziemlich vulgären und anzüglichen Bemerkung zu meinem Hinterteil, das zählt ja nicht als Kompliment. Alle Bemerkungen zu meiner Person drehen sich sonst darum, dass ich als Medizinerin eine Null bin, und als Rechtsmedizinerin eine noch größere Null. Er ist in aufgedrehter Stimmung, vielleicht hat auch der Wein seinen Teil dazu beigetragen. Auch ich fühle mich immer wohler und gelöster. Die Klaviermusik ist so sanft wie noch nie, der Fisch einfach ausgezeichnet, Claudio wirkte noch nie so anziehend auf mich wie an diesem Abend – und ich habe noch nie meinem Leben so viel Wein getrunken.

Als ich aufstehen will, gerate ich ins Schwanken. In den Augen des Kellners sind wir nur zwei römische Radaumacher. Claudio belustigt meine Enthemmtheit. Er umfasst meine Taille, damit ich nicht umfalle, und lachend und prustend bewegen wir uns vorwärts. Ein englisches Paar wirft uns einen erzürnten Blick zu. Claudio schiebt mich in Richtung Aufzug, und ich trete ihm ein paarmal auf die Füße, aber er nimmt es klaglos hin.

»Warum hast du so viel getrunken, wenn du Alkohol nicht verträgst?«, beschwert er sich, ganz außer Atem vom vielen Lachen. Da falle ich zu allem Überfluss hin und ziehe mir eine Laufmasche. Er versucht, mich aufzurichten, aber ich rolle auf dem Fußboden umher und kann einfach nicht aufhören zu lachen, ich weiß wirklich nicht mehr, was ich tue. Als ich endlich wieder auf den Beinen bin, falle ich ihm um den Hals. Ich habe völlig vergessen, wo meine Magnetkarte abgeblieben ist, aber er bleibt gelassen: »Das macht nichts, du kommst einfach mit zu mir.«

* * *

An die Episode, die mein Leben verändern wird, erinnere ich mich kaum und nur verschwommen.

Kurz bevor er die Tür zu seinem Zimmer öffnete, küsste er mich, und ich wandte mein Gesicht ab, denn mir kam es so vor, als würde ich ein ebenso schönes wie gefährliches Geschenk erhalten. Kann eine Geste der Zärtlichkeit derart widersprüchlich sein?

Ich fragte mich das kurz, während er mein Gesicht streichelte. In seinem Blick las ich Erregung und Verstörung zugleich.

Wenn du wüsstest, Alice …

Ich weiß nicht, was er mir sagen wollte, denn in diesem Augenblick war ich außerstande nachzufragen. Ich wollte nur noch zusammen mit ihm unser Geheimnis entdecken.

Der Körper weiß alles, und oft übernimmt er das Kommando. Auch über den Verstand und das Gewissen.

Er zerküsste geradezu meine Lippen vor Leidenschaft.

An einem bestimmten Augenblick erschien Arthur vor meinem geistigen Auge, und ich bin fast sicher, dass ich seinen Namen sagte.

Arthur.

Und Claudio sagte, glaube ich, nur: *Lass ihn*.

Mir geht es gut, mir geht es schlecht, ich weiß nicht mehr, wohin ich gehen soll

Ich liege in seinem Hotelbett und bin zugedeckt. Durch die dunkelgelben schweren Vorhänge dringt schwach das Sonnenlicht. Ich bin mit meinen Kontaktlinsen eingeschlafen, und jetzt brennen meine Augen. Meine Füße sind kalt, sie ragen unter der Decke hervor. Ich erkenne Claudio, der in einem Sessel am Bett sitzt. Er ist angezogen, gekämmt und trinkt einen Schluck Kaffee.

Was ist letzte Nacht passiert? Ich spüre einen Augenblick lang seine Hände, die mich überall berühren, und erschaudere.

Claudio setzt sich an den Bettrand. Er streicht mir über das Haar, aber ich ziehe instinktiv den Kopf zurück. Sofort fühlt er sich zurückgewiesen und sieht mich beleidigt an.

»Was ist los?«

»Mir ist nicht wohl«, erwidere ich, besser kann ich es nicht in Worte fassen. Am liebsten würde ich aufstehen und mir lange kaltes Wasser über das Gesicht laufen lassen. Aber er bleibt dicht bei mir sitzen und macht keine Anstalten, sich von der Stelle zu rühren. Er ist bereits geduscht, frisch und geschniegelt, und ich muss mich zusammennehmen, um nicht an das zu denken, was letzte Nacht zwischen uns war, immer blitzen Erinnerungsfetzen auf.

»Wir waren etwas außer der Reihe … und hatten zu viel getrunken.« Er scheint seinen ganzen Mut zusammenzunehmen, als er hinzufügt: »Aber bist du sicher, dass … » Er unterbricht sich und sieht mich an. Dann seufzt er und meint: »Bist du sicher, dass es nur deswegen passiert ist? Eigentlich bin ich mir ganz sicher, dass es auch passiert wäre, wenn wir nüchtern gewesen wären. Darüber müssen wir uns früher oder später unterhalten.«

Dann wirft er einen Blick auf seine Longines und hat sofort andere Prioritäten. »Eher später als früher. Ich hab dir ein Croissant mitgebracht. Beeil dich, ich warte am Empfang auf dich.«

* * *

Das Croissant esse ich nicht auf, mir brennt der Magen. Ich habe eine Kopfschmerztablette genommen und versucht, etwas gegen meine verquollenen Augen zu unternehmen, ohne Erfolg. Schließlich laufe ich mit einer dunklen Sonnenbrille auf der Nase den Corso Umberto II in Taormina entlang und kriege den Mund nicht auf. Claudio geht neben mir, ihm fällt auch nichts ein, worüber wir reden könnten. Es ist ein strahlender Samstagmorgen und sehr warm: Die Sonne scheint vom Himmel, und ich wünsche mir so sehr, das helle Licht würde meine Gedanken klären.

»Möchtest du ein Eis?«, fragt er vorsichtig, als wir an der Bar von gestern Abend vorübergehen.

»Nein«, antworte ich geistesabwesend.

Er sagt nichts darauf. Als wir den großen Kongresssaal betreten, spüre ich eine Welle der Erleichterung, und ich glaube, ich bin nicht die Einzige, der es so geht. Vielleicht bereut er alles genauso sehr wie ich.

Die Erleichterung hält an, bis wir nach dem Kongress im Auto sitzen. Vorher haben wir im Hotel noch unser Gepäck abgeholt.

Das Radio ist auf volle Lautstärke gedreht, so müssen wir nicht miteinander reden. Ich sehne mich nach der Ruhe meines Wohnzimmers und dem Sofa, wo ich heute Abend mit Yukino eine Riesenportion von irgendwas essen werde, während wir uns eine Folge von *Nana* anschauen.

»Dieses Schweigen geht mir auf die Nerven, Alice.« Claudio stellt das Radio ab und unterbricht mich in meinen Gedanken. »Wir sollten uns endlich mit unserem Thema beschäftigen.«

»Es wird uns nichts anderes übrig bleiben«, erwidere ich tonlos.

»Was willst du?«

O Gott. Wenn ich das wüsste! Am liebsten wäre mir eine Zeitmaschine, um gestern Nacht ungeschehen zu machen.

»Auf das, was ich jetzt sage, könntest du dich am Ende sowieso nicht verlassen. Und was willst du?«

»Ich würde das Ganze wiederholen. Um zu sehen, wie es ist, wenn wir beide nüchtern sind, und ob es sich lohnt, von da ab weiterzumachen.«

»Wie kannst du nur so zynisch sein?«

»Du müsstest dir eher Gedanken machen, wenn ich ganz lieb und voller Zukunftsträume wäre, denn das wäre nicht ehrlich gemeint.«

Nach einer Wiederholung des Ganzen steht mir wirklich überhaupt nicht der Sinn. Und Claudio, »ganz lieb und voller Zukunftsträume«, ist eine absurde Vorstellung.

Claudio sich einfach nur als normalen Menschen vorzustellen, ist schon viel.

Was halte ich von mir, was will ich von dir, ich bin so, wie ich bin, und was soll's?

Das erste Telefonat mit Arthur nach meiner Rückkehr klappt nicht richtig, weil die Verbindung immer wieder unterbrochen wird. Ihm etwas von den jüngsten Ereignissen zu erzählen kommt nicht infrage: So etwas geht nicht am Telefon. Dazu muss ich so schnell wie möglich nach Paris fahren und mit ihm reden, aber ich habe keine Ahnung, wann er von der Elfenbeinküste zurückkehrt. Also tue ich so, als ob nichts wäre.

Das gilt auch für meine Haltung, mit der ich ins Institut gehe. Ich lasse meine Tasche auf den Schreibtisch fallen und tröste mich mit einem Croissant mit viel Nutella. Während ich mir noch den schokoladenverschmierten Mund abwische, klingelt das Telefon.

»Allevi?« Claudio ist dran.

»Ja?«, antworte ich zögernd.

»Dottoressa Alimondi ist bei mir. Sie hat die Ergebnisse der histologischen Untersuchung mitgebracht. Interessieren sie dich?«

Ich ziehe mir schnell den Kittel über, werfe einen bedauernden Blick auf die Hälfte meines noch warmen Hörnchens, das ich in eine Serviette gewickelt habe, und schließe meine Tür ab. Ich begebe mich zu Claudios Büro. Bei ihm ist die spektakuläre Spezialistin für pathologische Anatomie, die bequem in seinem Bürostuhl sitzt.

»Guten Morgen«, grüße ich vage.

Beatrice erwidert meinen Gruß geistesabwesend. Sie trägt ein Paar zur Halskette passende Jadeohrringe. Die Kette glitzert auf ihrer weißen Bluse.

»Schau mal«, meint sie und räumt ihre Tasche von dem Stuhl neben ihr, »ich habe es Claudio schon gesagt, ich bin ganz schön verblüfft.«

Claudio beugt sich vor, um die Ergebnisse besser sehen zu können.

»Eine Analyse von Azais' Nebennieren zeigt eine Beeinträchtigung der Cromaffin-Zellen, was bedeutet, dass der Körper durch eine hohe Dosis von Katecholaminen angeregt wurde«, erläutert Beatrice. Ein eindeutiges Zeichen für eine hohe Stressbelastung.

»Bei Selbstmord nicht ungewöhnlich«, wirft Claudio ein. »Der Stress hält ja ziemlich lange an, denn man muss sich auf die Selbsttötung vorbereiten.«

»Lass mich ausreden, Claudio«, erwidert sie ungehalten. »Der Befund der inneren Organe, insbesondere der Milz und der Nebennieren, lässt zumindest eines ganz sicher erscheinen: Azais muss sich kurz vor seinem Tod in einem Zustand äußerster Angst befunden haben. Die Nebennierenrinde war allerdings inaktiv, was bedeutet, dass der Tod innerhalb einer kurzen Zeitspanne eingetreten sein muss. Du glaubst, dass Stress vor dem Selbstmord die Ursache für diese Datenlage ist. Aber wir haben immer noch keine Ahnung, auf welche Art und Weise sich dieser Mann das Leben genommen hat. Ich habe lediglich ein Lungenödem festgestellt. Aber das kann wiederum ganz verschiedene Ursachen haben.«

»Daher rührt also deine Verblüffung?«, hakt Claudio nach.

»Ja, weil man nicht ausschließen kann, dass hier eine andere Todesursache als Selbstmord vorliegt. Auch ein Mord verursacht Stress – erinnerst du dich an den Artikel zu den Nebennieren von Mafiosi? Bei Azais deutet eigentlich alles auf einen natürlichen Tod hin. Es könnte sich zum Beispiel um eine stressbedingte akute Herzinsuffizienz handeln. Oder Tod durch Gefühlsschock.«

Claudio runzelt die Stirn. »Das könnte sein«, meint er.

Ich bin erstaunt. Vor allem, weil sie über Dinge diskutieren, die ich mir noch einmal genauer ansehen muss.

»Wie kommt es zu einem akuten Herversagen, Allevi?«, fragt mich Claudio, dieser Mistkerl. Beatrice wirft ihm einen wütenden Blick zu.

»Lass die Arme in Ruhe!«, ruft sie aus. »Kennst du denn selbst Ursachen für akutes Herzversagen? Ihr als Rechtsmediziner habt doch von Physiopathologie keine Ahnung. Also, meine Liebe«, wendet sie sich mir zu, »ich werde dir jetzt einige der Ursachen erklären.« Ich fürchte, diese junge Forscherin muss noch lernen, wie man sich beherrscht, aber vielleicht geht auch nur ihr süditalienisches Temperament mit ihr durch. »Die Pumpfunktion des Herzens versagt dabei oder wird gestört. Verschiedene Krankheiten können dafür Auslöser sein. Das Herz schlägt immer langsamer, bis es irgendwann zum Stillstand kommt. Zu den Ursachen zählen eine zu langsame oder zu schnelle Herzfrequenz, eine plötzlich auftretende Klappeninsuffizienz, eine akute und schwer verlaufende Herzmuskelentzündung sowie eine Lungenembolie oder Flüssigkeit im Herzbeutel.« Ich bin noch verwirrter als vorher. »In diesem Fall halte ich eine stressbedingte Todesursache für wahrscheinlich«, meint Claudio und blättert in einem Fachbuch zur Pathologie, das er soeben aus dem Regal gezogen hat.

»Zuweilen handelt es sich um eine Kombination von mehreren Ursachen. Bei Schlägereien, zum Beispiel«, erklärt Beatrice.

»Und wenn es einfach eine Herzrhythmusstörung war?«, fragt Claudio.

»Unter einem anatomischen Gesichtspunkt ist das durchaus möglich. Aber Claudio, was ist mit dem Brief?«

»Ein unglaublicher Zufall«, höre ich mich murmeln.

Beatrice hört mir mit einem Ohr zu, und gleichzeitig bereitet sie sich auf ihr nächstes Gegenargument vor.

»Du musst wissen, Beatrice, dass du dich in Gesellschaft der weltweit einzigen Rechtsmedizinerin befindest, die Forensik mit Übernatürlichem paart«, erklärt Claudio mit weit ausgebreiteten Armen. Beatrice kann zwar ein kurzes Lachen nicht unterdrücken, aber es ist nicht böse gemeint. Je länger ich sie beobachte, desto sympathischer wird sie mir.

»Ich meine es ernst«, füge ich hinzu und versuche, meine Stimme überzeugend klingen zu lassen. »Während Konrad Azais dabei ist, sich umzubringen, hat er eine Herzrhythmusstörung gekriegt, das habe ich gemeint.«

Beatrice nickt. »Ich teile deine Meinung«, sagt sie mit ihrer rauen Stimme, »aber ich glaube nicht, dass Stress vor dem Selbstmord die Todesursache war.«

»Bevor wir weiter irgendwelche voreiligen Schlüsse ziehen, warten wir besser den toxikologischen Befund ab. Azais nahm einiges an Psychopharmaka ein, und man kann Missbrauch nicht ausschließen«, meint Claudio nachdrücklich.

»Was mich angeht, ist der Fall abgeschlossen. Nichts deutet auf eine akute Todesursache hin – es handelt sich weder um einen Herzinfarkt noch um einen Schlaganfall. Ich übergebe dir den Stab, Conforti, auch wenn ich jetzt schon weiß, dass du mich früher oder später wieder brauchen wirst. Diesen Fall kannst du nicht allein lösen!«, erwidert Beatrice in ironischem Tonfall. Claudio sieht sie an, als würde er überlegen, wie er sie am schnellsten loswerden kann.

Heute wäre es am besten, wenn meine Kreditkarte blockiert wäre, bevor ich so viel überziehe, dass die Bank wieder anruft. Ich habe mich an einer hitzigen Online-Auktion beteiligt und für eine Unsumme den Erzählungsband von Olivier Volange erstanden, eine wahre Rarität. Sein Titel ist Programm: *Unterbrochene Einsamkeiten.* Ich habe keine Ahnung, was mich an diesem Buch interessiert, ob ich mir davon insgeheim irgendeine Antwort verspreche oder ob es einfach nur Neugier ist. Vielleicht soll er auch nur meinen Verstand beschäftigt halten und mich von meinen Problemen ablenken.

Arthur habe ich immer noch nichts von dem erzählt, was mir mit Claudio passiert ist. Und der ignoriert mich, als ob ich mir die gemeinsame Nacht in Taormina ausgedacht hätte. Wie viel besser wäre das!

Außerdem sage ich Arthur auch nichts davon, dass ich, je länger ich über unsere Beziehung nachdenke, immer weniger begreife, ob wir eine Zukunft miteinander haben. Meine verrückte Reise nach Khartoum, die uns wieder zusammengebracht hat, kommt mir im Nachhinein wie die Tat eines liebeswütigen Teenagers vor.

Ich grüble darüber nach, dass ein Teil von mir – wie groß der ist, weiß ich nicht genau – wirklich etwas für Claudio empfindet, und zwar schon seit Langem. Seit unserer ersten Begegnung habe ich Claudio mit jedem Tag ein bisschen besser kennengelernt, hat er immer mehr von sich preisgegeben.

Und manchmal hatte ich Angst, mich in ihn zu verlieben. Früher, noch lange Zeit vor Arthur, glaubte ich, dass es zu meiner Rolle als einfacher Studentin gehörte, einen jungen Mann anzuhimmeln, der gut aussehend und brillant war und wusste, was er wollte. Nach allem, was seither passiert ist, versetzen mich derartige Gedanken in Angst und Unruhe.

Ich vertiefe mich in die Lektüre des letzten Bands der *Trilogie von Margò* und hoffe, dass ich wenigstens meine dreißig Seiten schaffe, sonst werde ich nie damit fertig.

* * *

Am folgenden Morgen habe ich überhaupt keine Lust aufzustehen. Ich friere; wahrscheinlich ist unser Boiler schon wieder kaputt, denn die Heizkörper sind alle eiskalt.

Cordelias Angebot gilt immer noch, sie hat es erst gestern Abend wiederholt. Sie hatte mich angerufen, um mir zu erzählen, dass sich Lars und seine Frau nach Auskunft einer Freundin wieder in einer Ehekrise befinden, und so buchte sie sofort einen Kosmetiktermin für die Enthaarung. Aber ich bin innerlich so verwirrt, dass ich zögere, ihren Vorschlag mit fliegenden Fahnen anzunehmen. Weil Yukino ihre Rückkehr nach Kyoto nicht mehr erwähnt hat, habe ich etwas Luft. Ich tunke Kekse in meine Milch und versuche gleichzeitig, unserem ungezogenen Hund Manieren beizubringen. Die Lieder im Fernsehen erinnern mich daran, dass nächste Woche Weihnachten ist und ich eine Woche in Sacrofano verbringen werde. Ich hoffe sehr, dass es mir gelingt, Arthur wenigstens für einen Tag zu sehen, um mit ihm ein paar Worte zu wechseln, auch wenn ich eine Heidenangst davor habe. Für Leute wie Arthur spielt Weihnachten keine Rolle, was mir das Leben nicht einfacher macht.

In der Metro ist noch mehr los als sonst, und als ich endlich im Institut ankomme, habe ich das Gefühl, eine Oase der Ruhe erreicht zu haben, und das sagt wirklich alles. Außer den Reinigungsfrauen scheint noch niemand da zu sein. Ich schaue ihnen teilnahmslos zu und trinke dabei einen Kaffee. Kurz darauf höre ich die Schritte von Claudio, der mit Beatrice den frisch gewienerten Gang herunterkommt. Sie plaudern vertraulich miteinander, und sie hat sich bei ihm untergehakt. Ihre helle Stimme hallt in den Gängen wider.

»Bonjour«, begrüßt sie mich wie immer auf Französisch. Weiß der Himmel, warum.

Claudio hat nur Augen für sie, und ich frage mich, wann wir endlich unsere ominöse Unterhaltung führen. Ich fürchte, er hat gar keine Lust mehr dazu. Sie gehen weiter in Richtung von Claudios Büro. Ich trinke verstimmt meinen Kaffee aus und werfe den schmutzigen Plastikbecher in den Mülleimer.

* * *

Es ist später Vormittag, als auf dem Display meines Handys eine unbekannte Nummer aufleuchtet.

»Meine liebe Alice«, flötet am anderen Ende die Stimme des guten Ispettore Calligaris. »Wie geht es dir?«

Wir tauschen einige Höflichkeitsfloskeln, wie das bei Calligaris immer ist, und dann kommt er irgendwann mehr oder weniger umständlich zum Punkt. »Es geht um den Fall Azais. Könntest du heute zu mir ins Büro kommen? Nach der Mittagspause würde es am besten passen.«

Das lasse ich mir nicht zweimal sagen. Ohne Claudio davon in Kenntnis zu setzen – er ist eigentlich der Ansprechpartner für diesen Fall, aber er hat es nicht anders verdient –, mache ich mich auf den Weg. Unterwegs esse ich noch schnell ein Sandwich.

»Setz dich, Dottoressa. Gib zu, du brennst auf die Zusammenarbeit, die ich dir im vergangenen Sommer versprochen hatte …«, beginnt er. Er hofft ganz eindeutig darauf, dass ich seine Worte begeistert aufnehme.

»Doch, schon, das kann ich nicht leugnen …«, gestehe ich ein. Dabei fällt der Blick auf meine Hände. Der Nagellack, bemerke ich, ist abgeblättert, und sie wirken insgesamt ungepflegt. Meine Freundin Silvia, die immer sehr auf ihr Äußeres achtet, würde mir die Leviten lesen.

Calligaris macht es sich auf seinem Bürostuhl bequem und faltet die Hände über dem nicht vorhandenen Bauch. Er strahlt über das ganze Gesicht.

»Sonst bist du doch auch nicht so zurückhaltend!«, lacht er und beantwortet dann kurz angebunden ein Telefonat.

Ich hatte ganz vergessen, wie sehr Ispettore Calligaris in beruflichen Dingen von sich überzeugt ist.

»Ispettore, Sie haben recht. Und Sie wissen sehr gut, wie sehr ich es zu schätzen weiß, dass ich mit Ihnen arbeiten darf«, erwidere ich und habe ihn im Sack. Hoch erfreut setzt sich Calligaris die schwarze Halbbrille auf die Nase und zieht eine braune Aktenmappe aus der Schublade. In ihr befinden sich in einer unentzifferbaren Handschrift verfasste Notizen und eine Fotokopie des Briefes, dessen Rätsel ich gelöst habe. Endlich ist der Moment gekommen, mit dem Ispettore darüber zu reden. Vor Konrads Tod wäre es reine Eitelkeit gewesen, von meinen Aktivitäten zu erzählen. Aber jetzt spielen sie vielleicht eine wichtige Rolle.

»Ist das Testament eröffnet worden?«, lautet meine erste Frage, ich bin vorsichtig. Wenn ich alles richtig verstanden habe, müsste der Name Amélie im Testament ausdrücklich erwähnt sein.

»Nein, noch nicht.«

»Und haben Sie sich diesen Brief genauer angesehen?«, frage ich weiter und zeige auf die Fotokopie.

»Na ja, angesehen …« Calligaris blickt verwundert. Ich dagegen platze vor Stolz.

»Also, Ispettore, in diesem Brief verbirgt sich ein Worträtsel«, eröffne ich ihm feierlich.

Calligaris runzelt die Stirn und presst die Lippen aufeinander, er scheint nicht sehr überzeugt.

Ich erkläre ihm das, was mir aufgefallen ist, unterstreiche die Buchstaben, die den Namen Amélie Volange ergeben, und erkläre ihm, was ich recherchiert habe.

Calligaris hebt den Blick von der Akte. »Ich wusste, dass du schon längst aktiv geworden bist«, meint er begeistert. »Früher oder später wären wir hier auch darauf gekommen, aber ich muss trotzdem sagen, meine Hochachtung. Möchtest du was trinken?«, meint er dann unvermittelt.

»Einen Espresso, danke«, antworte ich ungerührt und koste meinen Triumph aus. Doch dann siegt meine Neugier. »Warum hat Azais der Tochter Volanges sein Vermögen vermacht?«

»So weit sind wir noch nicht.«

»Und was kann ich dann für Sie tun?«

»Du hast doch Clara, die Enkelin von Azais, kennengelernt, nicht wahr?«, fragt er und hält mir ein Foto von ihr hin. Da ist sie, ein elfengleiches Geschöpf mit Haar, das bis zum Po reicht, und schwarz geschminkten Augen.

»Ist ihr etwas zugestoßen?«, frage ich besorgt.

»In gewisser Weise, ja. Seit dem Tod ihres Großvaters spricht sie nicht mehr. Sie ist nicht wirklich stumm geworden, sondern es ist einfach unmöglich, ihr etwas über die Ereignisse jenes Tages zu entlocken. Es stimmt, Clara Norbedo hat ihren Großvater tot aufgefunden, aber der Schock allein kann nicht der einzige Grund für eine solche Reaktion sein. Es muss noch eine andere Ursache geben. Wie denkst du darüber?«

»Als Medizinerin, meinen Sie?«

»Andere Meinungen kann ich zur Genüge einholen. Selbstverständlich als Medizinerin.«

Ich muss kurz überlegen: Wie war das noch einmal mit kindlicher Neuropsychiatrie? Aber natürlich gebe ich meine Unsicherheit nicht zu erkennen.

»Zwischen Azais und seiner Enkelin bestand ein sehr enger Kontakt, und Clara scheint mir ein sensibles und introvertiertes Mädchen zu sein, das sehr an ihrem Großvater hing. Ich kann mir schon vorstellen, dass sie unter einem psychischen Trauma leidet«, merke ich an.

»Sodass sie sich nicht mehr an bestimmte Ereignisse erinnert?«

»Vielleicht, um sie zu verdrängen.«

»Das ist nicht die Alice, die ich kennengelernt habe«, erwidert er enttäuscht und wendet sich wieder seinen Notizen zum Fall Azais zu, die er penibel ordnet.

Calligaris hat recht, erkenne ich verlegen. Er will meine überbordende Fantasie und keinen nüchternen medizinischen Kommentar. Das wird mir jetzt klar.

»Okay, Ispettore. Höchstwahrscheinlich hat eine derartige Reaktion ihre Ursache in einem tiefen Trauma. Welche Art von Trauma, das weiß ich nicht.«

Calligaris sieht mich über einen Blattrand hinweg an. »Und genau an dieser Stelle kommst du zum Zug. Ich möchte, dass du dich mit Clara Norbedo unterhältst und sie dazu bringst, dir zu erzählen, was sie an jenem Nachmittag beobachtet hat.«

»Ich? Nein. Für so etwas fehlt mir die Kompetenz.«

»Da bist du nicht die Einzige«, lautet seine Antwort, und er hebt die Schultern. »Du hast eine positive, freundliche Ausstrahlung. Leute finden dich sympathisch, und damit bist du genau die richtige Gesprächspartnerin für einen so schwierigen Teenager wie Clara Norbedo.« Können Teenager überhaupt einfach sein?

»Sie wird nicht mit mir reden wollen. Für sie bin ich die Dottoressa, die ihren Großvater für unmündig erklären wollte. Und das war er ganz bestimmt nicht.«

»Ein Versuch kann nicht schaden. Ich habe bereits mit Selina Norbedo darüber gesprochen, und sie hat nichts dagegen. Sie hofft ebenfalls, dass es dir gelingt, was ich und meine Mitarbeiter nicht geschafft haben.«

»Sie spricht auch nicht mit ihrer Mutter … Was kann ich dann ausrichten?«

»Es ist nicht ausgeschlossen, dass du etwas erreichst. Wir haben nichts zu verlieren.«

Calligaris kritzelt eine Mobilnummer auf ein Stück Papier.

»Das ist die Nummer von Selina Norbedo. Setz dich mit ihr in Verbindung und mach einen Termin aus.«

Nenn es Gefühle, wenn du willst

In der Metro versuche ich mir einen Plan zurechtzulegen. Die Nummer von Selina Norbedo habe ich in meiner Geldbörse.

Claudio über die jüngsten Entwicklungen informieren. Das ist sein Fall, und außerdem schulde ich ihm das bei der Beziehung, die wir zueinander haben.

Anceschi fragen, was unsere Position bei dem Entmündigungsverfahren ist.

Selina anrufen und einen Termin vereinbaren.

Herausfinden, wie ich zu den Norbedos gelange, denn ich habe kein Auto. Der Plan für das kommende Jahr: Mir eins anschaffen.

Arthur über Skype nach seinen Plänen für die Weihnachtstage fragen. Ausgerechnet während dieser Zeit über schwierige Themen zu reden ist nicht gerade passend, aber ich kann ihn nicht weiter anlügen, ich finde mich so schon unmöglich genug.

Ich habe gerade die Metrostation Cavour verlassen, da überkommt mich der Wunsch, Claudio anzurufen.

»Allevi?«, antwortet er, aufrichtig überrascht.

»Warum bist du so überrascht?«

»Weil du mir konsequent aus dem Weg gehst.«

»Du machst das Gleiche.«

»Heißt das nicht, dass die Entscheidung klar ist?«, gibt er zurück.

Es ist schon merkwürdig, dass wir diese Unterhaltung ausgerechnet dann führen müssen, wo ich auf dem Nachhauseweg bin und mir der Kopf von der feuchten Kälte wehtut.

»Und das war's jetzt?«, entfährt es mir, ich weiß wirklich nicht mehr, was ich tue. Ich habe auch keine Ahnung, welche Antwort ich darauf gern hören würde. Claudio schweigt einen Augenblick und meint dann: »Du willst ja nicht hören, was ich dir zu sagen habe.«

Vor lauter Freude und Verwirrung läuft es mir kalt den Rücken herunter. »Wie willst du das wissen?«

»Rufst du mich deswegen an?«

»Ich wollte eigentlich mit dir über den Fall Azais sprechen, aber vielleicht war das auch nur ein Vorwand.«

Erst jetzt wird mir klar, was ich da gerade eben gesagt habe. Eigentlich sollte ich das Gespräch unverzüglich beenden, anstatt mich Schritt für Schritt Richtung Abgrund zu bewegen. Ehrlich und zuverlässig möchte ich sein. Ich möchte ab heute meiner Vorstellung von mir selbst entsprechen. Stattdessen hänge ich weiter am Telefon und fluche, als ich bei einem Windstoß kaum mehr etwas höre.

Ich stecke gerade den Schlüssel unten in die Eingangstür, das Handy halte ich zwischen Kinn und Schulter eingeklemmt, da höre ich ihre Stimme und den singenden Tonfall.

»Komm doch mal, Claudio. Ach, du bist gerade am Telefon? Merde.«

Diese Stimme kenne ich.

Auch wenn die Verbindung schlecht ist, ich ganz durcheinander bin und mein Kopf ein Kreisel ist.

Es ist die Stimme von Beatrice.

»Alice, hör zu …« Claudio hat ein Problem, und ich fühle mich wie eine Idiotin. Wahrscheinlich bin ich eine.

»Mach dir keine Gedanken, Claudio. Ich wollte nur mit

dir über Azais reden. Aber das können wir auch morgen tun«, sage ich so leichthin wie möglich, damit er nichts von meinen Gefühlen mitbekommt.

* * *

Am folgenden Tag, nach einer Nacht voller Albträume, höre ich sofort, dass Beatrice im Institut ist. Sie spricht gerade (auf Französisch!) mit dem Techniker aus dem Seziersaal, einem bekannten Schürzenjäger, der von der Zuwendung der Dottoressa derart überwältigt ist, dass er ihr im falschen Eifer mit »Yes, yes!« antwortet.

»Kannst du sie auch nicht ausstehen?«, fragt mich Ambra auf der Suche nach Bestätigung. Sie ist ausgezehrt und eifersüchtig. Es ist ungefähr das dritte Mal, dass sie in ihrem Leben freiwillig das Wort an mich gerichtet hat, sie muss mit ihren Nerven wirklich am Ende sein.

»Nein«, antworte ich und freue mich, dass ich das jemandem so klar ins Gesicht sagen kann.

»Bonjour, meine Lieben!«, begrüßt uns Beatrice ganz beschwingt. Dabei verströmt sie eine ziemlich penetrante Parfümwolke. »Ihr macht ja ganz traurige Gesichter, was ist los?«, fragt sie dann und betrachtet uns durch die Riesengläser ihrer Divabrille. Die Erkenntnis, dass es immer eine Bienenkönigin gibt, die noch schlimmer ist als die, die man bereits kennt, ist bitter.

Ambra hebt eine Augenbraue und sieht so aus, als würde sie ihr am liebsten an die Gurgel gehen. Ihr Gesicht ist eine Maske der Selbstbeherrschung. Und mir geht es nicht viel anders.

Beatroce wartet unsere Antwort nicht einmal ab. »Habt ihr irgendwo Conforti gesehen?«

»Nein … er ist noch nicht da«, antworte ich anstelle von Ambra, die stumm vor Abscheu ist.

»Okay. Dann warte ich eben in seinem Büro auf ihn. Könntest du bitte die Tür aufschließen, Giada?«

Ambra klaubt die letzten Reste von Würde zusammen, die ihr geblieben sind – viel war es auch früher nicht – und nennt ihren richtigen Namen.

»Oh, entschuldige. Ambra, Giada, ich wusste, dass es irgendwas mit Steinen ist.«

»Sie können den Schlüssel auch im Sekretariat erfragen«, versetzt unsere Bienenkönigin unerschütterlich, und ihrer Rivalin bleibt vor Verblüffung der Mund offenstehen.

Denn ohne Selbstachtung ist man verloren.

***

Ich schließe mich auf der Toilette ein, um Selina Norbedo anzurufen, dort haben die Wände wenigstens keine Ohren.

»Ja?«, meldet sie sich mit ihrer Mädchenstimme, kurz bevor ich auflegen wollte.

»Hier ist Alice Allevi, Signora Norbedo, erinnern Sie sich an mich?«

»Aber natürlich! Ispettore Calligaris hat mir schon alles erzählt.«

»Ich wollte mit Ihnen einen Termin für ein Treffen mit Clara vereinbaren.«

»Um mit ihr zu reden? Das können Sie versuchen«, antwortet sie skeptisch, aber nicht unfreundlich. »Kommen Sie nur, wann Sie wollen, natürlich nicht morgens, da ist Clara in der Schule. Und freitags und mittwochs hat sie am Nachmittag zwischen fünf und sieben Musikstunde.«

»Morgen müsste es dann eigentlich passen?«

»Auf jeden Fall. Wir erwarten Sie, Dottoressa.«

Jetzt muss ich das nur noch Claudio mitteilen. Wenn er sich nur nicht fortwährend in den Fängen dieser anatomischen Pathologin befände. Immer wieder schleiche ich um sein Büro herum, aber Beatroce ist die ganze Zeit über bei ihm, das ist unüberhörbar. Erst am späten Vormittag lässt sie ihn frei, überlässt anderen das Feld und stolziert, ganz Grande Dame, über die Flure. Leicht nervös und mit Schmetterlingen im Bauch, ganz wie zu Teenagerzeiten, klopfe ich bei ihm an.

»Komm herein, Alice«, fordert er mich auf und klappt seinen Laptop zu.

»Ich wollte dir nur sagen, dass Calligaris mich beauftragt hat, mit Clara Norbedo über Azais zu sprechen«, sage ich in einem Atemzug, damit ich nicht länger in seinem Büro bleiben muss als unbedingt nötig.

Claudio runzelt die Stirn. »Und wer bitte ist Clara Norbedo?«

»Die Enkelin von Konrad Azais.«

»Was habe ich nur angestellt, dass du mir das antust?«, fragt er und bedeckt das Gesicht mit den Händen. »Immer das Gleiche!«

»Was soll das heißen?«

»Es ist wieder genauso wie damals bei Giulia Valenti.«

»Aber dieses Mal bin ich ganz vorsichtig.«

»Bei dir weiß man nie. Aber trotzdem Danke für die Mitteilung. Sonst noch was?«, fragt er mehrdeutig.

»Das würde dir so passen.«

»Oh, zweifellos.«

»Dass du dich nicht schämst, Claudio. Glaubst du nicht, dass ich längst durchschaut habe, dass du auch was mit Beatrice hast?«

»Was heißt hier *auch*? Das würde bedeuten, dass es da noch eine andere gibt, was – leider – nicht stimmt.«

»Habe ich recht?«

»Was spricht dagegen? Bis zum Beweis des Gegenteils bin ich frei. Und wenn du's genau wissen willst: Beatrice ist eine Ex von mir. Da fällt Neuanfang leicht.«

»Alles klar.«

Er erhebt sich von seinem Drehstuhl und nähert sich mit eindeutigen Absichten.

»Nein, Claudio, noch mal kriegst du mich nicht einfach so rum.«

Er schließt die Tür hinter mir, dreht den Schlüssel und küsst mich leicht auf den Hals.

Doch dann hält er unvermittelt inne und bleibt dicht vor mir stehen.

»Glaubst du, ich bin nekrophil?«

»So ein Quatsch!«, antworte ich verblüfft.

»So wie du dich anstellst, könnte ich ebenso gut eine Leiche küssen. Ich will dich so, wie du in Sizilien warst, Allevi. Daran habe ich nur schwache, aber sehr schöne Erinnerungen. Mach mir die jetzt nicht kaputt«, meint er dann, dreht den Schlüssel wieder zurück und gibt mir zu verstehen, dass ich gehen kann – meine Zuwendung war nicht zufriedenstellend.

»Und tauch erst wieder auf, wenn du dich wiederbelebt hast!«

What the hell am I doing here?

Nach einer langwierigen Fahrt mit Metro, Zug und Bus komme ich endlich bei den Norbedos an. Heute ist schönes Wetter, und die kleine Villa erscheint mir wie eine Oase im Grünen. Ich läute und werde von der stets freundlichen Selina in Empfang genommen, doch spüre ich die melancholische Stimmung im Haus. Vielleicht ist es nur Einbildung, aber man merkt, dass Konrad nicht mehr da ist.

Alles ist ruhig; es riecht nicht mehr nach Gemüsesuppe, wie man sie für alte und gebrechliche Menschen zubereitet; die dicke Terézia ist fort; niemand spielt mehr das Cello, und Selina macht ein trauriges Gesicht.

Sie ist in Gesellschaft ihrer Tante Elisabetta, ganz so, wie das bei Damen aus bessergestellten Familien im achtzehnten Jahrhundert war.

»Dottoressa, setzen Sie sich. Wenn Sie möchten, dann rufe ich Clara, und Sie können hier im Wohnzimmer mit ihr reden.«

In Vorbereitung auf das Gespräch habe ich meine Kenntnisse in Neuropsychiatrie aufgefrischt, bin aber noch verwirrter als vorher. Die einen behaupten, dass man eine solche Unterhaltung am besten auf neutralem Boden führen sollte, und damit wäre das Wohnzimmer der geeignete Ort. Die anderen fordern genau das Gegenteil: Danach ist es besser, wenn man mit dem Patienten in einer ihm vertrauten Umgebung spricht, also Claras Zimmer. Ich folge meiner

Intuition und vor allem meiner unverbesserlichen Neugier und erkläre Selina deshalb, dass ich Clara lieber in ihrem Zimmer aufsuchen möchte.

»Gut. Hätten Sie vorher gern etwas Tee?«

»Nein, vielen Dank. Weiß Clara, das ich sie sprechen will?«

»Ja. Ich würde sie nicht anlügen, wir haben ein enges Verhältnis zueinander.«

»Und sie weiß, um was es geht?«

»Davon gehe ich aus.«

»Und auch Ihnen hat Clara nichts erzählt?«

Selina verneint heftig. »Absolut nichts. Sie behauptet, sie würde sich an nichts erinnern, was an jenem Tag vorgefallen ist.«

»Und glauben Sie ihr?« Ich stelle fest, dass sie ihre Fassung wiedergewonnen hat; ihre Hände ruhen auf den Knien ihrer ausgewaschenen Jeans.

»Ich stelle das, was Clara sagt, für gewöhnlich nicht infrage. Aber der Tod meines Vaters hat sie sehr … getroffen. Ich fürchte, dass sie innerlich sehr erschüttert ist, und habe noch nicht begriffen, wie sie mit dem Ereignis umgeht.«

»Wie verhält sie sich?«

Selina seufzt. »Von außen betrachtet ist sie ganz normal. Sie geht in die Schule, und ihre Leistungen haben sich auch nicht verschlechtert. Wie ich Ihnen schon andeutete, ist sie viel zu Hause, aber das war auch vorher nicht anders. Clara ist sehr verschlossen, sie verbrachte viel Zeit mit ihrem Großvater: Er war ihr bester Freund. Ich weiß nicht, ob das normal ist, aber Clara hat mir niemals Anlass zur Sorge gegeben, und ich fand es nicht beunruhigend, dass sie nur wenige Freunde hatte. Sie übt immer noch Cello, aber nicht mehr so gern wie vorher. Sie hat Augenringe, und ich nehme an, dass sie schlecht schläft. Manchmal höre ich sie nachts weinen, und wenn ich dann zu ihr ins Zimmer gehe, bittet sie mich darum, dass ich bei ihr schlafe. Und das mache ich dann natürlich auch.«

»Und wie geht es Ihnen, Selina?«

»Was soll ich sagen…«, erwidert sie mit ihrer zarten Stimme und der ihr eigenen, unbestimmten Art. Tante Elisabetta wirft mir, habe ich den Eindruck, einen vorwurfsvollen Blick zu. »Papa fehlt mir natürlich sehr. Dass er diese Welt verlassen hat, ist tragisch… und ausgerechnet an Claras Geburtstag! Er muss verrückt geworden sein! Vielleicht hatten meine Brüder doch nicht so unrecht. Vielleicht habe ich mich geirrt.«

Elisabetta nickt verständnisvoll.

Ich hebe erwartungsvoll den Blick. »Zweifeln Sie an der Zurechnungsfähigkeit Ihres Vaters?«

Elisabetta ergreift das Wort, und ich vernehme zum ersten Mal ihr Stimmchen. »Du weißt vieles nicht, Selina. Du hast eine etwas… naive Sicht auf deinen Vater, und das ist auch richtig so. Ich habe ihn gut gekannt. Maia war meine Schwester, und ich habe lange Zeit mit ihnen in der Villa in Udine zusammengelebt. Er hat ihr das Leben zur Hölle gemacht«, sagt sie bitter. »Er hat meiner Schwester derart oft das Herz gebrochen, dass ich gar nicht weiß, wo ich anfangen soll. Die arme Maia, sie hatte ihn so gern, sie hat ihn angebetet. Sein ganzes Leben lang hatte Konrad die Sinne nicht ganz beisammen: Er war total verrückt, seine Wutausbrüche waren gefürchtet. Es gab Tage, da hat er nur in Rätseln und Wortspielen geredet, und keiner verstand ihn. Nur Oscar hatte seine Begabung für diese Art von Spielereien. Er bot ihm die Stirn, und die beiden lieferten sich tagelang Wettkämpfe. Oscar war sogar begabter. Zu allem Übel war Konrad untreu, egoistisch und grob.«

Niedergeschlagen unterbricht Selina die traurigen Erinnerungen der Tante.

»Tante, es ist genug… ich möchte nichts mehr weiter hören. Papa war merkwürdig, du hast recht. Er war durchgedreht und infantil, und seine Leidenschaft für Worträtsel war nervig. Aber ich hatte niemals Zweifel, dass er klar bei Verstand war. Nicht einen Augenblick lang. Seit dem Selbstmord an Claras Geburtstag bin ich aber überhaupt nicht mehr sicher. Der hat mich zum Nachdenken gebracht. Im Vollbesitz seiner geistigen Kräfte hätte mein Vater das niemals getan, und wenn auch nur, um Clara, die er über alles liebte, nicht wehzutun. Ich begreife nicht, warum er sich ausgerechnet an jenem vermaledeiten Sonntag umbringen musste«, entfährt es ihr. »Eigentlich verstehe ich nichts. Er hatte gesundheitliche Probleme, das stimmt, aber keine sehr schlimmen. Er genoss sein Leben. Er las, schrieb und konstruierte schwierige Kreuzworträtsel, die dann in entsprechenden Zeitschriften unter einem Künstlernamen veröffentlicht wurden. Darauf war er stolz. Und dann hatte er Clara. Und mich und meinen Mann. Er war gern bei uns.«

»Haben Sie Ispettore Calligaris über Ihre Zweifel in Kenntnis gesetzt?«

»Ja, selbstverständlich.«

Elisabetta lässt die Schultern sinken, ihr altjüngferliches Gesicht ist betrübt.

»Du bist nicht objektiv, mein Liebling. Und vielleicht ist das gut so. Aber dein Vater war ein unzuverlässiger und herzloser Mann, lass dir das gesagt sein.«

Es ist Zeit, Clara in ihrem Zimmer aufzusuchen und eine meiner größten Begabungen einzusetzen, die mir bislang immer weitergeholfen hat, wenn es richtig knifflig wurde: meine Gabe zur Improvisation.

Und Glück brauche ich natürlich auch.

* * *

Ich gehe die knarrende Holztreppe hinauf. Oben, in der Nähe von Claras Zimmer, begegne ich ihrem Vater. Mit seiner Baskenmütze und der Zigarre hätte er ohne Weiteres als Che Guevara durchgehen können.

»Hallo, guten Tag«, begrüßt er mich mit einer dunklen Stimme.

»Guten Tag.«

»Willkommen bei uns, mein Name ist Eduardo Norbedo«, meint er freundlich. »Sie sind hier, um mit dem Wunderkind zu reden, stimmt's? Selina hat mir alles erzählt.«

»Ja, Ispettore Calligaris hat mich darum gebeten.«

»Ein sehr netter Mann, dieser Calligaris. Sehr taktvoll. Finde ich gut, dass er Sie vorgeschickt hat, um mit Clara zu sprechen. Sie ist sehr schwierig, und der Tod des Großvaters hat sie noch komplizierter gemacht. Ich frage mich, ob der enge Kontakt zwischen den beiden ihren Charakter nicht negativ beeinflusst hat«, murmelt er wie für sich.

»Ihr Schwiegervater muss in der Tat einen sehr speziellen Charakter gehabt haben.«

»Er war außergewöhnlich und sehr begabt, Clara ist ihm sehr ähnlich.«

»Wie denken Sie über das Entmündigungsverfahren?«, frage ich ihn unwillkürlich. Irgendwie spiele ich mit der These, dass es kein Selbstmord war und dass Entmündigung und Tod nicht voneinander zu trennen sind.

»Vollkommen absurd, das Ganze. Mein Schwiegervater war ein alter Gauner, aber verrückt war er mit Sicherheit nicht.« Eduardos Tonfall ist natürlich, und er sieht mich an, als wäre er bei einer Vernehmung.

»Wie kamen Sie beide miteinander zurecht? Hat er gern hier gelebt?«

»Gern?«, erwidert er und muss ein Lächeln unterdrücken. »Klar.«

»Glauben Sie, dass es sich um Selbstmord handelte?«

Norbedo überlegt einen Augenblick und meint dann: »Darüber habe ich auch mit Selina lange gesprochen. So etwas hätte der Alte an Claras Geburtstag niemals getan.«

»Und was glauben Sie dann?«

»Meines Erachtens war es etwas Unvorhergesehenes. Ein Infarkt, zum Beispiel. Aber das müsst ihr herausfinden.«

»Und jener Brief?«

»Der Alte war egozentrisch. Nicht verrückt, aber auch nicht ganz normal. Meiner Meinung besaß er diesen Brief schon seit Langem, sozusagen fertig zum Gebrauch. Wahrscheinlich hat er ihn irgendwann verfasst, als er einen Tiefpunkt hatte, und ihn dann aufgehoben. Oder vielleicht war es einer seiner beliebten Scherze: Mein Schwiegervater liebte Tricks und Spielchen und malträtierte seine Umgebung damit.«

Seine Bemerkung ist interessant. Ich erinnere mich an das vergilbte Briefpapier.

»Ein tragischer Zufall wollte es, dass er ausgerechnet am Tag von Claras Geburtstag starb und dass sie ihn fand. Aber gehen Sie nur, Dottoressa, die Kleine wartet auf Sie«, meint er abschließend und weist auf die Zimmertür seiner Tochter. Auf die weiß lackierte Oberfläche sind die Initialen ihres Namens als pastellfarbene Intarsie eingelegt.

Ich klopfe taktvoll an.

»Herein«, ertönt es von drinnen, und ich drücke die Türklinke nieder.

* * *

Als ich die Tür öffne, höre ich das Klimpern eines Windspiels. Der Raum ist der einer kleinen Prinzessin. Die Wände sind halb getäfelt, und das Holz ist in feinen Streifen in Beige und Weiß gestrichen, darüber eine zarte Blümchentapete. Ein weißes Holzbett mit einem Baldachin, darunter eine weiche Daunendecke mit einem rosafarbenen Bezug. Clara sitzt auf dem dunklen Holzparkett und streicht mit den Fingern über die Saiten ihres Cellos, das an der Wand lehnt. Das lange Haar hat sie zu einem Zopf gebunden. Ein kleines graues Kätzchen sitzt am Fenster.

»Hallo, Clara«, begrüße ich sie und mache eine schüchterne Handbewegung dazu. »Du hast ein wunderschönes Zimmer.«

»Danke«, gibt sie kurz angebunden zurück und zieht ein Fruchtbonbon aus ihrer Hosentasche. »Magst du?«

»Gern«, antworte ich und nehme das Bonbon aus ihrer Hand. Ihre Fingernägel sind violett lackiert. »Wie alt bist du, Clara?«

»Fünfzehn«, antwortet sie und bleibt auf dem Boden sitzen.

»Darf ich mich dazusetzen?«

»Klar, aber ich sag's dir gleich, ich kann mich an nichts erinnern. Und das hängt auch nicht davon ab, mit wem ich gerade spreche.«

Das war klar und deutlich.

»Vielleicht haben sich die Erinnerungen irgendwo versteckt, und jetzt müssen wir sie zusammen suchen.«

»Sprich nicht mit mir, als ob ich ein kleines Kind wäre«, erwidert sie unwillig.

Das war die falsche Tonart. »Du hast recht. Entschuldige.«

»Ich war mit unserem Treffen einverstanden, weil ich mich daran erinnert habe, wie freundlich du zu meinem Großvater warst. Und ich finde dich nett, mach jetzt nicht alles kaputt.«

Ihre Haut ist übersät mit Leberflecken. Durch das Fenster fällt helles Sonnenlicht auf ihren Körper und in ihre Augen, die unterschiedliche Schattierungen von Grün annehmen. Ohne die ganze Schminke hätte sie noch ein Kindergesicht.

»Möchtest du über deinen Großvater sprechen?«, frage

ich sie, weil ich unsicher bin, wie ich weiter vorgehen soll. Warum habe ich mich bloß darauf eingelassen?

Clara schüttelt entschieden den Kopf.

»Hör zu. Warum hast du deiner Meinung nach jenen Nachmittag aus deinem Gedächtnis gestrichen?«

»Was meinst du damit?«, fragt sie, plötzlich interessiert.

»Warum hast du ihn vergessen? Was ist da in deinem Kopf passiert? Du bist sehr intelligent und wirst dich das bereits selbst gefragt haben. Da bin ich mir sicher.«

»Das stimmt nicht«, erwidert sie mit hochrotem Kopf aber entschiedenem Tonfall.

»Gut. Dann lass uns über jenen Tag reden. Erzähl mir alles, woran du dich erinnerst.«

Clara stößt einen halb gelangweilten, halb bedrückten Seufzer aus, und ich habe das Gefühl, sie völlig überfahren zu haben.

Sie streicht mit den Fingern über die ausgeleierten Ärmel ihres puderfarbenen Pullovers. Ihre Lippen sind schmal, bemerke ich, und zwischen den Schneidezähnen klafft eine kleine Lücke. Sie beginnt zu erzählen.

»Großvater wollte an jenem Tag nicht zum Mittagessen kommen. Ich hatte ihn inständig darum gebeten, aber es war nichts zu machen. *Mit deinen Onkeln will ich nicht mehr an einem Tisch sitzen*, hat er gesagt. Ich bat ihn, sie doch einfach zu ignorieren und dabei zu sein, um mir einen Gefallen zu tun. *Mach deiner Mutter eine Freude und iss mit ihnen, und wir haben dann den ganzen Nachmittag für uns*, war seine Antwort.

»Hast du auf dem Schreibtisch diesen Brief bemerkt?«, frage ich und hoffe auf eine eindeutige Antwort.

»Nein … da war immer so eine Unordnung, Briefe und Notizen, selbst wenn er dort gelegen hätte, wäre er mir sicher nicht aufgefallen.«

»Hast du dir denn niemals Papiere deines Großvaters angeschaut, aus Neugier?«

Clara nickt. »Das habe ich oft getan. Er hatte gerade einen Roman beendet und wollte ihn veröffentlichen. Es gefiel mir, das, was er verfasst hatte, als Erste zu lesen. Und deshalb habe ich immer in seinen Notizheften herumgeschnüffelt. Er schrieb dort auf Italienisch, und so war es einfach für mich.«

»Also lag der Brief nicht auf dem Tisch?«

»Bis einige Tage vor meinem Geburtstag sicher nicht. Aber vielleicht hat er diesen Brief geschrieben, um ihn in einer Geschichte zu verwenden.« Das erscheint mir eher unwahrscheinlich, dazu ist sein Inhalt zu persönlich, aber das sage ich nicht.

»Und wann sind deine Onkel eingetroffen?«

»Zum Mittagessen. Sie kommen immer auf die Minute pünktlich. Die kommen nicht gern hierher.«

»Haben sie deinen Großvater begrüßt?«

»Sie haben an die Tür geklopft und gefragt, ob sie hereinkommen dürfen, aber er hat nur Onkel Oscar zu sich hereingelassen.«

»War er auf deine Onkel wegen des Verfahrens böse, oder gab es noch einen anderen Grund?«

»Komm her, Matisse.« Clara zieht das kleine graue Kätzchen zu sich, legt es in ihren Schoß und liebkost es sanft.

»Na ja, mit Onkel Enrico gab es immer Probleme. Großvater war sehr besorgt, weil mein Onkel keine Arbeit hat und überhaupt ein merkwürdiger Typ ist. Er hat zweimal versucht, sich umzubringen, ist immer depressiv und kriegt sein Leben nicht auf die Reihe. Aber er ist der Sensibelste von den drei Brüdern. Er und meine Mutter haben ein sehr enges Verhältnis, sie sind einander sehr ähnlich. Onkel Oscar spielt und verliert einen Haufen Geld. Er hat die Wohnung verspielt, die Großvater ihm überschrieben hatte. Er verliert nicht nur Geld, sondern lebt auch über seine Verhältnisse. Er war bis zuletzt gegen eine Entmündigung und stand aufseiten von Großvater und meiner Mutter. Ich weiß nicht, warum er schließlich seine Meinung geändert hat, aber Großvater war darüber nicht besonders enttäuscht. Er hielt Oscar für oberflächlich, und Leone hatte ihm wahrscheinlich Geld versprochen, und das kann er immer gebrauchen, und deswegen hat er nachgegeben. Auf Oscar war Großvater nicht böse, irgendwie verstand er ihn sogar. Und außerdem hatten sie beide die gleichen Hobbys. Hin und wieder ließ Großvater ihn zu sich – als einzigen von meinen Onkeln –, und die beiden lösten stundenlang irgendwelche Rätsel und erfanden neue. Und jedes Mal hat ihm mein Großvater beim Abschied irgendetwas geschenkt: ein Schmuckstück von meiner Großmutter, Geld, ein Bild, immer Sachen, die er leicht versetzen konnte. Onkel Leone ist dagegen ein solider Typ: Großvater hat mit ihm und meiner Tante Marcella zusammengelebt, auch wenn er seine Schwiegertochter nicht ausstehen konnte. Das ist auch kein Wunder. Meine Cousins sind außerdem verzogene und verwöhnte Idioten, aber Onkel Leone ist ein toller Typ«, urteilt sie mit anerkennendem Lächeln, »doch wenn es ums Geld geht, dann werden auch die nettesten Menschen mies.«

»Was meinst du damit?«

Clara findet es anscheinend unbegreiflich, dass sie mir eine derartige Banalität erklären muss. »Großvater war sehr stolz auf ihn. Es hat ihm zwar leidgetan, dass er nicht kreativ war, aber er war froh darüber, dass Leone an der Universität war und jetzt eine gute Arbeit hat: Er leitet die italienische Niederlassung eines amerikanischen Unternehmens. Mein Onkel wiederum sah zu Großvater auf. Großvater sagte immer, dass Leone der einzige von seinen Söhnen war, der ihm und Großmutter niemals Kummer bereitet hatte. Und dann wollte mein Onkel ihn plötzlich entmündigen lassen, nur um an sein Geld zu kommen. Denn er hatte herausgefunden, dass das Testament zugunsten einer anderen Person war. Als Erstes hat er Enrico überredet, der immer schon ein schwacher Typ war. Ab da hat Großvater beschlossen, bei uns zu wohnen.«

»Kommen wir auf jenen Tag zurück.« Clara nickt, das Kätzchen springt auf, und Claras Hände liegen nunmehr bewegungslos in ihrem Schoß. »Wie verlief das Mittagessen? Ist dir etwas aufgefallen?«

»Wenn wir alle zusammen essen, geht es wild durcheinander, bei uns hat niemand Manieren. Man steht einfach auf und schaut fern, dann kehrt man irgendwann an den Tisch zurück und isst einfach weiter, da wird telefoniert, gestritten, gepiesackt. Tante Marcella ist wegen jeder Kleinigkeit beleidigt, Onkel Enrico zieht ein Gesicht und spricht mit niemandem, außer mit meiner Mutter. Er ist total durchgedreht und glaubt immer irgendeinen Blödsinn: dass keiner Respekt vor ihm hat, dass ihn alle für unfähig halten. Mein Vater gibt den Hofnarren, und die Onkel, die sich alle für was Besseres halten, schauen ihn mitleidig an und lassen ihn dann links liegen, besonders Onkel Oscar. Onkel Leone spielt den liebevollen Familienvater, aber das ist alles nur Fassade. Meine Mutter sorgt sich vor allem, ob das Essen schmeckt, und macht ein Theater, wenn das Fleisch nicht durchgebraten ist. Onkel Oscar hängt die ganze Zeit über am Telefon und ist eigentlich nur physisch anwesend. Normalerweise ist er immer der Erste, der geht, weil er angeblich etwas Dringendes zu erledigen hat. Tante Elisabetta klebt währenddessen an meiner Mutter wie eine Klette, mein Gott, ist das eine Nervensäge, und meine Cousins spielen Nintendo und schauen für zehn Minuten bei Großvater vorbei, weil Tante Marcella das so will.«

»War das an jenem Tag auch alles so?«

»Ja, mehr oder weniger schon«, antwortet Clara kurz angebunden.

»Und dann?«

»Dann habe ich die Torte aufgeschnitten. Meine Mutter hatte sie nach einem schwedischen Rezept gebacken. Alle haben das Geburtstagslied für mich gesungen, geklatscht, und meine Mutter bat mich, meinem Großvater ein Stück von der Torte zu bringen. Und von da ab erinnere ich mich an nichts mehr«, beschließt sie trotzig.

»Was ist deine letzte Erinnerung?«

Clara senkt den Blick und blickt unbestimmt zur Seite. »Die geschlossene Tür.«

»Und dann? Woran erinnerst du dich als Nächstes wieder?«

»Keine Ahnung, das ist nicht wichtig«, erwidert sie ungehalten.

»Ist jemand mit dir vom Tisch aufgestanden? Oder kurz vorher?«

»Nein. Ich bin ganz allein zu Großvater raufgegangen.«

»Dann fangen wir früher an. Als du aufgestanden bist, um zu deinem Großvater zu gehen, saßen da noch alle am Tisch?«, beharre ich.

Clara sieht mich an.

»Nein, jemand fehlte. Da bin ich ganz sicher.«

»Und wer?«

»Mein Onkel, Onkel Enrico.«

Lass mich hier, lass mich in Ruhe, lass mich, wie ich bin,
sag nichts, wenn es nicht um Liebe geht

Die Wohnung kommt mir leer vor ohne Yukino, die über die Festtage nach Kyoto geflogen ist. Dafür hat sie mir Ichi hier gelassen, der heute mein gemütliches Elternhaus in Sacrofano kennenlernen wird. Das ist der beste Ort der Welt, um Weihnachten zu feiern.

Ich warte bis zur letzten Minute, ob Arthur sich nicht doch noch bei Skype einloggt, damit ich ein paar Worte mit ihm wechseln kann, aber dann bleibt mir nichts anderes übrig, als Tasche und Hund in Alessandras Twingo zu verstauen.

Mein Bruder steigt aus, um mir dabei zu helfen, während mir die werdende Mutter, schon leicht gerundet, die Hand zum Gruß aus dem Fenster reicht.

»Du siehst furchtbar aus, Alice«, meint mein Bruder.

»Das ist nett, danke«, erwidere ich und versuche, Ichi abzuwehren, der mir unbedingt das Gesicht lecken will.

»Was für ein niedlicher Hund! So einen müssten wir uns auch besorgen. Das ist doch der ideale Spielgefährte für ein Kind«, meint Alessandra und kann ihren Blick nicht von unserem ungezogenen Hund abwenden.

»Stimmt, Ale«, lautet Marcos Antwort, während er in die Via Maria Adelaide einbiegt.

»Alles in Ordnung, Alice?«, fragt Alessandra dann.

Sie kennen mich besser, als ich dachte.

»Ich überlege, ob ich mit Arthur Schluss machen soll«, rutscht es mir heraus.

Alessandra holt tief Luft, so überrumpelt ist sie von der Nachricht. »Bist du verrückt geworden?«

»Nein, ich war bis jetzt verrückt, weil ich dachte, dass es mit uns funktionieren könnte.«

»Warum gleich so melodramatisch, Alice?«, seufzt mein Bruder.

»Alice ist immer ein bisschen melodramatisch. Jetzt lass sie doch erst mal ausreden. Alice, was ist los?«

»Arthur wird nie wieder in Rom leben. Er wohnt in Paris, obwohl das auch nicht stimmt. Eigentlich ist er immer an irgendwelchen fürchterlichen Orten der Welt unterwegs. Die richtige Frau für ihn lässt alles stehen und liegen, um ihm zu folgen. Oder er findet eine mit dem gleichen Beruf. Aber da bin ich mir auch nicht sicher, denn er hat ziemlich hochgesteckte Ideale, und wahrscheinlich würden sie dauernd streiten. Diese Frau bin ich jedenfalls nicht. Und ich bin nicht ganz bei Trost, dass ich das nicht sofort begriffen habe. Ich bin ein Provinzblümchen, das nichts mit ihm gemeinsam hat, gar nicht daran denkt, Italien zu verlassen, und daran, meinen Beruf aufzugeben, schon dreimal nicht. Also? Sollen wir einfach so weitermachen wie bisher? Und uns treffen, wenn es gerade so passt?«

Alessandra schweigt. »So hatte ich das bisher noch gar nicht gesehen.«

»Ich auch nicht, aber je mehr Zeit vergeht, desto klarer wird mir alles. Leider«, gebe ich zurück und bekomme kaum noch Luft wegen Ichi, der es sich auf meinem Schoß gemütlich gemacht hat. Achtzehn Kilo. Es gibt Angenehmeres.

»Alice, könnte es sein, dass dein Hund nicht besonders gut erzogen ist?«, kommentiert mein Bruder.

»Hast du dich etwa in jemand anderen verliebt?«, bohrt Alessandra nach.

»Nein«, antworte ich. Und es ist die Wahrheit: Was ich für Claudio empfinde, hat mit Liebe nichts zu tun, aber es reicht aus, um mir vorzukommen wie eine treulose Heuchlerin.

»Und das willst du ihm ausgerechnet an Weihnachten mitteilen?«, fragt Alessandra ernüchtert.

»Ja.«

»Weihnachten ist heilig. Es gibt ein ungeschriebenes Gesetz, dass man an Weihnachten nicht mit jemandem Schluss machen darf.«

Ich habe die Entscheidung aber schon getroffen. Ich habe beschlossen, ihn mit dem Auto meines Bruders am Flughafen abzuholen und Klartext zu reden. Ein für alle Mal.

Mir ist jetzt schon ganz übel.

* * *

Meine Eltern haben jetzt eine neue Tochter, die Alessandra heißt, und kümmern sich nicht weiter um die alte. Sie machen ein Riesentheater um die Schwiegertochter und das zu erwartende Enkelkind, und das verschont mich vor ihrer Neugier, was mein Leben angeht.

So komme ich zum Nachdenken, auch wenn Nachdenken nichts anderes bedeutet als Qual. Ich liege in meinem alten Kinderzimmer unter den Postern von einst und versuche, mich unter der Daunendecke warmzuhalten.

Meine Mutter ruft mich von unten, aber ich tue so, als hätte ich sie nicht gehört.

Ich liege einfach nur so da, zu etwas anderem bin ich an diesem Weihnachten, dem schlimmsten meines Lebens, nicht in der Lage.

* * *

Und dann kommt der erste Weihnachtstag. Ich habe bis spät in die Nacht mit Cousins und Cousinen aus der ferneren

Verwandtschaft (Durchschnittsalter um die zwölf Jahre) bei Weihnachtsliedern von Mickey Mouse im Fernseher Tombola gespielt. Vor Aufregung, heute Arthur wiederzusehen, habe ich die ganze Nacht nicht geschlafen.

»Warum musst du ausgerechnet jetzt noch weg? Seit wann bist du am Weihnachtstag unterwegs?«, fragt meine Mutter, die Hände in die Hüften gestemmt.

»Es ist wichtig«, antworte ich knapp, »ich bin bald wieder da.«

»Triffst du dich mit diesem komischen Blonden? Warum bringst du ihn nicht zum Abendessen mit?«

»Mama …«

»Du fährst nicht gut Auto, sollte nicht besser jemand mitfahren?«

Gute Idee, zu einem der schwierigsten Gespräche meines Lebens erscheine ich in Begleitung meines Bruders.

Mit einer Durschnittsgeschwindigkeit von siebzig Stundenkilometern erreiche ich nach stundenlanger Fahrt den Flughafen Fiumicino. Zu Fuß hätte ich nicht viel länger gebraucht.

Ich warte in der Ankunftshalle auf ihn. Als ich ihn dann sehe, mit seinen leuchtenden blauen Augen, die sich freuen, und seinem Lächeln, spüre ich, wie sich mein Herz verkrampft, und ich bekomme kaum noch Luft.

Alice, was machst du hier?

Er umarmt mich mit einer Herzlichkeit, die ich nicht erwidere, und er bemerkt das sofort.

»Was ist los?«, fragt er mich sanft.

»Gehen wir zu mir nach Hause?«, schlage ich ihm vor.

»*Sure*.«

Er lädt sein Gepäck in den Kofferraum und fragt, ob er sich ans Steuer setzen soll. Er erkundigt sich, wie es Ichi, Yukino und Cordelia geht. Er erzählt mir ein bisschen von der Elfenbeinküste und meint, wie froh er wäre, endlich nach

Paris zurückzukehren. Doch dann senkt sich bedrückendes Schweigen über uns.

»Du hast was, Alice.«

»Wir reden darüber, wenn wir bei mir sind.«

»Und so lange fahren wir schweigend weiter?«, fragt er mich verblüfft.

»Du hast recht, ich habe was:«

»Und?«

»Ich habe den Eindruck, als würden wir in unserer Beziehung die ganze Zeit darauf warten, dass etwas geschieht, aber es fehlen alle Voraussetzungen dafür«, bricht es aus mir heraus.

Arthur wirft mir einen beunruhigten Blick zu und konzentriert sich dann wieder aufs Fahren.

»Fängst du schon wieder an? Wieder deine üblichen Klagen?«

»Leider ja«, gebe ich unwirsch zurück. Es gelingt ihm immer wunderbar, meine Ängste herunterzuspielen.

»Macht dir die Entfernung zwischen uns etwas aus?«

»Dir etwa nicht?«

Er bringt das Auto in einer Haltebucht zum Stehen und stellt den Motor ab. Er sieht müde aus.

»Beim Aufwachen weiß ich morgens manchmal nicht mal, wo ich bin, und bin mir nicht sicher, ob es noch Nacht ist oder gerade Mittag oder Nachmittag. Ich schlafe, wo es gerade passt, und ich lebe, wann es gerade passt. Und wenn du glaubst, dass mir das immer Spaß macht, dann irrst du, aber ich habe mir dieses Leben ausgesucht … und es ist schon in Ordnung so. Und wenn du da mitmachen willst, dann sage ich sicher nicht Nein, aber ich werde mein Leben auf keinen Fall ändern.«

Mir missfällt, dass ich in seinem Leben nur auftauche, wenn ich Opfer bringe. »Du wusstest, worauf du dich einlässt«, fährt er fort. »Wir haben damals von vorn angefangen, weil dir das ganz klar war. Jetzt machst du plötzlich wieder einen Rückzieher. Warum, Alice? *Where is my fool Alice?*« Er nimmt mein Gesicht in seine Hände und sieht mich aufmerksam an, und irgendwann kann ich seinem Blick nicht mehr standhalten.

»Ich war … mit einem anderen zusammen.«

In seine Augen tritt ein Ausdruck des Abscheus, er ist so eindringlich, dass ich ihn nie wieder vergessen werde.

»Ah, jetzt ist mir alles klar.«

»Nein, nichts ist klar. Selbst mir ist nichts klar, und da willst du behaupten, dass es dir anders geht?«

Arthur zieht die Hände zurück, als ob er sich verbrannt hätte. Er steckt sich eine Zigarette an und schüttelt wie im Selbstgespräch den Kopf.

»Ich bin überrascht. Ich hielt dich für einfacher gestrickt. Ich hatte geglaubt, du wärst eine von denen, die immer noch dem naiven Glauben anhängen, dass man in derselben Stadt leben muss, um zusammen zu sein, und die nicht begreifen, dass man einen Schritt nach dem anderen macht und so zueinanderfindet.« Er hält kurz inne und nimmt einen tiefen Zug. »Aber wenn ich es so recht bedenke, dann ist Untreue genauso banal wie das andere. Aber ich dachte, du hättest ein Gewissen.« Die letzten Worte stößt er verächtlich aus. Ich traue mich nicht, mich zu verteidigen.

»Ich habe dir die Wahrheit gesagt, und du bemühst dich nicht einmal, mich zu verstehen … du denkst nur an dich, und alles andere kümmert dich nicht.«

»*That's all?*«, fragt er mich angespannt.

»Arthur, ich habe … dich betrogen, aber ich habe niemals aufgehört, dich zu lieben. Die Entfernung ist das Einzige, was uns trennt. Denk doch mal nach! Wo und wann siehst du denn eine gemeinsame Zukunft für uns?«

Jetzt ist er wirklich stinksauer und meint kurz angebunden: »Stimmt, nirgendwo und nie.« So hatte ich meine Frage nicht gemeint.

»Ich bitte dich doch nur um Hilfe, ich weiß nicht mehr, was ich tun soll«, sage ich leise und weiche seinem Blick aus.

»Ach, du willst, dass ich dir helfe? Komm, ich helfe dir!«

Er fährt mir mit einer Hand hinten an den Hals, greift nach meinem Zopf und zieht meinen Kopf mit sanftem Nachdruck nach hinten. Er bringt seine Lippen ganz nahe an meine, und einen Augenblick lang fühle ich, hoffe ich, dass er mich küssen wird.

Nur wenige Millimeter trennen unsere schweigenden Münder. Dann sagt er ganz leise und voller Wut: »Du willst, dass ich dir helfe? Beweis mir, dass du meine Hilfe verdient hast, Alice.«

Er lässt mich los.

»Ich soll wieder nach Rom kommen und hier leben?«, fährt er fort, und seine Stimme wird lauter. »Und was soll ich hier machen? Ich habe Italien Hals über Kopf verlassen. Du hast die ganze Zeit über jemand anderen im Kopf… und ich, was soll ich machen? Vielleicht verzweifelt um deine Liebe kämpfen? Ich weiß nicht mal, ob sich das wirklich lohnt, Alice. Mir geht es nicht gut, und dieses Weihnachten ist alles andere als beschaulich, aber *it's the end*. Jetzt kannst du machen, was du willst, und schlafen, mit wem du willst.«

»Das sagst du nur aus verletzter Eitelkeit«, antworte ich, und erstaunlicherweise – denn eigentlich bin ich nahe am Wasser gebaut – weine ich nicht mal.

Er macht eine sarkastische Geste des Beifalls. »Ein Wunder an Einfühlsamkeit.«

Noch niemals in meinem kurzen Liebesleben ist es mir so schlecht ergangen.

»Ich will hier raus«, meint er schließlich in gewohnter Knappheit. Er fischt sein Mobiltelefon aus der Jackentasche und steigt aus dem Auto. Ich folge ihm, öffne ihm den Kofferraum und schiebe seine Hand, die das Telefon ans Ohr hält, ein Stückchen beiseite.

»Ich will ein Taxi rufen, ist das erlaubt?«

»Es ist kalt. Lass uns zusammen auf das Taxi warten. Oder wenn du willst, dann bring ich dich zu deinem Vater oder zu Cordelia oder zu einem Hotel … wohin immer du willst.«

»Die einzige Kälte, die ich fühle, ist die in mir, und das ist deine Schuld. Fahr nur. Oder noch besser: *Ich* bin es, der sagt: Verschwinde.«

Ich sehe, wie er sich entfernt, seinen Rücken mit dem Rucksack, der von den Schultern herabhängt, den Rauch seiner Zigarette.

Das ist ein Bild von Arthur, wie ich es noch für lange Zeit im Gedächtnis haben werde.

Merry Christmas, Arthur. I'm so sorry.

Schreiben ist Aufbruch in Unbekanntes. Bevor man anfängt, weiß man nicht, was man schreiben wird

Marguerite Duras

Meine Stimmung ist auf dem Tiefpunkt, und als wäre das noch nicht genug, mache ich alles, damit es noch schlimmer wird.

Ich besuche mit Silvia eine Lesung von Enrico Azais. Er stellt seinen Roman *Trauma* vor. Die Lesung war in dem Newsletter einer meiner Lieblingsbuchhandlungen angekündigt, und ich konnte der Versuchung nicht widerstehen, meine Freundin (Anwältin und Kulturmuffel) mitzuschleifen. Jetzt sitzt sie gähnend neben mir. Immer wenn sie mich anschaut, lese ich in ihrem Blick Zorn darüber, dass sie sich hat überreden lassen, und den inständigen Wunsch, an einem anderen Ort zu sein. Das geschieht mir ganz recht: Ich kann auch nicht mehr.

Die Lesung ist eine Tortur: Enrico Azais trägt mit gleichförmiger, tonloser Stimme Passagen aus seinem Roman vor, die selbst eingefleischte Optimisten in den Selbstmord treiben würden.

Das Publikum besteht aus wenigen Leuten. Als die Quälerei endlich ein Ende hat, kommen nur zwei von ihnen nach vorne, um ein Exemplar zu kaufen. Sie schätzen Enricos Vater, höre ich beiläufig, und als er die Exemplare signiert, erkundigen sie sich nach ihm. Da wird es dann richtig furchtbar.

Enrico Azais gefällt der Verlauf des Abends überhaupt nicht. Er gibt unfreundlich Antwort und will dem einen das Exemplar sogar wieder aus den Händen reißen.

»Ich hab schon begriffen, dass Ihnen mein Roman völlig egal ist. Soll ich Ihnen was verraten? Ich will nicht, dass Sie ihn lesen. Lassen Sie ihn hier! Lesen Sie doch diese vermurksten Werke meines Vaters, und belästigen Sie mich nicht!«

Er hat die Stimme erhoben, und die wenigen Umstehenden schauen ihn verblüfft an. Andere, die sich gerade zufällig im Laden befinden, um herumzustöbern, werden durch seinen Tonfall, der plötzlich von ausdrucksloser Gleichförmigkeit in Aggressivität umgeschlagen ist, auf ihn aufmerksam.

Aus einer Ecke taucht der Eigentümer der Buchhandlung auf und versucht, ihn zu beruhigen.

»Nun kommen Sie schon, Azais. Bewahren Sie die Fassung.«

»Einen Teufel werde ich tun. Geben Sie doch zu, dass Sie mich nur wegen meines Namens eingeladen haben!«

Die Situation ist total absurd. Einige Kunden fangen an, in seinem Roman zu blättern, manche legen das Buch wieder auf den Stapel zurück, andere warten auf eine Gelegenheit, sich ihr Exemplar signieren zu lassen. Jemand, der sich so aufführt, werden sie sich sagen, muss bekannt und wichtig sein.

»Klappern gehört zum Handwerk, das ist immer das Gleiche; wenn man ein stiller Typ ist, scheren sich die Leute einen Dreck um einen«, meint Azais und schaut die drei Leute, die seinen Roman in den Händen halten, mit einer Mischung aus Bitterkeit und Komplizenschaft an.

»Was für ein Theater«, lautet Silvias Kommentar. »Warum musstest du mich unbedingt hierherschleppen? Ich fühl mich miserabel.«

Ich höre gar nicht hin und nehme ein Exemplar von *Trauma* zur Hand, betrachte den schlecht gemachten Umschlag und blättere in den wenigen Seiten mit dünnen Geschichten, die niemanden interessieren.

»Nun komm schon, lass uns gehen. Dafür musst du mir mindestens einen Martini spendieren.«

Meine Finger fahren am Rand des Bändchens entlang. Ich will das Büchlein schon zurücklegen, da sehe ich, wie der Autor, einsam und verlassen, von seinem Stuhl aufsteht. Er greift nach seinem Mantel und wirft einen letzten Blick auf den Stapel unverkaufter Exemplare.

»Warten Sie, wir legen die Bücher in eine Schachtel, dann können Sie sie gleich wieder mitnehmen«, hält ihn der Eigentümer der Buchhandlung zurück. Er ruft eine Verkaufshilfe und wirft ihr einen vielsagenden Blick zu.

»Und ich hatte so gehofft, dass sich mit dem Tod meines Vaters etwas für mich ändern würde«, murmelt Azais müde, während er an einem Pfeiler lehnt und zusieht, wie die Exemplare seines Romans, eines nach dem anderen, in einem alten Karton verschwinden.

Liebliches Geschenk der Gegenwart

Jacques Prévert

Nach den Weihnachtsferien ins Institut zurückzukehren ist alles andere als angenehm. Das künstliche Tannenbäumchen mit der Billigdekoration, für die das Sekretariat zuständig ist, schlägt aufs Gemüt und verbreitet jene tiefe Melancholie, für die Yukino das Wort *aware* hat. Außerdem ist es draußen eiskalt (es ist der kälteste Winter, den ich je erlebt habe, auf jeden Fall ist er viel schlimmer als der vergangene), und die Heizung ist ausgefallen.

Dafür geht es am Institut zu wie in einem Taubenschlag. Alle wollen machen und tun und sind mit Eifer bei der Sache. Vor allem Ambra. Es soll bloß keiner behaupten können, besser zu sein als sie. Seit ihrer Rückkehr aus den Ferien ist sie noch ehrgeiziger und kompensiert die erlittene Liebesschmach mit Arbeitseifer. Wally, die mit Feiertagen nichts anfangen kann, hat den Kopf voller Pläne und Ideen. Die Kollegen, bei denen der mit Weihnachten einhergehende Hang zum Altruismus vor allem die charaktereigene Unterwürfigkeit verstärkt hat, treten sich gegenseitig auf die Füße, um sie zufriedenzustellen. Ich befinde mich inmitten einer Horde von Arschkriechern.

Der Allerhöchste kehrt braun gebrannt aus irgendeinem exotischen Ferienort zurück und ist bester Laune. Aber die hält höchstens einen Tag an, und dann ist er wieder so verdrießlich wie immer.

Dottor Anceschi, der sich um alles, was das Institut betrifft, einen Teufel schert, weilt noch, wie nicht anders zu erwarten, im Urlaub in Roccasaro, wo er die Hügel hinunterfegt wie ein Yeti auf Ski.

Inmitten des munteren Treibens fällt Claudio die Rolle des energischen Führers zu: Er trommelt uns in seinem Büro zusammen und diktiert uns eine lange Liste von nervtötenden Projekten. Lara sucht sich eines aus und schlägt eine Zusammenarbeit vor, und natürlich ist ihres von allen das schlimmste.

Während sie auf einem Pfefferminzbonbon herumkaut – das sind ihre Lieblingsbonbons, die sie sich immer in einem kleinen Tabakladen nahe der Uni besorgt –, preist sie mir die Aufgabe in den höchsten Tönen an und gerät dabei in jenen Begeisterungstaumel, der heute Morgen offenbar das gesamte Institut befallen hat. Als wir Claudios Büro verlassen wollen, geht sie voraus, aber er hüstelt kurz und ruft mich dann in unverbindlichem Tonfall zurück.

»Bleib noch kurz hier, Allevi, ich wollte dir noch was zeigen.«

Mir ist, als würde mir das Herz stehen bleiben, und ich laufe hochrot an, da bin ich sicher. Lara verfolgt die Szene argwöhnisch und schließt dann die Tür.

»Komm mal her«, fordert Claudio mich mit seinem vielsagenden Lächeln auf. Von seinem Schielen keine Spur, außerdem ist er in eine Wolke von *Declaration* gehüllt (vielleicht sollte ihm mal jemand sagen, nicht zu viel davon zu benutzen).

»Hattest du schöne Weihnachten, Alice?«

Die schlimmsten meines Lebens, vielen Dank. Und daran bist auch du schuld.

»Ganz wunderbare.«

»Hast du an mich gedacht?«

»Nicht eine einzige Minute.«

»Schade«, erwidert er, aber sehr überzeugt wirkt er nicht.

Aus seiner Arbeitstasche zieht er ein eingewickeltes Päckchen mit einem hübschen Geschenkband. »Frohe Weihnachten, Alice«, meint er tonlos, während er mir das Geschenk überreicht. Die Zeit scheint stehen zu bleiben. Das passiert immer häufiger in seinem kalten Büro.

»V-vielen Dank.« Ich wickele es so langsam und sorgfältig aus, dass er ungeduldig wird.

»Du willst es wohl hoffentlich nicht weiterverschenken? Das Geschenk ist deins, und jetzt musst du es auch behalten. Mach es jetzt auf.«

Es ist ein Gedichtband von Jacques Prévert. Claudios Geste hat mich kalt erwischt, ich sehe ihn verblüfft an und blättere dann gedankenverloren in dem Bändchen. »Natürlich habe ich vorne nichts reingeschrieben, so etwas liegt mir nicht. Aber ich habe ein Gedicht markiert, das mich an einen besonderen Morgen erinnert.«

Ich bin derart durcheinander, dass mir keine Antwort einfällt, und ich bin ganz froh, als jemand klopft und uns erlöst.

»Störe ich, Claudio?«

Ich kenne ihn, es ist Dottor Presti, der forensische Toxikologe, der für uns arbeitet.

Während die beiden höfliche Floskeln austauschen, bleibe ich wie in Trance stehen und möchte nach dem Gedicht suchen, das ihn an mich erinnert. Ich will mich schon von den beiden verabschieden, da hält mich Claudio mit einer Nachricht zurück, die auch für mich interessant ist.

»Wir haben das toxikologische Gutachten zu Konrad Azais.«

Ich schüttele meine Verwirrung ab und höre den beiden aufmerksam zu.

»Negativ?«, staunt Claudio und fährt mit einer Hand über die gefurchte Stirn. Sein Ausruf bringt das Debakel auf den Punkt. Er hat keinen Schimmer – ich natürlich auch nicht –, was die Ursache für Konrads Tod war. Er hatte große Hoffnungen in das toxikologische Gutachten gesetzt, aber daraus geht lediglich Folgendes hervor: »Es stimmt, er nahm viele Medikamente, darunter auch das Antidepressivum *Citalopram*, einen ACE-Hemmer, und Medikamente gegen Gastritis. Aber alles in verträglichen Dosen, und es gibt keinen Hinweis auf Missbrauch. Es ist der klassische Befund für eine Person seines Alters.«

»Keinerlei Drogen, Alkohol?«

»*Nada*.«

»Und dieses Citalopram befand sich in welcher Konzentration in seinem Körper?«, fragt Claudio hoffnungsvoll nach.

»Ganz gering. Er hat nicht einmal die empfohlene Dosis eingenommen«, erwidert der Toxikologe.

»Woran zum Teufel ist er dann gestorben?«, entrüstet sich Claudio. Das hatte ich nicht anders erwartet. Mir ist nur nicht klar, was ihn mehr ärgert: den Fall nicht lösen zu können oder Beatrice recht geben zu müssen.

Presti zuckt mit den Achseln und scheint wieder zurück an seine Arbeit zu wollen.

»Viel Glück, Claudio! Das kannst du gebrauchen«, meint er noch und bestätigt damit meine Befürchtungen.

»Jetzt ist es amtlich«, meint Claudio, als wir wieder allein sind. »Du bringst nichts als Durcheinander. Sobald du bei einem Fall dabei bist, wird die Sache undurchsichtig.«

»Was willst du machen, jeder hat sein Päckchen zu tragen, und du hast eben mich«, erwidere ich mit leicht schwankender Stimme. »Du solltest mit Beatrice darüber reden. Das scheint mir die einzige Lösung zu sein.«

Claudio lässt sich auf seinen Bürostuhl fallen. »Gerade die fehlt mir jetzt noch.«

Ich verlasse sein Büro, eile den Korridor hinunter und schließe mich in der Toilette ein. Dort lese ich das Gedicht, das er markiert hat. Ich lese es und fühle mich glücklich, voller Leben und – gleichzeitig voller Gewissensbisse.

Eine Orange auf dem Tisch
Dein Kleid auf dem Teppich
Und in meinem Bett Du
Liebliches Geschenk der Gegenwart
Frische der Nacht
Wärme meines Lebens.

Die Welt der Menschen ist kaputt

Arielle, Meerjungfrau

Calligaris ruft an und bittet mich, vorbeizukommen. Ich mache mich auf der Stelle auf den Weg zu ihm, bereit, meiner Fantasie für die gute Sache freien Lauf zu lassen.

»Was für ein Zufall, Alice. Gerade hatte ich dich angerufen, da kam kurz darauf eine Anzeige von Oscar Azais gegen unbekannt herein. Er fühlt sich beschattet.«

»Sehr interessant!«, rufe ich aus.

»Stimmt. Leider fehlen uns genaue Hinweise. Er behauptet, jemand sei ihm gefolgt, aber er kann nicht einmal sagen, ob es sich um eine Frau oder einen Mann handelte. Er hatte nur so ein Gefühl, behauptet er. Und ich soll mich damit befassen!«

»Das ist alles, ein Gefühl?«

»Nein ... angeblich erhält er auch anonyme Anrufe auf seinem Handy. Vielleicht gehe ich der Sache nach ... Aber kommen wir zu uns, Alice. Wie lief dein Treffen mit der kleinen Norbedo?«, will er wissen und trinkt einen Schluck Cappuccino, den ihm eine junge Beamtin gebracht hat.

»Tja, Ispettore. Da gibt es nicht viel zu erzählen. Sie bleibt dabei, dass sie sich an nichts erinnert.«

»Und was hältst du davon?«

»Ich habe keine Ahnung, ob das stimmt. Eigentlich glaube ich es nicht.«

»Meinst du, es ist etwas aus ihr herauszubekommen, wenn du dranbleibst?«

»Die Kleine ist hartnäckig und schlau. Sie ist sehr intelligent, geistesgegenwärtig und sprachgewandt, kurz, sie ist schwierig.«

Calligaris seufzt und klopft mit seinem blauen Kugelschreiber auf den Tisch. »Hat dein Verlobter sein Gutachten schon fertig?«

»Ispettore, vielleicht sollte ich Ihnen an dieser Stelle sagen, dass Dottor Conforti und ich nur Kollegen sind.«

»Aber ihr beide macht euch die ganze Zeit schöne Augen«, schmunzelt er. »Doch zurück zu dem, was mich wirklich interessiert. Ist die Todesursache klar?«

Ich habe keine Lust, ihm auf die Nase zu binden, dass Claudio keinen Schimmer hat.

»Für ein abschließendes Ergebnis sind noch andere Befunde notwendig.«

Calligaris nickt. »Möchtest du es noch einmal versuchen und dich mit der Enkelin von Azais unterhalten?«

Seine Hartnäckigkeit ist mir verdächtig. »Warum halten Sie Clara für so wichtig? Gibt es einen besonderen Grund dafür?«

Der Ispettore wirft mir einen listigen Blick zu.

»Du wirst immer neugieriger, Alice. Das ist aber gut so. Ohne Neugier kommt man nicht weiter. Ohne die Frage nach dem Warum erhält man keine Antworten.« Er nimmt sich einen Kaugummi und bietet auch mir einen an. Ich lehne höflich ab und wiederhole meine Frage.

»Doch, da gibt es einen Grund. Mir geht ein Gedanke im Kopf herum, aber es hat keinen Zweck, darüber zu reden, ohne dass ich die Todesursache kenne. Vielleicht ist das Ganze auch nur ein Hirngespinst.«

»Erzählen Sie«, fordere ich ihn nachdrücklich auf.

Calligaris ziert sich, aber am Ende gibt er mir eine Kostprobe seines scharfen Verstandes und schildert mir seine geniale Überlegung: »Ich habe den Verdacht, dass jemand bei diesem Tod seine Hände im Spiel gehabt hat. Ich habe keine Ahnung, auf welche Weise, aber ich glaube, dass das Mädchen unfreiwillig Augenzeugin von etwas geworden ist.«

»Von einem Mord? Glauben Sie, dass es sich um einen Mord innerhalb der Familie handelt?«

»Ich kann das nicht ausschließen, aber um in diese Richtung weiterzudenken, brauche ich den Befund von Conforti. Deshalb bitte ich dich, mit der kleinen Norbedo im Gespräch zu bleiben. Du bist genau die Richtige, hartnäckig, aber auf eine angenehme Art und Weise, extrovertiert, und man fühlt sich wohl in deiner Gegenwart. Außerdem wirkst du nicht wie eine Ärztin, das ist perfekt.«

Seine Beschreibung, die meine Stärken herausstreichen soll, hebt ungewollt einige Punkte hervor, die ich nicht positiv finde. Aber so ist der Ispettore eben. »Ich rufe Selina Norbedo auf der Stelle an und vereinbare einen neuen Termin für einen Besuch, einverstanden?«

* * *

Fast tut mir der arme Claudio leid, der heute den ganzen Vormittag damit zubringen wird, zusammen mit Beatrice die Todesursache von Azais zu ermitteln.

Anceschi ist aus dem Urlaub zurück, und er ruft mich zu sich, um mir einen Vortrag über Tod durch Elektroschock zu halten. Am späten Vormittag passiert dann das Unerwartete. Ohne anzuklopfen stürmt eine wutentbrannte Frau durch die Tür von Anceschis Büro.

Sie ist sehr zierlich, elegant gekleidet, hat nordische Gesichtszüge und halblanges, sehr dunkles Haar. Auf der rechten Wange hat sie ein kleines Muttermal, die Augen sind stark geschminkt, und an einer Hand trägt sie einen auffallenden Ring mit einem Amethyst. Außerdem hat sie offenbar Lust, so richtig Krach zu schlagen.

»*Vous êtes le docteur Anceschi?*«

Der gute Dottor Anceschi spricht ein recht mittelmäßiges Italienisch und ein Schulenglisch, das noch unter dem Niveau des Übersetzungsprogramms von Google liegt. Allein den römischen Dialekt beherrscht er in all seinen Facetten. Französisch gehört leider so gar nicht zu seiner Sprachkompetenz. Aber er hat die Frage trotzdem verstanden und bemüht sich mit der ihm eigenen Liebenswürdigkeit um eine Antwort. Die Frau sagt darauf etwas, das wir beide nicht verstehen. Dottor Anceschi versucht es mit einem *Du ju spiek inglisch?*, aber die Frau geht nicht darauf ein.

Aus dem Wortregen, der auf uns niedergeht, höre ich immerhin ein Detail heraus, das ich verstehe.

»*Je suis Amélie Volange*«, hat sie gesagt.

Wenn mich nicht alles täuscht, steht niemand anderer als die strittige Begünstigte aus Azais' Testament in Fleisch und Blut vor mir. Ich merke, wie mich die Aufregung packt, und habe einen guten Einfall: »Da ist doch die Dottoressa der pathologischen Anatomie, die Französisch spricht. Vielleicht könnte sie dolmetschen.«

»Ausgezeichnete Idee«, murmelt Anceschi, offensichtlich hat er bei dem Wortschwall irgendetwas mitbekommen, was ihn beunruhigt.

Flink wie ein Wiesel eile ich zu Claudios Büro und erläutere ihm die Lage.

Der Vorschlag kommt Beatrices überbordendem Temperament entgegen, und sie ist überglücklich, ihr tolles Französisch anwenden zu dürfen. Sie war mal ein Studienjahr in Québec, hat sie mir anvertraut. Beatrice geht auf Anceschi und die Volange zu, stellt sich formvollendet vor und bietet ihre Dolmetscherdienste an.

Amélie Volange möchte sich setzen. Dann holt sie tief Luft und lässt eine Tirade los, die von Beatrice hochprofessionell übersetzt wird.

Haben Sie das Gutachten zu Konrad Azais verfasst? Sie sollten sich schämen. Sie haben sich von Leone Azais kaufen lassen.

Irgendetwas habe ich da offenbar nicht mitbekommen.

»Sie haben die Untersuchungsergebnisse bereits weitergegeben, Dottor Anceschi?«, frage ich verblüfft dazwischen. Und mir kommt ein Verdacht, der mir ganz und gar nicht gefällt.

Anceschi nickt schweigend. »Und Sie haben Laurentis Version einfach übernommen?«

»Ich konnte nicht anders«, verteidigt er sich nicht sehr überzeugend. »Die Testergebnisse, seine Schlussfolgerungen … waren unwiderlegbar – bis zum Beweis des Gegenteils.«

»Aber ich habe Ihnen doch gesagt, es war alles falsch! Vertrauen Sie mir nicht?«, rufe ich enttäuscht aus.

»Nun nehmen Sie's nicht persönlich, Allevi, das sieht Ihnen wieder ähnlich. Lassen Sie Signora Volange fortfahren.«

Für mich war Anceschi immer einer, der in jeder Lage einen klaren Kopf bewahrt, aber in diesem Augenblick erscheint er mir wie ein Ausbund an Niedertracht.

Dieses Gutachten ist falsch, denn der furchtbare Alte war alles andere als verrückt! Sie haben mich um das gebracht, was mir zustand!, fährt die Volange fort.

Also kannte die Volange den Inhalt des Testaments. Ich frage mich nur, wie! Nach allem, was ich weiß, tauchte ihr Name nirgendwo auf. Und das Testament ist offiziell noch nicht eröffnet worden.

Ich werde immer neugieriger, und meine Enttäuschung über Anceschis Verhalten tritt in den Hintergrund.

Reichen Sie mir bitte ein wenig Wasser. Ich bin nur gekommen, um Ihnen meinen Abscheu auszudrücken. Ich habe keinerlei Hoffnung, dass Sie einen Rückzieher machen. Aber ich will, dass Sie sich über eines im Klaren sind: Sie haben hier ein Unrecht begangen, für das Sie sich eines Tages werden verantworten müssen.

Amélies Wut ist wie ein Unwetter; ich begreife nicht, ob es hier ums Prinzip geht oder um Geld oder um beides.

»Könntest du ihr bitte meine Frage übersetzen, Beatrice?«

Claudio, der das Ganze mitverfolgt hat, seufzt. »Jetzt wird es lustig«, meint er zu Anceschi, der düster seinen Kopf schüttelt.

»Bien sûr«, antwortet sie und ist ganz begeistert, dass man sie braucht.

»Könntest du sie bitte fragen, welche Beziehung sie zu Konrad Azais hatte?«

Beatrice ist die Einzige, die sich nicht über mein Vorgehen wundert. Ja, sie spornt mich geradezu an. »Du hast recht, wir sollten diese Chance ergreifen, mehr zu erfahren.«

Er hat das Leben meiner Eltern zerstört, und um das Unrecht wiedergutzumachen, hatte dieser Gauner von Azais beschlossen, mir sein Vermögen zu vermachen. Und Sie, Sie kleiner mieser Typ von einem Arzt, der von nichts eine Ahnung hat, haben dafür gesorgt, dass ich nichts bekomme.

»Woher wussten Sie, dass Sie als Alleinerbin von Azais' Vermögen eingesetzt waren?«, frage ich sie, vor Neugier brennend.

Amélie schweigt einen Augenblick und sieht mir gerade und herausfordernd in die Augen.

Ich habe Freunde, denen ich etwas bedeute.

Ich bekomme mit, dass Beatrice, von meinem Eifer angesteckt, auf eigene Faust nachfragt, welches Unrecht Azais ihr angetan hat.

Schlimme Dinge, die man nicht beweisen und damit nicht bestrafen kann.

Amélie Volange erhebt sich.

Das ekelt mich an.

Sie greift nach ihrer schwarzen Ledertasche und knallt die Tür hinter sich zu. Wir sind alle völlig überrumpelt.

»So etwas kann schon mal passieren«, meint Anceschi mit hochrotem Kopf.

»Tja«, murmelt Claudio mitfühlend. Das Ereignis hat ihn berührt, aber gleichzeitig ist er auch ein bisschen froh, dass es einen anderen erwischt hat. Er und Beatrice verlassen verlegen Anceschis Büro. Ich starre Anceschi verblüfft an.

»Nun schau mich nicht so an, Allevi.«

»Ich kann es nicht fassen. Ein unerhörtes Unrecht! Azais war bei vollem Verstand. Das war sein Letzter Wille, und Sie haben doch gerade selbst gehört … Zwischen ihm und der Volange gab es etwas zu klären, er wollte etwas gutmachen, und Sie haben ihn daran gehindert. Und das nur, weil Niccolò Laurenti sich bei seinen komischen Tests von Palladino hat beschwatzen lassen. Haben Sie nicht gesehen, wie er um ihn herumscharwenzelt ist? Am liebsten hätte er ihm die Hand geküsst. Und ich sage Ihnen noch etwas: Es ist sehr gut möglich, dass er bestochen wurde, da kann die Volange recht haben.«

»Deine Fantasie geht mit dir durch! Laurenti ist ein Pedant und vielleicht auch nicht sehr sympathisch, aber ich habe keinen Zweifel an seiner Unbestechlichkeit.«

»Da irren Sie sich.«

»Jetzt gehst du zu weit!«

Anceschis Tonfall ist mit einem Mal schneidend, und in seinem Blick blitzt Zorn auf. »Du musst lernen, dich zu beherrschen, Allevi, und deine Zunge etwas unter Kontrolle zu halten. Das ist mein guter Rat an dich, als Vorgesetzter und als Kollege. Derartige Auftritte schaden dir nur: Dein Eifer wird diese Welt nicht verändern und deine Karriere nicht voranbringen.«

Als ich nach Hause komme, erwarten mich zwei Überraschungen: eine davon ist Yukino. Ich dachte, sie würde erst morgen kommen.

»Nein, du bist durcheinander«, meint sie und unterhält sich mit Ichi weiter auf Japanisch.

»Was erzählst du ihm da gerade?«, frage ich sie neugierig.

»Dass er mir gefehlt hat. Ich weiß nicht, wie ich in Kyoto ohne ihn überleben soll.«

Ich horche auf. »Du hast immer gesagt, du würdest ihn mitnehmen.«

»Ich weiß, aber ich glaube, es würde dir guttun, wenn ich ihn hierlasse.«

»Und warum?«

»Du brauchst ihn«, antwortet sie und rollt ihren pinkfarbenen Koffer, der fast so groß ist wie sie, in ihr Zimmer.

Die andere Überraschung ist ein gelbes Päckchen, in dem sich das in eine doppelte Ladung Zeitungspapier eingeschlagene Buch von Olivier Volange befindet. Es ist alt und riecht schlecht. Aber das Timing ist perfekt, und ich drücke das Buch freudig an mein Herz.

Auf der Titelseite lese ich:

Unterbrochene Einsamkeiten
Von Olivier Volange
Für Catherine

Der alte Eigentümer hat das Buch mit seiner krakeligen und unleserlichen Signatur unverwechselbar gemacht. Beim Durchblättern bemerke ich einige Passagen, die am Rand fahrig in Schwarz angestrichen sind. Genau deshalb liebe ich alte, zerlesene Bücher: Sie tragen immer noch die Spuren der Leser vor mir. Vielleicht hat der ehemalige Besitzer diese Stellen angestrichen, weil sie für ihn etwas Besonderes bedeuteten. Die Anziehungskraft von Büchern liegt ja auch darin, dass ein Autor seine Erfahrungen anderen näherbringt – wobei sich jeder aussuchen kann, was er möchte, denn am Ende liest jeder ein Buch anders.

Ich vertiefe mich in die Lektüre und werde nur von Ichi unterbrochen, der mit einer Pfote die Tür aufschiebt und sich so weit unter die Decke verkriecht, bis nur noch sein Hinterteil hervorschaut. Das ist seine Art und Weise, sich von der Welt zurückzuziehen, er muss dazu nur seinen Kopf verstecken, glaubt er, und keiner bemerkt ihn.

Eigentlich ist es ein Büchlein, es hat nur ungefähr einhundertzwanzig Seiten, aber die sind eng bedruckt. Die Erzählungen sind tiefgründig und keine leichte Kost. Wie eine mächtige Mahlzeit zu später Stunde. Doch sind sie elegant geschrieben und zeugen von zeitloser Weisheit, wie es bei Werken großer Autoren vorkommt. Eine tiefe, ausweglose Angst durchdringt die Erzählungen, sehr poetisch, und als ich in der Mitte des Buches angekommen bin, erscheint es mir fürchterlich ungerecht, dass dieses Werk in Vergessenheit geraten ist. Gegen Abend lege ich das Buch zur Seite, um mit Yuki eine Riesenportion Pasta zu verdrücken.

»Oh, diese Abende werden mir fehlen. Und jetzt noch ein Marathon von *Una mamma per amica*, dazu kannst du nicht Nein sagen.«

Ich denke auch nicht daran. Von dem Bruch mit Arthur habe ich ihr noch nicht erzählt. Das Ganze tut mir weh, und ich habe keine Lust, darüber zu reden. Er lässt nichts von sich hören, und ich mache meinerseits auch keinen Versuch, Kontakt aufzunehmen. Aber er fehlt mir sehr, und manchmal kommen mir Zweifel, und ich habe das Gefühl, einen schweren Fehler begangen zu haben.

Ich mache es mir in unserer warmen Wohnung gemütlich, genieße Yukis Anwesenheit, kuschele mich in das blaue Sofa, in das sich schon die Abdrücke unserer Hintern eingegraben haben, und streichele Ichi, der über unseren Beinen liegt. Es herrscht Dämmerlicht, die Heizung ist warm, wir haben eine Schüssel Popcorn neben uns, und man hört den Regen draußen plätschern.

* * *

Gegen eins gehe ich schlafen. Aber vorher werfe ich noch einen Blick in die Erzählungen von Volange. Die Geschichte *Winter* ist besonders ereignislos, es passiert einfach nichts. Sie erzählt von einem Mann, der an einem Dezembernachmittag in den Tuilerien spazieren geht und an die glücklichsten Winter seines Lebens denkt. Am Ende wird ihm klar, dass es zu diesem Glück nicht viel gebraucht hatte, vielleicht die Anwesenheit einer Frau auf der Durchreise, die Tatsache, dass er nicht krank war, sich über einen neuen Film von Truffaut freute oder über eine Reise in die Normandie mit der Familie seines Bruders. Es ist eine Geschichte über Einsamkeit, das ist ja auch der Titel des Büchleins, aber die Eleganz von Volanges Stil macht ein an sich so banales Thema zu einer Kostbarkeit.

Der verhangene Himmel, die vereisten Pfade. Ich war von allen Gefühlen erfüllt, die ich noch nie zuvor empfunden hatte, und das erkannte ich als Mangel. Diese Düsternis all jener sinnlos verschwendeten Winter der Vergangenheit.

Das kommt mir irgendwie bekannt vor. Benebelt von Müdigkeit, schlüpfe ich in meine Nashorn-Plüschpantoffeln und suche im Regal nach *Die Gier des Desziderius Horvath.* In der Mitte des Buches träumt Desziderius davon, dass er noch einmal den Sommer erlebt, in dem er seine Jugendliebe Helena kennenlernte:

Ich emfand alle diese Gefühle, da war ich sicher, Schauer überliefen meine Haut, und als ich erwachte, überfiel mich tiefe Enttäuschung. Ich dachte an die Düsternis all jener verschwendeten Sommer zurück, die verschwendete Zeit, weil ich dich, Helena, nicht wiedersehen wollte. Ich fühlte den Mangel, all diese Sommer.

Ich lege beide Bücher auf dem Nachttisch ab und lösche das Licht. In diesem Augenblick durchfährt mich der Gedanke, dass sich Azais' erster literarischer Erfolg und dieses Büchlein von Volange sehr ähnlich sind.

* * *

Am Tag darauf vergleiche ich die Erscheinungsdaten. *Die Gier des Desziderius Horvath* ist 1950 erschienen, *Unterbrochene Einsamkeiten* 1956. Im Institut angekommen suche ich im Internet sofort nach einem weiteren Buch von Volange, das in Italien erschienen ist. Es ist ein Roman mit dem Titel *Wölfe*. Doch online ist nichts zu finden.

Wenn ich etwas nicht sofort finde, werde ich nervös, und das Gewünschte aufzustöbern wird zu einer fixen Idee. Ich frage bei Lara, einer unermüdlichen Sammlerin von vergriffenen Büchern, nach, wie man am besten an ein Exemplar von *Wölfe* herankommt.

»Auf jeden Fall bei Cugi«, meint sie und kaut weiter geräuschvoll auf ihrem Bonbon herum.

»Und wer ist das?«

»Ein kleines Antiquariat. Da musst du hin, das reinste Paradies. Ich habe dort schon wahre Perlen gefunden, einen Roman von der Heyer, zum Beispiel. Die solltest du auch mal lesen, schreibt sehr gut.«

Ich mache mir eine Liste der Romane von Laras Lieblingsautorin und beschließe, bei Cugi vorbeizugehen. Am Nachmittag bin ich in der Nähe meiner Wohnung im Viertel Monti auf der Suche nach dem Lädchen, die Adresse hat mir Lara gegeben.

Ich weiß gar nicht, wie ich ihr danken soll: Dieser Laden ist ein Traum!

Er gehörte schon dem Ururgroßvater des heutigen Besitzers und hat seinen Charme von einstmals bewahrt. Der Boden ist mit dunklem Linoleum bedeckt, darunter knarrt altes Parkett und erinnert an große, alte Wohnungen von Berühmtheiten und irgendwelche Museumsbesuche während der Schulzeit. Es riecht nach altem Papier, und die Bücher stehen in noch älteren, abgenutzten Regalen. Hinter dem Tresen, auf dem die unterschiedlichsten Bücher – von den Schlümpfen bis zu Romanen von Moravia – aufgestapelt sind, stehen drei Personen, die ich sogleich als Seelenverwandte erkenne: ein rundlicher Mann mit dicken Brillengläsern, eine Frau mit einer hochtoupierten Frisur und ihre Tochter, die genau den gleichen Haarturm hat. Am liebsten wäre mir, wenn sie mich gleich auf der Stelle einstellen würden.

Irgendwann muss ich diesen Ort dann leider wieder verlassen, aber in meiner Tasche befinden sich zwei Schätze: *Die drei Ehen der Grand Sophy* von Georgette Heyer und *Wölfe* von Olivier Volange.

Endlose Flucht

Ryuichi Sakamoto

Mitten in der Nacht höre ich, wie mein Telefon klingelt, auf dem Display steht eine unbekannte Nummer.

»Dottoressa Allevi?«

Der Allerhöchste?

Es ist schon vorgekommen, dass der Boss uns bei Leichenfunden mitnahm, aber er steht kurz vor der Pension, hat seine Aktivitäten heruntergefahren, und so kommt das eigentlich kaum noch vor. Seltsam, dass er mich persönlich anruft, das kann mitten in der Nacht nichts Gutes bedeuten.

»Ist etwas mit Arthur?«, frage ich mit klopfendem Herzen. Ich könnte nicht mehr weiterleben vor Gewissensbissen.

»Nein«, antwortet er kurz und trocken. »Hören Sie zu. Kommen Sie unbedingt sofort ins Krankenhaus, auf die Intensivstation. Ich erwarte Sie dort.« Er beendet das Gespräch, ohne mir Zeit für eine Antwort zu lassen. Ich bin sofort auf den Beinen. Um keine Zeit zu verlieren, ziehe ich mir schnell die Sachen von gestern über, die ich aus Faulheit noch nicht weggeräumt hatte, rufe ein Taxi, und zwanzig Minuten später bin ich am Ziel. Die Zeit scheint dahinzuschleichen, ich versuche zu begreifen, was passiert sein könnte, und kann mich kaum zurückhalten, den Allerhöchsten von unterwegs anzurufen.

Völlig fertig mit den Nerven laufe ich den Gang zur Intensivstation hinunter. Am Ende erkenne ich die dritte, in Tränen aufgelöste Ehefrau des Allerhöchsten.

Cordelia!

An sie hatte ich keinen Augenblick lang gedacht. Mein Blick wendet sich Hilfe suchend dem Allerhöchsten zu, aber dessen Miene ist noch versteinerter als sonst.

»Vielen Dank, dass Sie gekommen sind.«

»Was ist passiert?«, frage ich leise.

»Cordelia hat heute Nacht versucht, sich umzubringen«, erwidert er scheinbar teilnahmslos. Ich schaue ihn mit großen Augen an. »Sie hat sich die Venen aufgeschnitten«, fügt er mit brüchiger Stimme hinzu. Normalerweise klingt sie sonor, vielleicht weil Italienisch nicht seine Muttersprache ist.

Ich war die ganze Zeit so mit meinen – vielleicht eingebildeten – Problemen beschäftigt, dass mir total entgangen ist, wie schlecht es Cordelia ging. Warnzeichen gab es mehr als genug. Ihre depressive Stimmung, die mangelnde Antriebskraft, ihr Bedürfnis, unter Menschen zu sein. Ich denke an ihre Einladung, bei ihr einzuziehen, und an mein Zögern. Bei dem Gedanken daran, dass ich ihr sagte, sie solle mir nicht immer mit ihrem Lars auf die Nerven gehen, fühle ich mich richtig mies.

»Wie geht es ihr?«, frage ich und habe Angst vor der Antwort.

Die Contessa schnieft. »Sie ist noch nicht außer Lebensgefahr, sie hat sehr viel Blut verloren, Regina hat ihr welches gespendet«, meint sie und deutet mit dem Kopf auf eine Frau mit blondem Haar, die unverkennbar eine Tochter aus Malcomess' erster Ehe ist.

Ich bin in höchster Sorge und fühle mich bis auf die Knochen schlecht. Ich habe Angst, nein, Panik. Alles an diesem Unglück macht mich fertig, nicht nur die Tatsache, dass sie in Lebensgefahr schwebt, sondern auch die Hintergründe. Ich male mir ihre letzten Stunden vor dieser verzweifelten Tat aus, wie sie völlig am Boden zerstört allein zu Hause sitzt, wieder ist sie verlassen worden, und langsam nimmt der Gedanke an Selbstmord Gestalt an. Alles und alle sind ihr gleichgültig geworden, sie will nur noch sterben. Sie greift zu einer Rasierklinge und schneidet, einen Schnitt, zwei Schnitte, sie drückt die Klinge tief in die Haut. Aus den Wunden dringt Blut, es rinnt an ihren Armen herunter, verfärbt ihre Kleidung, läuft auf den Fußboden. Und sie weint, sie ist allein und unglücklich und hat keine Kraft mehr. Sie weint, bis sie ohnmächtig wird. Während ich schlafe und ihr Vater mit seiner Lebensgefährtin zu Abend speist, während ihre Mutter fernsieht und Lars Mikkelsen im Flugzeug nach Oslo sitzt, während Arthur in irgendeinem Teil der Welt an irgendwelchen Artikeln schreibt, ist sie dabei, uns alle zu verlassen.

Der Allerhöchste richtet das Wort an mich. »Ich habe Sie angerufen, weil ich hoffe, dass es Ihnen gelingt, Arthur zu kontaktieren.« Wäre die Lage nicht so dramatisch, hätte das etwas Komisches. Ausgerechnet ich soll Arthur ausfindig machen? Ich soll ihm die Nachricht überbringen? »Er geht nicht ans Telefon, und in der Redaktion hat man mir gesagt, dass er sich an der Elfenbeinküste befindet. Ich verlasse mich auf Sie«, meint er abschließend und hat den gleichen Ton, den er immer anschlägt, wenn er mir eine besonders knifflige Aufgabe überträgt. Wie soll ich ihm klarmachen, dass ich so ziemlich die Letzte bin, von der sein Sohn eine derartige Hiobsbotschaft empfangen will, und zwar, weil er mich aus guten Gründen verachtet. Es erscheint mir unwahrscheinlich, dass er ausgerechnet bei mir ans Telefon geht. Aber dazu müsste ich dem Boss vieles erklären, das überfordert mich, und es ist auch nicht der richtige Zeitpunkt. Ich kann das also nicht ablehnen und nehme mein Telefon aus der Handtasche.

Wie zu erwarten antwortet Arthur nicht. Ich sitze allein

im Wartesaal. Ich möchte nicht im Weg sein, die Situation ist so schon peinlich genug. Mittlerweile habe ich einige Einzelheiten erfahren: Lavinia, eine Cousine aus der Familie Saglimbeni, die in Mailand wohnt, hat Cordelia gefunden und gerettet. Sie war für einige Tage bei ihr. Als Lavinia nach Hause kam, fand sie Cordelia in einer Blutlache, rief den Krankenwagen und benachrichtigte die nächsten Angehörigen.

»Haben Sie Arthur erreicht?«, fragt mich der Allerhöchste.

»Noch nicht«, murmele ich voller Gewissensbisse, so als ob das meine Schuld wäre. »Darf ich zu ihr, Professore?«

Er überlegt einen Augenblick lang. »Bitte«, meint er und begleitet mich auf die Station. Ich schlüpfe in die Überschuhe und die andere Schutzkleidung, und dann bringt mich eine Krankenschwester zu ihr.

Sie ist sehr blass und hat überall Schläuche. Ihr schönes blondes Haar ist stellenweise blutverschmiert, ihre Handgelenke sind verbunden.

»Ist sie außer Lebensgefahr?«, frage ich eine Kollegin, die gerade Schichtdienst hat.

»Im Grunde schon. Aber wir wissen noch nicht, ob ihr Gehirn mit ausreichend Blut versorgt wurde oder ob Schäden entstanden sind.«

Um Gottes willen. »Welche Schäden?«

»Denken wir nicht darüber nach«, erwidert die Kollegin. »Sie ist jung, und man hat sie rechtzeitig aufgefunden. Ich bin optimistisch«, meint sie mit einem milden Lächeln, das sie bestimmt schon vielen Verwandten gezeigt hat, die sich von ihr Antworten erhofften, die sie nicht geben konnte.

Ich bleibe mit Cordelia allein. Ich drücke ihr die Hand. An den Fingernägeln klebt Blut. Es ist furchtbar.

Ich bleib noch ein bisschen bei dir, Cordelia, aber dann musst du aufwachen.

Lange sitze ich bei ihr und merke nicht, wie die Zeit vergeht. In der Zwischenzeit ist es Tag geworden.

Ich verfolge die Kurven auf dem Monitor und denke, dass es keinen Sinn hat, traurig zu sein. Cordelia ist in diesem Augenblick woanders, sie befindet sich auf einer kurzen Reise, von der sie zurückkehren wird.

Aber ich bin derart bedrückt, dass ich diesen Raum fern aller Realität, zwischen Leben und Tod, dieses Grün der Wände, nicht mehr ertrage, und so gehe ich hinaus und versuche noch einmal, Arthur anzurufen. Keine Antwort.

Heute bleibe ich hier. Heute ist nichts mit Arbeiten. Ich lehne meinen Kopf an die Wand und schließe die Augen: Ich fühle mich schlapp. Da vibriert mein Handy.

»Alice?« Es ist Arthur. Seine Stimme holt mich in die harte Realität zurück. »Hast du versucht, mich anzurufen?«, fragt er mit ganz kalter Stimme.

»Ja, …« Wie soll ich ihm das bloß sagen? »Ich wollte dich sprechen … ich wollte dir sagen …«, stammele ich.

»Was ist los?« Sein Tonfall ist ungeduldig.

»Kannst du nach Rom kommen?«

Schweigen. Er scheint verblüfft. »Alice«, sagt er leise und sanfter, und seine Stimme erinnert mich an ferne, glückliche Tage. »Was ist los mit dir?«

»Du musst so schnell wie möglich kommen.«

»Ist etwas mit dir?«

»Nein«, stottere ich.

»*Are you pregnant?*«

»*Pregnant*? Schwanger. O nein, das nicht.«

Er seufzt, ist zwischen guten Manieren und dem Bedürfnis, das Telefonat so schnell wie möglich zu beenden, hin- und hergerissen.

»Alice, *please*, warum wolltest du mich sprechen?«

»Cordelia hatte einen Unfall.« Nennen wir es so, vielleicht ist es für ihn dann leichter zu ertragen.

Selbst durch die Leitung spüre ich, dass ihn diese Nachricht wie ein Schlag ins Gesicht trifft.

»Du solltest so schnell wie möglich kommen.« Ich drücke mich um die Wahrheit. Selbstmord. Das lässt niemanden kalt.

»Ist sie tot? Erzähl mir kurz und bündig, was passiert ist, das ist mir lieber.«

»Nein, nicht tot, aber es geht ihr nicht gut, Arthur. Komm bitte.«

»Sag meinem Vater, dass ich den nächsten Flug nehme.«

* * *

Es ist fast ein Tag vergangen, aber mir kommt es so vor, als läge alles gerade eine Stunde zurück. Cordelia ist immer noch an jenem weit entfernten Ort, und wann und ob sie von dort zurückkehren wird, weiß im Augenblick niemand. Die Welt wäre so leer ohne sie.

Gerade habe ich in der Bar ein Tramezzino gegessen, damit ich auf den Beinen bleibe, denn ich habe jedes Gefühl für Hunger verloren.

Der Kollege von der Intensivstation ist sehr herzlich. Er reicht mir Cordelias jüngste Blutwerte; seitdem er erfahren hat, dass ich ebenfalls Ärztin bin, behandelt er mich wie seinesgleichen.

»Ich habe bemerkt, dass Sie für die Signorina Malcomess Musik mitgebracht haben. Und was?«, fragt er mich.

»Die Bohème. Sie liebt Opern.«

Ich starre wieder ins Leere und dann auf die Schläuche, die Cordelia am Leben erhalten.

Es ist nur eine Frage von Sekunden.

Ich höre, wie die Tür sich öffnet und schließt.

Wende mich instinktiv um.

Blicke auf und sehe ihn.

Spüre, wie mein Herz zerspringt, als wäre es aus Glas.

Leide Höllenqualen.

Arthur scheint durcheinander. Er weiß nicht, was er zuerst machen soll: mich begrüßen, nach dem Stand der Dinge fragen oder an Cordelias Bett treten. Er bleibt sekundenlang wie angewurzelt stehen. Ich stehe auf, um ihm den Stuhl zu überlassen, aber er hat anscheinend vergessen, dass ich da bin. Er lässt sich auf Cordelias Bett nieder, und Gott sei Dank ist keine Krankenschwester da, um ihm das zu untersagen.

Er betrachtet Cordelia, ohne sie zu berühren oder sie anzusprechen. Die Stille im Raum ist unnatürlich, sie wird nur von den Geräuschen der medizinischen Geräte gestört. Ich spüre, dass es besser ist, die beiden allein zu lassen. Da sehe ich, dass er sich zu ihr beugt und sie leicht auf die Wange küsst. Er flüstert ihr etwas ins Ohr und streicht ihr dabei zart das Haar zur Seite. Mir ist zum Weinen.

Er verharrt in dieser Haltung. Als er sich aufrichtet, kommt es mir so vor, als würde das Dunkelblau seiner Augen glänzen.

* * *

Ich lasse mich auf einem Stuhl im Wartesaal nieder und fühle mich wie unsichtbar.

Arthur verlässt irgendwann mit undurchdringlicher Miene das Krankenzimmer.

Der Allerhöchste und die Contessa di Saglimbeni gehen auf ihn zu. Die Contessa nimmt ihn fest in den Arm.

Ich komme mir vor wie eine Schaulustige bei einem Familiendrama. Das gefällt mir nicht, und ich entferne mich. Kurze Zeit später gesellt er sich zu mir.

Zwischen uns herrscht eine Spannung, die mit den Händen greifbar ist.

»Danke, dass du mir Bescheid gegeben hast und dass *du* es warst, die mich benachrichtigt hat«, sagt er leise.

»Dein Vater hatte mich darum gebeten«, antworte ich. Er nickt und starrt wie ich ins Leere.

»Ich brauch eine Zigarette. Kommst du mit?«

Ich nicke, auch mir ist nach einer Ladung Nikotin zumute.

Draußen in der Januarkälte dreht er sich eine Zigarette, steckt sie an, und wir stehen schweigend nebeneinander.

Ich schaue auf seine Hände, den Ring, den er am Daumen trägt, seine Lippen. Seine Wimpern sind feucht. »Dieser Arzt hat mir gesagt, ich solle optimistisch sein. Mein Vater sagt das Gleiche. Was ist deine Meinung?«

»Keine Ahnung. Ich fühle mich persönlich derart betroffen, dass mir nicht einmal klar ist, dass ich auch Ärztin bin.«

»Weißt du, warum sie das gemacht hat?«, fragt er mit einem Mal.

»Ich dachte, du wüsstest das ...«

Arthur räuspert sich. »In der letzten Zeit hatte ich nicht viel Kontakt zu ihr. Kannst du mir erzählen, was so los war?«

»Sie hat herausgefunden, dass Lars Mikkelsen verheiratet ist und Zwillinge hat. Er hat sie verlassen, und ich nahm an, dass sie wie immer darüber hinwegkommen würde. Aber offenbar war es eine Enttäuschung zu viel. Außerdem war sie niedergeschlagen, weil sie ihre Karriere als Schauspielerin aufgegeben hat.«

»Er ist verheiratet?« Sein Gesichtsausdruck ist angewidert. »Ich kann einfach nicht glauben, dass sie es wegen dieses Idioten getan hat.«

»Vielleicht kam das einfach zu allem dazu«, merke ich nüchtern an.

Er schweigt. Er raucht seine Zigarette zu Ende und streicht sich das Haar aus dem Gesicht.

»Bist du müde?«, frage ich ihn.

»Nein«, antwortet er verschlossen.

Ich ziehe mir den Mantel enger um die Schultern und trete mit einer Schuhspitze die Zigarette aus. Mit einem Mal glaube ich auf der anderen Seite der Glasscheibe Lars Mikkelsen zu erkennen. Ich habe ihn nur ein einziges Mal flüchtig zu Gesicht bekommen, aber ich bin mir ziemlich sicher, dass er es ist.

»Wenn man vom Teufel spricht …«, murmele ich.

»Was?«, fragt Arthur irritiert. Dann schaut er auf und starrt den Norweger durch die Scheibe hindurch an. Sofort wirft er seine halb gerauchte Zigarette zu Boden, verlässt den Balkon, ohne sich weiter um mich zu kümmern, und stürzt sich auf den Mann.

»*What the hell are you doing here?*«

Der Allerhöchste kommt herbeigeeilt und hält seinen Sohn mühsam zurück.

Ich erfahre, dass Lars über Lavinia von Cordelias Lage erfahren und ein schlechtes Gewissen bekommen hat. Er entschuldigt sich, erkundigt sich nach ihrem Befinden und geht nach kurzer Zeit.

Nie habe ich Arthur so wütend gesehen. In seinen Augen lese ich, dass er zu Hass fähig ist, das erschreckt mich.

Manchmal glaubt man, einen Menschen zu kennen, und dann entdeckt man, dass man ihn nicht einmal oberflächlich kennt.

Als Arthurs Nachricht kommt, liege ich in der Badewanne und kämpfe mich durch die Erzählungen von Olivier Volange.

Sie ist aufgewacht. Komm sofort.

Schnell ein bisschen Kajalstift auf die Lider, und schon sitze ich in der Metro und bin sehr nervös. Meine Hände sind verschwitzt, und ich zittere am ganzen Körper. Ich bin ungeheuer erleichtert, aber zugleich habe ich Angst, mit ihrer Verzweiflung überfordert zu sein. Ich gehe langsam den Flur entlang und sehe die freudestrahlenden Augen des Allerhöchsten.

Arthur kommt in grünem Mantel, Schutzhaube und Überschuhen aus dem Krankenzimmer, und ich mache mich eilig daran, meinerseits Schutzkleidung anzuziehen. Kurz bevor ich den Raum betrete, wirft er mir ein erleichtertes Lächeln zu, und ich verspüre eine schmerzliche Sehnsucht.

Cordelia hat die Augen weit geöffnet. Die Schläuche sind weg, und sie scheint bei klarem Verstand. Sie hat eine Hand an die Stirn gelegt und dreht den Kopf zur Seite, um mich nicht anschauen zu müssen.

»Was ist los mit dir?«, erkundige ich mich. »Ich komme dich besuchen, und du siehst mich nicht einmal an?«

»Ich schäme mich. Ich habe eine Dummheit gemacht …«

»Na, wenigstens ist dir das klar. Das ist ja schon mal was.«

»Ich will niemanden sehen.«

»Soll ich gehen?«

Sie schüttelt den Kopf und schließt die Augen. Sie ist offenbar sehr erschöpft.

»Ich meinte den Psychiater. Kannst du da was machen? Den brauche ich nicht.«

»Na ja, vielleicht … vielleicht täte es dir gut, mit jemandem zu reden.«

»Nein«, gibt sie kurz angebunden zurück. »Ich habe das alles einfach nicht mehr ausgehalten. Wie wenn man ein Licht ausmacht. Ich wollte woanders aufwachen oder meinetwegen auch gar nicht mehr. Egal, nur nicht mehr dieses tiefe Loch fühlen.«

»Cordelia …«

»Jetzt will ich nur noch nach Hause … und mein Leben wieder in die Hand nehmen. Die im Laden … dürfen nichts davon erfahren.«

Ich nicke und lege ihr die Hand auf die Stirn. Sie hält die Augen geschlossen, und ich weiß nicht, ob sie schläft oder nicht, aber ihr Atem geht bald tief und regelmäßig, und Cordelia ist in das Reich der Träume zurückgekehrt, wo sie sich erholen kann. Ich verlasse den Raum, fange die Blicke von einigen Familienmitgliedern auf und hebe kurz die Hand zum Gruß. Arthur folgt mir und holt mich ein, als ich eben die Station verlassen will.

»Alice«, sagt er leise. Ich höre Sehnsucht heraus, aber ich bin mir nicht sicher. Nur meiner Sehnsucht bin ich sicher, die kenne ich nur zu gut.

»Was macht sie für einen Eindruck auf dich?«

»Sie ist wieder voll da«, antworte ich, aber ich fühle mich nicht wohl in meiner Haut. Dieses Gefühl hatte ich selbst in den schwierigsten Augenblicken unserer Beziehung niemals.

»Ich muss, so schnell es geht, wieder an die Elfenbeinküste zurück. Sobald es Cordelia wieder gut geht, also in ein paar Tagen.«

»Ja.«

»Kann ich mich auf dich verlassen?«

»Wobei?«

»Was Cordelia angeht.«

Ich verspreche ihm, dass ich sie nicht mehr im Stich lassen werde, und bin froh, dass uns diese Zusage verbindet.

Später, zu Hause, lese ich in Volanges Büchlein weiter und knuspere ein wenig an dem kalt und weich gewordenen Tempura herum, das Yukino zubereitet hat. Aber meine Gedanken wandern oft zu Arthurs verlorenem Blick in jenem tristen Krankenhausflur zurück.

***

Ohne die Gegenwart des Allerhöchsten und der Wally, die gerade auf einer Tagung außerhalb Roms ist, funktioniert das Institut nach anderen Regeln. Claudio spielt den Diktator. Wir Assistenzärzte lavieren uns so durch. Heute hat Beatrice ihren Auftritt.

»Bonjour, meine Liebe«, begrüßt sie mich, ohne die riesige Sonnenbrille abzusetzen, die ihr Gesicht zur Hälfte verdeckt. »Auf geht's, wir müssen endlich den Fall Azais zu einem Abschluss bringen, sonst kriegt Conforti noch zu viel.« Ich muss unwillkürlich lächeln und lasse mich nicht zweimal bitten. Ohne anzuklopfen betritt sie Claudios Büro und begrüßt ihn überschwänglich.

Er runzelt die Stirn und rollt mit den Augen. »Gleich zwei auf einmal, das halte ich nicht durch.«

Beatrice betrachtet ihn mit ironischer Kühle. »Öffne die Akte, heute wird der Fall abgeschlossen.«

Er seufzt. »Wie geht es Cordelia?«, fragt er leise.

»Besser«, antworte ich knapp. Er setzt ein solidarisches Lächeln auf, wendet sich aber sofort wieder Beatrice zu, die ihre Diagnose laut vom Blatt abliest.

Claudio ist nur wenig überrascht. »Also Tod aufgrund einer Herzrhythmusstörung. Gefühle spielen also keine Rolle?«

Beatrice zieht eine Augenbraue hoch. »Das ist die einzige plausible Erklärung, glaub mir.«

»Und das, wo ich schon dabei war, mich mit einem Tod durch Gefühlsschock anzufreunden!«, ruft er aus und tut so, als ob er enttäuscht wäre.

»Von Kardiologie hast du keinen blassen Schimmer, Conforti. Überlass das mir.«

»Krankhaftes Kammerflimmern«, wiederholt Claudio. Er blickt jetzt müde. »Na, das war's«, meint er abschließend, während er weiter auf seiner Tastatur tippt.

Ich halte den Mund. Und das hat mehrere Gründe: Zum einen fällt mir nichts ein, was ich zu dieser Diskussion beitragen könnte. Zweitens wirken die Ereignisse um Cordelia nach, und drittens hat Claudio mir ganz kurz einen Blick zugeworfen, der mir unsere Nacht in Sizilien in Erinnerung gerufen hat, und ich habe prompt die Konzentration verloren. Und zu guter Letzt ist mir gerade Calligaris' Auftrag eingefallen, Clara noch einmal aufzusuchen. Auch wenn ich meine Zweifel habe, dass das etwas nützt. Umso mehr, als Calligaris angesichts dieses abschließenden Befunds, in dem eine natürliche Todesursache festgestellt wird, seine Ermittlungen wird einstellen müssen. Und das Gleiche sollte auch ich tun. Leider.

Wie und warum aus Dottor Conforti ein Emporkömmling wurde

Als wir alle zusammen das Büro verlassen, schlägt Beatrice vor, gemeinsam eine Kleinigkeit zu Mittag zu essen.

»Warum eigentlich nicht«, meint Claudio. »Kommst du mit, Allevi?«

»Nein, vielen Dank… ich geh nach Hause.«

»Nun komm schon! Lass dich nicht bitten, ich würde mich wirklich freuen«, insistiert Beatrice verdächtig freundlich.

»Na schön«, gebe ich nach, und wir verlassen das Institut und laufen zu ihrem Auto, einem goldfarbenen Opel Corsa. Ich sitze hinten, im Radio läuft *Love that girl* von Raphael Saadiq. Beatrice hat einen routinierten Fahrstil, und schon bald erreichen wir das Momart Café. Wir haben kaum bestellt, da erhält Claudio einen Anruf und muss wieder gehen. So richtig wohl in meiner Haut habe ich mich die ganze Zeit nicht gefühlt, aber jetzt bin ich total verlegen.

»Ich brauche wohl ein neues Handy«, meint sie lächelnd, als sich die Tastatur ihres Telefons abgelöst hat und in ihrer Handfläche liegt. »Schade, dass Conforti wegmuss«, sagt sie dann seufzend und nimmt vom Kellner ihren Salat entgegen.

»Seit wann kennst du ihn?«, erkundige ich mich.

Sie freut sich anscheinend darüber, in Erinnerungen stöbern zu können. »Seit unserem ersten Studienjahr. Ich war siebzehn und gerade aus Reggio Calabria angekommen, ich war so etwas wie ein Wunderkind. Zunächst wohnte ich bei einer entfernten Verwandten, weil ich noch nichts gefunden hatte. Claudio habe ich dann in der Mensa kennengelernt, zwischen der Chemie- und der Physikvorlesung. Damals war er ganz anders als heute. Wie er aussah, war ihm total egal, er trug immer irgendwelche Klamotten und hatte lange Haare. Aber Augen, die man nicht so leicht vergaß, und eine tolle Figur. Er sonderte sich ab und war überall der Beste. Er hat alles getan, um immer ganz vorn zu sein.«

»Wirklich?«

»Es kommt noch besser. Keiner traute ihm etwas zu, und bei Prüfungen bekam er zu spüren, dass er mit seinem Erscheinungsbild aus der Reihe tanzte.«

»Das ist spannend. Erzähl mehr!«

Beatrice lächelt und kaut an ihrem Salat.

Dann erzählt sie weiter: »Claudio kommt aus einer einfachen Familie. Seine Mutter ist eine Schulangestellte, sein Vater Krankenträger. Freundliche Leute, aber ohne große Ambitionen. Claudio ist, und das ist typisch für Leute mit seinem Hintergrund, dem Charme des Geldes erlegen und hat sich, sobald er Kohle hatte, in den unnahbaren Dottor Conforti verwandelt. Als ich ihn kennenlernte, war das aber alles noch in weiter Ferne.«

»Und dann?« Ich möchte gern alles erfahren, ohne Wenn und Aber, auch wenn ich indiskret erscheine, aber das ist mir egal.

»Während dieses Mittagessens in der Mensa passierte etwas Merkwürdiges. Wir haben uns sofort angefreundet, er war so anders als sonst, so nett! Das genaue Gegenteil von dem, wie er im Unterricht war. Er erzählte mir, dass in dem Haus, wo er wohnte, eine Einzimmerwohnung frei war, und lud mich ein, ihn zu besuchen. Das tat ich auch, und eine Woche später war ich eingezogen.«

Sie trinkt einen Schluck Bier. Ihr Handy klingelt, aber das ignoriert sie einfach. »Claudio war ein Genie. Vor allem in den Vorbereitungsfächern wie Chemie, Physik und Biologie, von denen ich keine Ahnung hatte. Wir haben angefangen, nach den Vorlesungen zusammen zu lernen. Claudios Mutter umsorgte uns: Sie lud mich abends immer zum Essen ein, und nach kurzer Zeit wurde ich so etwas wie eine Adoptivtochter. Ich war gern bei seinen Eltern. Wenn ich an den Claudio von damals zurückdenke, der Schlagzeug spielte und Mutters Küche genoss, dann wird mir ganz weich ums Herz.«

Mich überkommt Neid, weil es ein Stück von ihm ist, das mir für immer fremd bleiben wird. »Ich weiß nicht, wie es genau dazu kam. Wir waren in meiner Wohnung, und er war gerade dabei, mir etwas zu erklären. Er hatte seine langen Locken frisch gewaschen, und dann hatte er ja, wie du weißt, immer schon einen schönen Mund. Auf jeden Fall ist es da passiert. Seit jenem Nachmittag passierte es jeden Tag, drei Jahre lang, bis ich dann nach Québec ging. Richtig zusammen waren wir nicht, das wollte ich nicht.«

»Und warum?«

»Etwas Körperliches. Ich konnte ihn mir einfach nicht als meinen Freund vorstellen.«

»Hast du dich vielleicht geschämt?«

»Vielleicht«, gesteht sie freimütig. »Bei meiner Rückkehr aus Québec war Claudio dann so, wie du ihn heute kennst, nur ohne Geld. Er hatte sich das Haar schneiden lassen und sah insgesamt gepflegter aus. Seine Ergebnisse beim Studium waren mehr als exzellent, die Leiter verschiedener Fachrichtungen umschwärmten ihn. Die kleine Wohnung, in der ich gewohnt hatte, war an einen Jurastudenten weitervermietet worden und damit nicht mehr frei.«

»Darf ich dich was fragen? Wie war euer Verhältnis, als du nach Kanada gingst?«

»Sehr schlecht. Er war enttäuscht, auch weil er gern etwas Ähnliches gemacht hätte, es sich aber nicht leisten konnte.

Ein Stipendium reicht für so etwas nicht aus. Ich weiß, dass er für seinen Doktor ein Jahr lang an die Johns Hopkins University gegangen ist. Ich war richtig gerührt, als ich das damals erfuhr. Aber das Motiv für unsere Auseinandersetzungen war nicht so sehr Neid, sondern Eifersucht. Wir haben dann nichts mehr voneinander gehört.«

»Und bei deiner Rückkehr aus Kanada?«

»Da war er ganz mit seinem Aufstieg beschäftigt. Er hatte sein Studium mit Auszeichnung beendet und war damals schon der Favorit von eurem Boss. Als Assistenzarzt hat er sein Geld in Kleidung, Reisen und teuren Abendessen angelegt und in vier Jahren nachgeholt, was er in den vorangegangenen fünfundzwanzig verpasst zu haben glaubte, wenigstens hat er das versucht. Dauernd sah ich ihn mit irgendwelchen anderen Schnepfen. Der Junge von damals mit dem Schlagzeug war verschwunden. Geld verändert den Charakter, es ist immer das Gleiche«, meint sie schließlich. »Mit der Zeit ist seine Wut auf mich verflogen. Ich habe meinen Doktor gemacht und war für drei Jahre in Mailand. Ich bin erst seit Kurzem wieder hier. Er ist karrieregeil, aber das war nicht anders zu erwarten. Das war vorhersehbar. Seine Eltern sind sicher sehr stolz auf ihn.«

* * *

Ich hatte noch keine Zeit, Selina Norbedo zu kontaktieren, obwohl ich das den ganzen Nachmittag über erledigen wollte. Aber meine Nachlässigkeit erhält im Nachhinein eine gute Entschuldigung.

»Was bekomme ich für eine Riesenneuigkeit, Allevi?«, fragt Claudio am anderen Ende der Leitung. Ich kann, dank Beatrices Bericht, nicht umhin, ihn mir mit langem Haar und Sticks vorzustellen.

»Vielleicht einen Tritt in den Hintern?«

»Charmant wie immer. Du würdest es sowieso erfahren, da kann ich auch gleich die Katze aus dem Sack lassen. Hast du morgen früh schon etwas vor?«

»Nein.«

»Na, dann mach dich für die Autopsie von Amélie Volange bereit.«

Eine Sekunde lang glaube ich, mich verhört zu haben, so überrumpelt bin ich von dieser Nachricht.

»*Die* Amélie Volange?«

»Genau die.«

»Wie, wann, wo?«, frage ich ungeduldig.

»Alles der Reihe nach. Vor drei Tagen ist Amélie von einem Wagen, dessen Fahrer flüchtig ist, im Stadtbezirk Sallustiano überfahren worden. Sie war dort bei einer Freundin zu Besuch. Frag mich nicht, was Amélie Volange noch in Rom wollte, ich weiß es nicht. Sie war lebensgefährlich verletzt, und heute Morgen ist sie nach zwei Tagen auf der Intensivstation gestorben.«

»Und der Fahrer des Wagens?«

»Anscheinend hat man ihn noch nicht gefunden.«

Mein Verstand beginnt zu arbeiten und denkt sich Hypothesen aus, die jedem Krimi Ehre machen würden. Das alles kann kein Zufall sein, dafür würde ich meine Hand ins Feuer legen, und Calligaris, da bin ich sicher, wird das genauso sehen.

Sobald ich mein Gespräch mit Claudio beendet habe, rufe ich den Ispettore an.

»Also, es steht außer Zweifel, dass es hier nicht mit rechten Dingen zugeht«, bestätigt Calligaris. »Hast du eigentlich schon mit Clara gesprochen, Alice?«

»Noch nicht, Ispettore. Ich hatte viel zu tun.«

»Dann beeil dich. Diese Neuigkeit verändert alles.«

Das stimmt, auch wenn ich nicht so recht weiß, auf welche Weise. Konrad ist eines natürlichen Todes gestorben, das ist offiziell, und ich habe keine Ahnung, welche Art von Verbrechen sich hinter seinem Ableben verbergen sollte.

Auf der anderen Seite bin ich sicher, dass Amélie Volanges Unfalltod mit Konrads Tod zusammenhängt. Daran gibt es nichts zu deuteln.

And we don't know just where our bones will rest

Amélie Volange ist nackt, ihr Kopf verbunden. Der zierliche Körper ist angeschwollen, das ist die Regel bei Menschen, die auf der Intensivstation sterben. Am Schenkel hat sie Verletzungen und einen schlimmen Bluterguss. Sie hat ein ausgeprägtes Brillenhämatom – eine Folge der Kopfverletzung, denn das Blut fließt nach unten. Der Leichnam von Amélie Volange hat nichts Auffälliges, leider habe ich schon viele ähnliche Fälle gesehen. Reine Routinesache, was die forensische Pathologie angeht.

»Claudio, der Staatsanwalt ist da, er möchte sich den Leichnam kurz ansehen«, informiert ihn eine Kollegin.

»Soll er nur«, antwortet er, »da kann er sehen, was wir hier für einen Aufwand treiben. Dann denkt er vielleicht nach, bevor er mich das nächste Mal mit hundert Euro für eine Autopsie abspeist.«

»Das ist aber nicht nett von dir«, meint Lara. In ihren Augen lässt sich unser Beruf nicht in Geldwert messen.

»Die Welt ist nicht nett, meine Liebe«, rechtfertigt sich Claudio.

Als wir den Seziersaal verlassen, bemerke ich eine Dame, die gerade Dokumente unterzeichnet. Sie fällt sofort auf: sehr schlank und durchtrainiert und dabei doch nicht mehr jung. Ihr weißes Haar trägt sie in einem Nackenknoten; an den Füßen hat sie beige Mokassins, die aus der Mode sind, am Hals baumelt an einer schwarzen Kette ein Anhänger aus

Jade. Insgesamt eine merkwürdige Erscheinung. Sie spricht Französisch, und es kann sich daher um niemand anderes handeln als um Catherine Rouvroy. Mit anderen Worten, um eine legendäre Ballerina.

Ihr Gesichtsausdruck ist angespannt, aber gefasst. »Bonjour«, sagt sie einfach, während sie auf Claudio zugeht und ihn dann auf Englisch fragt, ob sie ihre Tochter sehen dürfe.

Er antwortet, ebenfalls auf Englisch, dass sie besser warten solle. Innerhalb einer Sekunde hat er von zynisch auf liebenswürdig geschaltet, aber als Catherine dann nicht lockerlässt, verliert er die Geduld.

»*Just a moment please*«, meint er zu ihr mit erhobenem Zeigefinger und sucht mich mit dem Blick.

»Du beschäftigst dich doch so gern mit den Verwandten von Verstorbenen, ich habe da eine wunderbare Gelegenheit für dich«, sagt er mit gedämpfter Stimme und macht eine Geste in Richtung der Rouvroy. Die trocknet sich gerade mit dem Handrücken eine Träne. Er zieht seine Jacke über, wirft einen Blick auf sein Smartphone und fährt sich vor dem Fenster kurz mit dem Kamm durch das Haar. Er sieht blendend aus, auch wenn er vielleicht noch ein bisschen Leichengeruch verbreitet.

»Wohin gehst du?«

»Ich bin verabredet«, erwidert er lässig.

»Mit einer Frau?«

»Was glaubst du denn? Mit einem Mann vielleicht?«, gibt er mit einem Sarkasmus zurück, der mir gar nicht gefällt. »Bye-bye, Allevi«, meint er noch.

* * *

In mäßigem Englisch bezeuge ich Catherine Rouvroy mein Beileid. Sie bedankt sich anmutig in makellosem Englisch, der französische Akzent klingt nur ganz leicht durch. Sie erläutert mir, wie schwierig es sei, die Überführung von Amélies Leichnam nach Paris zu organisieren. Ich antworte, dass ich mir das vorstellen könne, aber sie macht darauf eine denkwürdige Bemerkung: »Beide Kinder begraben zu müssen… nein, das kannst du dir nicht vorstellen, und das ist gut so.«

Sie hat recht. Verlegen reiche ich ihr ein Taschentuch, das sie würdevoll annimmt.

»Ich habe einen Roman von Amélies Vater gelesen. Er hat mir sehr gut gefallen.«

In Catherines Gesichtsausdruck lese ich Sarkasmus. Den Grund kann ich nur erahnen.

Silvia hat einmal eine ironische, aber nichtsdestotrotz sehr treffende Beobachtung gemacht, die ich mir damals sehr zu Herzen genommen habe. »Du suchst dir für deine Bemerkungen immer genau den richtigen Tonfall und den richtigen Augenblick aus.« Ich fürchte, ihr Urteil traf hier wieder hundertprozentig zu. Aber da war mir der unüberlegte Satz bereits herausgerutscht.

»Welchen?«, fragt Catherine nach einem Augenblick des Schweigens.

»*Unterbrochene Einsamkeiten*«, antworte ich auf Italienisch, in der Hoffnung, dass sie ihn trotzdem versteht.

»*Oh, oui.*«

»Und im Augenblick lese ich gerade *Wölfe*.«

»Dann kennst du noch nicht seinen schönsten Roman«, erwidert sie mit einem schwachen Lächeln. »Er trägt den Titel *Schwester, Geliebte*.«

Oh, diesen Roman muss ich unbedingt irgendwo auftreiben.

Ich nicke und danke ihr für den freundlichen Hinweis. Sie erwidert meinen Dank geistesabwesend.

Ich speichere den Romantitel für alle Fälle auf meinem Handy.

Dann verabschiede ich mich von Lara und begebe mich auf die Intensivstation. Heute Morgen ist Cordelia in die Abteilung für Innere Medizin verlegt worden, erfahre ich dort. Ich nehme den Pendelbus zu dem entsprechenden Gebäude und treffe vor dem Raum, den mir die Oberschwester zeigt, Arthur und den Allerhöchsten.

Vielleicht irre ich mich, aber ich habe den Eindruck, als würden sich Arthurs Gesichtszüge aufhellen, als er mich bemerkt, und ich frage mich, ob auch er mir mein Herzklopfen ansieht. Auch wenn unsere Beziehung vorbei ist, bleibt Arthur für mich immer Arthur. Ich kann ihn nicht vergessen. Und vielleicht will ich das auch gar nicht.

»Hi, Alice«, sagt er leise und küsst mich. Es ist kein unverfänglicher Kuss, sondern einer, der sich anfühlt wie ein Kuss auf den Mund, auch wenn er auf der Wange landet.

Ich erkundige mich nach Cordelia. Erleichtert berichtet er mir, dass es ihr besser geht und dass sie vor allem nach Hause und wieder arbeiten will. »Geh nur hinein, sie freut sich über Gesellschaft.«

Als ich eintrete, sehe ich die Contessina – so nenne ich sie manchmal, immerhin ist sie mütterlicherseits adliger Herkunft – gemütlich auf dem Bett liegen.

»Zeit, dass du kommst!«, ruft sie aus. »Ich brauche Hilfe beim Kämmen und Schminken. Meine Handgelenke tun mir noch viel zu weh.«

Ich stelle meine Tasche auf einem Stuhl neben dem Bett ab. »Wo ist deine Bürste?«

»Ich warte immer noch darauf, dass mir meine Mutter die Sachen bringt. Ich halt's kaum noch aus. Vor allem weil es hier einen Arzt gibt, der mir gefallen könnte, und da kann ich nicht so potthässlich aussehen. Für ihn bin ich irgend so ein verrücktes Huhn, das sich umbringen wollte, das ist schon schlimm genug. Hast du eine?«

Ja, habe ich. Außerdem habe ich auch immer eine kleine Dose Haarlack bei mir und etwas Schminke.

»Wie schön, dich wieder so fröhlich zu sehen«, sage ich und kämme ihr das dünne Haar.

»Fröhlich ist vielleicht etwas zu viel gesagt. Gekämmt werden ist schön. Du machst das sehr behutsam. Dabei fällt mir der Film *Jenseits von Afrika* ein, in dem Robert Redford Meryl Streep die Haare wäscht. Das ist eine meiner Lieblingsszenen.«

»Und die anderen?«

Sie überlegt einen Augenblick lang. Dann jammert sie kurz, weil ich ihr einen Knoten aus dem Haar kämmen will, und antwortet: »Als John Malkovich in *Gefährliche Liebschaften* auf dem Hintern von Uma Thurman einen Brief schreibt. Und als Melanie Griffith Sigourney Weaver in *Die Waffen der Frauen* anspuckt. Und deine? Danke fürs Kämmen. Meine Haare sind furchtbar schmutzig, könntest du mir einen Haarreif kaufen, damit ich sie aus dem Gesicht tragen kann?«

»Kein Problem. Meine Lieblingsszenen? Lass mich kurz nachdenken«, antworte ich und greife zum Puder. Sie hat trockene, schuppige Haut, und das Ergebnis ist schaurig.

»Übertreib nicht mit dem Rouge, so wie bei dir immer«, ermahnt sie mich, als sie mich mit dem Pinsel sieht.

»Also: Als sich die Füße von Bill Murray und Scarlett Johansson in *Lost in Translation* berühren und als Mei in dem *House of Flying Daggers* Jin am Leben lässt.«

»Du romantische Seele! Gib mir mal den Kajal.«

Sie verzieht ihr Gesicht, als sie in den Spiegel schaut. »Ich sehe furchtbar aus, aber so ist das eben. Weißt du, wann man mich entlässt?«

Ich schüttle den Kopf.

»Wenn ich wieder zu Hause bin, ziehst du dann ein bisschen zu mir? Meine Cousine geht bald wieder nach Mailand zurück, und ich möchte nicht allein sein.«

»Klar«, antworte ich ohne zu zögern.

»Danke. Außerdem weiß ich, wie es zwischen dir und Arthur steht. Schon wieder.«

»Aber für mich bist du vor allem eine Freundin und keine Schwägerin.«

»Denk noch mal drüber nach«, gibt sie trocken zurück. Ihr eindringlicher Tonfall lässt mich nicht kalt. Das könnte eine leise Stimme in meinem Inneren genauso sagen, eine, die ich lieber nicht zu Wort kommen lasse – so wie die anderen Stimmen, die sagen, ich solle mit dem Rauchen aufhören und endlich vorbildlich studieren.

* * *

In einem Internet-Antiquariat suche ich nach dem Roman *Sister, Lover*, also Volanges Buch in englischer Übersetzung, das mittlerweile schon seit Langem nicht mehr auf dem Markt ist. Ich finde es zu einem Preis von 0,99 $ und schlage sofort zu. Gerade will ich die Daten meiner abgegriffenen Kreditkarte eingeben, als es klingelt. Ichi läuft mir voraus zur Wohnungstür. Ich öffne, ohne vorher zu fragen, wer da ist, denn ich rechne mit Yuki, die wieder einmal ihre Schlüssel vergessen hat.

»Alice.«

Ich starre ihn ungläubig an. »Darf ich reinkommen?«, murmelt er, und das ist nicht nur als Bitte gemeint.

Ich lasse ihn eintreten, und er streichelt kurz geistesabwesend den Hund, der in einen Freudentaumel verfallen ist. Arthur steht einfach da und schaut mich an, ohne ein Wort zu sagen; währenddessen sitzt Ichi zu seinen Füßen und mustert mich.

Mit jeder Faser meines Körpers spüre ich jene sehnsüchtige Melancholie, die ich bei dem Gedanken an ihn immer empfinde, und es zerreißt mir fast das Herz.

»Ich muss mit dir reden.«

»Möchtest du dich setzen?«

»Nein … hör mir zu. Ich muss das hinter mich bringen, sonst verliere ich den Faden. Ich wollte dir sagen … dass ich immer dachte, ich wäre unabhängig und bräuchte niemanden. Ich habe immer gedacht, ich wollte nichts als reisen … Ohne eine Frau. Alice. Aber das stimmt nicht – ich brauche dich.«

Er berührt meinen Hals und streichelt meine Wangen. »In vieler Hinsicht bist du noch ein Kind. Du kannst einem auf die Nerven gehen, du bist schwierig und voller Launen. Aber ich liebe dich …«

Er senkt den Kopf. Sein blondes Haar streift meine Haut, und mich überläuft ein Schauer. Sein Mund findet meinen, und ich schaffe es nicht, mich zu verweigern, denn das alles ist neu für mich.

»Ich rede mit meinem Vater. Du könntest deine Ausbildung vielleicht in Frankreich beenden«, sagt er leise in mein Ohr und streichelt mein Haar. Aber allein die Vorstellung löst in mir Panik aus, und meine Erregung wandelt sich zu Beunruhigung. Meine Küsse sind nun voller Traurigkeit, und ich habe keine Lust mehr, ihm den Mantel abzustreifen, ihn bei der Hand zu nehmen und in mein Zimmer zu führen, sondern möchte ihn einfach wegschicken.

Ich entziehe mich ihm und hoffe, dass er an meinem Gesichtsausdruck erkennt, dass er mit seiner Idee vollkommen danebenliegt.

»Arthur. Ich denke noch an das, was ich dir Weihnachten gesagt habe«, sage ich, ohne zu überlegen. »Du wirst nie wieder nach Italien zurückkehren, und ich werde diese Stadt nie verlassen. Unsere Liebe bedeutet für mich mehr Schmerz als Freude.«

Sein Gesicht nimmt einen sarkastischen und verbitterten Ausdruck an. Er küsst mich, aber ohne Zärtlichkeit.

»Schmerz? Ach ja? Und dieser Conforti bereitet dir Freude.«

Ich glaube, ich bin blass geworden.

»Arthur, ich …«

»Hast du wirklich geglaubt, ich hätte keine Ahnung? Naiv wie immer, meine kleine Alice.«

Die Tür schließt sich hinter ihm, ich wollte ihn schon zurückhalten, und das bringt mich durcheinander.

Ich bin davon überzeugt, dass jeder Mensch geboren wird, um ein Buch zu schreiben, und nur dafür

Ich bin mit dem Zug nach Tarquinia gefahren und habe meinen Sitznachbarn gebeten, mich bis zum Haus von Selina Norbedo mitzunehmen. Der Himmel ist grau, und es nieselt. Wie kann es sein, dass das Wetter immer schlecht ist, wenn ich hierherkomme? Hinter dem Tor steht eine Katze mit rotem Fell und gelben Augen und schnurrt mich an, und ich streichele sie durch das Gitter hindurch. Clara öffnet mir; sie hat die Kapuze einer braun-rosa gestreiften Trainingsjacke über den Kopf gezogen; ihr glattes Haar fällt so gerade auf ihren Oberkörper, dass es aussieht, als trüge sie Hosenträger.

»Hallo«, begrüßt sie mich nüchtern. »Ich kann dir gleich sagen, dass ich mich immer noch an genauso wenig erinnere wie vor zwei Wochen.«

»Auch gut. Aber der Punkt ist der: Ich glaube, deine Erinnerung muss gar nicht innerhalb von zwei Wochen zurückkehren, denn du hast sie meiner Meinung nach niemals verloren.«

Clara wird ein bisschen blass und zieht die Augenbrauen hoch.

»Komm rein. Meine Mutter hat eine göttliche Orangentorte gebacken. Willst du ein Stück?«

»Sehr gern.«

Selina Norbedo sitzt vor dem Kamin und ist in eine Zeitschrift für Wohndesign vertieft. »Guten Tag, Alice, wie schön, dass Sie uns besuchen.«

»Gib ihr doch ein Stück von deiner Torte, Mama.«

»Das kannst du ihr doch auch selbst servieren«, tadelt sie. Clara schnaubt hörbar und begibt sich in Richtung Küche. Ich bleibe mit Selina allein zurück, sie legt die Zeitschrift zur Seite und lächelt mich freundlich an.

»Glauben Sie, dass Sie aus diesem kleinen Satansbraten etwas herausbekommen?«

»Ich hoffe es.«

»Ich will ganz ehrlich sein: Ich habe meine Zweifel.«

»Und warum?«, frage ich, neugierig geworden. Selina schaut flüchtig in Richtung Tür. Sie fürchtet, von ihrer Tochter gehört zu werden, während sie über sie spricht.

»Sie ist wie eine Wand. Kaum erwähne ich meinen Vater, verändert sich ihr Gesichtsausdruck, oder sie verlässt sogar den Raum. Sie will mit nichts mehr etwas zu tun haben, was sie an ihren Großvater erinnert, und ich begreife nicht, warum, denn für sie war er doch die wichtigste Person in ihrem Leben. Warum sollte sie unter allen Umständen versuchen wollen, ihn zu vergessen?«

»Vielleicht ist ihr Schmerz so groß, dass sie jede Erinnerung an ihn beseitigen will.«

Das Mädchen betritt den Raum und hält einen Teller mit einem Stück Orangentorte in den Händen. Sie hat nicht übertrieben: Der Geschmack ist wirklich sensationell.

»Ich muss aber noch etwas fertig schreiben. Kannst du noch eine Viertelstunde warten?«, fragt sie dann so unhöflich wie immer.

»Der Ton gehört sich nicht, Clara, die Dottoressa ist extra wegen dir gekommen, und du stiehlst ihre Zeit.«

»Eine Viertelstunde ist doch fast egal«, erwidert sie, ohne ein Blatt vor den Mund zu nehmen.

»Schon in Ordnung«, sage ich zu Selina gewandt. »Es ist wirklich kein Problem.« Außerdem habe ich noch einige Fragen an Selina, und es ist mir ganz recht, dass ich einige

Minuten mit ihr allein bin. »Wissen Sie, Selina … Ich habe den Brief von Ihrem Vater immer wieder gelesen.«

»Welchen Brief meinen Sie?«

»Jenen, den Ihr Bruder Leone gefunden und der das Entmündigungsverfahren ausgelöst hat.«

»Ach der! Eines der typischen Spielchen von meinem Vater, um uns ein wenig aufzumischen.«

»Meinen Sie wirklich? Schließlich kündigte Ihr Vater darin die eindeutige Absicht an, Sie alle zu enterben.«

»Mein Vater liebte große Auftritte.« Selina macht keinen sehr beunruhigten Eindruck. »Ihm gefiel es, sich wie ein Romanheld aufzuführen.«

»Hat jemand von Ihnen bemerkt, dass dieser Brief ein Worträtsel enthielt?«

Sie ist ganz kurz verblüfft und verneint dann heftig. »Nein. Auf keinen Fall wusste jemand davon. Da bin ich mir ziemlich sicher«, behauptet sie ehrlich überrascht.

»Das Worträtsel ergibt einen Namen.«

»Einen Namen? Welchen?«

»Amélie Volange«, antworte ich.

Selina reißt ihre grünen Augen auf.

»Sie haben gesagt: Volange?«

Ich nicke, bin angespannt, denn ich spüre, dass ich einer Geschichte auf der Spur bin.

»Dabei könnte es sich um die Tochter von Olivier Volange handeln.«

»Genauso ist es«, bestätige ich.

Selina verliert sich in ihren Gedanken. »Vor langer Zeit gab es da eine unschöne Geschichte … Der Vater von dieser Frau war ein Freund meines Vaters, damals lebte er noch in Paris, er war noch jung. Die beiden Männer waren sehr eng befreundet und mochten einander sehr, aber dann haben sie sich wegen einer Frau zerstritten.«

»Catherine Rouvroy?«

»Ja, genau die. Sie war die große Liebe meines Vaters, das war noch vor meiner Mutter … Meine Mutter war ihr Leben lang eifersüchtig.«

»Und warum hätte Ihr Vater alles Catherines Tochter vermachen sollen?«

Auf Selinas Gesicht tritt ein bitteres Lächeln. »Das weiß ich wirklich nicht«, antwortet sie kopfschüttelnd. Doch dann tritt ein Leuchten in ihre Augen. »Wenn ich aber jetzt so zurückdenke, dann hat Leone, als wir erfuhren, dass mein Vater alles einer geheimnisvollen Frau hinterlassen wollte, wie im Scherz gesagt: ›Entweder geht es um ein uneheliches Kind oder um eine heimliche Geliebte.‹«

Mir gefällt diese Theorie. »Halten Sie das für möglich?«

»Kann sein, vielleicht, ausschließen würde ich es nicht.«

»Gibt es andere Hypothesen?«, frage ich vorsichtig nach. Selina schüttelt den Kopf. »Kannten Sie sie?«

»Ich sicher nicht, aber was meine Brüder angeht, weiß ich es nicht.«

»Und haben Sie Ihren Vater jemals gebeten, Ihnen den Brief zu erläutern?«

»Ja, selbstverständlich. Er hat mir erklärt, er würde bei jener Frau in der Schuld stehen, und wir würden nach seinem Tod erfahren, auf welche Art und Weise. Ich war sehr neugierig, es gelang mir aber nie, mehr zu erfahren. Sein Kommentar lautete immer: Steck deine Nase nicht in anderer Leute Angelegenheiten, das tut dir nicht gut.«

»Wissen Sie schon mehr über das Testament?«

Selina kräuselt die Lippen. »Wir haben uns noch nicht um die Erbangelegenheiten gekümmert. Leone hat das wahrscheinlich mittlerweile in die Hand genommen.«

»Amélie Volange kannte die Lage aber genau. Sie wusste, dass sie von ihrem Vater als Erbin eingesetzt war.«

»Und woher? Wo nicht einmal wir es wussten!«, erwidert Selina verblüfft.

»Ich hatte gehofft, Sie könnten mich über die Zusammenhänge aufklären.«

»Es tut mir leid, ich weiß nichts. Warum fragen Sie sie nicht direkt?«

»Weil Amélie Volange tot ist. Sie ist vor einigen Tagen hier in Rom ermordet worden«, füge ich hinzu, in der Hoffnung, sie damit aus der Fassung zu bringen.

Die Sorgenfalten aus Selinas Stirn werden tiefer.

»Ich weiß so vieles nicht... Mein Vater hütete seine Geheimnisse. Mit ihm zu reden war nicht einfach. Die Einzige, der das gelang, war Clara, aber dass die beiden jemals über solche Dinge gesprochen haben, halte ich für absolut ausgeschlossen.«

»Olivier Volange war ebenfalls Schriftsteller.«

»Das wäre er gern gewesen«, lautet ihr Kommentar.

»Ich bin gerade dabei, seine Romane zu lesen. Einfach aus Neugier. Sie sind sehr schön, und es gibt zwischen seinen Romanen und jenen Ihres Vaters einige Übereinstimmungen, vor allem bei *Die Gier des Deszíderius Horvath.*«

»Von dieser Beobachtung habe ich schon gehört«, erwidert Selina und räuspert sich.

»Olivier Volange hat aus den Büchern meines Großvaters abgeschrieben. Er war sehr neidisch«, lässt Clara sich vernehmen. Sie ist lautlos ins Wohnzimmer gekommen. »Ich habe alle seine Romane gelesen, und sie sind alle nichts als eine schlechte Kopie von *Die Gier des Deszíderius Horvath.* Er hatte ja auch keinerlei Erfolg.«

Kindliche Boshaftigkeit, mehr nicht. »Diese Bücher sind mehr für ein erwachsenes Publikum, weißt du, es gibt für jedes Buch den richtigen Augenblick, und vor allem hat jedes Buch sein eigenes Publikum. Du solltest dich mit absoluten Urteilen zurückhalten«, meint Selina und nimmt mir den Kuchenteller mit den Krümeln ab. »Jedes Buch hat ein Recht auf eine Chance. Es gibt keine guten oder schlechten

Romane, und es existieren keine Kriterien für die Beurteilung von Texten. Es gilt nur der persönliche Geschmack.«

Clara hört ihrer Mutter schweigend zu, aber nach einer Weile meint sie: »Das sagst du alles nur, weil Enrico schreibt. Du würdest alles behaupten, um ihn in Schutz zu nehmen. Egal, nach meinem persönlichen Geschmack sind die Romane von Volange schlechte Kopien der Texte meines Großvaters. Er hat mir diese ganze Geschichte erzählt.«

»Welche Geschichte?«, fährt Selina beunruhigt dazwischen.

Clara nimmt neben mir Platz und beginnt eine Haarsträhne zu flechten.

»Opa und Olivier waren beste Freunde. Sie hatten sich an der Uni kennengelernt und verbrachten viel Zeit miteinander. Beide studierten Französische Literatur und versuchten sich als Dichter, aber Olivier war voller Komplexe, weil Großvater ihm überlegen war.«

»Das hat dein Großvater so gesagt?«, fragt Selina verblüfft.

»Ja, so ziemlich. Olivier versuchte, eine Gedichtsammlung zu veröffentlichen, hatte aber keinen Erfolg. Großvater publizierte dagegen den Band, der seiner Schwester gewidmet war. Die Freundschaft begann zu kriseln, außerdem hatten sich beide in die gleiche Frau verliebt. Eigentlich mochte sie Großvater lieber, aber dann hat sie doch Olivier geheiratet. Großvater meinte, aus Mitleid, weil Volange ein Versager war.«

»Dein Großvater hat mit dir darüber gesprochen?« Selina konnte es nicht fassen.

»Großvater und ich haben über alles gesprochen. Er hat Volange verziehen, weil er wusste, dass der Pech hatte. Deswegen hat er in seinem Testament, das ihr angefochten und für ungültig erklärt habt«, holt sie mit einem wütenden Blick in meine Richtung kurz aus, »seinen Verlag gebeten, Oliviers Romane neu aufzulegen.«

»Woher weißt du das? Du hast doch nicht etwa das Testament gelesen?«, fragt ihre Mutter verstört.

»Opa hat es mir erzählt, nein, das Testament habe ich nicht gelesen«, meint sie abschließend. Es fehlt nur das »leider«.

»Dein Großvater hatte recht«, werfe ich ein. »Volanges Werk ist zu Unrecht in Vergessenheit geraten.«

Clara ist überhaupt nicht meiner Meinung und lässt mich das spüren.

»Kann schon sein. Gehen wir nach oben und bringen wir es schnell hinter uns«, versetzt sie und nimmt auf dem Weg hinaus eine Schokoladenpraline mit.

Clara geht mir voraus.

»Ich habe eben nichts gesagt, weil ich nicht wollte, dass meine Mutter das mitkriegt, aber ich weiß genau, warum mein Großvater entmündigt wurde.«

»Ach ja? Das wüsste ich auch gern.«

»Ich habe mitgekriegt, wie meine Eltern darüber gesprochen haben. Sie sind sich ganz sicher, dass Leone diesen Arzt bestochen hat. Den, mit dem du damals hierherkamst, diesen Großen mit Locken. Mein Onkel löst seine Probleme mit Geld, aber das machen ja alle so, die welches haben. Der Arzt sollte auch bescheinigen, dass mein Großvater schon seit Jahren nicht mehr zurechnungsfähig ist, sagen meine Eltern. Damit ist das Testament ungültig.«

»Das ist eine schwere Anschuldigung«, gebe ich vorsichtig zu bedenken. »Gibt es dafür Beweise?«

»Nein. Aber wir wissen es. Mein Vater hat zufällig ein Stück von einer Unterhaltung mitbekommen. Und du hast nichts dagegen unternommen.«

Ich versuche ihr in einfachen Worten zu erklären, dass mir dazu jede Befugnis fehlt und ich auch keine Entscheidungen treffen kann. Das Leben der Assistenzärzte ist kein Zuckerschlecken, das ändert sich erst, wenn ich meine Ausbildung abgeschlossen habe.

»Das hat Großvater auch gemeint. So wie er Leone kennt, hat er damals gesagt, wird der alles tun, damit er sein Ziel erreicht. Mein Onkel missbraucht seinen Einfluss gern. Dieser Arzt hat auf meinen Großvater einen sehr schlechten Eindruck gemacht. Und es ist einfach ungerecht, dass man seinen Willen nicht respektiert hat.«

Ich versuche noch einmal, ihr Einzelheiten zu jenem Nachmittag zu entlocken. Clara errötet und zieht sich zurück.

»Hör auf, das ist eine einzige Quälerei. Ich kann mich nicht mehr erinnern, ich kann mich einfach nicht mehr erinnern.«

Mich überkommen Gewissensbisse. Ich schwöre mir selbst und ihr gegenüber, dass ich sie zum letzten Mal zu dieser Unterhaltung zwinge. »Ich habe nur eine einzige Bitte: Wenn du mir erzählen willst, was mit deinem Großvater geschehen ist, ruf mich an. Denn ich weiß, dass du dich an alles erinnerst, aber ich kann es nicht beweisen. Ich kann nur darauf vertrauen, dass du es mir eines Tages erzählst.«

Und in diesem Augenblick nickt Clara schwach.

Der Augenblick ist entscheidend: Sie hat nicht protestiert und es nicht abgestritten.

»Das stimmt doch, nicht wahr?«

Ihr Blick wandert zu einem Lampenschirm, sie scheint gedankenversunken. Mit einem Mal beginnt eine Spieluhr zu laufen, so wie das manchmal passiert, wenn sie noch aufgezogen ist und sich die Mechanik nach Monaten löst.

»Das ist das Einzige, worum ich dich bitte, Clara. Sag mir nur, dass ich recht habe, sag mir, dass ich nicht verrückt bin. Ich werde es niemanden weitersagen.«

»Ich kann dir nicht helfen, es tut mir leid«, erwidert sie nur und erhebt sich aus ihrem Sesselchen mit dem Blumenüberzug. Sie streicht über den Baldachin über ihrem Bett. »Gehen wir nach unten?«, fragt sie mich, so als würde sie mich um einen persönlichen Gefallen bitten. Ich nicke niedergeschlagen. Kurz bevor wir die Tür schließen, flüstert Clara mir zu: »Ich finde nicht, dass du verrückt bist.«

Mich durchläuft ein eigenartiges Gefühl, es ist eine Warnung meines Körpers, dass ich dabei bin, eine Grenze zu überschreiten.

Ich habe mein Leben lang nicht verstanden, was an meinen Romanen nicht gefiel. Ich habe so viele Verrisse gelesen, dass ich am Ende überzeugt war, dass auch ich nichts wert war.
Olivier Volange, in einem Interview von 1974

Restlos begeistert klappe ich den Roman *Schwester, Geliebte* zu und stelle ihn in ein Regal.

Es ist ein Buch von seltener Intensität, das mich zutiefst berührt hat.

Ich recherchiere im Internet zu Olivier Volange und verschlinge alles, was ich an Informationen finden kann.

Claras Version überzeugt mich nicht. Man kann die Ähnlichkeit zwischen den Romanen von Azais und Volange damit erklären, dass Olivier von Konrad abschrieb, aber ... wenn genau das Gegenteil richtig wäre? Damit wäre auch plausibel, warum Amélie alles erben sollte: Es wäre ein Akt der Wiedergutmachung für ein Plagiat. In diesem Fall hätte Konrad von Olivier abgeschrieben und dann viel mehr Erfolg gehabt.

Doch meine These wird durch die Erscheinungsdaten widerlegt: Volanges erster Roman erschien erst nach *Die Gier des Desziderius Horvath*. Trotzdem ...

Ich überlege.

Konrad und Olivier teilten die gleiche Leidenschaft, und sie werden ihre Texte einander oft vorgelesen haben, um dann am Ende unterschiedliche Richtungen einzuschlagen. Während dieser Zeit der Suche und Orientierung werden sich Gemeinsamkeiten herausgebildet haben. Vielleicht hat keiner vom anderen abgeschrieben, sondern beide arbeiteten auf ihre Weise an gemeinsamen Themen und gelangten am Ende zu ähnlichen Ergebnissen. Darauf könnten mir Literaturwissenschaftler Antworten geben, aber im Internet finde ich nur einige Ausschnitte aus einem Interview mit Olivier Volange. Olivier wurde von der Kritik verrissen, und darunter litt er sein Leben lang. Ich habe den Eindruck, dass die Rezensenten Ähnlichkeiten bemerkten, aber daraus schlossen, dass Volange Azais nachahmte. Nach dem Roman *Die Gier des Desziderius Horvath* galt Konrad Azais als der bessere Autor. Auch wenn meine Meinung nichts zählt, aber ich finde, dass nicht einmal die *Trilogie von Margò* an *Schwester, Geliebte* heranreicht. Das Werk von Olivier Volange hat eine gleichbleibende Qualität, während Konrad, mit Ausnahme von *Die Gier des Desziderius Horvath,* weniger konstant ist.

Doch wenn ich jemandem davon erzähle, wird jeder »na und?« fragen. Denn wenn Azais eines natürlichen Todes gestorben ist und Amélie an den Folgen eines Unfalls ... wenn alles bereits entschieden ist, was hilft es dann, herauszufinden, warum Konrad Azais die Tochter von Olivier Volange als Alleinerbin einsetzte?

Am nächsten Tag im Institut wälze ich meine Überlegungen weiter. Die Wally, die alles weiß und alles sieht – vor allem, wenn wir Assistenzärzte Fehler machen –, erwähnt beiläufig, dass sie mich auch in diesem Jahr immer noch durchfallen lassen kann. Später nutze ich die Abwesenheit meiner beiden Kolleginnen und wähle in unserem Büro Beatrices Nummer. Anscheinend freut sie sich, von mir zu hören.

»Kommst du heute ins Institut?«, erkundige ich mich.

»Nein, aber wenn es etwas Interessantes gibt, einen Striptease von Conforti zum Beispiel, dann mache ich mich sofort auf den Weg.«

»Na, so interessant ist es auch wieder nicht ... aber mir ist da ein Gedanke gekommen. Es ist eine längere Geschichte, und ich kann eigentlich nur mit dir darüber reden.«

»Bin schon unterwegs!«

Kurz darauf erscheint Beatrice im Institut, und wie immer hört man sie schon im Sekretariat.

»Die wird wegen Claudio hier sein«, meint Ambra giftig.

»Nein, meinetwegen«, gebe ich zurück. Ambra und Lara gucken argwöhnisch.

»Ach ja, deinetwegen?«, staunt Ambra. »Sitzt ihr an einem Forschungsprojekt?«, fragt sie mich hinterlistig.

Ambra möchte gern an die Universität zurück und dort Karriere machen. Und deshalb fürchtet sie nichts so sehr wie Konkurrenz auf diesem Gebiet.

»Mehr oder weniger«, gebe ich zurück. Ihre Neugier wärmt mir das Herz.

Lara ist ebenso neugierig, auch ihr ist Konkurrenzdenken nicht ganz fremd. Und dass ich zu der jungen Assistentin aus der pathologischen Anatomie Kontakt habe, ist auf jeden Fall beunruhigend.

»Euch allen ein Bonjour!« Beatrice betritt schwungvoll unser Büro. Meine zwei Kolleginnen grüßen verhalten zurück.

»Also, wo können wir beide in Ruhe miteinander reden?«, fragt sie mich an den Türstock gelehnt.

»Die Bibliothek müsste frei sein.«

Wir laufen den Korridor hinunter, und ich bemerke, dass Beatrices Blick auf der Suche nach etwas oder vielmehr nach jemandem umherschweift.

Claudio, natürlich. Um das zu erahnen, braucht es nicht viel Intuition.

Kurz darauf werde ich in meiner Vermutung bestätigt. Von ihrer Stimme angelockt, tritt er aus der Tür.

»Mir war, als hätte ich dein zartes Stimmchen gehört«, meint er und trinkt einen Schluck Kaffee.

»Was gefällt dir an meiner Stimme nicht?«, fragt sie hochmütig.

»Sie klingt ein bisschen aufdringlich.«

»Ach, Conforti. *Era megghiu crisciri porci, almeno manciaumu.*«

Er bricht in Gelächter aus. Ich habe den Grund seiner Belustigung nicht ganz mitbekommen, und Claudio beeilt sich zu übersetzen.

»Typisch Beatrice. Lieber Schweine züchten, die kann man wenigstens essen, meint sie. Das Schwein bin natürlich ich. Ein kleiner Scherz aus ihrer Heimat Kalabrien.«

Beatrice lächelt. Die Vertrautheit zwischen ihnen sitzt tief, da komme ich nicht ran. Von der Vergangenheit kann man sich nicht befreien, sie steckt in uns.

»Was habt ihr denn vor?«, fragt er dann, denn er ist nicht weniger verblüfft als Ambra.

Beatrice und ich sehen uns an und brechen in Gelächter aus. Er schüttelt nur resigniert den Kopf, entfernt sich, und wir können in Ruhe miteinander reden.

Und während sich draußen ein Regenbogen über den Himmel spannt, wie ich ihn seit Jahren nicht mehr gesehen habe, und ich wieder einmal wie eine zügellose Fantastin erscheine, erzähle ich Beatrice von meinen Gedanken.

Denn von einem bin ich fest überzeugt: Konrad Azais hat von Olivier Volange abgeschrieben.

Und es gibt nur einen einzigen Menschen, der mir das bestätigen könnte: Catherine Rouvroy.

Ich habe vor, mit Beatrices Hilfe einen Brief an sie zu schreiben.

»Gut. Und welche Verbindung gibt es zu dem Herztod von Konrad Azais?«, fragt sie mich am Ende. Ihr Tonfall ist leicht spöttisch, finde ich, aber nicht unfreundlich.

»Vermutlich war Amélie Volange Haupterbin von Azais. Und ganz zufällig wird sie darauf von einem Unbekannten überfahren, der Fahrerflucht begangen hat.«

»Soweit ich weiß, wird Azais aber entmündigt, und damit ist sein Testament ungültig. Die Erben hätten sein Testament in jedem Fall anfechten können, denn ihnen steht ein

Pflichtteil zu. Und damit ist Amélie Volange keine wirkliche Gefahr für die Erben.«

»Das stimmt nicht ganz«, wende ich ein. »Eine Entmündigung betrifft ein Testament, das nach einem entsprechenden Urteil verfasst wurde, nicht aber eines, das zeitlich davor liegt. Höchstwahrscheinlich werden die Erben erreichen, dass Azais auch für einen zurückliegenden Zeitraum für nicht geschäftsfähig erklärt wird, aber sicher können sie sich nicht sein. Und in jedem Fall stand viel auf dem Spiel: Der Pflichtanteil ist nur ein Bruchteil dessen, was Azais an Vermögen hatte. Und dann ist da noch die These, dass Azais an einem Gefühlsschock starb. Was ist, wenn jemand ihn terrorisiert hat? Und dann einen Selbstmord vorgetäuscht und diesen Brief gut sichtbar platziert hat? Vielleicht hat dieselbe Person auch die Volange umgefahren.«

Beatrice scheint verblüfft. »Na ja, Alice, ich sehe, was du sagen willst, aber wenn ich ehrlich sein soll, kommt mir das etwas abenteuerlich vor.«

»Mach dir keine Gedanken, an diese Art von Reaktion bin ich gewöhnt.«

»Ich habe immer noch nicht verstanden, welche Antwort du dir von Amélies Mutter erwartest.«

»Lediglich eine Bestätigung.«

Beatrice seufzt. »Wenn das so ist, dann an die Arbeit.«

Noch am selben Abend schicke ich den Brief an die Ballettschule von Catherine in Paris. Vor dem Einschlafen finde ich keine Ruhe, habe aber das Gefühl, das Richtige getan zu haben. Falls Catherine mir antwortet und meine Theorie zu Konrads Plagiat bestätigt, werde ich mit Calligaris darüber reden.

Füge die Landschaften, die du gesehen hast, in Worte und erschaffe sie wieder. Auf diese Weise bestätigst du deine Existenz und deinen Platz auf dieser Welt

Eigentlich müsste ich mich an eine Aufgabe machen, die mir die Wally gegeben hat, aber ich bin stattdessen mit einer Google-Suche beschäftigt und entdecke dank meiner Hartnäckigkeit auf einer Uniwebseite den Hinweis auf einen Artikel über Parallelen in den Werken von Olivier Volange und Konrad Azais. Leider ist es nur ein Ausschnitt, aber das reicht. Um den ganzen Text einzusehen, muss ich heute Nachmittag in die Bibliothek der geisteswissenschaftlichen Fakultät. Vorher will ich Cordelia einen kurzen Besuch abstatten. Sie ist gestern in relativ stabilem Zustand entlassen worden. Ihre Cousine Lavinia wird bis zu Yukis Abreise bei ihr wohnen bleiben.

Ich bin sehr zufrieden mit dem Suchergebnis und will mich endlich widerstrebend meiner Forschungsarbeit für die Wally zuwenden, da höre ich die Stimmen von Claudio und Ambra, die in der Nähe unseres Büro miteinander streiten.

»Unserer Prinzessin steht das Wasser bis zum Hals«, meint Lara.

Wer weiß, wie der unversöhnliche Bruch zwischen den beiden zustande kam.

»Vor ein paar Tagen habe ich gehört, wie sie ihn anflehte, wieder zu ihr zurückzukommen, und ihm vorwarf, sie mit der Kollegin aus der pathologischen Anatomie, dieser Beatrice, betrogen zu haben«, fügt Lara hinzu.

»Dass er ihr Hörner aufsetzt, hat sie nicht besser verdient«, erwidere ich. Aber ich habe das Gefühl, dass das nicht alles sein kann. Aus einem solchen Grund hätte Ambra Claudio niemals ziehen lassen. Sie ist die klassische Kandidatin dafür, Untreue zu ertragen, solange keiner am Lack kratzt. Meine Intuition sagt mir, dass hier etwas viel Schlimmeres und Grundsätzlicheres vorgefallen sein muss, das unsere Bienenkönigin zutiefst verletzt und verstört hat.

Unfehlbar – dafür besitzt er einen sechsten Sinn – unterbricht Claudio unser Geplauder.

»Auf geht's, Nardelli, du kommst mit mir zur Staatsanwaltschaft, da ist eine Anhörung.«

»Ja, gleich ... ich muss nur noch diesen Bericht fertig schreiben.«

»Hast du mich nicht gehört, ich habe gesagt: Auf geht's.«

Ich schalte meinen Computer aus und ziehe mir den Kittel aus.

»Und was machst du da gerade?«, fragt er mich und betrachtet mich kühl.

»Ich mach mich auch fertig, ich komme mit«, erläutere ich.

»Habe ich dich eingeladen?«

Erst in diesem Moment wird mir klar, dass er mich nicht mit eingeschlossen hat. Ich schüttele den Kopf.

»Genau. Und außerdem, wie siehst du überhaupt aus? Seit wann machst du Schlammcatchen?«

Stimmt, ein Auto ist mit einer Riesengeschwindigkeit an mir vorbeigefahren und hat mich vollgespritzt.

»Hältst du eine solche Bemerkung für angebracht?«

»Ja, mir dir kann man sich nirgendwo sehen lassen.«

»Ich bin Rechtsmedizinerin, kein Model. Mir doch egal, wie ich aussehe.«

»Na, schön. Ich meinte ja nur ... der Staatsanwalt wird sich seinen Teil denken.«

»Wie willst du das wissen? Nicht jeder geht nur nach dem Äußeren, so wie du. Du kannst mir eine Anhörung nicht verwehren, nur weil ich nicht ordentlich aussehe. Das ist Mobbing!«

Mein Tonfall ist erregt, und er antwortet angriffslustig: »Ich mach mit dir, was ich will. Wenn dir was nicht passt, dann verklag mich doch. Nardelli, ich erwarte dich in fünf Minuten in meinem Büro. Wenn du zu spät kommst, kannst du zu Fuß gehen.«

Ist das ein böser Traum oder Wirklichkeit oder irgendein hysterischer Geist, der aussieht wie Claudio, hier bei uns im Büro?

»Mir fehlen die Worte … es tut mir leid«, sagt Lara leise und wickelt sich weiter ihren selbst gestrickten beigen Schal um den Hals. Ich winke gelassen ab.

»Hör mal«, fügt sie hinzu. »Bevor ich's vergesse: Gestern, als du schon weg warst, ist dieser unsympathische Psychiater, der mit Anceschi zusammenarbeitet, vorbeigekommen.«

»Wer, Laurenti? Und was war los?«

»Es gab heftige Diskussionen. Ich habe Anceschi noch nie derart aufgebracht erlebt. Wenn ich recht verstanden habe, wollte jemand den Befund anfechten, den sie zu diesem Schriftsteller gemacht haben.«

»Du solltest dich bei der CIA bewerben. Aber jetzt mach dich auf den Weg, sonst geht der Typ einfach ohne dich.«

* * *

Kurze Zeit darauf klopfe ich bei Anceschi, um mehr über diese Angelegenheit zu erfahren.

»Das stimmt, Allevi. Der Richter, der uns mit der Prüfung des Entmündigungsverfahrens beauftragt hat, fordert eine Klärung des Sachverhalts. Selina Norbedo hat noch einen Berater hinzugezogen, der Einwand gegen unseren Befund erhoben hat. Er hat ihn total verrissen, um ganz ehrlich zu sein, vor allem den psychiatrischen Teil.«

»Und Professor Paladino?«

»Der schweigt sich aus.«

»Ist Ihnen bekannt, dass man im Hause Norbedo der Meinung ist, dass Leone Azais Laurenti bestochen hat?«

Anceschi seufzt tief und wirkt bedrückt. »Ich weiß nicht, was ich davon halten soll. Sein Befund war meiner Meinung nach überzeugend. Nun könnte es sein, dass der Richter unseren Befund anficht und ein neues Gutachten fordert, das sich auf die Aktenlage stützt.«

»Ich habe Ihnen mehr als einmal gesagt, dass Azais kein Kandidat für eine Entmündigung war.«

»Ich habe einen schweren Fehler begangen. In diesem Job darf man sich nicht ablenken lassen. Ich hätte die Begutachtung nicht aus der Hand geben dürfen. Das hat nichts mit dir zu tun, Allevi, im Gegenteil, du hast die Lage richtig eingeschätzt, aber ich hätte den Auftrag trotzdem persönlich ausführen müssen.«

»Aber Ihre Schwiegermutter lag im Sterben …«

»Schon, aber am Ende ist sie dann doch nicht gestorben.«

Der gute Anceschi macht einen sehr niedergeschlagenen Eindruck.

»Nein, nein … Sie haben mir alles überlassen, weil ich ja auch Erfahrung sammeln muss. Das steht in unserem Ausbildungsvertrag«, versuche ich ihn zu trösten.

Er stößt einen weiteren Seufzer aus. Die Atmosphäre ist angespannt. Ich weiß nicht, was ich noch sagen soll, und er verabschiedet mich kühl, was ich aber nicht persönlich nehme.

Es tut mir leid, Anceschi so zu sehen. In mir steigt Wut gegen diesen Laurenti auf, den man aus dem Berufsverband ausschließen sollte, aber am Ende wird er natürlich ungeschoren davonkommen.

* * *

Ich bin froh, dass Selina Norbedo gegen ihre Brüder aufbegehrt hat. Und ich bin in so aufgekratzter Stimmung, dass ich das, was Alessandra mir während unseres Mittagessens mitteilt, gelassen aufnehme.

»Sei mir nicht böse, Alice… aber ich habe Arthur zu unserer Hochzeit eingeladen.«

»Der kommt eh nicht.«

»Ich habe ihn angerufen, weil ich seine Adresse nicht hatte. Er war wie immer sehr nett und meinte, er würde alles versuchen, um doch zu kommen.«

»Das sagt man so, aber ich würde mich nicht darauf verlassen.«

»Ich glaube, du hast da einen großen Fehler gemacht, Alice. Und es war dumm von dir, denn so einen wie ihn findest du nicht noch mal. Du bist übers Ziel hinausgeschossen.«

»Danke«, antworte ich unwirsch.

»Jetzt ist es heraus.«

»Na, daran besteht kein Zweifel.«

»Verzeihung«, sagt sie leise und drückt mir mit ihren angeschwollenen Fingern die Hand. »Manchmal habe ich den Eindruck, du musst dir immer den schwierigsten Weg aussuchen. Warum kannst du in deinem Leben nicht einfach mal ganz gemütlich geradeaus laufen? Ich mach mir Sorgen um dich.«

* * *

Das Mittagessen mit Alessandra liegt mir im Magen. Als ich in der geisteswissenschaftlichen Fakultät in der Villa Mirafiori ankomme, bin ich immer noch ganz mitgenommen.

»Haben Sie eine Bescheinigung für die Ausleihe?«, fragt mich die Bibliothekarin freundlich, nachdem ich ihr erklärt habe, dass ich nicht hier an der Fakultät eingeschrieben bin, sondern Medizin studiere.

»Was für eine Bescheinigung?«, will ich wissen. Ich gehe erst, wenn ich gefunden habe, was ich suche. »Ich will nichts ausleihen, sondern nur diesen Text hier einsehen, wenn das möglich ist«, erkläre ich ihr und zeige ihr das Post-it, auf dem ich den Titel notiert habe.

Die Bibliothekarin wirkt bekümmert. »Es tut mir leid, ich glaube, da kann ich Ihnen nicht weiterhelfen … Aber vielleicht haben Sie Glück – es gibt hier eine Studentin, die sich lange mit diesem Autor beschäftigt hat. Vielleicht um ihre Abschlussarbeit zu schreiben, was weiß ich. Warten Sie einen Moment«, meint sie dann.

Ich blicke umher. Ringsum Regale voller Bücher – es ist ein Ort voller Poesie.

»Ich hole mir das Buch, das du brauchst, dann kannst du es dir anschauen«, schlägt mir eine junge Frau mit langen dichten Locken vor. Sie trägt ein knielanges Kleid. Ein Reif mit einer kleinen Schleife hält ihr Haar zurück. Sie hat helle, große Augen, die stark geschminkt sind. »Ciao, ich heiße Carlotta«, begrüßt sie mich und reicht mir die Hand. Ich hatte schon überlegt, ob und wie ich Yukino einspannen könnte, aber Carlottas Vorschlag vereinfacht die Sache natürlich.

»Welches Buch brauchst du genau?«

Ich zeige ihr meinen Zettel.

»Das ist wirklich interessant. Man hat Olivier Volange immer unterschätzt«, ruft sie überrascht aus. »Ich kenne Volanges Werk recht gut, weil ich zusammen mit meinem Tutor eine Arbeit darüber geschrieben habe.«

»Ausgezeichnet! Ich hätte da auch einige Fragen …«

Carlottas Augen weiten sich vor Freude.

»Wirklich? Wie schön! Komm, setzen wir uns an diesen Tisch hier.«

Von hinten sieht ihr Haar aus wie ein Poncho. Sie setzt sich und stellt ihren Plastikbecher mit dem Cappuccino ab.

»Bitte«, fordert sie mich auf.

»Die Romane von Volange kommen einem vor wie schlechte Plagiate von Azais' Texten. Kann das sein?«

Carlotta runzelt die Stirn und stürzt sich in ausführliche Erklärungen, die meine Geduld strapazieren. Doch bei ihrer abschließenden Erläuterung horche ich auf.

»Die jüngere Literaturkritik verwirft die Theorie, wonach Volange ein Autor war, der im Fahrwasser von Azais schrieb. Man hat sein Werk einer neuen Beurteilung unterzogen und am Ende befunden, dass sein literarisches Schaffen jenem von Azais überlegen war. Der einzig bemerkenswerte Roman von Azais ist *Die Gier des Desziderius Horvath*. Sein Stil ist sicher dem von Volange ähnlich, aber Volange schreibt authentischer und hat mitunter etwas Genialisches, was bei Azais in allen seinen Romanen nach *Gier* völlig fehlt.«

»Genau, das finde ich auch!«, pflichte ich ihr bei. »Eigentlich könnte die *Die Gier des Desziderius Horvath* sogar eher von Volange stammen als von Azais.«

»Das stimmt exakt«, meint Carlotta. »Mein Tutor sieht das ebenso. Er hat mir von einem Gerücht erzählt, das in bestimmten Kreisen kursierte, als Azais ein Modeautor geworden war. Man munkelte, dass in Wahrheit Volange der Autor von *Die Gier des Desziderius Horvath* war. Als Azais davon erfuhr, und er war ein ziemlicher Hitzkopf, verfasste er für eine bekannte literarische Zeitschrift eine Erklärung. Er verstand keinen Spaß und war außer sich, aber das heizte die Gerüchte nur weiter an. Volange seinerseits bestritt alles und meinte, ein solches Buch zu schreiben wäre gleichermaßen Fluch und Segen. Kurz darauf beging er Selbstmord, und die Geschichte verlor ihren Reiz. Heute wird behauptet, das alles sei nur eine Legende gewesen, um Verwirrung zu stiften. In Wahrheit wäre immer Konrad Azais der Autor von *Die Gier des Desziderius Horvath* gewesen. Er reichte später nie wieder an diesen Anfangserfolg heran. Viele Autoren werden besser, aber nach seinem ersten Roman wurde Azais immer schlechter. Das kommt eben auch vor.«

»Weißt du etwas über ihr Privatleben? Soweit ich weiß, waren sie in dieselbe Frau verliebt, und die hat am Ende Volange geheiratet.«

Carlotta nickt. »Beide waren in eine Ballerina der Opéra verliebt. Azais eroberte sie mit seinem Temperament, und die beiden waren lange zusammen. Anscheinend war es eine sehr aufreibende Liebesbeziehung. Die beiden gerieten sich oft in die Haare, und bei einem Streit soll Azais ihr, so wird kolportiert, das Handgelenk gebrochen haben. Irgendwann hatte die Rouvroy genug und heiratete einige Jahre später Volange, einen sehr ruhigen Mann, aber der Depression verfallen. Und er hat sich dann ja auch umgebracht. Die Rouvroy hatte auf das Werk beider Männer sicher großen Einfluss: Sie inspirierte Azais bei der *Trilogie von Margò*, und zwar ziemlich offensichtlich. Und Volange widmete ihr *Schwester, Geliebte*, sein wahrscheinlich bestes Buch.«

Nachdem wir uns noch ein bisschen über Literatur unterhalten haben, bedanke ich mich bei Carlotta, die darauf besteht, mir *für den Fall der Fälle* ihre Kontaktdaten zu geben.

Ich laufe im Regen nach Hause, mir ist kalt, und ich fühle mich lustlos und faul. Mit anderen Worten: Ich fühle mich so wie an den meisten Tagen, und das schon seit langer Zeit.

I hurt myself today to see if I still feel

Ich streichele Ichi und trinke einen Schluck Früchtetee. Währenddessen kreisen meine Gedanken um die Ereignisse an dem Tag, an dem Azais starb. Wenn Beatrice recht hat und Konrad an einem Gefühlsschock starb, eine originelle Interpretation, die viele Fragen aufwirft, könnte dann eine Nachricht diesen Schock ausgelöst haben? Und dann dieser Brief auf dem Schreibtisch … Wollte jemand Spuren verwischen? Oder hat Konrad wirklich Selbstmord begangen? Oder war es vielleicht doch einfach nur Herzstillstand?

Ich lasse Ichi auf dem Bett zurück, öffne mein Notebook und starte eine Suche:

Stress induced cardiomyopathy related death.

Tod durch stressbedingte Kardiomyopathie.

Hinterher habe ich etwas dazugelernt, aber nicht erfahren, was mich wirklich interessiert: Wir haben keine eindeutigen Hinweise, und so ist dieser Fall nicht zu lösen, fürchte ich. Die Einzige, die uns Klarheit verschaffen könnte, ist Clara, und vielleicht war mein Schmusekurs falsch: Früher oder später wird Clara mit dem herausrücken müssen, was sie gesehen hat.

Wie gern wäre ich jetzt Hellseherin! Vielleicht müsste ich mich auch nur geschickter anstellen …

»Post für dich, Alice!« Yuki hält einen großen Umschlag in der Hand. »Das ist Arthurs Handschrift«, verkündet sie aufgeregt. »Mach auf, schnell.«

Mir schlägt das Herz bis zum Hals. Ganz vorsichtig öffne ich den Umschlag und entdecke ein Kinderbuch mit wunderschönen Illustrationen.

First Hundred Words in French. Ich blättere es durch, und Yuki späht mir neugierig über die Schulter. Es gibt auch ein Kärtchen:

Du hast einmal gesagt, du könntest nicht nach Paris ziehen, weil du kein Wort Französisch sprichst. Das ist ein kleiner Anfang.

»Gehst du nach Paris?«, fragt mich Yuki erstaunt.

»Eigentlich nicht, Yuki.«

Auf jeder Seite ist eine gelbe Ente versteckt, die ich immer unwillkürlich suche, und dabei muss ich lächeln. Sich mit einer Veränderung anzufreunden, die man überhaupt nicht wollte, hat etwas Beängstigendes. Gar nicht so einfach, Wandel hinzunehmen, Entscheidungen zu treffen und sich der Realität zu stellen.

Das bedeutet es wohl, erwachsen zu werden – mit siebenundzwanzig Jahren ist bei mir nunmehr der Moment gekommen.

»Wirst du ihm antworten?«, ruft Yuki aus dem anderen Zimmer.

»Ich weiß nicht, was, es gibt nichts zu sagen.«

»Ach nein?«, erwidert sie wütend und kommt in mein Zimmer gestürmt. »Und wie wär's mit einem Dankeschön?«

»Die Situation ist kompliziert.«

»Nicht die Situation, du bist kompliziert«, erwidert sie mit ihrem Hang, alles zu vereinfachen.

Na schön, wenn nicht einmal mehr Yuki auf meiner Seite ist, dann ist es wirklich nicht gut um mich bestellt.

* * *

Wieder ein Geschenk in meinem Briefkasten: diesmal ein elfenbeinfarbener Umschlag mit einem handgeschriebenen Brief auf Französisch von Catherine Rouvroy. Arthurs Buch reicht nicht aus, um ihn zu übersetzen. Ich rufe Beatrice an, die mich zu sich einlädt.

»Dann haben wir mehr Ruhe«, meint sie, und ich nehme die Einladung sofort an.

Ich ziehe mir eine braune Samtjacke und ein paar Jeans über, föhne ungeduldig meinen Pony, der heute nicht so liegen will, wie ich das möchte, und nehme dann die Metro.

Beatrice empfängt mich im schlichten kleinen Schwarzen und Pantoffeln, über den Schultern liegt ein grauer Schal. Auf der Nase trägt sie ihre blaue Brille; mit dem Kajal hat sie übertrieben.

»Willkommen«, ruft sie, als sie die Tür öffnet. Ihre Wohnung ist sehr klein, aber sie hat eine Terrasse mit einem traumhaften Ausblick auf die Stadt. »Wollen wir eine Pizza bestellen? Aber es gibt in der Nähe auch einen Chinesen, der sehr schöne Sachen kocht.«

»Der Chinese ist wunderbar«, antworte ich, stelle meine Tasche auf dem beigen Sofa ab und ziehe mir den Mantel aus.

»Auf diese Antwort hatte ich gehofft! *Involitini primavera* und *Ravioli quattro stagioni*?«

»Such du ruhig was aus«, gebe ich zurück. Die Gegenstände in ihrer Wohnung beanspruchen meine Aufmerksamkeit, die Fotos zum Beispiel, die sie lachend an den verschiedensten Orten auf der ganzen Welt zeigen.

Ich höre, wie sie sagt: »Ich habe auch *Nuvole di drago* und *Maiale bambù e funghi* bestellt.« Sie stellt die Stereoanlage an, und es läuft *1979* von den Smashing Pumpkins, diesen Song habe ich kurz vor dem Abitur immer gehört, und ich fühle mich in diese Zeit zurückversetzt. Meine Gedanken gehen spazieren. »Wo ist der Brief?«

»Ach, natürlich, entschuldige«, sage ich und erwache aus meinem Tagtraum. Ich krame in meiner Tasche, ziehe den Umschlag hervor und reiche ihn ihr.

Beatrice macht es sich gemütlich und übersetzt den Brief gleich beim Vorlesen.

Liebe Alice,

Ihr Brief hat mich tief bewegt, und ich brauchte einige Zeit, um mich innerlich zu erholen. Anstelle einer direkten Antwort will ich Ihnen von meinem früheren Leben erzählen.

Als ich Konrad und Olivier kennenlernte, war ich ein naives junges Ding. Ich hatte nichts als Tanzen im Kopf und setzte alles daran, mich von meiner dominanten Mutter zu befreien, die mich an der Erfüllung meines Traums hindern wollte. Die beiden Männer hatten eine sehr enge Beziehung zueinander, die ich zunächst missverstand. Sie war besonders, das stimmt, aber nicht so heikel, wie ich es am Anfang wahrnahm. Ihre Freundschaft hatte etwas Düsteres, sie hielten große Stücke aufeinander und waren gleichzeitig neidisch; sie standen in einem Konkurrenzkampf und stritten miteinander, doch zugleich kamen sie nicht voneinander los. Sie teilten eine Wohnung im fünften Arrondissement, die durch und durch verschimmelt war. Sie selbst rochen immer muffig, und alle Gegenstände in ihrer Umgebung waren von einer grünlichen Schicht bedeckt. Sogar ihre Schuhe.

Trotzdem brachten sie nicht die Energie auf, die Wohnung aufzugeben, deren Fußboden von losen Blättern, Buchseiten und Büchern bedeckt war. Doch zog mich ihr Ambiente an. Sie besaßen ein uraltes Grammofon, das einst Oliviers Vater gehört hatte, und darauf spielten sie klassische Musik. Die kleine Wohnung war immer voller

Leute, die alle rauchten, und es roch nach Moder und Zigarettenqualm. Es gab immer genug zu trinken – und Äpfel. Olivier lebte von Äpfeln, sie waren immer knapp bei Kasse und konnten sich kaum etwas anderes leisten. Das Geld, das sie hatten, legten sie in Büchern an. Olivier war ein sehr zärtlicher Mensch, Konrad sehr schwierig. Er war jähzornig und emotional. Beide träumten davon, berühmte Schriftsteller zu werden, und gaben mir ihre Versuche zu lesen. Sie kopierten andere Autoren und suchten nach einer eigenen Stimme. Selbstverständlich fanden beide keinen Verlag, aber sie ließen sich nicht unterkriegen. Vor allem Konrad war krankhaft ehrgeizig und dachte an nichts anderes. Olivier war gemäßigter, er lebte für seinen Traum und war voller Hoffnung.

Mir wurde bald klar, dass zwischen uns so etwas wie eine Dreiecksbeziehung entstanden war. Ich begehrte alle beide, vielleicht aus Unreife, vielleicht aus Eitelkeit. Vor Konrad und seinem schmallippigen Lächeln hatte ich ein bisschen Angst, doch begehrte ich Olivier nicht mit der gleichen Leidenschaft.

Dann begann mir Oliviers Trägheit auf die Nerven zu gehen, während mir Konrads Draufgängertum immer mehr zusagte. Ich traf meine Entscheidung und habe sie seitdem an jedem Tag meines Lebens bereut. Konrad schrieb verbissen weiter, und seine Verbissenheit wuchs mit der Anzahl der Absagen.

In der Zwischenzeit verlor ich den Kontakt zu Olivier: Er zog sich immer mehr zurück, verließ tagelang nicht sein Zimmer und schrieb immer weniger. Er lebte von Geld, das ihm sein Vater zusteckte, schlief tagsüber und arbeitete nachts.

Eines Tages wurde ich zufällig Zeugin einer Auseinandersetzung zwischen den beiden, deren Gewalttätigkeit mich erschütterte. Zum ersten Mal hatte ich richtig Angst vor Konrad, und es sollte nicht das letzte Mal sein. Seine Wutausbrüche waren voller Jähzorn, und irgendwann hatte ich genug und beendete die Beziehung. Kurze Zeit darauf wurde sein erster Roman veröffentlicht, der ihn über Nacht berühmt machte. Er gab die Wohnung auf und brach den Kontakt zu Olivier ab, der mir einige Jahre später schrieb. Er fragte mich, ob mir *Die Gier des Desziderius Horvath* gefallen habe. Für mich kam dic Frage unerwartet, ich fand sie eigenartig, aber ich gab ihm eine ehrliche Antwort, an die ich mich noch genau erinnere: Obwohl ER das Buch geschrieben hat, ist es ein Meisterwerk.

Olivier bat mich um ein Treffen, und von da an wurde mein Leben traurig. Auch seine Romane fanden Verleger, aber sie blieben ohne große Resonanz. Er litt sehr darunter. Am Ende heiratete ich ihn. Ich habe mir immer zum falschen Zeitpunkt die falschen Männer ausgesucht. Er schenkte mir zwei wunderbare Kinder, aber ich habe beide überlebt. Und jetzt bin ich allein. Wahrscheinlich interessiert Sie dieser Teil nicht mehr. Sie möchten etwas über jenes Buch erfahren.

Da gibt es nicht viel zu sagen.

Olivier hat sich nie dazu geäußert, aber in meinem tiefsten Inneren war ich immer überzeugt, dass er *Die Gier* geschrieben hatte. Ich habe sie beide gekannt. Konrad sehr gut und noch besser Olivier. Und jenes Buch stammt eindeutig aus seiner Feder. Die arme Amélie hat mir erzählt, dass Olivier es ihr kurz vor seinem Tod gestanden hätte. Konrad stahl ihm das Manuskript, und aus innerer Schwäche hat Olivier niemals eingefordert, was ihm zustand. Er ließ es zu, dass jemand anderer, und zwar sein größter Rivale, mit seinem Roman Erfolg hatte. Typisch Olivier, das passt zu ihm.

Das ist meine Antwort auf Ihre Frage. Natürlich habe

ich mit Amélies Tod keinerlei Beweise mehr in der Hand. Und ich bezweifle, dass es sie wirklich gibt.

Herzlich,
Catherine Rouvroy

Beatrice wirft mir einen gleichgültigen Blick zu.

»Und was wissen wir jetzt Neues?«, fragt sie, so als ob sie der Brief enttäuscht hätte. Sie hat keine Ahnung, was mich daran so kribbelig macht.

»Aber begreifst du denn nicht?«, rufe ich aus. »In diesem Brief steckt neben dem wirtschaftlichen noch ein anderes brauchbares Motiv für den Mord an Amélie Volange.«

Beatrice runzelt die Stirn. »Stimmt«, meint sie teilnahmslos.

»Jetzt ist auf jeden Fall bewiesen, dass Konrad seine Schuld begleichen wollte, indem er die ganze Kohle aus seiner Schriftstellerkarriere Amélie vermachte. Denn die Karriere verdankte er ihrem Vater. Damit ist diese Verbindung klar.«

Der Lieferservice reißt uns aus unserem Gespräch. Beatrice besteht darauf, mich einzuladen, und wir plaudern nett miteinander.

»Du gefällst mir, Dottoressa Allevi. Vielleicht weil du total verrückt bist«, meint sie und schenkt sich Bier ein.

»Danke«, antworte ich lächelnd.

»Aber ich will ganz offen sein: Conforti überlass ich dir nicht.« Ich verschlucke mich an einer Nudel und trinke einen großen Schluck Wasser. Sie meint es ganz ernst. Sie wartet, bis ich mich wieder gesammelt habe, und fährt dann fort: »Das kann jeder sehen! Er ist ganz wild auf dich! Merkst du das gar nicht?«

Es fällt mir immer schwer, meine ganz private Pandorabüchse zu öffnen. Eigentlich hält sich dort nur ein einziges

Laster versteckt, und das heißt Claudio. Es ist schon schwierig genug, das mir selbst oder meinen besten Freundinnen gegenüber einzugestehen, bei Beatrice ist das noch ungleich schwerer.

»Aber er ist schließlich kein Gegenstand, den man nehmen oder fallen lassen kann, wie man will.«

»Da machst du es dir ein bisschen einfach, liebe Dottoressa. Natürlich kann man sich einbilden, dass er seine Entscheidung trifft. Aber so läuft das nicht, und das weißt du genau, alles hängt von dir und mir ab.«

Sie kann nicht wissen, dass es da gar nichts zu entscheiden gibt und dass das vermutlich meine Schuld ist.

Noch nie war mein Leben so gleichförmig, und ich weiß, warum: Dieses Mal müsste ich mich gegen oder für eine Veränderung entscheiden, und dazu fühle ich mich außerstande. Ich lasse mich einfach so treiben, und Claudio und Arthur treiben mit. Früher oder später werden sie aber genug davon haben, und ich werde allein zurückgelassen und mit beiden Händen ins Leere greifen und selbst daran schuld sein.

Ispettore? Ich würde gerne mit Ihnen sprechen«, beginne ich das Telefonat und hoffe, dass Calligaris Zeit für mich hat.

»Gibt es was Neues von Clara?«, fragt er hastig.

»Nein, nicht wirklich.«

»Dann musst du mindestens zwei Tage warten: Ich bin gerade auf dem Sprung nach Matera, und wenn es nicht wichtig ist, kann ich dich leider nicht empfangen.«

Als ob ich um eine Audienz ersucht hätte!

»Na, dann komme ich gleich zum Punkt, und Sie sagen mir dann, ob es sich lohnt, mich ganz anzuhören.«

Er lacht kurz. »Einverstanden.«

»Ich habe begriffen, warum Azais Amélie als Erbin eingesetzt hat, und ein Motiv gefunden, warum sie jemandem tot lieber ist als lebendig.«

»Alice, Vorsicht. Wir haben noch keine Gewissheit, dass die Volange wirklich alles geerbt hätte. Das Testament ist noch nicht eröffnet.«

»Klar, aber ich bin überzeugt, dass die beiden Todesfälle, der eine anscheinend ein natürlicher Tod, der andere ein Tod durch Unfall, zusammenhängen.«

»Ich erwarte dich heute Abend um acht. Vorher geht es wirklich nicht.«

Ein kleiner Sieg für mich. Ich vertreibe mir die Zeit bis zum Abend mit dem Studium von Ursachen für plötzlichen Herztod bei unspezifischen Autopsiebefunden. Vor allem beschäftigt mich Beatrices Hypothese: Tod aufgrund stressbedingter Herzinsuffizienz. Dafür müssen die Rezeptoren der Halsschlagader stimuliert werden, was sich sofort aufs Herz auswirkt. Innerhalb von Minuten kann es zum Herzstillstand kommen. Manche Menschen sind so empfindlich, dass schon eine etwas zu enge Krawatte Herzbeschwerden verursachen kann. Es ist also keine Gewaltanwendung erforderlich.

Mir kommt ein Gedanke.

Was, wenn jemand versucht haben sollte, Konrad zu erwürgen, aber schon ein ganz leichter Druck am Hals ausgereicht hat, um ihn umzubringen? Das würde erklären, weshalb keinerlei Spuren zu sehen waren, wie etwa Blutergüsse.

Auf zu Claudios Büro, die Tür ist geöffnet, der Platz hinterm Schreibtisch aber leer.

Ich warte vor der Tür und sehe ihn aus dem Labor kommen, im weißen Kittel und die Hände voller Reagenzgläser.

»Oh, Allevi, komm herein.«

Er stellt die Reagenzgläser auf den Schreibtisch und blickt auf die Uhr.

»Was machst du denn noch hier? Es ist schon vier, und um diese Zeit ziehst du dir normalerweise vor dem Fernseher deine Celebrity-Shows rein.«

»Ich muss dir etwas erzählen.«

»Wenn du so anfängst, dann kann man sich auf etwas gefasst machen.«

»Stressbedingte Herzinsuffizienz. Ich habe mir heute die physiopathologischen Umstände angesehen, und dabei ist mir ein Gedanke gekommen: Vielleicht war das doch die Todesursache bei Azais.«

»Wie schön, dass dir jetzt etwas klar ist, was du eigentlich schon im achten Semester Medizin hättest wissen sollen«, erwidert er unaufgeregt.

»Jetzt bleib doch mal ernst! Glaubst du nicht, dass ich recht haben könnte?«

»Das hatten wir doch schon alles mit Beatrice besprochen, erinnerst du dich? Aber erklär mir deine Theorie mal näher«, fügt er dann unerwartet geduldig hinzu und zieht einen Kaugummi aus der Tasche.

»Jemand könnte versucht haben, ihn zu erwürgen, aber wenn Azais sehr empfindlich war, könnte bereits ein ganz leichter Druck einen Herzstillstand ausgelöst haben. Und deshalb gibt es am Hals auch keine Blutergüsse.« Hat Clara vielleicht etwas davon mitbekommen?

»Konrad Azais ist an Herzstillstand gestorben. Was dieser komische Brief sollte, der mich schlaflose Nächte gekostet hat, weiß ich auch nicht. Aber mittlerweile ist es mir auch egal. Ein alter Herzkranker, der einfach Pech hatte, das ist alles. Warum musst du immerzu und überall Mörder sehen?«

»Wenn nicht auch Amélie Volange gestorben wäre, wäre ich damit einverstanden. Aber das ist schon ein merkwürdiger Zufall.«

Claudio seufzt gedankenversunken. »Man kann deiner Fantasie keinen Riegel vorschieben, das habe ich mittlerweile begriffen. Aber warum fantasierst du nicht mal über was anderes? Über uns beide, zum Beispiel.«

»Jetzt hör mir doch nur einmal zu.«

»Das habe ich schon oft getan, jetzt bist du mal dran.« Diese Bitte ist mehr als ungewöhnlich. »Was gefällt dir nicht an mir, Alice? Ich bin ein Narziss, zugegeben, und ich bin ein Frauenheld, der keine von der Bettkante stößt … aber davon mal abgesehen: Ich bin sechsunddreißig, ein netter Typ, ich bin intelligent und fit …«

Meine Antwort sprudelt nur so aus mir heraus, ich habe keine Kontrolle über meine Worte: »Du bist eine Gefahr für mich. Du bist in der Lage, mir sehr, sehr weh zu tun, und mein Bauchgefühl rät mir, mich von dir fernzuhalten.«

Er kommt näher und küsst mich auf die Stirn.

»Ich habe keine Lust mehr, dich immer hier im Büro zu küssen. Immer heimlich, wie ein Dieb. Lass uns irgendwo anders hingehen. Ich will dir nicht wehtun.«

»Das ist nicht der richtige Augenblick«, stammele ich. Mein Körper, ich kann es nicht leugnen, fühlt sich weitaus mehr zu ihm hingezogen, als mein Verstand es wahrhaben will.

»Und warum? Wegen Malcomess junior?«

»Genau«, flüstere ich und nicke.

»Der ist weit weg, als ob das nicht schon Grund genug wäre, Schluss zu machen. Ich bin dir nicht gleichgültig, fühl mal«, sagt er und drückt dabei seine Hand auf mein Herz. Und das tobt wirklich in meiner Brust.

»Nein ... zwischen Arthur und mir ist es aus«, gebe ich widerstrebend preis.

Claudios Augen leuchten maliziös auf. »Wie schade aber auch. Ich komme mir vor wie ein Wüstling. Ich habe euch auseinandergebracht ...«

»Das ist nicht deine Schuld.«

»Nein? Du willst wohl eher sagen, das ist nicht mein Verdienst!«

»Auf jeden Fall hat es nichts mit dir zu tun ... es gab zu viele andere und wichtigere Probleme.«

»Verstehe«, meint er mit fester Stimme.

Ihm ist die Lust zum Scherzen vergangen, und ich habe keine Lust mehr, mir berufliche Inkompetenz und zu viel Fantasie vorwerfen zu lassen. Ich gehe auf die Tür zu und bin sauer. Mit ihm fühle ich mich wie eine Fliege im Reagenzglas, die nur herausmöchte.

»Alice«, ruft er, als ich an der Türschwelle stehe.

»Ja?«, antworte ich, ohne mich umzuwenden.

»Erinnerst du dich an die Autopsie von Azais?«, fragt er in neutralem Tonfall.

»Klar.«

»Er hatte Leichenflecken am Hals, die Haut war dort rötlich violett. Bei leichtem Druck hätten wir keine Spuren bemerkt. Nur bei Erwürgen oder Erdrosseln hätte es sichtbare Spuren gegeben.«

»Was willst du damit sagen?«

»Dass du recht haben könntest. In meiner Abschlussdiagnose habe ich das alles berücksichtigt, und wie du weißt, haben Beatrice und ich die Todesursache gewählt, die uns am wahrscheinlichsten erschien. Aber man kann nicht ausschließen, dass alles so war, wie du sagst. Das zu beweisen, ist wieder eine andere Geschichte, vor allem, weil eindeutige Hinweise auf einen Mord fehlen. Begeh nicht wieder deinen alten Fehler, meine liebe Alice, und halt dich diesmal an die Fakten.«

»Hast du das alles in deinem Befund geschrieben?«

»Ich schick ihn dir per Mail, dann kannst du es nachlesen. Aber meine Antwort ist: Ja, ich habe geschrieben, dass meine Diagnose sich auf Wahrscheinlichkeiten und nicht auf Gewissheiten stützt und dass man andere Ursachen für sein akutes Herzversagen nicht ausschließen kann. Darunter auch Gefühlsstress, wie Beatrice das ganz zu Anfang annahm, und natürlich noch einige andere.«

Ich nicke erleichtert. »Gut«, sage ich und lächele ihm flüchtig zu. Er erwidert es leicht betrübt.

Die Gabe, sich kurz zu fassen

Calligaris hat nicht übertrieben, als er meinte, er habe nur ganz wenig Zeit. Er ist mit seinen Gedanken bereits in Matera, fürchte ich.

»Hören Sie überhaupt zu, Ispettore?«

»Na ja, Alice, man braucht bei dir schon etwas Geduld ...«

Ich gebe mich geschlagen und bringe meine Überlegungen auf den Punkt.

»Gut, dann komme ich zur Sache. Was wissen wir bis jetzt? Erstens: Azais tat dem Vater von Amélie Volange zutiefst unrecht, indem er ihm ein Romanmanuskript stahl, das ihn dann berühmt machte. Deshalb setzte er sie als Alleinerbin ein. Und bitte sagen Sie mir nicht, dass das nicht bewiesen ist. Zweitens: Amélie wusste davon, und es ist gut möglich, dass jemand ein Motiv hatte, sie umzubringen. Drittens: Haben Sie den Bericht von Dottor Conforti gelesen?« Calligaris nickt müde. »Dann werden Sie gesehen haben, dass man bestimmte Todesursachen nicht ausschließen kann, etwa Ersticken oder Gefühlsschock.«

Ich fasse meine Theorie zu Azais' Tod zusammen. Seine Augen leuchten auf. »Und warum erzählst du mir das erst jetzt?«

»Weil ich erst jetzt darauf gekommen bin. Außerdem könnte das eine Erklärung dafür sein, warum Clara das, was sie beobachtete, so gern vergessen will.«

»Du bist ein Genie, Alice«, ruft er begeistert aus. »Was sagt Conforti dazu?«

»Wie er schon in seinem Gutachten angemerkt hat, hält er eine solche Ursache für durchaus möglich. Selbstverständlich hängt in einem solchen Fall, in dem die Befunde der pathologischen Anatomie derart vage und unspezifisch sind, alles von den äußeren Umständen ab.«

»Und das heißt nichts anderes, als dass Clara den Schlüssel zur Wahrheit hat. Ich habe auch etwas Neues für dich. Amélie Volange kam einmal im Monat nach Rom. Und zwar nicht wegen ihrer Arbeit. Klingt das nicht verdächtig? Außerdem haben Untersuchungen jetzt bewiesen, dass Azais den Brief, den man auf seinem Schreibtisch fand, zwar selbst verfasst hat, aber schon vor einiger Zeit. Auch das macht den Fall Azais immer komplexer. Der Zeitpunkt lässt sich nicht feststellen, auf jeden Fall aber war es nicht kurz vor seinem Tod. Nun müssen wir nur noch herausfinden, ob er ihn selbst irgendwo herausgezogen und dort hingelegt hat, damit man ihn findet, oder ob ihn jemand anderer dort absichtlich platziert hat, um Verwirrung zu stiften.«

»Warum kam Amélie so regelmäßig nach Rom? Kann man das herausfinden?«

»Ich bin schon dabei.«

»Selina Norbedo hat ganz beiläufig erwähnt, dass Amélie vielleicht Konrads Tochter war und dass er sie deshalb als Erbin eingesetzt haben könnte.«

»Könnte da was dran sein?«

»Na ja, Azais verließ nie allein das Haus: Er war an den Rollstuhl gefesselt, also konnten sie sich nicht außerhalb des Hauses Norbedo treffen. Außerdem war Amélie durchaus nicht gut auf Azais zu sprechen, als sie bei uns im Institut war«, erkläre ich ihm und erzähle ihm davon, wie ich ihre Bekanntschaft gemacht hatte. »Aber sie hat sich nicht klar dazu geäußert, ob sie ihn kannte oder nicht.«

»Es muss ein Motiv gegeben haben, und es kann direkt mit ihrem Tod zusammenhängen. Oder mit Azais' Tod. Ich werde in den nächsten zwei Tagen, wenn ich in Matera bin, darüber nachdenken. Und du nimmst dir noch einmal Clara vor. Ich habe nach wie vor das Gefühl, dass nur du Zugang zu ihr finden kannst. Wenn du ihr Vertrauen gewinnst, hast du die Antwort auf alles.«

Denk an mich wie an eine Umleitung auf deinem Lebensweg
Woody Allen

Es ist nicht ganz einfach, den Wunsch von Calligaris zu erfüllen. An diesem Wochenende ist Hochzeit, mit anderen Worten: das Jahrhundertereignis – auf jeden Fall für meine Mutter und Alessandra.

Die Vorbereitungen laufen schon seit geraumer Zeit auf Hochtouren, und meine Mutter stand schon mehrere Male am Rande eines Nervenzusammenbruchs, denn das Brautpaar will den Empfang in unserem Garten veranstalten. Und zwar in einem beheizten Zelt. Meine Mutter will natürlich, dass dieses Ereignis in die Annalen von Sacrofano eingeht.

Nur meine Oma Amalia behält die Nerven und ihr Lächeln.

Ich renne aufgeregt zwischen dem Bad und meinem Zimmer hin und her und betrachte mich in dem rosa Taftkleid, das ich auf Wunsch der Braut an diesem Tag tragen soll, und mir wird flau. Die Stimmung im Haus ist gereizt, und ich befürchte mehrmals, dass mein Vater meiner Mutter noch schnell den Hals umdrehen wird und Marco nach einer passenden Gelegenheit sucht, um sich auf und davon zu machen.

Ich fühle mich in meinem Taftkleid eingequetscht wie in einer Wurstpelle. Ich finde Marco in der Mansarde, wo er am Fenster eine Zigarette raucht. Er ist fertig angezogen und gekämmt. Von hinten sieht er aus wie der unkonventionelle Fotograf von damals. Dann wendet er sich unvermittelt um, und der graue Anzug verwandelt ihn vom einstigen Bohemien in einen Bräutigam und Papa. Ich kann es kaum glauben.

Er sieht mich aufmerksam an und weiß nicht, was er sagen soll. Vielleicht fragt er sich, ob Ehrlichkeit angesagt ist oder besser nicht.

»Alice, was trägst du da? Das steht dir nicht.« Er hat einen Blick für so etwas.

»Das hat deine zukünftige Ehefrau ausgesucht.«

»Du hättest rebellieren müssen.«

»Sie möchte gern, dass wir uns wie amerikanische Brautjungfern verkleiden, ihre Schwester und ich. Sie hat für uns das gleiche Kleid ausgesucht, eins in Rosa, ich hatte keine Wahl.«

»Na, dann auf jeden Fall danke!«, meint er verständnisvoll.

»Bist du glücklich?«, will ich wissen, aufrichtig neugierig.

»Es ist eine besondere Form von Glück. Ich bin glücklich über die Veränderungen und Entscheidungen, die mein Leben auf eine Weise auf den Kopf gestellt haben, wie ich es wollte.«

Ich werfe ihm ein Lächeln zu und bin ein bisschen gerührt. Das helle Licht des Märznachmittags fällt schwach in den Raum und bringt sein sanftes Gesicht und seine Augen zum Leuchten. So war er immer: Seine Gefühle spiegeln sich in seinem Blick, der keine Unaufrichtigkeit kennt. Er ist immer er selbst, das ist seine große Stärke. Alessandra hat großes Glück gehabt, das muss ich sagen. »Arthur kommt nicht«, sagt er dann und drückt seine Zigarette in einem alten Aschenbecher aus.

Ich bin nicht sicher, ob ich enttäuscht oder erleichtert bin oder beides zugleich und was von beidem mehr. »Das hatte ich mir schon gedacht«, erwidere ich. »Es ist Zeit, Marco. Wir müssen gehen!«

Unsere Mutter ruft uns, und wir gehen zusammen die Treppe hinunter. Papa und Mama tragen beide eine würdevolle Miene zur Schau, aber zugleich sehen sie auch ein bisschen verdutzt aus, so als könnten sie es nicht fassen, dass ihr Sohn endgültig das Elternhaus verlässt.

»Gehen wir?«, sagt meine Mutter mit leiser, vor Emotion brüchiger Stimme.

Und dann steigen wir alle in den alten Volvo meines Vaters. Es ist das gleiche Gefühl wie einst, als wir gemeinsam die verschiedensten Gegenden Italiens bereisten, was meine Eltern so sehr liebten. Mein Bruder und ich trugen beide die gleichen roten Schirmmützen, dazu kurze Hosen und T-Shirts, und alle Welt hielt uns für Zwillinge. Es waren glückliche Tage einer sorgenfreien Kindheit, wie ich sie auch dem Baby wünsche, das in Alessandras Bauch heranwächst. Ich bin den Tränen nah, und meine Mutter merkt das.

»Bitte, fang jetzt nicht an, sonst kann ich mich auch nicht mehr zurückhalten!«, bittet mich meine Mutter, und gleichzeitig lächelt, ja lacht sie. In ihrem Lachen klingt eine Freude mit, die etwas Melancholisches hat. Mein Herz klopft mir bis zum Hals, und ich werde so von meinen Gefühlen überrumpelt, dass es mir ganz egal ist, wie ich aussehe.

Die Trauzeugen müssen rechts und links vom Altar Platz nehmen, und ich setze mich neben Alessandras Schwester. Wir warten auf die Braut, aber sie wird sich nicht verspäten, das weiß ich, denn sie findet Bräute, die zu spät kommen, lächerlich. Und tatsächlich, zehn Minuten vor Beginn der Hochzeitszeremonie taucht Alessandra Morante auf. Danach wird sie Alessandra Allevi heißen, meine *sister in law*, wie es im Angelsächsischen mit größerer Klarheit heißt. Ich bin so aufgeregt, als würde meine Mutter mir eine Schwester schenken. Sie sieht wunderbar aus in ihrem Kleid im Empire-Stil, der das Bäuchlein versteckt. Erst jetzt wird mir bewusst, wie romantisch die Anwesenheit des ungeborenen

Kindes bei der Trauung ist. Es ist mit den beiden vor dem Altar. Eigentlich sollten sich alle Paare so trauen!

Der Hochzeitsstrauß ist ein Geschenk meines Bruders, so originell wie er selbst: Er besteht aus Origamiblumen aus grünem Papier, und Alessandra trägt ihn voller Anmut. Die Streicher spielen den *Kanon* von Pachelbel, und ich bekommme vor lauter Freude eine Gänsehaut. Einen Augenblick lang, aber wirklich nur einen Augenblick lang, träume ich davon, an Alessandras Stelle zu ein – ein Fest für mich zu haben und eine Liebe. Und in diesem Tagtraum, der nur eine Sekunde dauert, sehe ich Arthur an meiner Seite.

* * *

»Meine Trauzeugin!«, ruft Alessandra, als die Trauung vorbei ist, und drückt mir einen Kuss auf die Wange. Ich darf ihr keinen geben, damit die Schminke intakt bleibt.

»Die Braut! Und was für eine!«, sage ich dann und mustere sie anerkennend. »Bist du ein bisschen gerührt?«

»Und wie! Wichtig ist nur, dass man's mir nicht anmerkt«, meint sie augenzwinkernd.

»Auf mich machst du einen sehr gefassten Eindruck.«

»Du siehst wunderschön aus. Ich bin froh, dass ich dieses Kleid ausgesucht habe.«

Lassen wir das besser. »Hauptsache, dir gefällt's.«

Andere Gratulanten warten schon, und ich stelle mich ein wenig abseits.

Neben mir steht Silvia, die, wie immer bei Hochzeiten, richtig schlechte Laune hat und an keinem der Gäste ein gutes Haar lässt. Niemand kommt ungeschoren davon. Als sie mich fragt, ob ich ihre Meinung zu meinem Kleid hören will, verneine ich entschieden.

»Schau dir die da drüben an.«

»Das ist meine Cousine Anna«, antworte ich lachend.

»Oh«, höre ich sie im nächsten Moment flüstern, aber nicht, weil sie sich bei ihrer Lästerei ertappt fühlt, das ist ihr total egal.

Ich spüre, wie sich, nach einem zärtlichen Kuss, Arthurs Hände ganz leicht auf meine Schultern legen.

Vielleicht ist es die euphorische Stimmung, vielleicht sind es die Hormone oder mein unterschwelliger Neid auf die frisch Vermählten, aber ich bin total überrumpelt. Und vor allem tut es mir unendlich leid, dass ich unsere Beziehung und unsere Liebe so leichtfertig aufs Spiel gesetzt habe.

»Ich habe etwas im Auto liegen lassen, entschuldigt«, meint Silvia sehr überzeugend, aber sie will uns nur einen Moment allein lassen, das ist mir schon klar.

»Du bist also doch gekommen«, sage ich.

Er nickt, mustert mich verwundert und meint dann lächelnd: »Alice, *you look like Miss Piggy.*«

»Wie wer?«

»Erinnerst du dich an die Figur aus der *Muppets Show*?«, fragt er augenzwinkernd.

»Ich hoffe, ich habe mich da eben verhört«, erwidere ich und weiß nicht, ob ich lachen oder weinen soll.

»Gruppenfoto«, sagt er mit einem breiten Lächeln und legt mir den Arm um die blassen Schultern. Schon komisch, jetzt werden wir wie irgendeines der anderen Paare auf einem Foto verewigt, dabei waren wir nie wirklich eines und werden auch nie eines sein.

Am Tag darauf begleite ich Arthur zum Flughafen. Meine Augen sind total verquollen.

Er hat in der Nähe meines Elternhauses in einem Bed and Breakfast übernachtet, und ich musste ihn überzeugen, dass es mir überhaupt nichts ausmachen würde, mit ihm zum Flughafen zu fahren. Im Gegenteil, ich bin froh darüber, denn so kann ich noch ein bisschen Zeit mit ihm verbringen. Vom Flughafen aus werde ich mit dem Wagen meines Bruders nach Hause fahren (den braucht er nicht, heute beginnt die Hochzeitsreise) und einen Sonntag voller Langeweile und Melancholie verbringen.

Im Autoradio läuft *Lovers in Japan* von Coldplay, und das kommt mir vor wie ein schlechter Witz, denn für mich ist dieser Song mit dem ersten Morgen verbunden, als ich bei ihm zu Hause aufwachte; damals wohnte er noch in der Via Sistina, und zwischen uns war alles anders.

»Erinnerst du dich?«, frage ich ihn und bereue es sofort. Es ist fehl am Platz, Erinnerungen heraufzubeschwören.

»Sollte ich?«, fragt er zurück, aber nicht unfreundlich, sondern nur neugierig.

»Nein, es ist nicht wichtig«, erwidere ich, aber das ist eine Riesenlüge. Es ist wichtig, aber nur für mich. In Erinnerungen wie diesen schwingt viel Sehnsucht mit.

Dann unterhalten wir uns über weniger verfängliche Themen. Wir plaudern unverbindlich wie zwei alte Bekannte.

So als ob es all die Liebesworte, die man sich am Anfang einer Beziehung sagt, niemals gegeben hätte, so als ob unsere Liebesgeschichte nur ein Film gewesen wäre, mit Schauspielern, die unsere Rollen gespielt haben. Als wir am Terminal ankommen, nimmt er seine kleine Reisetasche vom hinteren Sitz und verabschiedet sich, als würden wir uns morgen selbstverständlich wiedersehen. Das hat er immer so gemacht, sonst wäre sein Leben nichts als Abschiednehmen.

An diesem unscheinbaren Morgen sind wir wie zwei Menschen ohne gemeinsame Vergangenheit, zwei Menschen, die sich kaum kennen und die nicht sehr viel Lust haben, einander besser kennenzulernen. Und das macht mich völlig fertig.

* * *

Die Rückkehr zur Arbeit ist furchtbar, die Stunden im Institut wollen nicht vergehen, und ich kann mich auf nichts konzentrieren. Nur mein Versprechen, das ich Calligaris gegeben habe, halte ich: Ich mache einen Termin mit Selina Norbedo aus, und um vier Uhr bin ich bei ihr zu Hause.

Clara sitzt in ihrem Zimmer, das aussieht wie eine Puppenstube, und ist nervös. Sie kaut an ihrer Nagelhaut, schaut zu Boden, schnaubt und schaltet widerstrebend ihren Computer aus, auf dem *Half Jack* von den Dresden Dolls läuft.

»Keine Ahnung, warum meine Mutter sich auf dieses Spielchen einlässt. Glaubst du wirklich, du bekommst was aus mir raus?«

»Ich will dich nicht quälen, Clara. Wenn ich dir das Ganze ersparen könnte, dann würde ich es tun. Ich bewundere deine Hartnäckigkeit, aber es gibt eine Grenze, wo das Unrecht anfängt. Und ich möchte, dass dir klar ist, dass du dabei bist, diese Grenze zu überschreiten.«

Clara schaut verblüfft auf.

Ich habe ins Schwarze getroffen.

»Ich habe dir doch schon gesagt, dass ich mich an nichts erinnere«, wiederholt sie hartnäckig. Es klingt wie auswendig gelernt.

»Clara. An jenem Tag hat jemand versucht, deinen Großvater umzubringen. Auf welche Art und Weise ist er gestorben? Die Rechtsmedizin tappt im Dunkeln. Nur du kannst alles aufklären.«

Mir ist, als könnte ich ihr Herz trommeln hören, doch ihr Gesichtsausdruck bleibt wie versteinert und verrät keinerlei Unsicherheit. Ihre glatte, faltenlose Haut ruft mir in Erinnerung, dass Clara trotz ihrer überdurchschnittlichen Intelligenz immer noch ein Kind ist.

Genau im richtigen Augenblick öffnet sich die Zimmertür, es ist wie im Theater.

Edoardo Norbedo lächelt uns zu, jedes Mal wirkt er mit diesem Gesichtsausdruck auf mich wie ein sympathischer Gauner.

»Dottoressa, guten Tag. Wie geht es meinem Herzblatt?«, wendet er sich zärtlich an seine Tochter und streichelt ihr übers Haar. Clara zittert.

»Geh weg, Papa. Lass uns allein.«

Edoardo macht ein belustigtes Gesicht. »Ich zähle in diesem Haushalt überhaupt nichts mehr. Nicht mal meine Prinzessin mag mich noch.« Er sieht mich lächelnd an, mimt eine Verbeugung und verabschiedet sich mit einem scherzhaften *Küss die Hand, gnädige Frau.*

Als sich die Tür schließt, wirkt Clara niedergeschlagen. Sie seufzt tief und wirft mir einen flehentlichen Blick zu, der bedeuten soll: *Jetzt ist aber Schluss.*

Ich bin schon drauf und dran, zu gehen und sie endlich in Ruhe zu lassen, als ich Edoardo und Selina laut miteinander diskutieren höre. Clara schaut auf und wirft einen Blick zur Tür, als wollte sie diese mit Gedankengewalt öffnen.

»Clara, was ist los? Gibt es Streit?«

»Nein, eigentlich streiten sie nie. Es ist aber etwas sehr Merkwürdiges passiert, und sie reden gerade darüber.«

Ich kann nicht widerstehen und frage nach.

»Hast du das Häuschen neben unserem bemerkt?«, fragt sie.

»Nicht wirklich.«

»Also, neben unserem Haus steht noch ein kleines, es gehört meiner Mutter. Bis vor einigen Jahren wohnte dort Onkel Enrico, der war immer ganz allein und depressiv. Meine Mutter wollte ihm helfen und hat ihm das Häuschen zur Verfügung gestellt. Irgendwann ist er weggezogen, und seitdem stellen wir da unser Zeug unter, und mittlerweile ist da drin ein großes Durcheinander. Heute Nacht hat jemand einen Fensterladen aufgebrochen und ist eingestiegen. Dort war eine Schublade, in der alle möglichen Schlüssel liegen, welche, die funktionieren, und andere, die nirgendwo mehr passen. Heute Morgen stand diese Schublade auf dem Esstisch. Meine Eltern konnten sich aber nicht mehr erinnern, welche Schlüssel normalerweise dort drin waren … auf jeden Fall die Wohnungsschlüssel, denn irgendjemand muss durch die Tür hereingekommen sein. Und wir haben nichts gemerkt. Als ob ein Geist in unser Haus gekommen wäre. Aber er hat aus Versehen die Schublade vergessen.«

»Vielleicht war es auch kein Versehen, sondern Absicht.«

»Und warum?«

»Um euch in Aufregung zu versetzen«, kommt mir spontan über die Lippen. »Ihr solltet glauben, dass in dieser Schublade Schlüssel liegen, die für ihn oder sie wichtig sind.«

»Aber meine Eltern können sich ja gar nicht mehr erinnern, welche Schlüssel da drin waren. Meine Mutter meint, dort waren auch die Schlüssel zum Tresor meines Großvaters aufbewahrt. Der Tresor befindet sich in seinem Zimmer, aber sie hat nachgeschaut, und es fehlt nichts.«

»Vielleicht hat der Dieb tatsächlich nach dem Tresorschlüssel gesucht und ihn nicht gefunden. Deshalb hat er die Schublade auf den Tisch gestellt: Es war ihm egal, ob er Spuren hinterlässt, denn er hat ja nichts mitgehen lassen und weiß, dass er auch in Zukunft nichts finden wird.«

»Meine Mutter macht es völlig fertig, dass jemand unbemerkt ins Haus gekommen ist. Mein Vater glaubt, dass es Onkel Enrico war, aber sie verteidigt ihn. Und deshalb streiten sie. So geht das immer: Mein Vater und die Onkel können sich nicht ausstehen. Das gilt besonders für Onkel Enrico.«

»Warum?«

»Die können sich einfach nicht riechen. Und es ist auch Eifersucht im Spiel. Onkel Enrico war auf jeden eifersüchtig, der sich mit Großvater verstand, er ist total neurotisch.«

»Glaubst du, dass es Onkel Enrico gewesen sein könnte?«

»Er wusste von den Schlüsseln, ganz sicher. Von allen kommt am er am ehesten infrage.«

»Könnte es nicht vielleicht auch eure Putzfrau gewesen sein?«

Clara zuckt mit den Schultern. »Keine Ahnung. Ich weiß nicht, wer es war. Jeder kann es gewesen sein, mich eingeschlossen.«

»Und warst du es, Clara?«

Ihr abgebrühter Blick wird fatalistisch. »Das habe ich nur so dahingesagt. Damit du verstehst, dass alles wahr sein kann oder eben nicht.«

Nur Mut: Auf seinem Höhepunkt ist Pech nicht von langer Dauer
Aischylos

Der Morgen ist eiskalt. Im Institut geht immer wieder das Licht aus, und mir fehlt jede Lust zum Arbeiten. Die meisten sind nicht da, der Allerhöchste macht Urlaub, und die Wally bereitet die Autopsie eines armseligen Stadtstreichers vor, der im Park tot aufgefunden wurde; wahrscheinlich wurde er umgebracht.

Ich bin im Aufzug, um ins Souterrain zu fahren. Zusammen mit dem Toten, der einen Gestank verbreitet, dass es einem den Atem verschlägt, und mit Claudio, dessen wie immer großzügig aufgetragenes Aftershave mit jenem anderen Gestank eine chemische Reaktion eingeht, dass mir vor Übelkeit die Knie weich werden.

Ich schnappe nach Luft.

Im Spiegel sieht mein Gesicht bläulich grün aus.

»Habe ich mit dem Aftershave etwas übertrieben?«, unterbricht Claudio das Schweigen und fährt sich mit der Hand über die Wange.

»Das könnte man so sagen.«

»Wenigstens mildert es diesen Gestank.«

»Im Gegenteil, es betont ihn eher.«

»Pass auf, Allevi, lehn dich nicht gegen die Aufzugknöpfe. Es fehlt jetzt nur noch, dass wir stecken bleiben.«

»Verzeihung, ich habe nicht viel Platz hier. Zieh die Bahre etwas zu dir hin.«

Im dritten Stock öffnen sich die Türen. Ein älteres Ehepaar will einsteigen, aber dann verziehen die beiden angeekelt das Gesicht, rümpfen die Nasen und sind verschwunden.

Ich halte es nicht mehr aus und will schon aussteigen, da hält mich Claudio am Kittel zurück.

»Was hast du vor? Soll ich den Job etwa allein machen? Für wen hältst du mich eigentlich, für deinen Hilfszwerg?«

»Ich halte es nicht mehr aus.«

»Das ist mir völlig egal! Du hast dir diesen Beruf ausgesucht, und Tote stinken eben. Gewöhn dich dran.«

Als sich die Aufzugtüren schließen, schiebe ich instinktiv den Fuß dazwischen. Ich ziehe ihn zwar schnell wieder zurück, aber mir werden mit einem Schlag zwei Dinge klar: Erstens habe ich einen Absatz meiner Markenschuhe eingebüßt (Roger Vivier zum Sonderpreis) und zweitens, und das ist noch viel schlimmer: Der Aufzug steckt fest.

»Scheiße«, entfährt es mir.

»Ich wusste es«, murmelt Claudio und legt seine Stirn an den Spiegel. »Das war von Anfang an klar. Diese Aufzüge sind modernste Technik, unsere Geschäftsleitung hat ein Millionenprojekt ausgeschrieben, um sie alle zu erneuern, und sie bleiben nie stecken. Nur wenn du drin bist!« Er scheint fast belustigt.

»Es tut mir leid.«

Um dem Ganzen die Krone aufzusetzen, fällt auch noch das Licht aus.

»Gott, wie aufregend!«, seufzt Claudio und holt sein Smartphone aus der Tasche, damit wir wenigstens ein bisschen Licht haben. »Vielleicht könntest du trotzdem den Alarmknopf betätigen«, fügt er hinzu und hält sein Telefon hoch.

Ich muss zweimal drücken, bis ich eine Antwort erhalte. *Wir sind schon unterwegs*, beruhigt uns eine Stimme. Nach einer weiteren Viertelstunde sind unsere Geruchsnerven dankenswerterweise so betäubt, dass wir gegenüber dem Gestank unempfindlich geworden sind. Claudios Nerven liegen blank, er ist ja nicht gerade für Geduld bekannt.

»Dieser nette Aufenthalt hier kostet mich einen Besuch in der Reinigung, denn Gestank besteht aus Molekülen, die sich festsetzen und sich wie unsichtbare Flecken überall ausbreiten. Außerdem hatte ich einen Termin. Findest du es nett, wenn man sich irgendwo mit Leichengeruch präsentiert?«

»Ich bin sicher, dass du ihr auch mit Verwesungsgeruch gefällst.«

»Ich habe nichts von weiblicher Begleitung gesagt.«

»Alles andere würde mich wundern.«

»Könntest du aufhören, dauernd an der Bahre zu wackeln?«

»Das war ich nicht.«

»Lebt dieser freundliche Parfümvertreter hier etwa noch?«

»Nein, aber die Bahre ist nicht ganz stabil. Hilf mir lieber, damit sie nicht zusammenbricht.«

»Ja, schon gut. Drück noch mal den Alarmknopf!«

»Geht nicht, ich muss die Bahre halten.«

»Ich begleite dich nie wieder in den Seziersaal, so wahr ich Claudio Conforti heiße. Nie wieder.«

»Danke, gleichfalls! Wie wär's, wenn du dein Telefon wegtust, dann hast du beide Hände frei.«

»Ohne das Licht sehen wir nichts. Mist!«

Und damit fällt ihm sein Lieblingsspielzeug auf den Boden. Das Geräusch, als es unten aufkommt, vermischt sich mit einem seiner fantasievollsten Flüche.

Und genau so finden uns die Aufzugtechniker vor: zwei aufstrebende Jungmediziner, die sich gegenseitig Unflätigkeiten an den Kopf werfen, und zwischen ihnen eine Bahre, die einen furchtbaren Gestank verbreitet.

* * *

Nachdem man uns aus dem stinkigen Gefängnis befreit hat, lässt sich die Wally nicht davon überzeugen, dass wir nichts für die Verspätung können. In ihrem blauen wattierten Kittel sieht sie aus wie eine als Fee verkleidete Spinne.

»Was habt ihr da bloß angestellt?«, ruft sie aus, als sie den Leichnam sieht. »Das ist doch nicht der Obdachlose!«

Es stellt sich heraus, dass es sich um einen Leichnam handelt, den wir schon seit einiger Zeit im Kühlraum haben, weil er bislang nicht identifiziert werden konnte. »Ich muss mich über dich wundern, Conforti.«

»Wieso? Was hat das mit mir zu tun?«, erwidert er unschuldig und lehnt sich lässig an den Türrahmen.

Ich drehe mich zu ihm um und starre ihn an. »Du warst doch auch dabei!«

»Du hast ihn ganz allein geholt.«

»Ah, und der Typ im Aufzug war dein Hologramm?«

»Das wird ja immer besser, Allevi. Jetzt schiebst du schon deinem Vorgesetzten die Schuld zu. Du warst immer schon aufsässig, aber jetzt fängst du auch noch an zu lügen!«, empört sich die Wally.

Claudio lächelt maliziös. »Wie auch immer, Prof, Alice kann nichts dafür, der Kollege im Kühlraum hat sich offenbar geirrt.«

»Nimm sie nicht in Schutz.«

»Ich gehe jetzt mit und stelle persönlich sicher, dass sie den richtigen Leichnam bringt«, beschließt er und wendet sich zum Gehen.

»Danke, ich gehe lieber allein«, erwidere ich würdevoll.

»O nein. Ich habe schon genug Zeit verloren. Mach das, Claudio«, säuselt die Spinne mit einem Augenaufschlag für ihren Schützling.

* * *

»Du bist wirklich ein Mistkerl.«

»Ich habe nur kurz abgewogen: Von dir ein Patzer mehr oder weniger macht keinen Unterschied. Bei mir dagegen … ich bin dafür zuständig, Lob einzuheimsen.«

»Du Schuft.«

Und er macht dieser Bezeichnung alle Ehre, als er kurze Zeit darauf meinen Namen für das »Arschgesicht des Monats« vorschlägt. Diese Auszeichnung wird monatlich unter den Assistenzärzten vergeben, und der Vorsitzende der Auswahlkommission ist niemand anderer als Claudio. Auf die Siegerehrung folgt ein Umtrunk auf Kosten des Unglücklichen in der Bar neben dem Institut.

Es ist der dritte Monat in Folge, dass ich gewinne.

Something happens and I'm head over heels
Tears for Fears

Ich lese *Das lange Warten* von Konrad Azais, wenigstens versuche ich es, denn der Roman ist furchtbar langatmig. Er handelt von einem Mann, der seine Minderwertigkeitsgefühle gegenüber seinem Vater überwinden möchte. Als Vater und Sohn sich in dieselbe Frau verlieben, die sich am Ende für den Vater entscheidet, obwohl sie den Sohn liebt, verschlimmert sich die ganze Sache noch. Die Geschichte ist in Azais' typisch surrealem und ein wenig aggressivem Stil erzählt. Ich will das Buch schon beiseite legen, als mir beim Überblättern der letzten Seiten ein Absatz ins Auge fällt.

> Das erste Mal, als ich meinen Vater umbringen wollte, liefen wir beide die Treppe in unserem Haus hinunter. Er ging nur wenige Stufen vor mir, und ich überlegte: Ich müsste ihn jetzt nur schubsen, und er würde die Treppe hinunterfallen. Wenn ich Glück habe, dann schlägt er irgendwo heftig mit dem Kopf auf und ist sofort tot. Er müsste nicht einmal leiden, er würde überhaupt nichts spüren und niemals erfahren, dass sein Sohn keinen anderen Gedanken im Kopf hatte, als ihn zu töten.
>
> Damals war ich fünfzehn.

Erst kann ich nicht einschlafen, und dann überkommt mich unruhiger, wenig erholsamer Schlaf. Um fünf schalte ich verärgert die Nachttischlampe an und nehme das Buch wieder zur Hand. Im Dämmerlicht des heraufziehenden Tages lese ich es zu Ende, und als ich in der Metro stehe, kommt mir langsam ein Gedanke und wird immer konkreter.

Enrico Azais ist ein Autor, der unter Größenwahn leidet. Könnte es nicht sein, dass sein Vater, der schon sich selbst gegenüber hart und unbarmherzig war, ihn total verrissen hat? Ich erinnere mich an Claras Worte. Als sie aufstand, um ihrem Großvater das Stück Torte zu bringen, war nur ihr Onkel Enrico nicht im Raum. Vielleicht schweigt Clara sich über die Ereignisse jenes Nachmittags aus, weil der Sohn versucht hat, seinen Vater zu töten. Und Azais' Herzleiden hat ihm in die Hände gespielt.

Ich möchte meine Ideen unbedingt mit Ispettore Calligaris teilen. Er ist aus Matera zurück und trägt den Mittelfinger der rechten Hand in Gips.

»Frag mich besser nicht danach«, wiegelt er ab. »Pass beim Zuschlagen von Autotüren auf, das ist alles, was ich dir dazu sagen kann. Hast du Neuigkeiten?«

Ich erläutere ihm kurz, was mich beschäftigt. Er hört mir aufmerksam zu und verzieht von Zeit zu Zeit schmerzverzerrt das Gesicht.

»Interessant. Aber du hast keine sehr hohe Meinung von mir, wenn du glaubst, dass ich nicht selbst schon ähnliche Überlegungen angestellt habe. Natürlich will die kleine Norbedo mit ihrer Geheimniskrämerei jemanden decken. Weißt du, wie das Verhältnis zwischen ihr und dem Onkel ist?«

»Clara hat mir nur erzählt, dass ihre Mutter und Enrico ein sehr enges Verhältnis zueinander haben. Vielleicht schweigt sie sich über die Ereignisse aus, weil sie ihre Mutter schützen möchte. Sie weiß, dass Selina sehr leiden würde, wenn ihr Lieblingsbruder vor Gericht kommt. Er scheint ein schwieriger, launischer und argwöhnischer Typ zu sein. Falls es sich nicht um einen natürlichen Tod handelt, und davon gehe ich aus, dann hat irgendjemand von den Gästen die

Finger im Spiel. Ich bin sie alle durchgegangen, und Enrico scheint mir der wahrscheinlichste Kandidat.«

»Das stimmt, und er hat ein überzeugendes Tatmotiv. Aber er muss schon sehr naiv sein, um so zu handeln, wie du dir das vorstellst. Zuerst einmal müssen wir sicher sein, dass er tatsächlich als Einziger den Raum verlassen hatte, so wie Clara behauptet. Damit wäre er der einzige Tatverdächtige, aber vor allem, weil er der Einzige ist, der auf den ersten Blick ein Tatmotiv hat. Aber was soll dieser irreführende Brief? War er wirklich so dumm zu glauben, dass wir nicht früher oder später merken würden, dass er ihn absichtlich dort platziert hat?«

»Aber wer sonst hätte ein Motiv gehabt, Konrad zu töten? Habgier ist kein überzeugendes Motiv in diesem Fall. Der Ausgang des Entmündigungsverfahrens war ungewiss, und damit hätte keines der Kinder finanziell etwas vom Tod des Vaters gehabt.«

Von allen konnte sich nur Leone Azais sicher sein, dass der Vater entmündigt werden würde, denn er hatte Niccolò Laurenti die entsprechenden Anweisungen gegeben. Aber ich habe das Gefühl, dass er nicht infrage kommt: Ich kann ihn mir nicht als Vatermörder vorstellen. Er hat Macht und legt Wert auf seine gesellschaftliche Stellung. Warum sollte er alles aufs Spiel setzen? Nur um an Geld zu kommen, das er nicht einmal braucht? Wer Geld brauchte, das war Oscar. Er stand dem Vater am nächsten.

»Möchtest du wissen, was ich denke, Dottoressina?«

»Selbstverständlich!«

»Irgendjemand hat versucht, einen Selbstmord vorzutäuschen. Jemand, der von der Existenz jenes Briefes wusste, hat ihn auf den Schreibtisch gelegt. Weshalb, weiß ich noch nicht. Sicher ist nur, dass er sich Azais mit der Absicht nähert, ihn zu töten. Und da passiert es: Azais erleidet einen Herzanfall, wie Dottor Conforti diagnostiziert hat. Der Täter ist derart verstört, dass er panisch den Raum verlässt und den Brief auf dem Schreibtisch völlig vergisst. Clara aber hat alles beobachtet.«

»Clara hätte alles unternommen, um ihren Großvater zu schützen. Sie hätte nicht einfach untätig dagestanden.«

»Vielleicht hat Clara nur das Ende der Szene beobachtet, und es war zu spät zum Eingreifen.«

»Meiner Meinung nach würde Clara nur zwei Personen decken«, sage ich mehr zu mir selbst, denn mir ist ein Gedanke gekommen, der mich betrübt und gleichzeitig hellwach werden lässt. »Ihre Eltern!«, rufe ich aus und weiß, dass ich richtigliege.

»Genau, und jetzt ist der Augenblick gekommen, um dir von der Neuigkeit zu erzählen.« Calligaris entnimmt der Akte AZAIS ein Dokument. Mir klopft das Herz bis zum Hals. »Hast du saubere Hände?«, fragt er, bevor er es mir überreicht.

»Natürlich!«, rufe ich fast unwirsch.

Ich überfliege es, um mir einen Eindruck vom Inhalt zu verschaffen, aber er ist zu komplex für eine schnelle Lektüre.

»Es ist das Testament von Konrad Azais, das er eigenhändig verfasst und beim Notar De Laudi in Anwesenheit zweier Zeugen hinterlegt hat. Und weil eine Entmündigung nun mehr als unwahrscheinlich ist, hat dieses Testament Gültigkeit.«

»Wenn der Inhalt das bestätigt, was ich annehme, dann werden Leone Azais und seine Brüder es anfechten, und wenn es nur darum geht, ihren Pflichtanteil zu bekommen.«

»Sieh mal, wer die Zeugen sind.«

Edoardo und Selina Norbedo.

»Überleg mal. Um ihn bei Laune zu halten, verbürgen sie sich für alles, was er will.«

»Nein, so etwas würde Selina nicht tun.«

»Aber genau so ist es gewesen. De Laudi hat es mir bestätigt. Die Tochter hat Azais zum Notarbüro gefahren. Vielleicht hoffte sie auf eine besondere Berücksichtigung im Testament …«

»Nein, Ispettore, das ist zu abwegig«, entfährt es mir.

Ich lese das Testament sorgfältig durch und versuche mir jedes Wort einzuprägen.

Mit Ausnahme des Schmucks meiner Frau Maia und der Villa in Udine, die ich meiner Enkelin Clara vermache, setze ich Amélie Volange, Tochter von Olivier Volange und Catherine Rouvroy, als Alleinerben ein.

Der Grund liegt auf der Hand: Mein gesamtes Vermögen stammt aus dem von mir veröffentlichten Roman, der bei Kritik und Publikum großen Erfolg hatte. *Die Gier des Desziderius Horvath* ist ein absolutes Meisterwerk, aber ich habe es nicht verfasst, jedenfalls nicht gänzlich. Es ist nur gerecht, dass das, was davon geblieben ist, an jenen zurückfließt, der es geschaffen hat. Ich bitte um Verzeihung für zugefügtes Unrecht, auch wenn ich begreife, dass es nicht zu verzeihen ist. Gleichzeitig vertraue ich darauf, dass man für uns Künstler Verständnis aufbringt, eitle Narren, die mitunter ihrem Wahn erliegen.

Der Azais von damals war gewalttätig und ehrgeizig und wollte alles: Catherine und Erfolg.

Ich konnte nicht ertragen, dass Olivier alles hatte. Wenn ich ein wenig klarer bei Verstand gewesen wäre, dann hätten wir teilen können: Für ihn Erfolg, für mich Catherine. Aber ich habe die Karten neu gemischt. Am Ende habe ich ihm Catherine überlassen und mir *Die Gier des Desziderius Horvath* genommen, und zwar im wirklichen wie im übertragenen Sinne. Ich habe das Manuskript an mich genommen, das er schon verbrennen wollte, weil er es für wertlos hielt, und habe es überarbeitet, aussagekräftiger gemacht und in ein Meisterwerk verwandelt.

Das ist die Wahrheit, so ist es gewesen.

Leone, Enrico, Oscar und Selina: Verzeiht mir.

Ihr habt mit einem kleinen Vermögen gerechnet, aber ich hatte es nicht verdient. Ich hoffe, ihr begreift, dass ein Erbe auch immateriell sein kann, und so überlasse ich euch meinen Mut, begangene Fehler einzugestehen, auch wenn es bedeutet, zugeben zu müssen, dass man ein Dieb und Verräter war. Fechtet dieses Testament nicht an, widersetzt euch nicht meinem Willen. Jeder von euch hat von dem geraubten Reichtum profitiert, nun fordert nicht mehr, als ihr bereits erhalten habt.

Du bist ein Mann mit Durchsetzungskraft, Leone. Ich bin stolz auf dich, egal, was geschieht und für wie verrückt du mich hältst.

Enrico, du hast die Sensibilität, die mich einst bei deiner Mutter so berührt hat. Setze sie ein, um andere zu begreifen, und nicht nur zum Eigennutz. Gib die Träume auf, die nicht das Richtige für dich sind und die dich nur unglücklich machen.

Oscar, such deinen Weg. Du hast von der Natur viele Gaben mitbekommen, aber du bist dabei, sie eine nach der anderen zu verschleudern. Fang wieder mit der Malerei an, arbeite hartnäckig und energisch an deiner Kreativität und meide schlechte Gesellschaft, du gehörst nicht dazu.

Selina, meine liebe Tochter, dir habe ich nichts mit auf den Weg zu geben, keine Mahnung und keine Empfehlung. Dir möchte ich nur sagen – ich hätte mir keine wunderbarere Tochter vorstellen können.

Und am Ende noch ein Wort an dich, Edoardo, du bist mir mit deinem Frohsinn und deiner Fröhlichkeit so lieb geworden wie ein Sohn. Bewahre dir beides.

»Morgen Nachmittag möchte ich bei den Norbedos vorbeischauen. Du kannst mitkommen.«

Das lasse ich mir nicht zweimal sagen.

* * *

Selina Norbedo macht ein überraschtes Gesicht, und mir wird klar, dass dieser Besuch unangekündigt ist.

Doch ist sie wie immer herzlich und bietet uns ein Stück Kuchen an, den gibt es im Hause Norbedo immer, und dabei erzählt sie uns, dass Clara zum Mittagessen bei einer Freundin ist und bald zurück sein wird.

»Eigentlich wollte ich dieses Mal gar nicht mit Clara sprechen«, verkündet Calligaris ruhig und verbindlich. Er weiß immer den richtigen Ton anzuschlagen.

»Ach, nein?«, erwidert Selina errötend.

»Nein, ich wollte nur Ihnen und Ihrem Mann ein paar Fragen stellen.«

»Gut, ich rufe Edoardo, er ist in seinem Arbeitszimmer.«

»Vielen Dank«, antwortet der Ispettore. »Und mein Kompliment, der Kuchen ist ausgezeichnet.«

Selina lächelt erfreut und kehrt kurz darauf mit ihrem Mann zurück, der so jovial ist wie immer.

»Haben Sie schon die *Crostata à la Normande* von meiner Frau probiert? Die schmeckt wunderbar, nicht wahr?«, hebt er an und begrüßt mich mit herzlichem Händedruck. »Wie kann ich Ihnen weiterhelfen?«

»Nur ein paar einfache Fragen, ich hatte es Ihrer Frau bereits gesagt.«

»Bitte«, antworten beide im gleichen Augenblick und lachen beide darüber.

»War Ihnen bekannt, dass Konrad Azais bei einem Notar in Ihrer Gemeinde ein handschriftliches Testament hinterlegt hat?«

Selina nickt, und wieder setzen beide im selben Moment zu einer Antwort an.

»Natürlich wussten wir davon. Als mein Vater sich zu diesem Schritt entschlossen hatte, haben wir ihm vorgeschlagen, ihn zu begleiten. Wir sind der Meinung, und ich nehme an, das wissen Sie, dass mein Vater absolut bei Verstand war und damit ein Recht auf einen Letzten Willen hatte«, erläutert Selina.

»Warum haben Sie das bislang niemals erwähnt?«

»Wir wollten nicht, dass meine Brüder davon erfahren. Auf jeden Fall nicht, bevor das Urteil zum Entmündigungsverfahren gesprochen wird. Aber wir dachten auch nicht, dass das Ganze wichtig wäre. Wir haben das Testament bezeugt, doch seinen Inhalt kennen wir nicht.«

»Was hat er Ihrer Meinung nach geschrieben?«, fährt Calligaris fort. Dabei hält er mit der unversehrten Linken seine verletzte rechte Hand.

»Ich nehme mal an, dass er darin noch einmal bestätigte, was in jenem Brief stand, den mein Bruder Leone entdeckt hat.«

»Und Ihnen macht es nichts aus, dass Ihr Vater sein ganzes Vermögen einer Unbekannten vermachte und Ihnen und Ihren Brüdern nichts?«

»Er wird dafür seine Gründe gehabt haben, und außerdem brauchen wir nichts. Ich habe nie mit dem Geld meines Vaters gerechnet. Außerdem war er uns gegenüber großzügig: Dieses Haus hier ist ein Geschenk von ihm.«

»Aber halten Sie dieses Vorgehen für fair?«, fragt Calligaris beharrlich weiter.

»Also, Ispettore«, fährt Edoardo dazwischen. »Wenn Sie meinen, ob wir darüber glücklich sind, dann kann die Antwort nur lauten: Nein. Vielleicht hätten wir mit dem Erbe meiner Frau eine Reise nach Borneo gemacht, davon träumen wir seit Jahren. Aber wir möchten, dass der Wille meines Schwiegervaters respektiert wird. Darum geht es«, beschließt Edoardo, als ob es um ein paar Groschen ginge und nicht um richtig viel Geld.

Während er spricht, hören wir, wie jemand achtlos die Haustür zuschlägt. Dann marschiert Clara durchs Wohnzimmer in Richtung Treppe. Sie hat Kopfhörer in den Ohren, das lange Haar fällt offen über ihre schmalen Schultern, an den Füßen trägt sie rosa Converse und auf dem Rücken einen vollgepackten Eastpack-Rucksack.

Als sie uns um den Tisch versammelt sieht, bleibt sie vor Schreck wie angewurzelt stehen.

»Nein, nein, nein!«, ruft sie verzweifelt aus.

Ich will mich schon entschuldigen, ich weiß, dass sie keine Lust mehr hat, mich hier zu sehen. Wahrscheinlich hat sie Angst, dass ich schon wieder gekommen bin, um sie zu vernehmen. Clara wendet ihren Blick Hilfe suchend ihren Eltern zu, die über die Reaktion ihrer Tochter überrascht sind.

»Es gibt keinen Grund, Besuch gegenüber so unfreundlich zu sein, Clara, mein Schatz«, ermahnt ihre Mutter sie. »In der Schule alles klar?«

In Claras Augen stehen Tränen, die bereits ihren Kajal verwischen. Ihre Reaktion irritiert mich.

Und in diesem Augenblick begreife ich alles.

Sie hat Angst, dass wir alles wissen.

Sie hat Angst, dass Calligaris gekommen ist, um einen von ihnen festzunehmen.

Clara, in deinen Augen steht alles, die Wahrheit, deine Angst und Wut.

Calligaris blickt mich verstohlen an. Für ihn ist Clara ein Werkzeug, um einen Fall wie viele andere zu lösen. Für mich ist sie eine zerstörte Mädchenseele.

»Clara, was ist los?«, frage ich sie sanft und riskiere einen Gefühlsausbruch. »Was beunruhigt dich so sehr?«

»Vielleicht befürchtet sie eine weitere Vernehmung. Wahrscheinlich hat sie einfach genug davon, stimmt's, mein

Schatz?«, wirft der Vater ein und reicht Clara die Hand. Sie weist ihn ab und starrt auf seine Hand, als wäre sie eine Waffe.

»Mach dir keine Sorgen, man will dich nicht vernehmen. Die beiden sind wegen uns hier«, erläutert die Mutter und verschlimmert damit die Situation.

»Wegen euch?«, ruft sie aus und fährt mit einer Hand zum Mund. Ihre Lippen sind von dem natürlichen Rosa eines Kindes.

»Alles klar, mein Schatz«, fügt der Vater hinzu und lächelt dabei breit und beruhigend, so als begreife er ihren Grund zur Sorge nicht.

»Eigentlich hätte ich auch noch eine Frage an Clara«, beginnt Calligaris, und ich sehe ihn bestürzt an. Das meint er hoffentlich nicht ernst!

In diesem Augenblick werfen Selina und Edoardo sich einen sorgenvollen Blick zu. Die beiden sind spürbar beunruhigt, aber weshalb? Wegen des nervösen Zustands ihrer Tochter oder wegen etwas, das sie zu verbergen haben?

Clara schüttelt verbittert den Kopf. Sie hat verstanden. Sie nimmt die Kopfhörer aus den Ohren und verstaut sie in den Taschen ihrer Weste.

Edoardo sucht den Blick seiner Tochter, aber sie weicht aus und hält seinem Blick nicht stand.

Ich fühle mein Herz bis zum Halse klopfen. Mir ist klar, dass Calligaris die Wahrheit aus Clara herauspressen wird. Aber ihre Kräfte sind auf einem Tiefpunkt, und außerdem ist sie noch ein Kind.

Ein Diamant ist für die Ewigkeit, ein Geheimnis nicht. Denn die Willenskraft, mit der wir in der Lage sind, ein Geheimnis zu hüten, ist begrenzt, und ich fürchte, dass Clara an ihre Grenzen gestoßen ist. Wenn sie jetzt aufgeben würde, dann käme die Wahrheit ans Licht.

Dann würden wir erfahren, ob, auf welche Weise und

wer von den beiden versucht hat, Azais zu töten. Und vor allem würden wir vielleicht erfahren, warum, und das interessiert mich am meisten. Für keinen von beiden fällt mir ein brauchbares Tatmotiv ein.

Die Wahrheit ist in greifbarer Nähe.

Aber ich will nicht.

Ich will nicht, dass diese Familie sich auflöst, dass die idyllische Atmosphäre in diesem Haus verpufft. Ich will nicht, dass Claras Seelenheil zerstört wird; ich will nicht, dass sie die Schuld auf sich nimmt, ihre Eltern verraten zu haben.

»Alice, gehen wir«, fordert mich Calligaris auf, der am Tisch steht.

Ich folge dem Ispettore, voll dunkler Vorahnungen.

Sie gab sich oft sehr guten Rat (obgleich sie ihn selten befolgte)

Lewis Carroll, *Alice im Wunderland*

Clara sitzt am runden weißen Küchentisch. Sie streicht sich das Haar hinter die Ohren und fährt mit einer Fingerspitze über den Rand ihres Milchglases.

Calligaris räuspert sich leicht verlegen. Claras Unnahbarkeit bringt ihn aus dem Konzept.

»Clara, als du nach oben gegangen bist, um deinem Großvater ein Stück Torte zu bringen, war die Tür zu seinem Zimmer da geöffnet oder geschlossen?«

»Das haben Sie mich doch schon gefragt«, erwidert das Mädchen von oben herab.

»Erzähl's mir noch einmal.«

»Sie war geschlossen.«

»Sie war also geschlossen«, wiederholt Calligaris fest. »Weshalb ist sie dir dann überhaupt aus der Hand gefallen?«

»Ich verstehe die Frage nicht.«

»Sie ist dir zu Boden gefallen, als die Tür noch zu war, hast du eben gesagt. Zu diesem Zeitpunkt hast du aber noch gar nicht sehen können, dass dein Großvater ohnmächtig war. Warum ist dir der Teller heruntergefallen? Was hast du gesehen? Oder gehört?«

Tja, das mit dem Teller und der Tür war mir nicht aufgefallen.

Clara seufzt. Sie schließt kurz ihre grünen Augen und fixiert dann den Holzfußboden.

»Die Tür stand offen, Clara, und du wurdest Zeugin von

etwas. Stimmt's?«, hakt Calligaris nach. »Wer war noch im Raum?«

Das Mädchen schaut mich lange unbewegt an, vielleicht will sie mich herausfordern, und antwortet dann in kaltem Tonfall: »Onkel Enrico.«

Calligaris ist ein Nervenbündel. »Enrico Azais?«, wiederholt er und traut seinen Ohren nicht.

Er hatte damit gerechnet, dass Clara murmeln würde: »Mein Vater oder meine Mutter«, und einen Augenblick lang hatte auch ich das befürchtet. Schon komisch, von Befürchtung zu sprechen! Ich hätte es doch eigentlich hoffen sollen. Normalerweise steht man doch immer aufseiten der Guten. Aber wer sind in diesem Fall die Bösen? Der Ispettore fängt sich wieder und setzt eine distanzierte Miene auf, er ist entschlossen, sich die Butter nicht vom Brot nehmen zu lassen. Er kann nicht wissen, dass sie den gleichen Entschluss gefasst hat – weil er sie nicht gut genug kennt und glaubt, weil er eins und eins zusammengezählt hat, alles durchschaut zu haben. Sie ist hartnäckig, das kann man in ihrem Blick lesen, der zürnend ist wie der eines gefallenen Engels.

»Ich habe doch schon erzählt, dass Enrico der Einzige war, der nicht mehr am Tisch saß, als ich aufstand, um Großvater das Stück Torte zu bringen«, ruft sie uns in Erinnerung; in ihren Augen blitzt es, und sie verzieht den Mund zu einem leichten Lächeln.

»Ja, schon«, erwidert Calligaris und tut so, als ob er ihr glauben würde. »Und was hat sich zwischen deinem Großvater und deinem Onkel abgespielt?«

Clara lässt sich mit der Antwort absichtlich Zeit. Zunächst einmal nimmt sie einen Schluck Milch und fängt dann an, einen langen Zopf zu flechten, wie es ihre Angewohnheit ist.

Lass das, Clara. Dein Großvater hätte niemals gewollt, dass du ebenso lügst wie er. Obwohl du es nur gut meinst.

Ich versuche, ihr das mit meinem Blick zu sagen, aber in Calligaris' Anwesenheit klappt das nicht.

»Es ist irgendetwas passiert, aber ich kann mich nicht mehr erinnern. Fragen Sie doch meinen Onkel.«

Ihre Erwiderung ist eiskalt. Wie bei einem erfahrenen Pokerspieler, der blufft.

»Nun komm schon, Clara. So kannst du uns nicht auf den Arm nehmen. Du weißt sehr wohl, dass du etwas gesehen hast, was du nicht sehen solltest, und jetzt willst du uns nichts davon erzählen, weil du dir in den Kopf gesetzt hast, jemanden zu decken. Willst du wirklich deinen Onkel Enrico schützen? Und warum? Hast du ihn so gern, dass du dafür in Kauf nimmst, dass der Letzte Wille deines Großvaters nicht erfüllt wird und Recht keine Rolle spielt?«

»Mein Großvater ist tot. Was ändert es für ihn, wenn mein Onkel im Gefängnis sitzt? Mein Onkel lebt, und das Recht, von dem Sie da reden, könnte ihn zerstören. Und ich bin nicht sicher, ob das fair wäre. Und ich erinnere mich sowieso nicht.«

»Du hast eine etwas verzerrte Wahrnehmung, mein liebes Mädchen«, lautet der bissige Kommentar des Ispettore, der sie am liebsten ohrfeigen würde, da bin ich sicher. »Ich werde mich mit deinem Onkel Enrico unterhalten. Ich werde ihm sagen, dass du ihn im Zimmer deines Großvaters gesehen hast, und mir seine Version der Geschichte anhören. Wenn du dich in der Zwischenzeit an etwas erinnern solltest, dann ruf mich bitte an.«

»Also, da gibt es noch was«, sagt Clara leise, mit wachem Blick. »Onkel Enrico hat meinem Großvater den Roman aus dem Tresor geraubt.«

Das ist nun wirklich eine Neuigkeit.

Clara erzählt Calligaris die Geschichte von den Schlüsseln und der Schublade, die ich bereits kenne, aber mit einem etwas anderen Ende.

»Es handelt sich um Großvaters neuen Roman. Davon gab es nur eine einzige Fassung, die war handgeschrieben, und nach dem Tod des Großvaters hat meine Mutter sie in den Tresor gelegt. Keiner von uns kannte den Text. Ich sollte ihn in der Woche nach meinem Geburtstag auf dem Computer abschreiben.«

Ich kann nicht fragen, wieso sie das neulich nicht gleich erzählt hat, denn damit hätte ich zugeben müssen, dass ich bereits von allem wusste und es versäumt hatte, den Ispettore darüber zu informieren. Aus dem gleichen Grund kann ich auch nicht nachfragen, warum sie mit einem Mal so sicher ist, dass Onkel Enrico den Diebstahl begangen hat. Aber nachdem er sich ein paar Notizen gemacht hat, stellt Calligaris genau diese Frage. Und sie antwortet mit dem ihr eigenen Scharfsinn.

»Keiner sonst aus unserer Familie wusste von den Schlüsseln in der Schublade, und nur Onkel Enrico konnte Interesse an dem Manuskript haben.«

»Und warum hat er nur das Manuskript und nichts anderes mitgehen lassen?«

»Es stimmt, da war noch Großmutters Schmuck. Aber aus irgendeinem Grund hat er sich nur für das Manuskript interessiert.«

»Und woher wusste dein Onkel von dem Text? Dein Großvater wollte ihn ja nicht mehr sehen, wer hat ihm also dann davon erzählt?«

»Meine Mutter, nehme ich an. Sie telefonieren täglich miteinander, sie ruft ihn immer um acht Uhr morgens und abends an.«

Die Miene des Ispettore bleibt unbewegt.

»Clara, ich frage dich zum letzten Mal. Was hat sich zwischen deinem Onkel und deinem Großvater an jenem Nachmittag ereignet? Auch wenn du dich nicht an alles erinnerst, schon ein einziges Detail würde uns weiterhelfen.«

Sie fährt sich mit der Zungenspitze über die Lippen und macht eine nachdenkliche Miene. Sie denkt sich gerade etwas aus, das sehe ich ihr an.

»Mein Onkel ... stand nah bei meinem Großvater. Sehr nah. Seine Hände berührten ihn ... hier«, dabei legt sie die Hände ans Schlüsselbein. »Aber es ist nichts passiert. Sie haben sich nicht gestritten, sondern ... mein Großvater war gerade dabei, ihm zu sagen, dass ... er ihm wegen der Entmündigung vergeben würde und dass Onkel Enrico ihn besuchen könne, wann er wolle. An den Rest erinnere ich mich nicht mehr.«

Calligaris schlägt jetzt plötzlich einen väterlichen Tonfall an: »Clara ... warum hast du uns das alles nicht schon vorher gesagt?«

»Ich wollte keine Missverständnisse. Mein Onkel hat nichts gemacht, das schwöre ich.«

»Du hast doch gerade gesagt, dass du dich an nichts erinnerst!«, entrüstet sich Calligaris.

»Ich schwör's, ich schwör's, er hat ihm nichts Böses getan. Keiner hat ihm was Böses getan.«

»Gut. Aber ich kann nicht ausschließen, dass wir noch einmal mit dir reden müssen.«

Sie nickt resigniert.

Bevor wir gehen, lässt sich Calligaris von Selina Norbedo Claras Version vom Diebstahl des Manuskripts bestätigen. Sie bestätigt die Version ihrer Tochter.

Auf dem Weg nach Rom organisiert Calligaris die Vorladung von Enrico Azais.

»Ich möchte mit ihm reden, ohne ihn in irgendeiner Weise zu verdächtigen. Ich möchte erfahren, was er zu dem Ganzen zu sagen hat.«

»Glauben Sie Clara?«

»Nein, ich traue ihr nicht. Sie ist wütend und hat ganz eigene Vorstellungen von Recht und Unrecht. Ihr ist zuzutrauen, dass sie aus irgendeiner fixen Idee heraus lügt … für mich ist sie keine zuverlässige Zeugin.«

Ich möchte unbedingt dabei sein, wenn Enrico Azais vernommen wird. Calligaris ahnt das schon und lädt mich dazu ein. Ich kann den Termin kaum erwarten.

Every teadrop is a waterfall

Heute ist der 11. März 2011, ein Tag, der viele Leben ändert. Indirekt auch meines.

Lara fragt mich, ob ich von dem Erdbeben in Japan gehört habe. Sofort rufe ich Yuki auf ihrer Mobilnummer an, sie antwortet aber nicht, und dann suche ich im Internet nach weiteren Nachrichten. Es ist eine furchtbare Katastrophe.

Ich gehe ein bisschen früher von der Arbeit nach Hause und treffe dort Yukino an. Sie sitzt auf dem Sofa und telefoniert mit Japan. Ungläubig starrt sie auf die Nachrichtenbilder im Fernsehen, und als sie das Gespräch beendet hat, sieht sie mich angsterfüllt an.

»Ich bin sehr traurig«, sagt sie gefasst.

»Das kann ich mir vorstellen. Ist bei dir zu Hause alles in Ordnung?«

»Ja, für uns in Kyoto gibt es kein Problem. Ich möchte nach Hause, ich nehme den ersten Flug.«

»Hältst du das für eine gute Idee?«

»Das spielt keine Rolle. Ich wollte ohnehin bald zurück, das hier ist jetzt ein Zeichen, dass es Zeit wird.«

»Oder vielleicht bedeutet es auch genau das Gegenteil!«, rufe ich aus, ohne zu überlegen, was ich da sage. Aber Yukino ist nicht davon abzubringen. Sie hat alles bereits beschlossen.

»Morgen sage ich in der Uni Bescheid. Hilfst du mir beim Packen?«

Am liebsten würde ich sagen: *Nein*. Natürlich aus reinem Egoismus. Ich bin noch nicht bereit für den Abschied. Auch wenn es heutzutage – mit Internet, Skype und den ganzen Möglichkeiten – kein wirklicher Abschied ist. Auf der anderen Seite liegt Kyoto nicht gerade um die Ecke, und ich habe keine Ahnung, ob es schwierig sein wird, sie zu besuchen und wieder unbeschwerte Sonntage mit ihr zu verbringen. Sie um einen Rat zu fragen. Mich einfach in ihrer Nähe wohlzufühlen. Es wird nicht einfach sein, jemanden zu finden, mit dem ich ebenso gern zusammenlebe: Ein gelungenes Miteinander ist ein kleines Wunder.

»Klar«, antworte ich schließlich. Sie steht vom Sofa auf und nimmt mich fest in die Arme.

»Das ist alles so schlimm, dass ich nicht weiß, was ich sagen soll. Ich habe keinen Grund mehr, hier zu sein, das habe ich dir ja schon gesagt. Ich will wieder meine gewohnte Umgebung, meine Mama, Sosuke, meinen Großvater, meine Schwestern, meinen Hund Pero, meinen Papa, meine Parks, ich möchte den Kinkaku-ji, will im Tempel beten, möchte in Higashiyama herumspazieren, einen Tomatensaft in einem Family Mart kaufen, ich möchte den Kansai-Akzent der Leute hören. Ich möchte das frei umherlaufende Wild auf Miyajima wiedersehen. Ich möchte wieder in mein *Nihon* zurück, es ist wertvoll und zerbrechlich, die Erde hat heute wieder bewiesen, dass sie von einem auf den anderen Augenblick alles zerstören kann, und ich war zwei ganze Jahre nicht mehr dort.«

Die Worte brechen aus ihr heraus, nur hin und wieder von einem Schluchzen unterbrochen. Ich halte ihren mageren und zarten Körper ganz fest, der nach Körperpuder duftet, und streichele ihr über das glänzende Haar – sie pflegt es mit Essigpackungen, das ist ihr Geheimnis.

Heute ist ein Tag ohne Trost und Hoffnung.

Am Tag darauf bemerkt Lara, dass etwas im Argen liegt: Ich habe schlechte Laune und Augenringe, kein Wunder nach dieser unruhigen Nacht, während der ich, an Ichi gekuschelt, schwere Gedanken gewälzt habe. Yukinos bevorstehende Abreise bringe mich aus dem Gleichgewicht, gestehe ich ihr, und ihre prompte Einladung, für eine Zeit bei ihr einzuziehen, rührt mich. Wahrscheinlich eine logische und vernünftige Lösung: Lara wohnt nur ein paar Schritte vom Institut entfernt, sie ist zuverlässig, besonnen und hat keine Flausen im Kopf. Also das ganze Gegenteil von Cordelia, mit ihr dürfte das Zusammenleben unruhig werden.

Meine Verbindung zu Arthur wird durch den Kontakt zu Cordelia am Leben gehalten; ob das wirklich ein Glück ist, wird sich noch herausstellen. Wahrscheinlich würde es niemandem einfallen, ausgerechnet mit der Exfreundin des Bruders zusammenzuziehen, aber für die kleine Malcomess gelten keine normalen Maßstäbe. Wer mit ihr nur ein paar Stunden verbringt, stellt seine Geduld und seinen gesunden Menschenverstand auf eine harte Probe, und das dürfte gerade mir guttun. Außerdem braucht mich Cordelia. Sie zieht sich gerade selbst so mühevoll aus dem Sumpf, da kann ich nicht so tun, als würde ich davon nichts mitbekommen. Also rufe ich sie gegen elf Uhr an, und sie sprudelt, wie es ihre Art ist, über vor Begeisterung über die Neuigkeit.

»Ich hatte schon jede Hoffnung aufgegeben! Am besten räume ich gleich das Zimmer für dich frei«, fängt sie an und zählt dann alle möglichen Anschaffungen auf, die ihre kleine Wohnung in der Viale Giulio Cesare Nummer 151 noch gemütlicher und ansprechender machen sollen.

»Keine Hektik, Cordelia, ich ziehe nicht schon morgen bei dir ein«, erwidere ich ruhig.

»Aber beeil dich, ich bin nicht gern allein. Meine Cousine Lavinia muss wieder nach Mailand zurück, und ich war schon drauf und dran, mir eine Mitbewohnerin zu suchen.«

»Meinen Hund kann ich ruhig mitbringen, oder?«

Cordelia zögert ganz kurz, bevor sie antwortet. »Wenn du seinen Dreck wegmachst.«

Auf meinen Schreibtisch fällt der riesige Schatten von Anceschi, und ich beende das Telefonat eilig. Unter dem weißen Kittel trägt er ein knallgrünes Polohemd, das ihn aussehen lässt wie einen wandelnden Pistazienkern.

»Ich habe Neuigkeiten zum Entmündigungsverfahren.« Der Umstand, dass er mir diese Nachricht persönlich überbringt, hat etwas zu bedeuten. »Kommst du mit in die Bar?«

Auf dem Weg dorthin höre ich ihm aufmerksam zu.

»Der Richter hat einen zweiten Befund angeordnet und einen neuen Gutachter bestellt. Das war nicht anders zu erwarten, aber tief getroffen hat es mich trotzdem. Mein Gott, was habe ich mir für Vorhaltungen gemacht. So etwas passiert mir in dreißig Berufsjahren zum ersten Mal.«

»Das ist alles Laurentis Schuld.«

»Du triffst den Nagel auf den Kopf. Was Laurenti angeht, so habe ich meine Meinung gesagt, aber am Ende wird alles beim Alten bleiben: Er wird weiter als Gutachter tätig sein, auch wenn er nicht die ethischen Voraussetzungen erfüllt, die das Gesetz und der Berufsstand fordern. Der Fall ist paradigmatisch, und ich habe viel daraus gelernt. Ich werde ihn im Seminar mit euch besprechen, damit euch nicht Ähnliches widerfährt. Niemals. Auch wenn ich mir bei dir sicher bin, denn du bist *anders*.«

Mir gefällt, wie er sagt, *anders*. Das beschreibt treffend meine Position im Leben.

»Weiß man schon, wer der neue Gutachter sein wird?«

»Ja. Eine Strafe Gottes.«

»Conforti?«

»Viel schlimmer.«

Dafür kommt nur eine Person infrage. Eine, die aus der

Rechtsmedizin ein Werkzeug gemacht hat, um damit ihre Umgebung zu terrorisieren. Die bissigste Frau weit und breit, der Schrecken eines jeden Gerichts, die Plage eines jeden Anwalts, der Albtraum eines jeden Richters, die Hölle eines jeden Studenten: Professoressa Valeria Boschi, auch Wally genannt.

Der gute Anceschi nickt fatalistisch.

»Sie hat mir schon gesagt, dass sie im Fall Azais noch einige Fragen an dich hat. Also halt dich bereit.«

Anceschis Worte sind wie eine Prophezeiung – um zwölf Uhr erhalte ich eine Vorladung in die Höhle der Löwin. Sie ist in die Akte Azais vertieft, mit ihrer Riesenbrille, den vielen kleinen Anhängern, die ihr um den Hals baumeln, und dem ergrauten Haar, das auf ihrem Kopf sitzt wie ein Motorradhelm.

»Setzen Sie sich«, meint sie, ohne aufzublicken, und befeuchtet mit ihrer Zunge vor dem Umblättern die Fingerspitzen, eine ekelhafte Angewohnheit. »Giorgio hat mir erzählt, dass Sie dabei waren, als Azais offiziell untersucht wurde.«

»Das stimmt. Damals musste Dottor Anceschi unerwartet fort… und ich habe ihn vertreten.«

Und schon bin ich in der Zwickmühle: Wenn ich meine Version der Geschichte erzähle, dann laufe ich Gefahr, Dottor Anceschi anzuschwärzen, und das hat er nicht verdient. Aber ich kann auch nicht einfach die Unwahrheit sagen.

Andererseits ist allein schon die Tatsache, dass man ihn von der Aufgabe entbunden hat, aussagekräftig genug, da nützen auch Beschönigungen nichts. Also erzähle ich alles, wie es war, kritisiere hauptsächlich Niccolò de Laurenti und halte den guten Anceschi außen vor.

»Und worauf stützen Sie Ihre Behauptung, dass Azais bei Verstand war?«

»Alles: seine Ausdruckweise, die Art und Weise, wie er Kontakt herstellte, was er sagte.«

»Haben Sie bei Paladino etwas Verdächtiges bemerkt? Zum Beispiel Auffälligkeiten im Verhältnis zwischen ihm und Laurenti?«

»Nein, nichts. Laurenti war sehr unterwürfig, das war fast schon grotesk.«

»Komisch, dass man kein EKG gemacht hat.«

»Na ja, Azais hatte sich geweigert, das Haus seiner Tochter zu verlassen.«

»Hier sind einige Untersuchungsbefunde aus den Jahren 2001 bis 2004. Alles Herzuntersuchungen.«

»Ja, anscheinend ging es ihm nicht gut.«

»Genau.«

»Aber nichts deutet darauf hin, dass sich sein Geisteszustand verschlechtert hätte«, insistiere ich, als wäre ich Azais' persönliche Beraterin.

»Ich verstehe. Es ist gut möglich, dass Sie recht haben. Wissen Sie, dass das Testament eröffnet wurde?«, fragt sie ausdruckslos. Bei der Wally fühlt man sich immer wie in einer Prüfung, selbst wenn sie einem eine so unverfängliche Frage stellen würde wie: »Funktioniert eigentlich die Kaffeemaschine?«

»Ja.«

»Azais hat darin gestanden, seinen ersten Roman abgeschrieben zu haben.«

»Aber das heißt doch nicht, dass er nicht im Besitz seiner Geisteskräfte war, für mich bedeutet es genau das Gegenteil.«

»Und kennen Sie den Brief, den Azais an Amélie Volange, die Alleinerbin, verfasst hat?«

Nein, den kenne ich nicht! Dieser Schuft Calligaris hat mir nichts davon erzählt!

»Hier ist er«, fährt sie fort und schiebt mir einen Brief in französischer Sprache herüber und gleich darauf ein zerknittertes Stück Papier mit der Übersetzung.

Ich werfe nur einen oberflächlichen Blick auf Konrads Brief, der in seiner peniblen Handschrift verfasst ist, sie wirkt hier noch ordentlicher als sonst. Einen Brief zu überfliegen, der seinen Empfänger niemals mehr erreichen wird, hat etwas Trauriges. Die Worte sind an niemanden mehr gerichtet.

Tarquinia, 16. Oktober 2010

Wenn du die Arroganz deiner Mutter und den mangelnden Realitätssinn deines Vaters geerbt hast, dann lässt es dich kalt, dass du von mir Geld erhältst. Für dich zählt nur das Motiv, die Entschuldigung, und die kommt noch, keine Angst. Dein Vater hat den Roman *Die Gier des Desziderius Horvath* verfasst. Die Idee, die Figuren, die Allegorie dahinter, das alles stammt von ihm. Doch so, wie er war, war der Roman nichts wert. Es fehlte ihm das gewisse Etwas, um ein Meisterwerk zu sein. Dazu hatte dein Vater nicht genug Ehrgeiz. Er war bequem, er gehörte zu den Leuten, die ein Projekt bereits aufgeben, bevor sie überhaupt darüber nachgedacht haben, ob es ihnen gelingen könnte.

Mir war das Potenzial des Textes klar. Ich besaß den notwendigen Ehrgeiz und habe mich ans Werk gemacht. Und habe gewonnen.

Ich habe die Schwächen ausgebügelt, den Stil verbessert und das Ende überarbeitet. Heutzutage würde das ein ausreichend begabter Lektor fertigbringen. Ich allein hätte dieses Meisterwerk nicht zustande gebracht, aber auch dein Vater nicht. Doch indem ich es ihm stahl – und so war es, das Wort ist angebracht –, habe ich ihn um die Möglichkeit gebracht, als Autor hervorzutreten, und ihm damit die Beine gebrochen: Seit jenem Augenblick schritt er nicht mehr aus, sondern humpelte. Wenn er sich nicht erhängt hätte, würde ich ihn um Vergebung bitten. Ich hätte es damals tun sollen, denn das Leben bietet uns immer nur eine begrenzte Anzahl von Chancen.

So bitte ich dich, Amélie, um Vergebung, für alles, was ich dir genommen und dir nicht gegeben habe. Und ich überlasse dir das Vermögen aus diesem unseligen Buch. Nutze es, um fortzugehen, zu reisen und die Welt kennenzulernen. Diesen Rat würde ich meinen Kindern geben. Und was sie angeht, noch ein väterlicher Rat: Verschwende mit ihnen nicht deine Zeit und Energie. Sie wissen nicht, was es heißt, sich auf etwas zu konzentrieren und Entbehrungen auf sich zu nehmen. Sie sind grausam, darin sind sie mir ähnlich.

K.

»Ein Brief von einem, der seinen Verstand nicht beisammen hat, klingt anders«, meint Wally trocken.

»Stimmt«, pflichte ich ihr entschieden bei, aber ich bin nicht bei der Sache. Ich denke darüber nach, wie Konrad seine Kinder beurteilt hat. Worauf spielt er an? Warum rät er Amélie, mit ihnen keine Zeit und Energie zu verschwenden?

»Ich lege Wert auf die Feststellung, dass ich Ihr Verhalten bei den Ermittlungen sehr schätze, Dottoressa. Sie haben Augenmaß bewiesen und waren dennoch hartnäckig. Allein Ihre Methoden sind noch verbesserungswürdig: Sie geben zu viel auf Ihren Instinkt und vertrauen zu wenig auf wissenschaftliche Fakten. Ich hätte es zum Beispiel gern gesehen, wenn Sie den histologischen Befund von Azais' Gehirn aus der Autopsie einbezogen hätten. Dort gibt es keinerlei Hinweise auf Demenz oder Alzheimer oder irgendein anderes bekanntes Krankheitsbild. Natürlich heißt das nicht, dass man damit Demenz hundertprozentig ausschließen kann, aber es ist trotzdem ein wichtiger Hinweis. Aber ich bin sicher, dass Sie das noch hinbekommen.«

Ich sehe sie verwundert an.

Haben meine Ohren richtig gehört, oder halluziniere ich?

Ein Kompliment von der Wally zu erhalten war immer mein Traum. Denn so ist das doch am Ende: Man freut sich am meisten über Lob von Leuten, die einen nicht schätzen. Man möchte sie dazu bringen, dass sie ihr Urteil revidieren, sich eingestehen, dass sie sich geirrt haben.

Du besitzt eine wertvolle Erinnerung, die ich verloren habe. Die Erinnerung an den, der ich war, hat sich in deinem Gedächtnis eingenistet, weil du nicht weißt, wer ich geworden bin

Konrad Azais, *Die Gier des Desziderius Horvath*

Der Nachmittag ist langweilig und nervig. Vielleicht weil Yukinos Gepäck unser kleines Wohnzimmer dominiert.

Calligaris erlöst mich schließlich mit einem seiner unvorhersehbaren Anrufe. Ich solle sofort kommen, die Vernehmung von Enrico Azais stehe bevor.

Keuchend komme ich an und habe Glück: Ich bemerke die schlaksige Gestalt von Enrico Azais, der vor dem Büro auf seine Vernehmung wartet. Er sieht aus wie immer, wie ein Schwindsüchtiger von anno dazumal, mit gelblich trüben Augen, eingefallenen Wangen, spärlichem Haar, das ihm in die Stirn fällt, und mageren Fingern.

»Hallo«, begrüßt er mich tonlos und klingt matt wie jemand, der gerade seine eintönige Schicht hinter sich hat.

Ich gebe ihm die Hand, er drückt sie kraftlos.

Er ist in einen schäbigen Mantel gehüllt und scheint trotzdem zu frieren. Ingesamt macht er den Eindruck, als würde er jetzt gern woanders sein, das verstehe ich gut.

Calligaris erscheint in der Tür, wie immer in einem blauen, verwaschenen Hemd und mit wachem Blick.

»Bitte, kommen Sie herein.«

Azais stößt einen tiefen Seufzer aus und geht mir, jede Höflichkeit missachtend, voraus. Er setzt sich auf den Besucherstuhl und schlägt die langen Beine übereinander; dabei rutschen die Hosenbeine hoch, und man sieht gestreifte Strümpfe und spitz zulaufende altmodische Schuhe.

Der Ispettore bietet ihm von den sauren Bonbons an, die er immer auf seinem Schreibtisch liegen hat, und beginnt mit der Vernehmung.

»Erinnern Sie sich an das Geburtstagsessen für Ihre Nichte Clara?«

»Selbstverständlich, wollen Sie mich ärgern?«

»Um Gotte willen, nein! Bitte beschreiben Sie mir den Hergang des Essens.«

Auf Enrico Azais' Gesicht tritt leichte Überraschung, unsicher spitzt er die Lippen und fängt dann an. »Mein Vater wollte nicht mitessen und ist in seinem Zimmer geblieben. Diese Geste richtete sich vor allem gegen Leone und mich. Oscar war immer sein Liebling, dem hätte er alles verziehen.«

Der Tonfall ist ungehalten, dann wird er vorsichtiger.

»Mein Vater konnte uns das Entmündigungsgesuch nicht vergeben, es hatte ihn zu tief verletzt. Es war nicht das erste Mal, dass er sich weigerte, mit uns am selben Tisch zu sitzen. Bis zum Anschneiden der Torte war alles wie immer. Ein einfaches Geburtstagsessen. Meine Schwester hatte sich beim Kochen ins Zeug gelegt. Mein Schwager führte sich auf wie ein Clown, und Oscar und Leone waren ziemlich gelangweilt. Dann hat meine Nichte die Kerzen auf der Torte ausgeblasen, den Kuchen angeschnitten, und Selina hat sie gebeten, meinem Vater ein Stück zu bringen. Kurz darauf hörten wir, wie etwas zu Bruch ging.«

»Kurz darauf?«

»Genau kann ich das nicht sagen. Vielleicht fünf Minuten oder weniger.«

»Waren Sie während dieser fünf Minuten am Tisch?«

»Natürlich. Ich habe von dort aus das Geräusch gehört.«

»Und kurz bevor Clara zum Großvater ging?«

»Was meinen Sie?«

»Sind Sie da vom Tisch aufgestanden?«

»Nein. Ich bin nur ein paarmal aufgestanden, um meiner Schwester zu helfen. Von den anderen hielt das ja keiner für nötig. Marcella, meine Schwägerin, blieb auf ihrem dicken Hintern sitzen, von meinen Brüdern gar nicht zu reden. Meine Tante Elisabetta ist alt, und mein Schwager … den kann man vergessen.«

»Und nachdem Sie alle dieses Geräusch gehört haben, was haben Sie dann gemacht?«

»Selina hat nach Clara gerufen, um zu hören, ob alles in Ordnung war.«

»Hat Ihre Nichte geschrien?«

»Nein.«

»Und dann?«

»Clara hat keine Antwort gegeben. Selina war besorgt und ist nach oben gegangen. Sie war es, die uns gerufen hat, um uns zu sagen, dass mein Vater tot sei. Auf alle Fragen hat meine Nichte entweder gar nichts gesagt oder geantwortet, dass sie sich an nichts erinnere.«

»Fehlte jemand am Tisch, als Clara nach oben ging?«

»Daran erinnere ich mich beim besten Willen nicht mehr. Ich habe nicht darauf geachtet.«

»Strengen Sie sich an«, hakt Calligaris unerbittlich nach.

»Ich habe nicht darauf geachtet, es tut mir leid.«

»Ich bin sicher, dass Sie sich daran erinnern werden, wenn Sie sich ein bisschen bemühen. Das ist wichtig, denn es gibt jemanden, der sich erinnern will, dass Sie nicht mehr bei Tisch waren«, wirft ihm Calligaris hin.

»Ich?« Azais ist so verdutzt, als hätte Calligaris etwas völlig Absurdes behauptet.

»Sie, ganz genau. Verstehen Sie jetzt, warum ich Ihnen sage, dass Sie sich anstrengen sollen, was die Einzelheiten angeht?«

Enrico versteht die Welt nicht mehr.

»Also, Fehler kann ich nicht ausschließen, aber damals habe ich der Frage keine Aufmerksamkeit geschenkt.«

»Versuchen wir es umgekehrt: Erinnern Sie sich, wer ganz sicher mit am Tisch saß?«

Enrico nickt: »Selina, da bin ich mir ganz sicher. Edoardo erzählte gerade einen schmutzigen Witz, und Selina bat ihn, endlich zum Punkt zu kommen. Und wenn ich mich nicht täusche … war auch Leone mit am Tisch. Ihm war der Schwager peinlich, wir haben uns nur einen Blick zugeworfen und waren uns einig. Ich bin sicher, das würde er Ihnen bestätigen. Keiner von uns Brüdern begreift, wie meine Schwester diesen Mann hat heiraten können.«

»Warum?«, fragt der Ispettore.

»Weil er blasser Durchschnitt ist. Einer, wie er unzählige Male herumläuft. Meine Schwester hätte etwas Besseres verdient. Und außerdem ist er ein Schlitzohr: Er hat meine Schwester überredet, den Antrag nicht zu unterschreiben. Und wissen Sie, warum? Weil er sich meinen Vater warmhalten wollte.«

»Und aus welchem Grund wollte er das?«

»Weil er ein Gauner ist und immer vor meinem Vater gekuscht hat. Richtig servil war er.«

»Und Ihr Vater? Was hielt der von Ihrem Schwager?«

»Ebenso wenig wie wir. Aber in den letzten Jahren war der Kontakt enger, wegen Clara. Auf die hielt mein Vater große Stücke.«

Der Ispettore machte sich ein paar Notizen in sein Heft und spielte dann nachdenklich mit seinem Stift herum.

»Haben Sie nicht eine Zeit lang in dem Häuschen neben dem Ihrer Schwester gewohnt?«

Azais nickt.

»Wie lange genau? Und wann war das?«

»Ungefähr ein Jahr, vor vier Jahren.«

»Warum?«

»Weil es passte. Es ging mir damals nicht sehr gut, und ich wollte nicht allein sein. Selina und ich hatten immer eine sehr enge Beziehung, wenigstens solange ihr Mann, dieser hinterhältige Typ, nicht versuchte dazwischenzufunken.«

»Bitte führen Sie das ein bisschen aus.«

»Mein Schwager war immer eifersüchtig auf das Verhältnis zwischen Selina und mir. Er wollte nicht, dass es so eng ist. Ich arbeite nicht, müssen Sie verstehen, das habe ich so entschieden. Ich habe niemals etwas Geeignetes gefunden, und damit habe ich viel freie Zeit.«

»Und wovon leben Sie?«, fragt der Ispettore, so als treibe ihn rein persönliche Neugier.

»Ich besitze zwei Wohnungen, die mir mein Vater überschrieben hat. Ich lebe von der Miete und verbringe meine Zeit mit Schreiben.«

»Hören Sie, Sie haben Ihren Vater an jenem Tag nicht gesehen, da sind Sie sich sicher?«

»Natürlich bin ich mir da sicher. Nur Oscar durfte zu ihm. Leone und mich wollte er nicht mehr sehen. Ich hatte schon seit Langem mit meinem Vater kein Wort mehr gewechselt. Er war für keinen von uns zu sprechen. Unsere allerletzte Unterhaltung war nicht sehr erfreulich.«

»Ist Ihnen bekannt, dass vor Kurzem in das Häuschen, in dem Sie wohnten, eingebrochen wurde?«

»Nein«, antwortet er kurz angebunden. Dann herrscht Schweigen.

»Und dass der Tresor Ihres Vaters geöffnet und etwas entwendet wurde?«

»Mein Vater hatte einen Tresor?«

»Ich verstehe«, erwidert Calligaris leicht sarkastisch. Enttäuscht entlässt er Azais.

»Ist Ihnen aufgefallen, wie einer der Brüder auf den anderen zeigt und behauptet, der jeweils andere wäre der Lieblingssohn gewesen?«

»Stimmt. Sie haben alle Komplexe. Ich frage mich, ob sich die Mühe lohnt, so viel Arbeit in den Fall zu stecken«, meint er und zündet sich eine Zigarette an. Er nimmt sein Notizbüchlein zur Hand und berichtet mir vom neuesten Stand der Dinge, und ich höre ihm begeistert zu.

»Selina Norbedo behauptet, dass am Tisch nur Leone fehlte, nachdem die Torte angeschnitten wurde. Leone bestreitet das und beteuert, dass er neben Enrico saß, und er bestätigt auch dessen Version von der Auffindesituation des Toten. Laut Oscar Azais fehlte Tante Elisabetta, die ihrerseits angibt, dass Marcella, Leones Ehefrau, nicht mehr mit am Tisch saß. Der sich natürlich, wie könnte es anders sein, erinnert, dass Oscar nicht mehr da war. Wie für Edoardo Norbedo selbstredend Enrico fehlte. Da blickt keiner mehr durch. Das Manuskript ist tatsächlich aus dem Tresor entwendet worden, aber das weißt du ja schon. Selina Norbedo hat das bestätigt, aber sie möchte keine Anzeige erstatten, weil sie sicher ist, dass Enrico der Täter ist.«

»Warum er?«

»Was weiß ich! Enrico Azais ist ein verschlossener Typ. Vielleicht sagt Clara ja doch die Wahrheit. Vielleicht war er tatsächlich bei seinem Vater im Zimmer, und es hat sich nichts Außergewöhnliches abgespielt. Wenn da die Geschichte mit der Volange nicht wäre ...« Calligaris hält gereizt inne.

»Was soll das heißen?«

»Es gibt da ein paar interessante Neuigkeiten, die unsere Annahme, dass die beiden Todesfälle irgendwie miteinander zusammenhängen, bestätigen könnten.«

»Ach ja?«

»Eine Zeugin hat eine Aussage gemacht, die ich auf ihre Zuverlässigkeit überprüft habe. Es handelt sich um eine Nachbarin der Freundin, bei der Amélie Volange wohnte, wenn sie in Rom war. In der Nacht des Unfalls hat die Zeugin gegen elf Uhr abends einen Mann dabei beobachtet, wie er die Nachbarwohnung verließ. Laut Aussage der Zeugin kam Amélie mehr oder weniger einmal im Monat zu Besuch. Die Freundin war oft aus beruflichen Gründen unterwegs, und dann hatte Amélie die Wohnung für sich.«

»Hat Ihnen Amélies Freundin etwas über die Gründe für diese Aufenthalte gesagt?«

»Angeblich hatte Amélie einen Mann kennengelernt, mit dem sie sich traf, wann immer sie konnte. Mehr weiß sie nicht. Die Nachbarin hat also einen Mann beobachtet, der das Haus verließ, in ein Auto stieg und noch ungefähr eine Viertelstunde vor dem Haus stehen blieb. Dann wurde es der Zeugin auf ihrem Beobachtungsposten auf dem Balkon langweilig, und sie ist in die Wohnung gegangen. Eine Stunde später wurde sie von einem Bremsgeräusch aufgeschreckt, sodass sie wieder auf den Balkon gegangen ist, um nachzusehen, was passiert war. Das Auto war verschwunden, aber kurz darauf raste es am Haus vorbei. Bei jenem Auto könnte es sich ohne Weiteres um den Wagen handeln, der Amélie auf der Parallelstraße anfuhr, dort wurde sie gefunden. Die Zeugin kennt sich mit Autos nicht aus und hat sich nur einen Teil des Nummernschilds einprägen können. Aber am Ende ist es uns gelungen, das Modell zu ermitteln: Es handelt sich um einen schwarzen Audi A3 Sportback.«

»Ein Auto für Männer. Ziemlich teuer«, merke ich an. Ich habe eine Schwäche für Autos, das muss ich zugeben.

»Mit viel Aufwand und Mühe haben wir anhand des Nummernschilds herausfinden können, wem der Wagen gehört: einer gewissen Vittoria Galli, Jahrgang 1967, ledig, Kunstexpertin.« Er nimmt seine Notizen zur Hand und ergänzt: »Ihr gehört die exklusive Galerie Ergi.«

»Was das mit Azais zu tun hat, ist mir noch nicht klar.«

»Das habe ich dir auch noch nicht verraten. Vittoria Galli war viele Jahre lang die Freundin von Leone Azais. Das war lange vor seiner Heirat, da waren beide um die zwanzig.«

»Das ist bestimmt kein Zufall!«, rufe ich aufgeregt.

Calligaris reibt sich müde die Augen. »Das sehe ich auch so.«

»Ispettore … vielleicht haben wir die falschen Personen verdächtigt! Vielleicht verschweigt Leone Azais uns etwas!«

»Und was hätte er für ein Motiv?«

»Für mich sind die Norbedos keine Mörder, Ispettore.«

»Wenn du wüsstest, wie viele Verdächtige für mich am Anfang meiner Karriere nicht als Mörder infrage kamen, und am Ende waren sie die Täter!«

***

Als ich das Büro des Ispettore verlassen habe, rufe ich meinen Bruder an. Auf seine Weise ist er ja ein Künstler, auch wenn er jetzt eine feste Stelle bei einem Fotografen hat, der ihm einen Hungerlohn zahlt, aber wie sagt mein Bruder immer? »Vorher habe ich noch weniger verdient!«

Erst beim dritten Versuch geht er ans Telefon und erzählt mir, dass unterwegs war, um für Alessandra beim Thailänder Garnelen zu kaufen.

»Sagt dir Ergi etwas?«

»Die Kunstgalerie?«

»Genau die.«

»Klar«, antwortet er und sagt noch etwas, das ich wegen des lauten Gehupes im Hintergrund nicht verstehe.

»Hast du da mal ausgestellt?«, frage ich weiter und hoffe, bald zur Sache zu kommen, ich habe kaum noch Guthaben auf meinem Handy.

»Schön wär's! Da muss man zu den richtigen Kreisen gehören.«

»Und kennst du die Eigentümerin?«

»Nur vom Sehen. Sie heißt Vittoria Galli und hat von Kunst keinen Schimmer. Sie war Assistentin an der Kunstakademie und hat dann ihre Galerie eröffnet.«

»Weißt du noch mehr?«

»Nein, Sister. Warum isst du heute Abend nicht bei uns? Alessandra würde sich sehr freuen.«

Ich sage unter einem Vorwand ab, weil ich einen ruhigen Abend mit Yuki und Ichi bei japanischen Nudeln verbringen möchte, bevor das Ganze der Vergangenheit angehören wird. Wie meine Zeit mit Arthur, wo die Tage einfach so verflogen sind.

Nostalgie bedeutet, dass einem klar wird, dass manches längst nicht so unerträglich ist, wie es einem einst vorkam.
Murphys Gesetz

Ich stehe am Fenster, das zum Lüftungsschacht hinausgeht, und rauche eine Zigarette, damit ich mal vom Fernseher wegkomme. Yukino hat endlich einen Flug nach Osaka gefunden und wird nächsten Donnerstag nach Hause zurückfliegen. Im Augenblick sitzt sie vor dem Computer und beendet die letzten Arbeiten für die Uni.

»Alice!«, ruft sie mich keine Sekunde zu früh, denn ich habe gerade meine Zigarette ausgeraucht.

Als ich ihr Zimmer betrete, dreht sie sich um und lächelt.

»Arthur-kun hat mir geschrieben, willst du's lesen?«

Das war zu erwarten. Auch wenn er auf den ersten Blick nicht so wirkt, ist Arthur auf seine Art fürsorglich. Er fragt sie, wie es ihr gehe, und ob ihre Familie vom Erdbeben betroffen sei. Er fliege bald nach Libyen und löse dort eine Kollegin ab, aber vorher komme er noch nach Rom und übernachte bei seinem Freund Riccardo.

»Vielleicht kann er zu unserer Abschiedsparty kommen?«

Du lieber Himmel, wenn er kommt, dann fühle ich mich noch miserabler.

»Ich würde ihn gern wiedersehen. Wenn du einverstanden bist, lade ich ihn ein.«

»Da wird uns nichts anderes übrig bleiben. Cordelia wird auch da sein, und es wäre unhöflich, ihn außen vor zu lassen. Er könnte glauben, dass wir ihm aus dem Weg gehen, und das wäre nicht in Ordnung.«

Merkwürdig, dass die kleine Malcomess, diese Plaudertasche, mir nichts davon gesagt hat. Sonst erfahre ich immer alles, und dann verschweigt sie mir, dass Arthur nach Rom kommen wird.

»Wunderbar!«, ruft Yuki aus.

Während sie die E-Mail schreibt, will ich ihr ein paar sprachliche Ausrutscher korrigieren – auch wenn ich zugeben muss, dass Yuki sich sehr verbessert hat –, aber sie ignoriert meine Vorschläge.

»Wenn der Brief perfekt ist, dann sieht er sofort, dass du mir geholfen hast, du Dummkopf.«

»Da hast du auch wieder recht.«

Also geht die Einladung mit allen Fehlern und all unserer Vorfreude ins *world wide web*.

* * *

Wir haben den Supermarkt geplündert, Pringles sind jetzt aus, die hat alle Yukino gekauft. In der Stereoanlage befindet sich schon eine CD mit Songs, die wir zusammengestellt haben. Ich habe keine Ahnung, wo wir die Leute alle unterbringen sollen, die sie eingeladen hat, zumal Ichi schon mal vorsorglich das halbe Sofa belegt hat. Fünf Minuten, bevor die Party steigen soll, sind wir zwei immer noch im Bad, und Yukino schneidet mir den Pony, der mittlerweile viel zu lang ist. Wenn Yuki fort ist, werde ich zum Friseur müssen, aber ich bin jetzt schon sicher, dass dessen Künste einem Vergleich mit Yuki nicht standhalten werden. Ich übertreibe beim Kajal und habe Herzrasen. Natürlich, weil Arthur zugesagt hat.

Bei jedem Klingeln klopft mir das Herz bis zum Hals. Das geht so ungefähr bis zehn Uhr, dann erscheint Arthur in Begleitung seiner Schwester. Einer von Yukinos Freunden hat gerade eine CD mit den größten Songs der Doors eingeschoben, und durch unsere Räume dröhnt *Light my fire*.

Cordelia trägt verzierte Messingreifen um die Handgelenke und versteckt damit ihre Narben. Ihr langes Haar wird von einem Haarreif zurückgehalten, ihre kleinen blauen Augen werden durch einen gleichfarbigen Lidschatten betont – wie bei einem Musical im Stil von *Hair*. Sie nimmt immer noch leichte Beruhigungsmittel und ist an diesem Abend heiter und ausgeglichen.

Arthur sieht abgekämpft aus. Die afrikanische Sonne hat sein blondes Haar ausgebleicht, das ein wenig kürzer ist als früher. Im Großen und Ganzen sieht er gut aus und wirkt anziehend.

Es kommt mir so vor, als würde er etwas weniger rauchen als früher, dafür macht er sich über die Törtchen her. Ich nähere mich ihm behutsam, ich will mich nicht aufdrängen. Aber am Ende verbringen wir den Rest der Party miteinander.

Wir diskutieren über Libyen, und mir scheint, dass er von dem bevorstehenden Aufenthalt nicht so recht begeistert ist. Er wird in Bengasi sein. Er erläutert mir, dass die Bewohner schon immer Distanz zum Diktator gehalten haben und dass die junge Bevölkerung in Aufruhr ist. Während Leute meiner Generation oder noch jünger sich auflehnen, führe ich hier in der sumpfigen und heuchlerischen Atmosphäre Italiens ein bequemes Leben. Und fühle mich wohl dabei. Wenn ich Arthur so erzählen höre, dann habe ich immer das Gefühl, dass ich bei jemandem oder etwas, mit dem er sich auskennt und von dem ich nur eine vage Vorstellung habe, in der Schuld stehe. Er hat nicht die geringste Absicht, mich zu belehren, was aktuelle Entwicklungen angeht, aber Arthur lebt in der Realität verankert, er lebt von Informationen, die mir in der Regel entgehen, und genau deswegen komme ich mir vor wie Mittelmaß. Vielleicht bin ich Mittelmaß. Das kann gar nicht anders sein, wenn man, so wie ich, ignorant durch die Welt läuft.

Schon bald ist das Thema erschöpft, und er erscheint mir wie immer schwer zu greifen, ein unruhiger Geist, ein bisschen melancholisch und resigniert, ein neues Gefühl, das ich bei ihm nicht vermutet hätte.

Hast du nicht genug von diesem Leben, Arthur?

Warum hast du Rom den Rücken gekehrt, wo du dich doch zu Hause fühltest?

Was ist das für ein Gefühl, wenn du mal hier, mal dort hingespült wirst? Du warst dir sicher, dass du würdest entscheiden können, wohin du gehst und was du berichtest. Jetzt wird dir klar, dass man dich behandelt wie einen Bauern beim Schach, so wie vorher auch. Aber früher hat dir das alles vielleicht viel mehr Spaß gemacht, doch das würdest du natürlich niemals zugeben.

Ichi steht auf seinen Hinterfüßen und bettelt um Arthurs Aufmerksamkeit. Eigentlich kennt er ihn kaum, aber er hat ihn auf dem Schirm, so ist er, unser hypersensibler Hund. Er folgt seinen Gefühlen und verliebt sich in denjenigen, der ihn streichelt, auch wenn er dafür sein Leben lang leiden muss.

Genau wie ich.

Arthur spricht Englisch mit ihm und streichelt sein Doppelkinn – Yuki hat Ichi in eine Wurst auf vier Beinen verwandelt –, und mir kommt unwillkürlich der Gedanke, dass diese Hundeaugen unglaublich zärtlich blicken können.

Heute ist er hier, hier mit meinem Hund, in meiner Wohnung, er trinkt meinen Sekt und fährt zerstreut durch mein Haar. Übermorgen wird er vielleicht von einer Mine zerfetzt. Er ist die personifizierte Unstetigkeit. Ich habe von Anfang an gewusst, dass mich dieses Wiedersehen mit Arthur fertigmachen würde, aber wie sehr, war mir nicht klar.

* * *

Spätnachts verabschieden wir uns. Cordelia und er sind die letzten Gäste.

»Gute Reise, schreib mir mal«, sage ich zu ihm. »Wird gemacht«, antwortet er zerstreut. Cordelia entwirft Zukunftspläne für unser Zusammenleben, und Yuki ermahnt sie in fast perfektem Italienisch, auf mich aufzupassen. Als sie das sagt, schaut sie Arthur an.

Ist das Verschwinden von Dingen nicht genau so,
als ob es sie niemals gegeben hätte?
Chica Umino

Am nächsten Morgen bin ich übermüdet und mache mich langsam und unwillig auf den Weg ins Büro. Ich bin gerade eine halbe Stunde dort und knabbere an einem faden Diätriegel herum, als ich von Ispettore Calligaris einen Anruf erhalte. »Clara Norbedo ist verschwunden«, verkündet er mir sachlich.

»Was heißt ›verschwunden‹?«

»Sie ist weg. Gestern Nachmittag ist sie wie üblich zu ihrer Cellostunde gegangen, aber nicht mehr nach Hause zurückgekehrt. Die Norbedos haben heute Nacht die Vermisstenanzeige aufgegeben.«

Eine Welle von Vorahnungen erfasst mich. Vor meinem geistigen Auge erscheinen für Bruchteile von Sekunden ihr blondes Haar, der dunkle Lippenstift, ihre grau geschminkten Augen, ihre Spitzenhandschuhe, aus denen ihre zarten Finger ragen. Eine Angst, dass ihr etwas zugestoßen sein könnte, drückt mich nieder. Hoffentlich werde ich nicht auch hier Zeugin von etwas Schrecklichem.

»Erzählen Sie mir mehr.«

»Wir tappen total im Dunkeln, sie hat sich scheinbar in Luft aufgelöst. Ihr Mobiltelefon ist nicht angeschaltet, und also konnten wir sie nicht orten. Ich hatte gehofft, dir würde etwas einfallen.«

»Mir?«, erwidere ich und bin verärgert, dass mir vielleicht etwas Wichtiges entgangen ist.

»Na ja, in der letzten Zeit hast du ja einige Gespräche mit der kleinen Norbedo geführt, vielleicht ist dir da etwas aufgefallen … jeder noch so kleine Hinweis könnte uns nützen.«

»Mir kommt nichts in den Sinn.«

»Ich mache mich gerade nach Tarquinia auf. Möchtest du mitkommen?«

Der Bildschirm mit der Recherche, die mich vor seinem Anruf beschäftigt hat, holt mich in das Hier und Jetzt zurück. Aber ich habe große Übung darin, Pflichten zu ignorieren, und keinen Vorwand nötig, um sie sofort beiseiteschieben. Drei Stunden später sind wir in Tarquinia und stehen schweigend vor dem Haus der Norbedos.

Selina springt wie von der Tarantel gestochen vom Sofa auf, als sie uns erblickt. Edoardo Norbedo ist blass, beide wirken sie nervös und angespannt.

»Immer noch keine Neuigkeiten?«, fragte Claras Vater.

Calligaris schüttelt den Kopf. Er zieht sein Notizbüchlein aus der Jackentasche und blättert, bis er eine leere Seite findet.

»Ich brauche noch ein paar Einzelheiten zum gestrigen Tag, auch wenn sie noch so unbedeutend erscheinen.«

Edoardo Norbedo räuspert sich und meint dann: »Gestern ist Clara wie jeden Tag zur Schule gegangen. Gegen zwei Uhr haben wir alle zu Mittag gegessen, bis auf zwei Tage, an denen ich auch nachmittags arbeite, machen wir das immer so.«

»Ist Ihnen etwas aufgefallen?«

»Nein«, antwortet Selina eilig.

»Nein«, bestätigt Edoardo nach einem kurzen Zögern.

»Sind Sie sicher?«

Edoardo seufzt leicht, bevor er antwortet: »Der Tod meines Schwiegervaters ist Clara sehr nahegegangen, wie Sie wissen.«

»Gibt es Ihrer Meinung nach, vom Tod des Großvaters

einmal abgesehen, andere Ereignisse, die ihr … nahegegangen sein könnten?«

»Nicht, dass ich wüsste«, antwortet Norbedo. Er und seine Frau werfen sich einen kurzen, angstvollen Blick zu.

»Wissen Sie, ob man sie bedroht hat? Gab es Unstimmigkeiten in der Schule? Vielleicht Probleme mit ihren Mitschülern?«, hakt Calligaris nach, ihm steht der Schweiß auf der Stirn. Im Haus ist es so gut geheizt, dass man hier ohne Weiteres im Unterhemd herumlaufen könnte.

»Clara ist sehr zurückhaltend und anspruchsvoll. Sie hat nur wenige Freunde. Sie ist sehr intelligent, vielleicht sogar zu sehr, und in ihrem Alter kann einen das mehr bremsen als voranbringen.«

Edoardos Worte überraschen mich nicht, ich hatte mir Clara immer als Einzelgängerin vorgestellt.

»Ich habe Sie unterbrochen. Sie war also zum Mittagessen da. Was war danach?«, fährt der Ispettore fort.

Selina lässt so etwas wie ein Schluchzen vernehmen und scheint etwas sagen zu wollen, lässt es aber dann doch.

»Was ist passiert?«, hakt Calligaris nach. Er legt sein Büchlein auf dem Sofa ab und zieht seine abgetragene Jacke aus, in der ich ihn immer sehe.

»Sie hat nicht viel geredet, vielleicht noch weniger als sonst«, antwortet Norbedo und hält den Blick gesenkt.

Selina verbessert ihn: »Das sehe ich anders. Sie war einfach nur still.«

Calligaris schaut die beiden lange an. »Gut, und dann?«

»Als das Mittagessen vorbei war, ist sie ganz schnell nach oben auf ihr Zimmer gegangen. Wir sind hier unten geblieben, haben unseren Kaffee getrunken und uns über alles Mögliche unterhalten. Auch über Clara, um ehrlich zu sein«, meint Norbedo.

»Worüber genau?«, fragt Calligaris nach und hält dabei den Blick auf seinem Büchlein, in dem er mitschreibt.

»Über Ferien, eine kurze Reise, etwas, womit sie sich beschäftigen könnte, etwas, um sie abzulenken. Die letzten Monate waren schwer für sie«, erläutert Selina.

»Haben Sie eine Bemerkung gemacht, die sie vielleicht beleidigt oder verstört haben könnte? Vielleicht hat sie Ihr Gespräch mitbekommen.«

»Nein, nichts«, erwidert Edoardo mit fester Stimme.

»Um vier hat Clara das Haus verlassen. Die Musikstunde beginnt um halb fünf, aber sie geht immer schon ein bisschen früher und verbringt noch eine Viertelstunde in der Buchhandlung. Ihr kleines Ritual«, fährt Selina fort. »Der Unterricht dauert zwei Stunden, und normalerweise ist sie um Viertel vor sieben wieder zu Hause.«

»Wir wissen bereits, dass Clara nicht in der Musikstunde war. Ich werde persönlich nachfragen, ob sie sich in der Buchhandlung eingefunden hat. Wann haben sie zum ersten Mal versucht, sie anzurufen?«

»Um kurz nach sieben … ich erinnere mich nicht mehr genau. Irgendwann ist mir aufgefallen, dass sie noch nicht zu Hause war«, antwortet Selina.

»Schauen wir nach, normalerweise wird der Zeitpunkt der zuletzt getätigten Anrufe angezeigt.«

Selina wirft ihrem Mann einen Blick zu. Der nimmt das Telefon seiner Frau, das auf einem weißen Sofatisch liegt.

»Bitte sehr«, meint er und reicht es Calligaris, der sofort nachschaut.

»Halb neun … da haben Sie sich aber Zeit gelassen«, stellt er fest und gibt Edoardo das Telefon zurück.

»Na ja, wie ich schon sagte … ich war mit anderen Dingen beschäftigt und habe die Zeit vergessen. Dann hat mich mein Mann gefragt, wo sie abgeblieben wäre.«

»Wir haben bis neun versucht, sie anzurufen, aber ihr Handy war ausgeschaltet. Dann habe ich Claras Musiklehrerin kontaktiert, und die hat mir erzählt, dass sie gar nicht aufgetaucht war. Ich bin dann zur Musikschule gefahren, um selbst nachzusehen, aber das war sinnlos. Dann haben wir sofort die Polizei angerufen.«

»Dürfte ich einen Blick in das Zimmer Ihrer Tochter werfen?«, fragt Calligaris, der bereits aufgestanden ist.

»Selbstverständlich«, antwortet Edoardo. »Ich komme mit.«

Meine Anwesenheit ist dermaßen überflüssig, dass es nicht einmal mir gelingt, mir einen guten Grund vorzumachen. Ich höre zu, halte die Augen offen, zittere mit und grüble. Dass wir Claras Zimmer einfach so betreten, ohne sie um Erlaubnis zu fragen, ist eigentlich unerhört, aber mir ist klar, dass dem Ispettore nichts anderes übrig bleibt. Ich verharre auf der Schwelle und habe den Eindruck, keinen Schritt weitergehen zu können.

»Nun komm schon, Alice. Worauf wartest du? Komm rein!«

Was soll ich also tun?

Ich trete ein.

Wahrnehmung verletzt uns mehr als objektive Betrachtung, vielleicht weil sie mehr dem Herzen entspringt als den Augen
Olivier Volange, *Winter*

Der Ispettore wendet sich aufmerksam den Gegenständen auf Claras Schreibtisch zu.

Eine griechische Grammatik, ein Bleistiftstummel und ein abgenutzter Diddl-Radiergummi; ein Foto, das sie auf dem Schoß der Mama zeigt; ein kleines weißes Netbook. Calligaris klappt es auf, es ist noch im Stand-by, aber es ist keine Internetseite geöffnet. Er schaut in den Verlauf, aber das hilft uns nicht weiter: YouTube und die Fanseite einer amerikanischen Filmserie hat Clara zuletzt geöffnet. Auf dem Bett liegt eine graue Jacke, die nach Apfelblütenshampoo duftet.

»Fehlt etwas aus dem Schrank oder den Schubladen?«, fragt Calligaris, und Selina, die hinter uns steht, sieht uns, eine Hand am Mund, verblüfft an.

»Nein, nicht, dass ich wüsste. Warten Sie!«, erwidert sie.

Sie sieht hastig Claras Klamotten und ihre Unterwäsche durch. Alles ist ordentlich im weißen, zweitürigen Schrank, auf den Rosen aufgemalt sind, verstaut – überraschend, wenn man Claras Alter bedenkt.

»Ich glaube, da fehlt nichts«, flüstert sie.

Auf dem Schrankboden liegen Hefte. Ich weise Calligaris darauf hin, er wirft mir einen dankbaren Blick zu.

»Sie erlauben?«, fragt er und kniet bereits auf dem Boden.

»Ach, ihre Tagebücher. Bitte, nehmen Sie sie nur. Wahrscheinlich hätte ich sie Ihnen zeigen sollen.«

Calligaris greift nach den drei Tagebüchern, sie haben jeweils einen festen, bunten Einband. Der Ispettore reicht mir eines, und ich beginne darin zu blättern.

Von der klaren Handschrift her, die so ordentlich ist wie ihr Zimmer, würde man Clara für älter halten. Doch sind hier die Gedanken eines Teenagers niedergeschrieben. Es geht um Sorgen, die ihr bereits in wenigen Jahren nichtssagend und unwichtig erscheinen werden: Sie beherrscht das Cello nicht gut genug; ein Mitschüler gefällt ihr, aber er steht auf eine andere.

Es gelingt ihr nicht, einen Ort oder einen Lebensstil zu finden, mit dem sie sich wohlfühlt.

Sie nimmt die Schönheit ihrer Umgebung wahr, aber sie fühlt sich davon ausgeschlossen.

Ein Tag ist wie der andere: Es geht um die Zeit mit dem Großvater, die Bücher, die sie gerade liest, die Musik, die sie interessiert und spielt.

»Wo hört deines auf?«, fragt der Ispettore ungeduldig.

Ich schaue nach. »Am 13. November«, antworte ich dann. »Einen Tag vor Azais' Tod.«

»Gib mal her.«

Selina Norbedo starrt uns an, als würden wir hochexplosive Gegenstände in den Händen halten.

In den nächsten Tagen werde ich damit beginnen, Großvaters Roman abzutippen. Ich bin gespannt, wie das geht, denn seine Handschrift ist dermaßen unleserlich, dass man verrückt werden könnte.

Zu Hause ist eine komische Stimmung. Papa ist bedrückt, und die Mama kommt mir vor wie geistesabwesend. Beide sind niedergeschlagen, aber ich begreife nicht, warum. Ich befürchte, dass es wieder um große finanzielle Probleme geht: Hoffentlich muss ich nicht wieder meine Cellostunden aufgeben.

Ohne Großvater wäre die Stimmung im Haus unerträglich.

Morgen werde ich fünfzehn. Ich hinke bei allem hinterher, habe ich das Gefühl. So als ob der Rest der Welt einen bestimmten Rhythmus hätte, und ich würde es nicht schaffen, im Takt zu bleiben. Wenn ich das Großvater gegenüber erwähne, dann sagt er immer, dass er in meinem Alter genauso bedrückt war und außerdem wahnsinnig wütend.

Großvater ist jähzornig, das ist vielleicht sein größter Fehler. Vor ein paar Tagen hat er Mama wegen einer Kleinigkeit eine Riesenszene gemacht. Mit Papa traut er sich das nicht, er ist der Einzige, mit dem er sich versteht. Aber ich fürchte, das ist nur deshalb, weil er ihn für nicht sehr intelligent hält und Papa ihm eigentlich leidtut. Auch die Onkel sind der Meinung, dass Papa ihnen nicht das Wasser reichen kann. Das tut mir weh.

Nach dem Tod des Großvaters hören die Eintragungen auf.

»Vielleicht wollte sie nicht, dass man dadurch etwas erfährt«, sage ich leise.

Calligaris sieht sich um. Er bedeutet mir zu schweigen. Selina steht gedankenverloren und geistesabwesend am Fenster.

»Einige Tage vor seinem Tod hatten Sie und Ihr Vater einen Streit, nicht wahr, Signora Norbedo?«

Selina fährt überrascht herum. »Wie bitte? … Ach ja, das haben Sie wahrscheinlich gerade gelesen.«

»Richtig.«

»Ja, wir hatten Streit. Mein Vater war sehr launisch. Er hatte ein Worträtsel vorbereitet und wollte, dass ich es entschlüssele, um zu verstehen, was er mir mitteilen wollte. Ich war gereizt und habe ihm ins Gesicht gesagt, dass ich von seinen Spielchen genug hätte, und das Rätsel zerrissen. Darauf hat er mich wüst beschimpft. Aber warum ist das so wichtig? Sollten Sie Ihre Energie nicht besser darauf verwenden, meine Tochter zu finden?«

»Doch, doch«, erwidert der Ispettore. »Die Tagebücher werde ich mitnehmen müssen.«

»Bitte.«

Calligaris reicht sie mir und notiert sich etwas. Selina lässt uns allein.

»Was, glauben Sie, ist mit Clara passiert, Ispettore?«, frage ich ihn leise.

»Es ist alles möglich. Vielleicht hat man sie entführt, vergewaltigt und dann umgebracht. Vielleicht ist sie einfach weggelaufen, oder sie hat einen Unfall gehabt und liegt jetzt im Krankenhaus. Alles ist möglich. Wir tasten uns Schritt für Schritt voran.«

»Aber es gibt doch bestimmt etwas, das wahrscheinlicher ist!«

»Du willst immer alles, und das sofort. Das kannst du dir bei solchen Fällen aus dem Kopf schlagen.«

»Finden Sie nicht, dass sich die Eltern seltsam verhalten?«

»Die Mutter schon, der Vater nicht so sehr. Sie ist immer etwas zerstreut, aber heute ist sie wirklich merkwürdig.«

»Vielleicht verdächtigen wir sie zu Unrecht, und sie steht einfach nur unter Schock.«

»Wenn man nur das Schlechteste denkt, dann begeht man zwar eine Sünde, aber oft liegt man richtig. Von wem ist das?«

»Von Andreotti, glaube ich. Ich mache mir Sorgen, Ispettore. Und wenn sie tot ist?«

»Wenn eine Minderjährige verschwindet, muss man mit allem rechnen. Aber die Erfahrung lehrt, dass die meisten einfach von zu Hause weglaufen.«

»Glauben Sie, Clara ist der Typ dafür?«

»Na ja, wenn sie etwas mit sich herumträgt, über das sie nicht reden kann … Sie ist ohnehin nervös und verschlossen. Doch, ich glaube, sie wäre der Typ.«

Wie um seine letzten Worte zu bestätigen, werden wir auf aufgeregte Stimmen von unten aufmerksam.

Clara ist wieder da.

Once upon a time somebody ran … Somebody ran away saying … as fast as I can … I got to go
Coldplay, *Princess of China*

Bist du verrückt geworden?«, ruft Selina Norbedo laut.

Clara steht mit ausdrucksloser Miene da. Zuvor hatte ihre Mutter sie in die Arme genommen. Edoardo Norbedo hat noch einen Arm um die Schultern seiner Tochter gelegt und streichelt ihr übers Haar. Die Eltern haben beide Tränen in den Augen.

Claras Gesicht ist ungeschminkt, und wie immer, wenn sie mit Eyeliner und Kajal nicht übertreibt, wirkt sie noch jünger und zarter.

Doch nach dem ersten Aufatmen ist Selina jetzt außer sich vor Wut. Sie packt Clara am Handgelenk, und ihre dunkel lackierten Fingernägel schwirren durch die Luft wie Fliegen.

»Ich habe bei einer Freundin übernachtet«, sagt das Mädchen leise und apathisch.

»Bei welcher Freundin? Und ohne uns Bescheid zu sagen? Hast du den Verstand verloren?«

»Selina, beruhige dich. Sie wird uns gleich alles erzählen. Ein solches Verhalten sieht ihr doch gar nicht ähnlich. Dafür muss es eine vernünftige Erklärung geben, nicht wahr, Clara?«

Clara wirft ihrem Vater einen eiskalten Blick zu, der ihn verstummen lässt.

»O nein! So läuft das nicht, Edoardo! Du verteidigst sie auch noch! Und was stellt sie dann beim nächsten Mal an?«

Clara ist blass. Anscheinend hat sie eine schlaflose Nacht

hinter sich. Sie zieht sich ihren schwarzen Anorak aus, der so ähnlich ist wie meiner, und hängt ihn mit müder Geste an die Garderobe. Darunter trägt sie einen dünnen Wollpullover mit einer bunten Anstecknadel, genau, wie ihre Mutter Calligaris angegeben hatte.

Clara hat uns noch nicht bemerkt, und als sie mich sieht, lässt mich ihr eindringlicher Blick im Erdboden versinken.

»Was machen die denn hier?«, fragt sie ihren Vater.

»Hast du dir etwa eingebildet, dass wir hier einfach Däumchen drehen?«, fragt Selina zurück. Sie hat die Arme verschränkt und wirkt total verblüfft.

»Tut mir leid, dass ihr euch wegen mir Sorgen machen musstet. Ich wollte ein bisschen allein sein.«

»Was ist los mit dir, Clara?«, fragt ihr Vater. Seine Stimme klingt belegt und sorgenvoll. Clara hält den Blick gesenkt und schweigt. »Hat dir jemand etwas angetan? Möchtest du dich mit dem Ispettore oder der Dottoressa aussprechen?«

»Ich habe nichts zu sagen. Ich bin ein Teenager und fühle mich unwohl. Ich verhalte mich genau so, wie es jeder von mir erwartet. Oder bildet ihr euch ein, dass ihre eine Tochter im Teenageralter haben könnt, die euch keine Schwierigkeiten macht?«

Ich würde Ichi darauf verwetten, dass Clara uns etwas verschweigt.

»Sollten wir sie vielleicht zur Ambulanz ins Krankenhaus bringen, Dottoressa?«, fragt Selina.

Clara blickt sie verdattert an. »Auf keinen Fall!«, ruft sie dann aus.

»Das hätte wirklich nicht viel Sinn, Signora Norbedo. Clara geht es allem Anschein nach gut. Außerdem darf sie ohnehin nicht gegen ihren Willen untersucht werden, sie klagt ja auch nicht über Beschwerden«, erläutere ich.

»Ich will nur meine Ruhe haben, einfach meine Ruhe.« Ein Zittern durchläuft ihren Körper, und ihre Augen füllen sich mit Tränen. Sie schaut zu Boden. »Bitte gehen Sie«, sagt sie an uns gerichtet, fast flehentlich. »Es wird nie wieder vorkommen, das verspreche ich. Ich werde nicht mehr ausreißen«, fügt sie, an ihre Eltern gerichtet, hinzu.

Das Wort gibt mir zu denken.

Ausreißen.

* * *

»Warum ist sie weggelaufen?«, frage ich Calligaris, glaube aber nicht wirklich, dass er eine Antwort hat.

»Bei Teenagern kann das viele Gründe haben.«

»Clara ist aber nicht irgendein Teenager. Sie hat etwas Furchtbares mitbekommen, vielleicht sogar den Mord an ihrem Großvater.«

»Vielleicht hat sie bei dem ganzen Stress die Nerven verloren. Schade, dass ich ihr die Tagebücher wieder zurückgeben musste. Ich hatte den Eindruck, dass wir dort vielleicht wichtige Informationen finden würden. Einen Augenblick lang wollte ich schon so tun, als ob ich es einfach vergessen hätte, aber dann habe ich es nicht übers Herz gebracht.«

»Was für Informationen?«

Ich stelle das Radio leiser, wo ein alter Song von den Smiths läuft. Das Gebläse brummt vor sich hin, und ich reibe meine kalten Hände aneinander und stecke sie dann in die Taschen meiner Daunenjacke.

»Manches von dem, was drin stand, erschien mir auf den ersten Blick interessant. Ich habe es nur überfliegen können.«

Während mir die Worte von Calligaris im Kopf herumgehen, ertasten meine Finger in der Daunenjacke einen fremden Gegenstand.

Ich ziehe ein zerknülltes Stück Papier heraus, streiche es glatt und schaue es mir an.

»Ispettore …«, hebe ich an und weiß nicht so recht, was ich sagen soll. Er wird mich umbringen wollen.

»Was ist los?«

»Wir müssen zurück. Ich habe die falsche Jacke an, ich glaube, das hier ist Claras.«

Calligaris hält den Wagen an und blickt mich dann an. Sein Blick ist entnervt und amüsiert zugleich.

»Sei bloß froh, dass wir gerade erst losfahren und noch nicht auf der Autobahn sind.«

Ich erröte und sage ausnahmsweise einmal nichts.

* * *

Nachdem ich Selina – sie hat gerötete Augen – die falsche Jacke zurückgegeben und meine eigene genommen habe, machen Calligaris und ich uns erneut auf den Rückweg.

Ich bin in Gedanken versunken, zähle eins und eins zusammen und wende mich dann an Calligaris: »Ich habe etwas Merkwürdiges in Claras Jacke gefunden.«

»Ach ja, und was?«

»Es war ein Kartenausschnitt, ein Ausdruck. Ich glaube, dass sie die vergangene Nacht in Rom verbracht hat.«

Calligaris legt die Stirn in Falten und schaut stur geradeaus. »Vielleicht wohnt die Freundin, von der sie gesprochen hat, in Rom. Vielleicht hatte sie eine Verabredung mit einem Jungen, in ihrem Alter macht man alle möglichen Dummheiten, über die man später lacht.«

»Ich weiß noch die Adresse, die sie markiert hat, vielleicht könnten Sie herausfinden, wer dort wohnt.«

Calligaris verzieht keine Miene, aber er ist einverstanden.

Sobald wir in seinem Büro sind, setzt er seine Suchmaschine in Gang, und nach nicht einmal zwanzig Minuten wissen wir, dass in der Via Ciancaleoni Nummer 5 niemand anderer wohnt als Oscar Azais.

Well, I feel like they're talking in a language that I don't speak

Azais' jüngster Sohn öffnet die Tür, er trägt ein weißes Hemd und Jeans und hält ein Sektglas mit einem Aperitif in der Hand. Im Hintergrund läuft leise, stimmungsvolle Musik. Er duftet intensiv nach Männerparfüm, und uns wird sofort klar, dass er nicht allein ist.

»Bitte?«, fragt er verstimmt.

Calligaris erläutert ihm die Situation und meint dann: »Wir haben ein paar Fragen an Sie.«

Oscars Miene verdüstert sich, und er erklärt uns leise, dass er keinen Wert darauf lege, dass die Dame in seiner Wohnung erfährt, dass bei ihm die Polizei vor der Tür steht.

»Das verstehe ich. Sie muss sich trotzdem etwas gedulden.«

Azais' Miene erstarrt. Ohne ein Wort zu sagen, stellt er sein Glas auf der Türschwelle ab und verschwindet nach drinnen. Wir hören, wie er seinem Besuch erklärt, dass er leider ein paar Minuten unabkömmlich sei, um eine Unannehmlichkeit aus der Welt zu schaffen.

Mit den Wohnungsschlüsseln in der Hand und einer Daunenjacke tritt Oscar zu uns auf den Flur.

»Hier um die Ecke ist gleich eine Bar. Ich bitte Sie, machen Sie's kurz.«

Wir laufen hinter ihm her und setzen uns an den Tisch, an dem man uns am wenigsten bemerkt. Azais will nichts bestellen; Calligaris genehmigt sich ausnahmsweise einen Cynar.

»Hatten Sie gestern Besuch?«, fragt er unverbindlich.

Oscars Augen – er hat die Augen seines Vaters – weiten sich erstaunt. »Ist Clara etwas zugestoßen?«

»Nein. Sie ist heute Morgen völlig unversehrt nach Hause gekommen. Aber Sie sind gleich zum Punkt gekommen. Und da Sie nicht viel Zeit haben, könnten Sie uns vielleicht auch gleich erklären, warum Ihre Nichte bei Ihnen war?«

Oscar vermeidet es, den Ispettore anzusehen. Er bestellt sich einen kleinen Whiskey.

»Hat sie Ihnen erzählt, dass sie bei mir war?«

»Beantworten Sie erst meine Frage, Azais«, meint Calligaris unbeeindruckt.

»Sie kam gestern Abend, ohne mir vorher ein Wort davon zu sagen. Es hätte ja auch sein können, dass ich nicht zu Hause bin. Als ich sie darauf hinwies, meinte sie, sie hätte notfalls auch die ganze Nacht vor der Tür auf mich gewartet. Ein merkwürdiges Mädchen.«

»Was wollte sie?«

»Sie sei nach einem Streit mit ihren Eltern von zu Hause weggelaufen, hat sie mir erzählt.«

»Und warum ist sie ausgerechnet zu Ihnen gekommen, Oscar?«, fragt Calligaris unüberhörbar skeptisch.

»Teenager eben. Was weiß ich. Vielleicht brauchte sie eine Schulter, an der sie sich ausweinen konnte, einen Erwachsenen, dem sie vertraut. Und da bin ich ihr eingefallen. Vielleicht, weil ich ihr Lieblingsonkel bin.«

Azais ist um einen natürlichen Tonfall bemüht, aber ich finde, er redet wie auswendig gelernt und macht seine Sache nicht einmal gut.

»Kann es nicht sein, dass sie mit Ihnen über ein Geheimnis reden wollte, das mit dem Tod Ihres Vaters zusammenhängt?«, fahre ich dazwischen.

Die Worte sind mir einfach so herausgerutscht, das muss ich zugeben. Calligaris nagelt mich mit einem Blick fest, der mich an meine Kindheit erinnert – damals hat meine Mutter, wenn ich etwas ausgeheckt hatte, immer gesagt: »Die Quittung kommt später.«

»Selbstverständlich nicht. Gibt es da etwas Ungeklärtes?«

»Nein«, antwortet Calligaris kurz angebunden, nachdem er mir einen weiteren vielsagenden Blick zugeworfen hat. »Meine Mitarbeiterin wollte nur sagen ...« Nicht einmal ihm fällt eine passende Ausrede ein. »Ihre Nichte steht unter Schock. Ich glaube, es gibt da etwas rund um den Tod Ihres Vaters, das sie uns nicht erzählt hat. Was meinen Sie dazu?«

Oscar zuckt mit den Schultern. »Ganz ehrlich gesagt habe ich keine Ahnung, wovon Sie reden. Meine Nichte ist eine echte Azais. Und damit ist klar, dass sie einen sonderbaren Charakter hat. Unergründlich, würde ich sagen. Sie ist über Nacht hiergeblieben, und ich habe ihr heute Morgen die Fahrkarte nach Tarquinia gekauft.«

»Haben Sie nicht daran gedacht, Ihrer Schwester Bescheid zu sagen? Konnten Sie sich nicht vorstellen, dass sie sich große Sorgen machen würde?«

Oscar senkt den Blick. Doch, er hat daran gedacht, und jetzt müssten wir nur noch herausfinden, warum er es nicht getan hat. Von wegen: nach einem Streit mit den Eltern von zu Hause weggelaufen!

Clara hat mit ihm über Konrads Tod gesprochen.

Und ihr Onkel kennt jetzt die Wahrheit, was immer die Wahrheit ist.

Aber dieser Typ hier, der vor uns sitzt und einen Schluck Whiskey trinkt und nur darauf wartet, wieder zu seinem Besuch zu kommen, wird einen Teufel tun und uns etwas verraten.

Ich habe meine Seele wie ein Seil über den Abgrund gespannt und bin, mit Worten jonglierend, hinüberbalanciert
Wladimir Majakowski

Im Institut ist nichts los, man fühlt sich wie in einer Wüste.

Der Allerhöchste ist auf einem Kongress. Anceschi hat sich krankgemeldet. Dass er krankfeiert, glaube ich nicht, der Fall Azais hat ihn wirklich sehr mitgenommen. Der Wally sind wir Assistenzärzte gleichgültig, es ist schon viel, wenn sie uns grüßt; wenn sie uns anspricht, dann meist wegen einer ihrer Schikanen.

Claudio hat eine Neue, die ihn anhimmelt, eine Studentin aus dem fünften Semester, die bei uns ein Praktikum macht. Sie hat uns geradeheraus gesagt, dass er der Grund dafür war, dass sie Himmel und Hölle in Bewegung gesetzt hat, um an unser Institut zu kommen. Es fehlt nur noch, dass sie sich ein *Zu Mieten* auf die Stirn malt, denn eindeutiger geht es wirklich nicht. Er genießt das Lächeln, die Blicke und Anzüglichkeiten der kleinen Francesca, und seine Eitelkeit kennt keine Grenzen. Die wird es im Leben auf jeden Fall zu etwas bringen.

Ich schreibe gerade an einer Liste mit allem, was für den Umzug zu Cordelia noch zu tun ist, da ruft mich die Wally dringend in ihr Büro.

Als ich dort ankomme, trinkt sie gerade einen Schluck Ananassaft. Ihre kurzen Beinchen reichen nicht einmal bis zum Fußboden, ihren Kittel hat sie ausgezogen, und sie sitzt jetzt in einer pinkfarbenen Bluse da.

»Allevi, setzen Sie sich. Mein Gutachten zum Fall Azais ist fertig, und ich dachte, es interessiert Sie vielleicht.«

»Klar, Professoressa«, erwidere ich und nehme ihr gegenüber Platz.

Sie liest mir mit ihrer Raucherstimme alles vor. Im entscheidenden Moment, als sie sich nämlich gegen die Entmündigung ausspricht, bekommt sie einen Hustenanfall.

»Ich bräuchte Medikamente«, meint sie leise. »Hier in der Nähe ist eine Apotheke, aber ich habe dermaßen viel zu tun …«

Hier ist meine einmalige Chance, die alles entscheidende Grenzlinie.

Wenn ich nämlich jetzt sage: »Kein Problem, Professoressa, ich gehe schon«, dann gibt das meiner Karriere einen kleinen Schubs.

Denn so ist sie: bequem und einsam, und wenn sie andere um einen Gefallen bitten kann, wiegt beides nicht mehr so schwer. Es heißt, dass Ambra ihr Hündchen regelmäßig zum Hundesalon bringt und dass Claudio sie jahrelang einmal im Monat zum Zahnarzt begleitet hat. Ganz zu schweigen von der Tatsache, dass Lara ihr die heiß geliebten Marmeladen zubereitet, und zwar aus Früchten der Saison. Sie möchte, dass man ihr zu Füßen liegt, und sie ist natürlich intelligent genug, um zu erkennen, wer es ernst meint und wer sich nur anbiedert, und trotzdem genießt sie jede Form von Verehrung und kommt ohne sie nicht aus. Das ist vielleicht Wallys einzige große und deprimierende Schwachstelle.

»Wenn Sie möchten, kann ich gehen«, höre ich mich sagen. Vielleicht weil ich ihre Haltung im Fall Konrad Azais bewundere, als ob sie mir damit persönlich einen Gefallen erwiesen hätte.

»Jetzt reden Sie keinen Unsinn. Glauben Sie etwa, dass ich euch Assistenzärzte ausnutzen würde? Ihr wärt doch in der Lage und würdet an die Presse gehen. Ich habe nur laut gedacht, und jetzt lassen Sie mich zu Ende vorlesen.«

Das Gutachten ist großartig, das kann man nicht bestreiten. Die Wally besitzt außerordentlich großes Talent, sie ist von tödlicher Präzision, davon könnte ich mir eine Scheibe abschneiden. Gern würde ich ihr sagen, wie sehr ich sie bewundere, aber sie würde mir nicht zuhören.

»Ich habe mit Claudio über die Todesursache gesprochen«, fügt sie hinzu und blickt mich aus ihren dunklen Augen an. Ohne den verzerrenden Effekt der starken Brillengläser für Kurzsichtige sehen sie ein bisschen aus wie die eines Wildschweins. »Er hat mir erzählt, dass Sie sich sehr bemüht und alles gründlich geprüft hätten, das freut mich sehr.«

»Danke, Professoressa.«

»Wie es zu dem Herzstillstand gekommen ist, das weiß ich allerdings nicht«, stellt die Wally sachlich fest.

»Das weiß niemand, Professoressa. Es gibt eine Zeugin, aber sie will uns nicht erzählen, was sie gesehen hat.«

»Na ja, früher oder später wird sie ihre Aussage machen. Und jetzt gehen Sie wieder an Ihre Arbeit, Dottoressa«, beschließt sie abrupt das Gespräch.

Sie hat mich wieder an meinen Platz verwiesen – ich bin Assistenzärztin und damit ganz unten auf der Leiter. Schweigend erhebe ich mich und gehe zur Tür.

Ich will sie gerade öffnen, da höre ich, wie sie mich mit ihrer Rabenstimme zurückruft.

»Würden Sie wirklich für mich in die Apotheke gehen?«, fragt sie und schaut mich dabei herausfordernd an.

* * *

Auf dem Weg von der Apotheke ins Institut kann ich an nichts anderes denken als an Konrads Tod, daran, dass die

Wally meine Nachforschungen zur Diagnose gutgeheißen hat und dass jemand versucht haben muss, Konrad zu erwürgen, was Ursache für sein Herzversagen war. Da bin ich mir ganz sicher. Gerade weil Clara etwas gesehen hat, was sie unbedingt für sich behalten will.

Ihr Hinweis, dass der Onkel seine Hände am Hals des Großvaters hatte, könnte das fehlende Stück in dem Puzzle sein, und ich will den Fall endlich zu einem Abschluss bringen. Und zwar auf meine Art.

Ich rufe Ispettore Calligaris an und schlage ihm einen letzten Besuch bei den Norbedos vor. Dieses Mal mit einem Ergebnis.

»Glaubst du, das lohnt sich?«, fragt er mich verdutzt.

»Mir ist eine Idee gekommen. Vielleicht bin ich auf dem Holzweg, aber möglicherweise gelingt es Clara dieses Mal nicht mehr, uns etwas vorzuspielen.«

»Das sieht dir ähnlich«, erwidert er trocken, sein Tonfall ist leicht vorwurfsvoll.

Wir verabreden uns für drei Uhr bei mir vor der Tür, und wegen des rasanten Fahrstils des Ispettore sind wir bereits um halb fünf in Tarquinia. In der Innenstadt trinken wir in einem literarischen Café in der Via Carducci noch eine Tasse Tee, und Calligaris kauft seinen Kindern ein Bilderbuch. Dann gehen wir zum Auto zurück, das wir vor einem der Stadttore geparkt haben, und fahren zu den Norbedos.

Selinas Überraschung macht nach der ersten Begrüßung Resignation Platz.

Calligaris entschuldigt sich niemals, wenn er stört. In diesem Fall wäre das aber angebracht gewesen, denn Selina war gerade im Begriff, das Haus zu verlassen. Sie trägt Stiefel und hat einen braunen Mantel über dem Arm. Ja, sie wolle gerade weg, bestätigt sie, höflich und zuvorkommend.

»Das kann warten, kein Problem«, meint sie dann und legt den Mantel auf dem Sofa ab.

Sie bittet uns, Platz zu nehmen, bietet uns hausgemachte Maiskekse an und sieht uns fragend an. Wahrscheinlich hofft sie insgeheim, dass wir bald wieder gehen. Aus einem der Zimmer oben erklingt Claras Cello. »Wir hätten gern mit Ihrer Tochter gesprochen«, beginnt der Ispettore in einem Tonfall, der keinen Einwand duldet.

Selinas Gesichtsausdruck verändert sich. Er wird abwehrend, und ihre Mädchenstimme klingt leicht verstimmt, als sie antwortet: »Ispettore, Clara ist noch ein Kind, sie steht unter Stress, und Sie kommen immer wieder auf jenen Nachmittag zurück… was versprechen Sie sich davon? Dass sie sich mit einem Mal an alles erinnert?«

»Ich habe Grund zu der Annahme, dass Ihre Tochter sich genau daran erinnert, was ihrem Großvater angetan wurde, Signora Norbedo. Denn etwas hat sich da zugetragen, nur damit wir uns recht verstehen.«

Selinas Haltung wird steif. »Kann ich Ihnen das Verhör untersagen? Vielleicht sollte ich unseren Anwalt einschalten.«

»Das steht Ihnen frei, Signora, aber es gibt keinen Grund dafür. Sie dürfen gern dabei sein.«

»Ich bin bis jetzt niemals bei diesen Gesprächen dabei gewesen, weil ich Claras Privatsphäre respektiere. Ich möchte, dass sie sich frei fühlt, das zu sagen, was sie auf dem Herzen hat.«

»Eine sehr weise Entscheidung«, kommentiert Calligaris herablassend.

Selina seufzt tief und beunruhigt.

»Clara!«, ruft sie dann müde und resigniert.

Clara kommt langsam die Treppe herunter. Sie betrachtet uns, verzieht aber keine Miene. »Schon wieder?«, fragt sie und nimmt einen Keks von dem weißen Porzellanteller, den die Mutter ihr hinhält.

»Das ist das letzte Mal«, antworte ich. Calligaris scheint skeptisch, ob unser Besuch sinnvoll ist.

»Ich lasse euch allein«, meint Selina und entfernt sich. »Keine Sorge, Clara.«

Clara nickt und nimmt neben mir Platz. Sie sieht mich an.

»Dann mal los, Alice«, ermuntert mich Calligaris und macht den Eindruck, als sitze er zu Hause bequem in seinem Fernsehsessel, um sich einen Krimi anzusehen.

Ich schlucke mühsam, ich habe Halsschmerzen, merke ich gerade. Die Kleine wird unruhig, sie fährt sich nervös mit ihren schwarz lackierten Fingernägeln durch das blonde Haar.

»Wir haben endlich einen abschließenden Autopsiebefund, Clara.«

Sie runzelt die helle Stirn. Calligaris schlägt die Beine übereinander und legt das Kinn auf eine Hand.

»Ach ja?«

»Wir wissen jetzt, was an jenem Nachmittag geschehen ist. Wir dachten, wenn wir dir alles erklären, dann hilft dir das vielleicht dabei, dich an Einzelheiten zu erinnern.«

»Wahrscheinlich nicht«, gibt sie, leicht errötet, zurück.

»Doch. Die Hände ... die du am Hals des Großvaters gesehen hast, diese Hände haben ihn umgebracht. Wessen Hände waren das?«

»Das habe ich schon gesagt.«

»Gut. Es war also Onkel Enrico? Das ist jetzt ein wichtiger Augenblick, Clara. Denk gut nach. Du bist gerade dabei, deinen Onkel Enrico für den Rest seines Lebens ins Gefängnis zu schicken«, sagt Calligaris zu ihr, und mir läuft es kalt den Rücken herunter.

Sie schweigt.

»Das Spiel ist aus, Clara. Alles, was du sagst, hat Folgen.«

Clara reißt die Augen auf.

Sie schweigt.

Und schweigt.

Im Grunde hat sie ein stabiles Wertesystem. Sie ist wohlbehütet aufgewachsen und hat eine liebevolle, typisch mitteleuropäische Erziehung genossen. Sie nickt mit gesenktem Blick, die trockenen Lippen fest aufeinandergepresst, und knetet im Schoß ihre Hände.

»Wir wissen, wer es war. Dein Schweigen hilft nichts mehr«, bohrt Calligaris und tischt ihr frech eine Lüge auf. Ohne Mitleid stößt er ihr das Messer ins Herz, und Clara bricht in Tränen aus. Sie schluchzt so heftig, dass Selina ins Zimmer gestürzt kommt.

Sie nimmt ihre Tochter in den Arm, und die hängt sich wie eine Ertrinkende an den Hals der Mutter.

»Verzeih mir, Mama«, schluchzt sie, und Selina streicht ihr übers Haar und sagt aufmunternd: »Es gibt nichts, was ich dir verzeihen müsste.«

»Ich schaffe es nicht mehr.«

»War es dein Vater?«, frage ich leise.

Clara nickt mit gesenktem Kopf.

Ich habe ein ganz einzigartiges Gefühl. Mir ist etwas gelungen, auf das Calligaris seit Monaten hingearbeitet hat. Ich habe es geschafft, mit meiner Hartnäckigkeit, meinem Wissen und meinem Willen.

Und trotzdem fühle ich mich schrecklich.

Es kommt mir so vor, als hätte ich einen wunderschönen Kristall zertrümmert. Jetzt liegt er zersplittert zu meinen Füßen, und ich habe ein Gefühl, als hätte ich dieser Welt ein Stück von ihrer seltenen Schönheit genommen.

Mir klarzumachen, dass es Edoardo Norbedo war, der alles zerstört hat, nutzt da gar nichts. Mich packt ein Gefühl von Verantwortung, das ich vorher nur ganz vage gespürt hatte. Ich fühle mich fehl am Platz und voller Schuld.

Clara weint jetzt hemmungslos, und ich frage mich, wie viele Male seit ihrem fünfzehnten Geburtstag sie bereits eine derartige Angst verspürt haben mag.

Wie oft hat sie Zweifel hin und her gewälzt? Denn eine Entscheidung zu treffen, ist immer das Schwerste.

Selina lässt sie widerstrebend los und setzt sich mir gegenüber an den Holztisch.

»Und was soll jetzt werden?«, fragt sie ängstlich. Clara legt ihren Kopf an die Schulter ihrer Mutter und putzt sich mit einem Papiertaschentuch, das ich ihr reiche, die Nase.

Ich lasse den Ispettore reden.

»Es ist vor allem wichtig, Signora, dass Clara uns erzählt, was genau sie beobachtet hat. Dann werden wir Sie befragen und natürlich Ihren Mann … Sie können sich sicher vorstellen, wie es dann weitergeht.« Das Ergebnis dieses recht misslungenen Versuchs, taktvoll zu sein und Clara nicht damit zu konfrontieren, dass man gegen ihren Vater wegen Mordversuchs – vielleicht auch wegen vorsätzlichen Mordes – ermitteln wird, ist mehr als zweifelhaft.

»Schaffst du das, Clara? Wir müssen jetzt stark sein! Du wirst sehen, es wird sich alles klären, Papa muss jeden Augenblick nach Hause kommen.«

Clara nickt, und ich begreife, dass sie sich, auch wenn das paradox erscheinen mag, erleichtert und befreit fühlen muss.

»Der Großvater ist kurz vor dem Mittagessen gestorben und nicht erst, als ich ihm die Torte gebracht habe.«

Ich traue meinen Ohren nicht, und über Calligaris' Gesicht huscht ein sarkastisches Lächeln. Selina scheint am Boden zerstört zu sein; sie hört ihrer Tochter mit Tränen in den Augen zu.

»Nachdem wir zusammen mit Terézia den Tisch gedeckt hatten, haben wir die Vorspeisen aufgetragen. Großvater liebte Involtini mit Rucola, und ich wollte ihm ein paar bringen und ihn gleichzeitig noch einmal bitten, doch mit uns zu essen.

Die Tür zu seinem Zimmer war geschlossen, ich habe angeklopft, aber er hat nicht geöffnet. Ich nahm an, dass er vielleicht schlief, und habe die Involtini auf dem Tischchen neben der Tür abgestellt. Ich versuche es später noch einmal, habe ich mir gesagt. Aber dann hörte ich ein merkwürdiges Geräusch, das ich mir nicht erklären konnte. Ich habe die Tür geöffnet und sah meinen Vater hinter dem Rollstuhl meines Großvaters stehen. Seine Hände lagen am Hals des Großvaters. Der war ohnmächtig. Oder schon tot. Das weiß ich nicht.«

Selina beginnt leise zu weinen.

Clara fährt fort, mit einer Stimme, die vom Weinen heiser und tonlos ist.

»Mein Vater bemerkte mich nicht. Mir war klar, dass er etwas tat, was nicht richtig war. Ich habe mich in meinem Zimmer versteckt, und kurz darauf hörte ich, wie er ins Bad ging. Er weinte. Er hat sich das Gesicht gewaschen und mich bemerkt. Wir haben kein Wort miteinander gewechselt. Er hat mich nichts gefragt und ich ihn auch nicht.«

Selina fährt sich mit den Händen über die Augen, und dabei schluchzt sie unterdrückt.

»Ich bin zu Großvater gegangen und habe ihn ein wenig geschüttelt, aber er war tot, richtig tot. Er hatte keine Fingerabdrücke am Hals, also konnte er nicht erwürgt worden sein. Aber trotzdem hätte jeder sofort begriffen, dass er umgebracht worden war. Ich meine … ich weiß auch nicht, wie ich das sagen soll. Aber die Rechtsmediziner finden doch immer alles heraus … Dann dachte ich, vielleicht hat Papa ihn auch nicht erwürgt, sondern vergiftet. Ich habe Großvater angesehen und ihn in Papas Namen um Verzeihung gebeten. Dann habe ich diesen Brief gesucht, den ich gut kannte. Er war schon ganz alt, er wollte ihn als Grundlage für eine Erzählung benutzen, und ich habe ihn auf den Schreibtisch gelegt und gehofft, dass es für alle anderen nach Selbstmord aussieht.«

Clara ist noch ein Teenager, ihre Aussage ist der Beweis dafür. Keinen Augenblick lang hat sie an einen natürlichen Tod geglaubt und war sich ganz sicher, dass man etwas Verdächtiges finden würde. Um ihren Vater zu schützen, hat sie einen Selbstmord vorgetäuscht. Wenn das Ganze nicht so furchtbar wäre, wäre ich geradezu gerührt.

»Während des Mittagessens habe ich so getan, als würde ich Großvater etwas hochbringen. Ich habe den Teller wieder zurückgetragen und meiner Mutter erzählt, dass er nichts zu essen wollte. Mein Vater war derart aufgekratzt, dass er nichts davon mitbekommen hat. Er hat sich alle Mühe gegeben, so zu wirken wie immer. Als wir fertig gegessen hatten und die Torte angeschnitten war, habe ich mir gemerkt, wo jeder saß. Mein Vater saß am Tisch und war dabei, einen Witz zu erzählen. Das war genau der richtige Moment. Ich habe so getan, als ob ich Großvater in diesem Augenblick gefunden hätte, und so konnte niemand auf die Idee kommen, meinen Vater zu beschuldigen.«

Clara unterbricht sich, sie wirkt erschöpft. Dann holt sie tief Luft und fährt fort.

»Ich … habe alles getan, um ihn zu schützen … aber ich habe das alles nicht mehr ausgehalten. Als ich weggelaufen bin, war ich bei Onkel Oscar, denn er war der Einzige, der mich verstehen konnte. Er hat mir zugehört. Er ist … wie Großvater.«

Also kannte Oscar Azais die Wahrheit, genau, wie ich vermutet hatte. Hat er uns nichts erzählt, um seine Nichte zu schützen oder die Familie seiner Schwester oder weil es ihm egal war?

Claras Geschichte hat ein Loch gerissen, ihre Worte wiegen schwer. Auch Calligaris, der die Aussage des Mädchens mitgeschrieben hat, macht einen erschütterten Eindruck. Clara hält den Blick gesenkt, die schwarz lackierten Nägel sind abgekaut.

Sie hat alles darangesetzt, ihren Vater zu decken, und nicht bemerkt, dass sie ihn damit ausgeliefert hat – mit ihrem beharrlichen Schweigen, ihrem ungeschickten Versuch, die Ermittlungen mithilfe eines alten Briefes abzulenken. Ich hoffe, dass sie das Ausmaß ihrer Fehler erst dann erkennt, wenn sie auch die Reife hat, sich selbst zu verzeihen.

*Wein, Essen und in der Hosentasche ein Glücksbringer …
aber es hilft nichts, hart wie Stein!*

Dann überstürzen sich die Ereignisse.

Wir haben auf die Ankunft des Familienanwalts der Norbedos gewartet, und Calligaris hat offiziell Claras und Selinas Aussagen aufgenommen.

Doch was war das Tatmotiv? Es gibt bruchstückhafte Informationen, sich widersprechende Hypothesen und die Bitterkeit einer verletzten Ehefrau, die von der Wahrheit angeblich keine Ahnung hatte, sie aber vielleicht ahnte; doch wer kann das wissen? Außerdem muss es eine Verbindung zwischen Konrads Tod und jenem von Amélie geben, und ich begreife nicht, auf welche Art und Weise und warum Edoardo die Volange umgebracht haben sollte.

Edoardo Norbedo war beim Tennis, und ein Streifenwagen fuhr los und brachte ihn nach Rom. Calligaris entließ mich mit den Worten: »Das ist alles für heute, meine Liebe. Du hörst von mir. Superarbeit.«

Auf der Rückfahrt schreibe ich Claudio eine SMS, um seine Stimmung zu testen und zu begreifen, ob es ratsam ist, ihm von meinem Mitwirken bei der Aufklärung des Falls zu erzählen. Vielleicht ist er darüber gar nicht so erfreut, denn er will an unserem Institut den Superhelden spielen, das weiß ich aus erster Hand.

Auf meine zweite, ganz unverfängliche Nachricht antwortet er mit einem Anruf.

»Wenn man vom Teufel spricht …«, beginnt er. »Wie

konntest du wissen, dass der Staatsanwalt, der den Fall Azais betreut, mich dringend sprechen wollte?«

»Sogar dringend?«

»Als ich nach Hause kam, standen die Carabinieri vor der Tür. Woher konntest du das wissen?«

»Das ist eine lange Geschichte ...«

»... in die du vermutlich bis über beide Ohren verstrickt bist.«

»Wenn du mit dem Staatsanwalt fertig bist, dann komm doch bei mir vorbei.«

»Oje.«

»Ich erzähle dir dann, was passiert ist, und vor allem sagst du mir, was du ausgesagt hast.«

Die nächste Stunde verbringe ich damit, die Wohnung in Ordnung zu bringen, während ich eine CD von John Mayer höre. Ich bin nicht sehr ordentlich, im übrigen ist das einer der Gründe, warum ich froh bin, nicht mehr bei meinen Eltern zu wohnen. Meine Mutter hält das Haus in Ordnung, als würde sie jeden Augenblick Besuch von *Schöner Wohnen* erwarten.

Es klingelt. Claudio küsst mich zur Begrüßung achtlos auf die Wange, legt seine Jacke über eine Sessellehne, geht in die Küche und schenkt sich ein Glas Wasser ein.

Er lehnt sich gegen die weiße Küchenabdeckung und schaut sich skeptisch um. Ichi kommt schwanzwedelnd auf ihn zu.

»Hallo, Hund. Komm bloß nicht näher. Ich habe nichts gegen freundschaftliche Beziehungen, nur zu eng sollten sie nicht sein.«

Ichi regiert mit einem Blick, der so etwas ausdrückt wie *Dein Pech* und entfernt sich dann würdevoll. Er springt aufs Sofa und macht es sich dort gemütlich.

»Und wo, bitte schön, sollen *wir* uns hinsetzen?«, fragt er.

Ich weise auf die Küchenhocker.

Er setzt sich kopfschüttelnd. Er trägt sein Haar ein wenig länger und strahlt Überlegenheit aus wie die Sonne im August.

Dann blickt er auf die Uhr und fragt: »Zuerst du oder zuerst ich?«

»Du, natürlich.«

»Hast du Martini da? Und vielleicht ein paar Oliven?«

»Das hier ist keine Bar. Komm, fang an, ich sterbe vor Neugier.«

Claudio öffnet die obersten Hemdknöpfe, massiert sich energisch den Hals und setzt eine Leidensmiene auf, er ist anscheinend müde. Ich nehme eine Flasche Bacardi Breezers Ananas aus dem Kühlschrank, das ist alles, was ich anzubieten habe. Ich schraube sie auf und will ihm schon einschenken, als er mich in den Po kneift.

»Au!«

»Gib her«, meint er und streckt die Hand aus, ohne seinen Blick abzuwenden. »Ich meine den Bacardi. Das ist kein Fruchtsaft, den du deinem Kleinen einschenkst.«

Während er einen Schluck nimmt, erzählt er mir alles so, wie ich es mir vorgestellt hatte. Der Staatsanwalt wollte wissen, ob die Ereignisse, so wie sie Calligaris aufgrund von Claras Zeugenaussage rekonstruiert hat, mit dem Autopsiebefund zu Konrad Azais in Einklang stehen. Claudio hat das bestätigt. Das ist alles.

»Und dann?«

»Was dann, Alice? Dann bin ich hierhergekommen. Jetzt erzähl mal, welche Rolle du in dem Ganzen spielst.«

Ich berichte ihm die Geschichte in groben Zügen und betone dabei alles, was mich in ein positives Licht rückt. Ich habe keine Lust mehr, immer die Rolle der Doofen zu spielen, die nichts versteht und den Kopf in den Wolken hat. Eine, die er für ungeeignet und fahrig hält, um den Beruf auszuüben, in dem er selbst glänzt. Er hört mir mit leicht spöttischer Miene zu, so ist er eben, er ist niemals ernst, jedenfalls nicht mir gegenüber.

»Und so hast du mit deinem kleinen Detektivgehirn den Fall Azais gelöst, sehr gut, Alice«, meint er abschließend und mimt Applaus.

»Du glaubst mir nicht?«

»Selbstverständlich, warum sollte ich dir nicht glauben?«

»Weil du mich beruflich immer noch für eine Niete hältst. Das weiß ich.«

»Immer wieder die alte Leier.«

»Für mich zählt deine Meinung.«

Er schaut leicht überrascht auf.

Vielleicht habe ich ihm heftiger geantwortet, als ich wollte, und das hat ihn durcheinandergebracht und auch ermuntert.

Er trinkt seinen Bacardi aus.

Dann erhebt er sich und streichelt mir lange den Nacken. Ich sage kein Wort und schließe die Augen. Er legt seinen Kopf auf meine Schulter, die Umarmung ist ungemütlich und fühlt sich merkwürdig an.

»Ich weiß nicht, wie ich mich verhalten soll«, flüstert er mir ins Ohr.

Ich erwidere seine Umarmung, streife seinen Hals mit meinen Lippen und taste mit den Fingerspitzen das von Gel steife Haar. Er gibt sich hin, und wie von einem befreienden Strom erfasst, der von ihm ausgeht, vergesse ich, wer er ist, wer ich bin, und verliere wieder einmal die Kontrolle.

Ach, du lieber Himmel. Das geht schief. Das weiß ich jetzt schon. Und dieses Mal habe ich keine Entschuldigung, ich bin nicht einmal betrunken.

Er ist wunderbar. Ihm zu widerstehen wäre, als würde man eine Tasse cremiger heißer Schokolade halb voll stehen lassen. Er hat seine Hände zu beiden Seiten meines Gesichts an der Wand abgestützt, und wenn es die Farbe meiner Seele hat, dann ist es auf jeden Fall leuchtend rot.

Wie gern würde ich nichts mehr denken. Nur fünf Minuten lang.

Alice, gib dich hin.

Ich schiebe ihn plötzlich fort. Er schüttelt den Kopf, ist ungläubig und enttäuscht zugleich.

»Was ist los?«

»Ich will nicht.«

Er macht große Augen, sein leichtes Schielen auf dem linken Auge, das in den Augenblicken der Lust sichtbarer wird, verschwindet jetzt. Er wird wütend.

»Alice, dieses ganze Theater wegen einem Fick! Du bist keine fünfzehn mehr, und ich habe genug davon.«

Wie immer, wenn die Dinge nicht so laufen, wie er will, ergreift er die Flucht.

Ich schreibe ihm kurz darauf eine SMS mit ein paar Worten der Entschuldigung und dass ich nicht mit ihm spielen wollte. Natürlich erhalte ich keine Antwort.

Baromságok!

Am nächsten Tag ist der Himmel dermaßen verhangen, dass ich mich schon freue, wenn die Sonne hin und wieder durch die Wolkendecke bricht. Ich nehme die Metro und fahre zu Calligaris. Er ist in Hochstimmung.

Er hat Augenringe, aber er strahlt. Ich mag das an ihm: Trotz seines Berufs, der ihm die Niedertracht seiner Mitmenschen aus nächster Nähe zeigt, hat er tiefes Vertrauen in die menschliche Seele. Er ist leutselig, freundlich und voller Begeisterung – alles Eigenschaften, die ich an meinen Mitmenschen schätze.

»Alice, guten Tag«, begrüßt er mich ruhig, aber sein Tonfall verrät trotzdem Erregung. »Ich lass dir einen Cappuccino bringen, den hast du dir verdient.«

»Vielen Dank, Ispettore.«

»Ich habe das Gefühl, dass wir beide zusammen Großes zustande bringen.«

Seine Assistentin bringt mir den Cappuccino. Er wärmt mich, und ich bin bereit für das, was Calligaris mir zu berichten hat. Zugleich habe ich Angst vor der Wahrheit.

Er verschränkt die Hände und nimmt die Haltung eines Geschichtenerzählers an. Das macht er sehr geschickt: Vor meinem geistigen Auge erscheint der zwanzigjährige Edoardo Norbedo, der davon träumt, einmal ein berühmter Schriftsteller zu werden.

* * *

Edoardo ist ein junger Bohémien aus einer neureichen Familie aus den Marken. Er träumt davon, sein Heimatstädtchen zu verlassen, und so begibt er sich nach einem ausgezeichneten Abitur an einem humanistischen Gymnasium nach Rom, um dort italienische Literatur zu studieren. Sein Traum: Schriftsteller zu werden.

Trotz weitreichenden Bemühungen, engen Kontakten zu entsprechenden kulturellen Kreisen und einschlägigen Bekanntschaften gelingt es dem jungen Norbedo nicht, sein Ziel zu erreichen. Bei einem Abendessen, das von der Ehefrau eines Verlegers gegeben wird (er ist ihr Liebhaber) macht Edoardo die Bekanntschaft von Konrad Azais, für den er als junger Mann große Bewunderung hegte. Die Karriere des Meisters ist mittlerweile auf dem absteigenden Ast. Die Frustration des einen trifft auf die Enttäuschung des anderen, und die beiden sprechen sich gegenseitig Mut zu. Edoardo weckt in Konrad, dessen Eitelkeit nur noch von seinem krankhaften Ehrgeiz übertroffen wird, neue Lebenskräfte; und Konrad lässt sich gegenüber dem jungen, hoffnungsvollen Talent hin und wieder zu Ermunterungen herab.

Norbedo ist ein Emporkömmling. Für ihn zählen vor allem geeignete persönliche Beziehungen, um erfolgreich zu sein. Er nimmt Azais in Beschlag und lässt ihn nicht mehr los. Aus einer eigenwilligen Bekanntschaft wird eine Art Gewohnheit: Die beiden treffen sich, meist im Haus von Azais, um über Bücher zu sprechen – selbstverständlich über die Romane von Azais. Der Altmeister hat einen Blick in Norbedos Manuskripte geworfen und sie als banal abgetan. Er unterlässt es, Norbedo zu ermuntern, im Gegenteil, er weist ihm einen Weg in die Zukunft, der mit Literatur nichts zu tun hat.

Edoardo schluckt die Kröte, bedankt sich, hört aber nicht auf, zu schreiben und in geeigneten Kreisen für sich zu werben. An einem Sommernachmittag lernt er Selina kennen: Bereits ein Jahr später sind die beiden verheiratet.

Selina erlebte, wie die Leidenschaft für die Schriftstellerei, die Überzeugung, etwas zu sagen zu haben, und der Ehrgeiz, dem Vater nachzueifern, einen ihrer Brüder ruinierten. Um einen Romans zu schreiben, reichte es ihrer Meinung nach nicht aus, eine Botschaft zu haben oder eine Geschichte erzählen zu wollen. Vor allem musste der zukünftige Autor ausreichend selbstkritisch sein, um abzusehen, ob es jemanden gäbe, der seine Geschichte lesen würde. Sie erzählt Edoardo von Enrico, der bereits einen Selbstmordversuch hinter sich hat – es sollte nicht der letzte sein –, und von Oscar mit seinen eklektischen Neigungen und dem schillernden Charakter.

Eine Enttäuschung folgt auf die andere, und Edoardo widmet dem Schreiben immer weniger Zeit. Er findet eine Anstellung mit guten Karriereaussichten, er liebt Selina, und acht Jahre nach der Hochzeit wird er Vater eines Töchterchens, das er liebt. Der Traum vom Schriftstellerdasein lässt ihn nicht los, aber er hat ihn in entlegene Gefilde seines Inneren verbannt, die er nicht mehr betritt. Melancholie herrscht dort, Enttäuschung über unerfüllte Träume, eine Enttäuschung, für die er sich schuldig fühlt, denn im Grunde stimmt in seinem Leben alles, läuft alles rund, und trotzdem regt das, was fehlt, immer wieder Unzufriedenheit in ihm.

Azais schenkt Selina das Haus in Tarquinia. Die Tochter hat seit Jahren ein Auge darauf geworfen, und der Alte hat begonnen, seinen Besitz unter seinen Kindern aufzuteilen. Selina widmet sich der Instandsetzung, und endlich kann sie ihr bislang ungenutztes Architekturstudium einsetzen. Clara wächst heran, und ihre uneingeschränkte Bewunderung für den Vater schwindet, zu Edoardos Enttäuschung. Die Karriereaussichten erweisen sich am Ende als nur mittelmäßig, und Tag für Tag nagt unmerklich Überdruss an ihm.

Und am Ende gibt er nach.

Die alten Träume brechen durch. Er beginnt wieder mit dem Schreiben, er verwirft, überarbeitet und fängt von vorne an. Dieses Mal, das hat er im Gefühl, wird es der große Wurf. Er ist älter geworden, reifer, er hat einen neuen Ansatz gefunden, eine ganz eigene Originalität.

In der Zwischenzeit findet Leone Azais den Brief seines Vaters, in dem dieser erklärt, sein Vermögen einer Unbekannten vermachen zu wollen, und leitet das Entmündigungsverfahren ein. Darauf möchte Konrad, mittlerweile schwerbehindert, nicht mehr unter dem Dach seines ältesten Sohnes leben. Selina nimmt ihn mit offenen Armen auf und Edoardo, der in diesem Umzug ein Zeichen des Himmels sieht, ebenfalls. Dieses Mal kann der Schwiegervater gar nicht anders, als sein Talent zu erkennen. Er wird ihn bei seinem Versuch, als Schriftsteller Fuß zu fassen, unterstützen.

So viel ist sicher.

Edoardo geht mit äußerster Vorsicht vor. Er kennt seinen Schwiegervater gut, er weiß, dass er einen schwierigen, jähzornigen und ungeduldigen Menschen vor sich hat. Er möchte nicht gefragt werden: *Ach, hast du etwa wieder angefangen mit dem Schreiben, Edoardo?* Sein größter Wunsch ist Anerkennung, ohne diese Anerkennung hat alles keinen wirklichen Wert. Die Sicherheit, dass er dieses Mal ins Schwarze getroffen hat, gibt ihm die nötige Gelassenheit und Geduld, an seinem Roman weiterzufeilen. Er will Azais sein Werk von der besten Seite präsentieren, und da hat er keine Eile.

Doch das Zusammenleben gestaltet sich schwieriger als zunächst angenommen: Azais wird immer unleidlicher und engstirniger. Er weist Edoardos Annäherungsversuche mit brüsken Worten ab, so als hätte er wer weiß was zu tun. Nur was?

Am Ende ist es Clara, die das Geheimnis unbedarft lüftet: Der Großvater schreibe an seinem letzten Buch und wolle so viel wie möglich allein sein. In seinem Alter zähle jeder Tag, vielleicht bleibe ihm nicht mehr viel Zeit.

Edoardo nimmt diese Neuigkeit mit ungläubigem Sarkasmus auf: Seiner Meinung nach hat der Alte sein Pulver längst verschossen. In der Zwischenzeit ist der eigene Roman abgeschlossen: ein gewaltiges Unterfangen, siebenhundertfünfzig Manuskriptseiten historischer Stoff, eine Geschichte, die im Rom zu Zeiten der Borgia spielt. Eine sichere Neuentdeckung für den Verlag, der am Ende die Rechte kauft. Ein Bestseller, das sieht man auf den ersten Blick! Wäre er in Amerika, wo man für Erfolg einen Riecher hat, dann wäre Edoardo bereits ein gemachter Mann. Schon sieht er sich in Hollywood bei der Premiere des Films, der auf seinem Roman basiert, mit Russell Crowe in der Hauptrolle.

Doch nagt an ihm wieder die alte Unsicherheit, die Konrad Azais ihm Jahre zuvor eingepflanzt hat.

Er ist einige Tage lang in Krisenstimmung: Soll er wirklich seinen Schwiegervater um dessen Meinung fragen? Vielleicht versteht Azais diesen Roman nicht einmal. Der Alte gehört einer anderen Zeit an, sein literarischer Geschmack ist nicht mehr auf dem neuesten Stand. Doch dann hält Edoardo sich vor Augen, dass die großen Erzähler zeitlos sind, sie erliegen keinen Modetrends, und somit braucht er keine Angst zu haben und auf seinen Traum, seinen hartnäckigsten Widersacher für sich zu gewinnen, nicht zu verzichten. Er druckt das Manuskript in großen Lettern aus, damit die Altersaugen seines Schwiegervaters beim Lesen nicht zu schnell ermüden. Damit verdoppelt sich die Anzahl der Seiten, und er ist stolz wie ein Vater auf sein Neugeborenes. Er gestaltet sogar schon einen Schutzumschlag, lässt den Roman binden und überreicht ihn eines Tages seinem Schwiegervater wie ein fertiges Buch.

Als er das Werk in seinen Händen hält, bricht Konrad in Gelächter aus. »Da fehlt nur noch die Banderole ›Buch des Jahres‹!«, kommentiert er mit seiner Rabenstimme und beginnt kopfschüttelnd und mit gelangweilter Überheblichkeit im Text zu blättern. »Lass mir wenigstens etwas Zeit«, bittet er spöttisch. »Für tausendfünfhundert Seiten von dir brauche ich mindestens zwei Jahre. Wahrscheinlich sterbe ich in der Zwischenzeit, ha, ha, ha.«

Zehn Tage lang meidet Edoardo Konrads Zimmer. Er will dessen Urteil nicht negativ beeinflussen; wenn er unter Druck gerät, ist der Schwiegervater noch unleidlicher. Er will Zeit? Die kann er haben.

Doch dann kommt er, der Tag, an dem er das Urteil erhält.

Clara wird vorgeschickt, der Großvater wolle ihn sprechen. Ach was! Edoardo meldet sich bei der Arbeit krank, damit er für seinen Schwiegervater alle Zeit der Welt hat.

Der empfängt ihn auf seinem armseligen Thron, dem Rollstuhl, er, der abgedankte König, der immer noch überzeugt ist, dass er unwidersprochen über das Reich der Literatur herrscht. Fast hätte er Norbedo seinen Handrücken zum Kuss dargereicht.

Und schon kommt der Urteilsspruch. Es ist nur einziges Wort, es schnellt aus Azais' Mund wie ein Peitschenschlag.

Baromságok!

Blödsinn.

So lautet die Bewertung seines Werks.

Aber damit nicht genug. Konrad nimmt den Text so akribisch auseinander, dass Edoardo ihm nicht den Vorwurf machen kann, ihn nicht gründlich gelesen zu haben. Konrad lässt kein gutes Haar an dem Roman.

Das Buch ist voller gravierender Fehler, und Konrad listet sie alle penibel auf, was Edoardo nicht nur als unfähig, sondern obendrein als Dummkopf hinstellt. Wie feine Nadelspitzen setzen sich die Worte des Schwiegervaters in die Haut, durchdringen sie, und als die Kritik kein Ende nimmt, verletzen sie tödlich.

Die Unterhaltung zieht sich den ganzen Tag lang hin. Wie in alten Zeiten essen die beiden zu Mittag und diskutieren dabei über Bücher. Geschickt verbirgt Edoardo seine Enttäuschung, er hat Übung darin. Azais ist in Plauderstimmung. Vielleicht, denkt Edoardo irgendwann, haben die Schwager, allen voran Leone, der die Absonderlichkeiten von Azais jahrelang ertragen musste, doch nicht so unrecht mit der Entmündigung.

Aber dann ereignet sich etwas Unerhörtes – er erhält ein Geständnis.

Im Laufe der fieberhaften Unterhaltung erzählt ihm Azais von dem Plagiat. Dass sein Meisterwerk nicht von ihm sei. Edoardo trifft diese Nachricht wie ein Paukenschlag. Konrad erläutert ihm, dass er genau aus diesem Grund ein Testament verfasst habe, welches seinen Kindern unbegreiflich sei. Und nach einem letzten Glas Wein – er hat bereits mehr als genug davon getrunken – bittet er ihn, niemandem etwas davon zu erzählen. Auch nicht Selina. Vor allem nicht Selina, die er über alles schätzt und verehrt. Solange er am Leben ist, fehlt ihm der Mut, die Verachtung seiner Kinder zu ertragen. Er möchte die Wahrheit sagen, aber er will nicht für Gerechtigkeit sorgen und dafür büßen. Er hat weder die innere Kraft noch die nötige Energie, um die Folgen seines Handelns auszuhalten.

Am Abend nickt der Alte in seinem Rollstuhl ein. Der Kopf hängt seitwärts, die Muskeln zucken leicht, er ist eingeschlafen. Edoardo weiß nicht mehr, was er denken soll, ihm kommt es so vor, als hätte er an einem Tag eine ganze Woche durchlebt. Er will das Zimmer schon verlassen, da bemerkt er auf dem Schreibtisch ein Manuskript in der engen Schrift des Schwiegervaters. Zuerst streicht er mit den Fingerspitzen darüber, überfliegt ein paar Zeilen. Der Anfang lässt ihn nicht mehr los, die ersten Seiten reichen, um den Leser gefangen zu nehmen.

Er fühlt Eifersucht in sich aufsteigen.

Clara betritt das Zimmer wie gewohnt, ohne anzuklopfen. Er zieht die Hände zurück wie ein Dieb. Seine Tochter sieht ihn fragend an, in ihren Augen steht schon die Anklage für eine Tat, die in ihm heranreift. »Was willst du hier?«, fragt er sie. »Ich habe mit Großvater einen wunderbaren Tag verbracht, aber jetzt wollen wir ihn schlafen lassen.«

Er legt seinen Arm um die Schultern der Tochter, und sie verlassen den Raum. Beim Abendessen ist der immer zu Scherzen aufgelegte Edoardo ungewöhnlich schweigsam. Selina fragt nach dem Grund, und er täuscht Kopfschmerzen vor.

In der Nacht findet er keinen Schlaf.

Von da an verschlingt er alles, was Azais dem Roman hinzufügt. Er tut so, als wollte er sich nach dem Wohlergehen des Schwiegervaters erkundigen. Der empfängt ihn stets freundlich, und Edoardo nutzt die kurzen Nickerchen des Alten zum Lesen.

Bis zur letzten Seite, aber der Roman ist noch nicht fertig: Es fehlt immer noch das Finale. Edoardo wartet tagelang, doch die letzte Seite ist immer dieselbe. Er brennt vor Ungeduld.

Azais schreibt den Schluss an einem Samstag, an dem er den Kurzbesuch seines Schwiegersohns verweigert. Er ist bereits bei Tagesanbruch wach und lässt nur Terézia in seine Nähe, um ihm die Windel zu wechseln. Nicht einmal zu Mittag essen will er und nimmt nur eine halbe Tasse Fischbrühe zu sich, eines seiner Lieblingsgerichte.

Das Finale ist am Ende eine Meisterleistung. Als Edoardo die allerletzte Seite des Romans gelesen hat, ist er voller Wut – so einfach kann Erfolg sein. Der Roman ist Azais' Vermächtnis, im Stil ist er jener unvergleichlichen *Gier* noch überlegen. Im Alter von über achtzig hat Azais sich freigeschwommen und seinen Frieden mit der Schriftstellerkunst gemacht. Aber hat er das wirklich verdient? Er, der seinem besten Freund einst den Roman gestohlen hat? Und dessen Selbstmord auf dem Gewissen hat? Wenn man sich mit einem Roman wie *Gier* präsentieren kann, hat man es geschafft: Selbst der größte Dummkopf, der nicht lesen und schreiben kann, erhält mit einem solchen Werk die literarischen Weihen. Aber hat jemand wie Azais ein weiteres Meisterwerk nötig?

Hätte er es nicht vielmehr verdient, dass man ihm die Gemeinheit von damals mit gleicher Münze heimzahlt?

Für Edoardo wäre das der große Sprung nach vorn. Hier und da einige geringfügige Korrekturen und eine persönliche Note, um den Boden für die künftige literarische Produktion zu ebnen, würden genügen. Natürlich wird es dann Stimmen geben, die behaupten, der Autor habe nach einem derart reifen und persönlichen Roman eine Kehrtwende gemacht und würde plötzlich ganz anders schreiben, aber was zählt das.

Eine Woche darauf erzählt Clara beim Mittagessen, Großvater habe seinen Verleger angerufen und ihm von dem neuen Projekt erzählt. Großvater habe sie gebeten, den Text auf dem Computer abzuschreiben. »Die Zeiten des Füllfederhalters sind vorbei«, hatte sein Lektor lachend angemerkt.

»Und hast du schon angefangen?«, fragt Edoardo sie lauernd. Nein, das habe sie nicht. »Hast du bereits etwas davon gelesen?« Nein, keine Zeile. Großvater wolle, dass sie den Roman in einem Durchgang lese. Im Augenblick habe sie aber in der Schule viele Prüfungen, außerdem sei da noch die Griechischhausaufgabe, und sie habe ihn gefragt, ob sie erst in der folgenden Woche anfangen könne.

Edoardo begreift, dass es Zeit ist zu handeln. Das Manuskript darf nicht den Namen von Konrad Azais tragen.

Fieberhaft sucht er nach einem Weg, den Schwiegervater auszuschalten und eine natürliche Todesursache vorzutäuschen. Zunächst kommen ihm Medikamente und Gifte in den Sinn, aber er fürchtet die toxikologischen Untersuchungen. Fürs Erste schiebt er diesen Einfall also beiseite und überlegt weiter. Und dann kommt ihm eine geniale Idee: Er erinnert sich, dass Konrads Herz vor einigen Jahren aussetzte, als er sich eine Krawatte umband. Leone hatte ihn von Kopf bis Fuß untersuchen lassen, aber der Alte, so stellte sich heraus, war für sein Alter kerngesund. Er habe eine leichte Herzrhythmusstörung, hatte ihm der Arzt gesagt und dann von einer Veranlagung zu Herzinsuffizienz gesprochen. Der Befund war damals in der Familie nicht sehr beachtet worden: Konrad ging es im Großen und Ganzen gut, und damit war der Fall erledigt.

Doch jetzt geht Edoardo dieser Befund durch den Kopf. Er sucht im Internet nach einer halbwegs verständlichen Erklärung für Herzinsuffizienz. Bei allen Menschen, so erfährt er, gibt es bestimmte Punkte an der Halsschlagader, bei denen sich, wenn man daraufdrückt, der Herzschlag verlangsamt. Wenn jemand sehr empfindlich ist, kann es zum Herzversagen kommen. Das passiert nicht sehr häufig, aber ganz so selten ist es auch nicht.

Bald steht der Plan. Nach einem plötzlichen Tod wird es aussehen, einem Infarkt oder Ähnlichem. Immerhin ist der Alte über achtzig. Wer denkt da an Mord?

Und dann kommt der Tag, an dem alles passt. Der Geburtstag von Konrads Lieblingsenkelin.

Edoardo nutzt einen Augenblick allgemeinen Durcheinanders und betritt das Zimmer des Schwiegervaters. Azais ist erschöpft und atmet schwer. »Geht es dir nicht gut, Papa?«, fragt er den Alten freundlich. Konrad wehrt hartnäckig ab, ihm geht es immer gut. Norbedo klopft das Herz bis zum Hals. *Nein, das geht nicht. Edoardo, was machst du da? Du bist doch kein Mörder*, schießt es ihm durch den Kopf. Doch die Situation ist ideal, der Roman muss in seinen Besitz gelangen. Er ist seinem Schwiegervater ähnlicher, als er glaubt, wer weiß, vielleicht zauderte Konrad einst genauso.

Ruhm. Buchkritiken, Auslandsreisen. Den Graben überspringen, der die literarischen Aspiranten von den Meistern trennt. Die Anwärter mit der großzügigen Selbstzufriedenheit dessen betrachten, der es geschafft hat.

Konrad wird ohnehin bald sterben, ich helfe nur ein wenig nach. Er geht auf den Rollstuhl zu, diesen Königsthron, bereit, Konrad die Krone vom Kopf zu reißen und sie sich selbst aufzusetzen.

Seine Hände nähern sich dem Hals.

»Was machst du da?«, fragt ihn Azais überrascht. Er hat keine Ahnung von dem, was ihm bevorsteht, er ist lediglich neugierig.

»Ich wollte dir nur den Kragen aufknöpfen, der kommt mir sehr eng vor.«

Azais lässt ihn gewähren. Der kleine durchsichtige Knopf fährt durchs Loch. Konrad hat die Augen geschlossen. Sein faltiges Gesicht ist ausdrucklos.

Jetzt, Edoardo, jetzt.

Er hält den Hemdkragen mit beiden Händen zwischen Daumen und Zeigefinger.

Zieh, jetzt zieh doch endlich.

Er kommt ins Schwitzen, ist adrenalindurchflutet und hat das Gefühl, wenn er ihn nicht bald umbringt, dann wird er selbst vor Angst umkommen. Azais öffnet die Augen und sieht im Gesicht seines Schwiegersohns Panik, vielleicht auch noch etwas anderes. Vielleicht liest er dort sogar dessen Absichten.

»Edoardo, verschwinde!«, befiehlt er.

Aber Edoardo rührt sich nicht vom Fleck.

Seine Finger krampfen sich zusammen, aus dem steifen Hemdkragen ragt die faltige und feine Haut des Halses, er zieht immer fester.

Azais reißt die Augen auf. Vielleicht begreift er in jenem Augenblick, was passiert.

Der Tod kommt unerwartet und ganz leise.

Edoardo ist überrascht und erleichtert. *Es war gar nicht so schwierig.*

Am Hals sind keinerlei Spuren, er ist nur ein wenig rot, mehr nicht. Die Augen sind geöffnet, der Blick eingefroren in einen Ausdruck von Schrecken und Entsetzen. Edoardo fährt über die Lider und schließt ihm die Wolfsaugen.

Im Badezimmer kommen ihm die Tränen. Er weiß nicht, warum er weint. Vielleicht ist es die Angst, die sich jetzt löst.

Der Rest der Geschichte ist bekannt.

Alles wäre perfekt gewesen, wenn Clara nicht den Brief auf den Schreibtisch gelegt hätte. Wie konnte die intelligente und umsichtige Clara einen derart schweren Fehler machen? Dieser Brief war der Grund für den Staatsanwalt, eine Autopsie zu veranlassen. Ohne Verdacht auf Selbstmord wäre man von einem natürlichen Tod ausgegangen, genau wie Edoardo sich das ausgedacht hatte.

Selina beschließt, die Hinterlassenschaft ihres Vaters im Safe aufzubewahren, auch das Manuskript, bis sie entschieden hat, was sie damit machen will.

Edoardo täuscht den Diebstahl vor, er hat das Gefühl, dass genügend Zeit verstrichen ist und sich die Lage beruhigt hat.

Bei der Vernehmung gesteht er, dass er es bereits zur Hälfte abgeschrieben hat.

Yukino ist fort, und ich bin jetzt ganz allein in unserer Wohnung. Gott sei Dank ziehe ich in wenigen Tagen bei Cordelia ein.

Yukino und ich skypen regelmäßig, und mir scheint, es geht ihr gut. Ihr fehlt das alles hier ein bisschen, aber so sehr auch wieder nicht. Am Ende wollen alle nach Hause zurück. Ob es auch Arthur eines Tages so gehen wird? Ich frage mich, wo für ihn Heimat ist. In einem Anfall seltener Feinfühligkeit meinte Silvia einmal, dass Heimat kein Ort sei, sondern ein Gefühl.

Cordelia hat bei sich zu Hause ein Foto, auf dem Arthur und sie als Teenager abgebildet sind. Sie hält ihn umarmt, oder besser, sie hängt an ihm. Ein Bild, wie es treffender nicht sein könnte. Er ist mager und wirkt zart und offenherzig. Als sie beide zehn oder elf Jahre alt waren, hat Cordelia mir anvertraut, war sie bis über beide Ohren in ihren Bruder verliebt. Sie hat versucht, ihn zu küssen, für sie war das nichts Schlimmes. Aber dann hat sie sich erinnert, dass sie Bruder und Schwester sind, und sich schuldig gefühlt. Danach ist es nie wieder vorgekommen. Mich hat das Ganze ziemlich aufgewühlt, und mir wurde ziemlich mulmig.

»Wenn du nicht sofort aufhörst, das Foto von meinem Bruder anzustarren, dann erzähle ich dir wieder, wie wir herumgeknutscht haben.«

Cordelia erscheint in der Tür meines neuen Zimmers.

Die Wände sind grau gestrichen, die Einrichtung ist chic und auf alt gemacht. Auf der Kommode steht eine Orchidee, auf dem Nachttisch ein Kristallleuchter, der aussieht wie ein Kerzenständer. Mir sagt Cordelias Stil sehr zu, und ich schlage ihr vor, sich mit Innenarchitektur zu beschäftigen.

»Oh, was ich alles machen könnte! Ein Leben reicht nicht aus für alle meine Begabungen.« Sie hat ihre Arme unter ihren kleinen Brüsten verschränkt; sie trägt ein weites blaues Männerhemd, ihr feines Haar fällt auf die schmalen Schultern. Die Handgelenke bedeckt sie nun immer. Das Zimmer hat einen kleinen Balkon, an so etwas bin ich gar nicht mehr gewöhnt. Ich öffne die Tür und trete auf eine winzige Fläche hinaus, die mit Kunstrasen bedeckt ist. Außer ein paar Blumentöpfen und einem Wäscheständer steht dort auch eine Waschmaschine, die noch dazu läuft.

»Cordelia!«

»Was ist los?«

»Du hast deine Waschmaschine auf dem Balkon?«

»Und wo soll ich sie deiner Meinung nach sonst hinstellen? In der Wohnung ruiniert sie mir den Boden.«

»Und bei Regen?«

»Decke ich etwas drüber«, erwidert sie, irritiert über meine Frage.

Ichi beäugt die Waschmaschine genauso verwundert wie ich. Dafür gefällt ihm das Bett im Zimmer, auf dem er es sich sofort gemütlich macht.

Jetzt sind nur noch wir zwei übrig, mein kleiner Ichi, und wir fangen wieder von vorne an.

* * *

Einige Tage danach sitze ich im Institut an einem Gutachten, im Hintergrund läuft Musik von Ella Fitzgerald. Der

Song *Bewitched* inspiriert mich, und ich schreibe Arthur eine E-Mail. Ganz verbindlich und sachlich – hoffentlich merkt er nichts von meiner Sehnsucht. Ich möchte eigentlich nur wissen, wie es ihm in Libyen ergeht. Seitdem er dort ist, höre ich bei den Nachrichten hin. Immer, wenn von Bengasi die Rede ist, bin ich ein wenig stolz, und zugleich habe ich Angst. Arthur hat jetzt ein Smartphone, und den Unterschied merke ich sofort: Er antwortet innerhalb von fünf Minuten. Er beruhigt mich, es wäre alles gut, ich müsse mir keine Sorgen machen. Dann erkundigt er sich, wie das Zusammenleben mit Cordelia klappt, und fragt, wer wohl am Ende überleben wird: Ichi oder seine merkwürdige Stiefschwester.

Ich will gerade antworten, da betritt Claudio ohne anzuklopfen das Büro und setzt sich auf Ambras Platz.

»Hör auf herumzuflirten. Ich habe etwas Aufregendes.«

»Ich habe gar nicht herumgeflirtet«, versetze ich eilig und schließe das Browserfenster. »Wo ist eigentlich Ambra? Sie fehlt seit einer Woche.«

»Sollte ich das wissen?«, fragt er zurück.

»Warum nicht? Weshalb hast du Schluss gemacht, Claudio? Sie ist wie ausgewechselt, blass, redet kaum, sogar ihr Busen hängt.«

Er macht ein Gesicht, als hätte er das nicht anders erwartet, und stößt einen Seufzer aus. »Ambra ist ganz anders, als sie sich gibt. Ihr auffälliges Erscheinungsbild ist nur Schau. Aber es ist ihr gegenüber nicht fair, mit dir über etwas zu reden, was nur uns beide angeht. Und außerdem will ich dir etwas Wichtiges erzählen. Also lenk nicht ab.«

Jetzt mache ich große Augen. »Raus mit der Sprache, du brennst ja darauf.«

»Genau, ich kann es kaum erwarten«, erwidert er in betont lässigem Tonfall. »Ich habe den histologischen Befund zu Amélie Volange, und hier gibt es einige Überraschungen. Die erste: Sie war schwanger. Ganz frisch, und deshalb haben wir es zunächst nicht bemerkt. Sehr wahrscheinlich wusste auch sie nichts davon. Zweitens: Amélie hatte sehr viel getrunken, zu viel. Daraus könnte man den Schluss ziehen, dass sie nicht in vollem Besitz ihrer geistigen Kräfte war, als das Auto sie erfasst hat. Das ist an sich nicht wichtig, denn der Fahrer, so man ihn identifiziert, würde immer noch wegen fahrlässiger Tötung und unterlassener Hilfeleistung angeklagt. Aber vorsätzlicher Mord erscheint damit unwahrscheinlicher. Amélie hatte so viel getrunken, dass es ihr schwergefallen sein dürfte, sich auf den Beinen zu halten, vielleicht hat sie sich sogar selbst vor das Auto geworfen. Ich will eigentlich nur sagen, dass die Hypothese, dass es sich um einen Unfall handelt, am wahrscheinlichsten ist. Außerdem hat der Ispettore, wie du dich vielleicht erinnerst, von Bremsspuren auf dem Asphalt gesprochen, was ebenfalls für eine fahrlässige Tötung spricht.«

Ich muss ihm recht geben. Aber die Tatsache, dass der Wagen auf Vittoria Galli zugelassen ist, scheint mir doch mehr als ein bloßer Zufall.

»Und was weißt du über die Schwangerschaft?«

»Nichts. Beatrice hat mir das ungefähre Datum der Empfängnis mitgeteilt. Wer der Vater ist, weiß ich natürlich nicht. Dazu bräuchte es eine DNA-Analyse, die ich zum gegenwärtigen Zeitpunkt, ganz ehrlich gesagt, für überflüssig halte. Wenn die Indizien für ein Zusammentreffen von unglücklichen Umständen sprechen, dann bleibt es Privatsache der armen Amélie, wer der Vater des Kindes ist.«

»Ispettore Calligaris hat mir gesagt, dass man das Auto, mit dem Amélie überfahren wurde, identifiziert hat. Es gehört einer Exfreundin von Leone Azais, einem von Konrads Söhnen. Glaubst du jetzt immer noch an einen unglücklichen Zufall?«

»Meinst du, es geht um das Testament?«

»Natürlich, was sonst?«

Er zuckt mit den Schultern und setzt seine fatalistische Miene auf. Er geht wohl wieder ins Sonnenstudio, sehe ich; das muss der Frühling sein.

»Das macht das Ganze natürlich komplizierter, aber nicht für mich. Ich muss nur die Todesursache feststellen und das festhalten, was ich diagnostiziere: Polytrauma, Schwangerschaft im Anfangsstadium – und jede Menge Alkohol.«

»Claudio, du behauptest immer, dass wir uns damit begnügen sollten. Dass die Rechtsmedizin genau das ist: Beschreiben und dokumentieren. Aber ich glaube, dass es um mehr geht.«

»Klar, um alles, was du willst. Solange du dich mit soliden ethischen Grundsätzen und innerhalb der Legalität bewegst. Und da hapert es bei dir ein bisschen, aber das ist nur meine persönliche Meinung, nimm's mir nicht übel.«

Ich werfe einen kurzen Blick auf den Bildschirm, ich habe eine neue Nachricht.

»Sorry, Claudio. Ich muss schnell eine wichtige Mail beantworten.«

»Heute will ich den Befund zum Tod von Amélie Volange abschließen und ihn dann morgen bei der Staatsanwaltschaft abliefern. Ich schick ihn dir, okay?«

»Danke«, antworte ich geistesabwesend, was ihn sichtlich verärgert. Ein letzter Blick voll unverhohlenem Grolls aus seinen grünen Augen, und dann schließt sich die Tür hinter ihm.

* * *

Am Nachmittag treffe ich mich mit Calligaris in einem Café in der Nähe seines Büros. Er nimmt ein Bananeneis in der Waffel mit viel Sahne. Der Gips von seinem Finger ist endlich ab, und er macht überhaupt einen aufgeräumten Eindruck. Der Himmel über uns ist perlweiß, hoch und weit entfernt, und ich fühle mich unruhig – so als hätte ich irgendetwas nicht erledigt, eine überfällige Rechnung nicht bezahlt oder einen wichtigen Anruf nicht beantwortet.

»Haben Sie Vittoria Galli schon vernommen?«, frage ich, während er den Schnurrbart säubert, mit dem er seinen neuen Look vervollständigt hat.

»Aber sicher, meine Liebe. Glaubst du, wir sitzen faul herum? Wir machen unsere Arbeit …«

»Und?«

»Na ja, was ich da herausgefunden habe, ist wirklich überraschend. Aber ich kann dir leider nichts verraten.«

Ich bin eingeschnappt. Immer wenn er mich braucht, sprudelt er nur so vor Informationen. Und heute spielt er den Diskreten.

»Morgen wird Dottor Conforti seinen Befund zum Tod von Amélie Volange bei der Staatsanwaltschaft abliefern. Auch ich habe Informationen, die Sie überraschen werden«, gebe ich zurück.

»Ganz schön listig!«, ruft Calligaris aus. »Du spannst mich auf die Folter.«

»Jedem das Seine, finden Sie nicht?«

»Du hast recht. Aber ich kann nicht nachgeben. Das Leben ist ein einziger psychologischer Kampf, Signorellina, und ich darf ich mich nicht geschlagen geben. Ich warte auf den Befund von morgen.«

»Aber eine kleine Vorabinformation habe ich verdient, oder nicht?«

»Meinetwegen. Hier ist sie: Die Azais sind tief in diese Sache verwickelt.«

»Das war mir schon vorher klar«, gebe ich vor Neugier platzend zurück.

»Und ich bestätige es hiermit – das ist keine Kleinigkeit.«

»Wer von den Azais ist es denn? Leone?«

»Meine liebe Alice, die Ermittlungen sind in einer heiklen Phase. Gib mir Zeit.«

»Einer von ihnen hat sie überfahren, stimmt's? Wegen des Testaments? Oder gibt es andere Gründe?«

Calligaris legt einen Fünfeuroschein auf das kleine Tablett, auf dem unsere Quittung liegt.

»Ich erzähl dir alles, wenn der Zeitpunkt gekommen ist. Übe dich in der Zwischenzeit in Geduld, und fang bloß nicht an, auf eigene Faust zu ermitteln. Denk dran: Ich sehe alles und erfahre alles. Und wenn ich dich dabei erwische, dass du im Fall Volange herumstocherst, dann setzt du keinen Fuß mehr in mein Büro. Haben wir uns verstanden?«

»Sie spannen mich absichtlich auf die Folter, Ispettore.«

»Nein. Ich bringe dir gerade bei, dass man ohne Geduld und Diskretion bei polizeilichen Ermittlungen nicht weiterkommt. Wer weiß, ob du nicht eines Tages auch in meinem Fach tätig wirst. Ich will, dass du dazulernst. Und jetzt, Signorella, ist Schluss mit dem Vergnügen, jetzt geht's wieder an die Arbeit.«

Man sollte sich nicht auf Abenteuer einlassen, wenn man Missgeschicke nicht aushält

So war ich immer. Wenn meine Mutter mich ermahnte, nicht zu viele Rhabarberbonbons zu essen, stopfte ich so viele in mich hinein, wie es ging, obwohl ich sie eigentlich gar nicht mochte.

Ich schwanke auf einem Paar schwarzer Highheels mit lila Sohle – ich weiß wirklich nicht, was ich mir bei deren Kauf gedacht habe – und öffne die riesige Glastür der Galerie Ergi für Design und Gegenwartskunst. Silvia ist mit dabei. Den wahren Grund für unseren Besuch – selbst für das günstigste Kunstobjekt müsste ich fünf Monate arbeiten – kennt sie nicht. Ein Typ, der ohne Probleme auch als Model arbeiten könnte, ist in der Galerie mit *Finger Food* unterwegs. Es erinnert mich an *Alice im Wunderland*, an den Saft, der zugleich nach Marmelade, Sahne, Ananas und gebratenem Hühnchen schmeckt. Die Räume sind groß und spärlich eingerichtet. Es sind nicht viele Besucher da, die Atmosphäre ist künstlich.

»Kann ich Ihnen helfen?«, fragt uns eine Sardine mit menschlichem Antlitz. Sie trägt ein schwarzes Röhrenkleid, hat blau lackierte Fingernägel und das blonde Haar zu einem strengen Knoten gefasst.

»Vielen Dank, wir wollen uns nur ein bisschen umschauen«, erwidere ich, um sie loszuwerden.

»Alice, du bist hier nicht beim Shoppen. Einen solchen Laden betritt man nicht, um sich nur mal umzuschauen.

Und wo wir schon dabei sind – was machen wir hier eigentlich?«, zischt Silvia mir zu.

Um die Wahrheit zu sagen, habe ich Silvia mitgeschleift, um Vittoria Galli in ihrem Element zu erleben. Noch bevor ich eine klare Vorstellung davon hatte, wie ich das anfangen wollte, hatte ich schon eine Hand auf dem großen V aus Edelstahl, einer riesigen Skulptur, die als Klinke dient.

»Ist Signora Galli da?«, frage ich die Sardine, als ich sicher bin, dass Silvia nichts mitbekommt.

»Sie ist gerade mit den Vorbereitungen zu einer Ausstellung im ersten Stock beschäftigt. Soll ich Sie ankündigen?«, fragt sie misstrauisch, als würde sie denken: *Na, das würde mich aber wundern, wenn Vittoria für eine wie dich Zeit hätte.*

»Nein, das ist nicht nötig, danke«, antworte ich enttäuscht. »Sind die Räume oben geöffnet?«

»Oh, selbstverständlich. Neben dem Pavillon mit der Ausstellung, von der ich gerade sprach, gibt es einen Raum mit Aquarellen eines iranischen Künstlers.«

»Ausgezeichnet! Dann werde ich mir die ansehen.«

Silvia betrachtet gerade einige Designermöbel, also nutze ich die Gelegenheit und begebe mich über die weiß gestrichene Treppe in das obere Stockwerk. Ich bemerke die beiden Pavillons und gehe darauf zu, denn irgendwo dort sollte Vittoria ja sein.

Die Eigentümerin der Galerie Ergi gibt gerade einigen Arbeitern Anweisungen zum Bau einer Bühne. Kein Zweifel, sie ist es. Tonfall und Statussymbole machen klar, dass sie aus der Oberschicht stammt. Sie trägt eine Brille mit Schildkrötenmuster, ein rotes Kleid, das bei jeder anderen Frau viel zu auffällig wäre, und das kupferfarbene Haar ist so makellos gestylt, dass kein Windhauch ihm etwas anhaben könnte.

»Bitte?«, fragt sie und kneift die Augen leicht zusammen. Sie muss Augen haben wie ein Luchs, sie hat mich sofort bemerkt.

»Ich … ich suche die Aquarelle des iranischen Malers.«

Vittoria entlässt höflich kühl die Arbeiter und kommt dann auf mich zu. Sie ist sehr groß, und ihre roten Lackschuhe lassen sie noch größer erscheinen. Ihr Körper ist schlank und durchtrainiert, das Braun ihrer Haut künstlich.

»Kommen Sie, ich begleite Sie«, meint sie freundlich und weist mir mit einer anmutigen Handbewegung die Richtung.

Gekonnt erzählt sie mir alles über den Künstler, und seine Werke sind sehr nett. Leider kommt es mir nicht in den Sinn, um die dreitausendachthundert Euro für ein Bild auszugeben.

Vittorias Augen haben etwas von einer gealterten Verführerin, bei der der Lack ab ist. Über ihren Gesichtszügen liegt etwas Starres, die Falten betonend, die von Erschöpfung und steter Unruhe herrühren. Der Chirurg hat sich bei den Lippen nicht sehr viel Mühe gegeben, die jetzt an ein Fischmaul erinnern.

»Und was ist dort?«, will ich wissen und weise auf einen Spitzbogen, hinter dem sich ein weiterer Ausstellungsbereich befindet.

»Dort stehen Gemälde, von denen ich mich trennen möchte.«

»Dürfte ich sie mir ansehen?«

»Selbstverständlich«, antwortet sie mit Verkäuferinnenstimme.

Der Raum ist klein und dunkel. Vittoria schaltet das Licht ein. An den Wänden hängen einige abstrakte Ölgemälde, die eine unglaubliche Ausstrahlung haben. Die Farben sind meisterhaft, vor allem bei dem größten der Bilder, das in einem leuchtenden Smaragdgrün erstrahlt.

»Gefällt es Ihnen?«

Die Frage kommt unerwartet. Vittoria lehnt an der Wand, neben ihr zwei Bilder, die übereinanderhängen. Beide leuchten in einem explosiven Rot, das gut zur Farbe ihres Kleides passt.

»Sehr.«

»Ich verkaufe es günstiger. Nennen Sie mir einen Preis.«

Ich bin verwirrt. Ich habe in meinem ganzen Leben noch nie ein Bild gekauft, wenn man von einem Monet-Poster absieht, das ich in meinem alten Zimmer hängen hatte.

»Ich habe keine Ahnung und fürchte, ich liege total daneben.«

»Machen Sie sich darüber keine Gedanken. Man lernt immer dazu, ich werde mir deswegen kein Urteil über Sie anmaßen.«

Ich überlege, wie viel Geld mir in diesem Monat noch auf dem Konto bleibt, damit ich weiß, was ich bieten kann. Ich würde das Bild gern Cordelia schenken. Sie will nicht, dass ich Miete zahle, und das Bild hier scheint mir ein guter Weg, mich zu revanchieren.

Während ich noch grüble, wie ich aus der Situation herauskomme, ohne mich bis auf die Knochen zu blamieren, hilft Vittoria mir aus der Patsche. Offensichtlich tue ich ihr leid.

»Sehen Sie, wenn es nach mir ginge, würde ich es Ihnen schenken, damit ich es nicht mehr sehen muss. Aber ich kann es mir nicht leisten, dass sich das Gerücht verbreitet, ich wäre verrückt geworden, selbst wenn das stimmen würde. Tausend Euro, und es gehört Ihnen. Das ist ein einmaliges Angebot.«

»Wichtig ist, dass es mir gefällt. Ich finde, der richtige Preis für einen Gegenstand ist der, den man bereit ist, dafür auszugeben. Mir ist es gleichgültig, ob dieser Künstler hier ein neuer Kandinsky ist.«

»Nun, das ist er sicher nicht.«

»Das habe ich nur so dahingesagt.«

»Schon verstanden. Soll ich das Bild einpacken lassen?«

Ich nicke, wie immer ganz begeistert, wenn ich meinen Kaufrausch auslebe und mir Absurdes leiste. Silvia kommt neugierig hinzu.

»Hast du das da gekauft?«, flüstert sie mir ins Ohr.

»Es ist wunderschön.«

»Ach was. Weißt du was? Du leidest unter Kaufzwang. Der könnte krankhaft werden, aber das solltest du besser wissen als ich. Sogar in diesem Roman von der Kinsella ist die Rede davon.«

»Quatsch. Ich bin nicht gerade ein sparsamer Typ, aber ich habe alles unter Kontrolle. Das hier ist ein Geschenk für Cordelia.«

»Das kannst du sonst wem erzählen! Und dieser sündhaft teure Stringtanga neulich, war das etwa auch ein Geschenk?«

»Ich will mich bei Cordelia revanchieren, ich bezahle schließlich keine Miete. Ich glaube nicht, dass ich lange bei ihr wohnen bleiben werde, aber es soll nicht so aussehen, als ob ich sie ausnutzen würde.«

»Eigentlich sollte sie dir was dafür bezahlen, dass du dich um sie kümmerst.«

Vittoria Galli bleibt geduldig und wirft mir ein verbittertes Lächeln zu. »Gehen wir nach unten.«

Ich folge ihr. Während sie die Treppe hinuntergeht, bemerke ich erneut, was für feste Oberschenkel und für wohlgeformte Waden sie hat. Sie wirkt wie eine Zwanzigjährige, ist aber bestimmt über vierzig.

Die Sardine – die mit allem gerechnet hat, aber nicht damit, dass ich ein Bild erwerbe – verschwindet überrascht. Vittoria stellt ein Echtheitszertifikat aus und nimmt freundlich meine Kreditkarte entgegen. Ihr ganzes Wesen verströmt Einsamkeit.

Das Bild wird geliefert. Ich bitte sie, ein Kärtchen mit hineinzustecken, so erhält Cordelia das Geschenk mit einem Gruß von mir, falls ich zu dem Zeitpunkt nicht zu Hause sein sollte.

Gut. Jetzt lebe ich bis zum nächsten Gehalt nur noch von Pasta und Wasser, aber ich freue mich. Dieses Bild, das für

Vittoria offensichtlich unerträgliche Erinnerungen birgt, ist für mich ein Meisterwerk und ein wunderschönes Geschenk für Cordelia. Über Vittoria selbst habe ich nicht viel herausgefunden, nur das eine: In ihren Augen liegen Abgründe.

* * *

Ich komme kurz vor acht nach Hause. Cordelia ist noch nicht da. Normalerweise beendet sie ihre Arbeit bei Vuitton gegen halb acht und ist – wenn sie nichts anderes vorhat – eine Dreiviertelstunde später in ihrer Wohnung. Ich habe mir gerade einen Schuh ausgezogen, als es klingelt. Und so hüpfe ich auf einem Bein zur Tür, um zu öffnen, und hoffe, dass es Cordelia ist, die wieder einmal ihre Schlüssel vergessen hat. Auf jeden Fall niemand, den ich nicht kenne.

Ich öffne die Tür, bleibe in der Matte hängen und falle dem Boten der Galerie um den Hals, um nicht auf der Nase zu landen. Der nimmt es gelassen. Nur noch die Empfangsquittung unterschreiben, und schon steht das große Bild schön eingepackt in unserem engen Flur.

Ich trage es in Cordelias Zimmer, ich möchte, dass sie es dort findet. Der Raum ist sonnendurchflutet. Helle, handbestickte Leinenvorhänge bedecken die weiß lackierten Fensterflügel, auf ihrem ungemachten Bett liegt ein pinkfarbenes Notebook, am Kopfende hängt ein Schwarzweiß-Foto aus ihrer Theaterzeit; es zeigt sie in einer Komödie. Ich stelle das Bild neben der Tür ab, an der ein Schild mit der Aufschrift *Hier schläft die Prinzessin* prangt, das sie in einem Souvenirladen in der Nähe des Pantheons gekauft hat.

Dann mache ich mir am Herd zu schaffen. Eigentlich gibt mir Alessandra ja Nachhilfe, aber wir haben den Kurs vertagt, bis meine Nichte auf die Welt kommt.

Ja genau, es ist ein Mädchen.

Der Schlüssel im Türschloss kündigt Cordelias Heimkehr an. Sie schaut etwas betrübt.

»Alles klar?«, begrüße ich sie.

»Nein, oder eigentlich doch. Heute Nachmittag hat Lars mich mit Nachrichten bombardiert. Ich bin immer noch wie verrückt verliebt in ihn, da ist nichts zu machen, trotz allem, was passiert ist«, sagt sie schließlich und streicht dabei leicht über ihre Handgelenke, die von den Ärmeln ihres Pullovers verdeckt werden. »Ich befürchte, ich werde ihm alles vergeben. Mit ihm bin ich immer noch weniger unglücklich als ohne ihn.«

»Weniger unglücklich? Warum versuchst du nicht, einfach glücklich zu sein, und zwar unabhängig von ihm?«, frage ich, aber die Frage klingt selbst in meinen Ohren blödsinnig.

»Glücklich?«, fragt sie ungläubig zurück. »Gibt es überhaupt Glück im Leben? Für mich nicht, auf jeden Fall nicht, was Männer angeht. Seit meiner ersten Liebe habe ich immer nur Pech gehabt. Immer.«

»Na ja, wenn du aber bedenkst, dass ausgerechnet dein Bruder deine erste große Liebe war, ist das auch kein Wunder.« Ein sanftes Lächeln huscht über ihr Gesicht. »Riccardo wäre der Richtige für dich gewesen, aber den wolltest du nicht.«

»Und ich bereue nichts«, kommt umgehend die Antwort ohne einen Anflug von Bedauern. Sie rafft das blonde Haar zu einem Zopf zusammen. Dann geht sie in ihr Zimmer, und ich spitze die Ohren: Ihr Freudenschrei lässt nur wenige Augenblicke auf sich warten.

»Was hast du dir dabei gedacht, Alice?«

»Ich? Nichts. Du hast doch die Nachricht gelesen, oder nicht? Ein Geschenk von Ichi.« Ich betrete ihr Zimmer, wo sie die makellose Verpackung aufreißt. Ichi kommt hinter uns her, sie streichelt ihm über das Köpfchen. »Ichi, vielen

Dank. Es ist doch nicht so schlimm, dass du mein Sofa zum Schlafen benutzt. Das Bild ist wunderschön!«, ruft sie dann aus. Sie läuft ins Wohnzimmer und sucht nach einem Platz, wo sie es aufhängen kann.

»Und von wem ist es?«

Ich erröte – nur ich bringe es fertig, für tausend Euro ein Gemälde zu kaufen und nicht einmal nach dem Namen des Künstlers zu fragen.

»Das Kürzel hier unten könnte ein A sein«, fügt sie nachdenklich an.

Ich krame in meiner Tasche. Das Kuvert der Galerie mit dem Zertifikat scheint verschwunden zu sein.

Mist! Ich habe es sicher in der Metro verloren. Ich erläutere ihr das alles, aber sie meint, ich solle mir keine weiteren Gedanken machen.

Morgen muss ich in der Galerie anrufen … so habe ich wenigstens einen guten Vorwand, um Vittoria einen weiteren Besuch abzustatten.

Und sie hatte nicht vergessen, daß, wenn man viel aus einer Flasche mit einem Totenkopf darauf trinkt, es einem unfehlbar schlecht bekommt

Lewis Carroll, *Alice im Wunderland*

Ich versuche, die Galerie von meinem Büro aus anzurufen. Keiner da. Ich schaue auf die Uhr. Vielleicht machen sie erst nach zehn Uhr morgens auf. Die Glücklichen. Ich sitze schon seit halb neun hier und schlage mich mit Leichen und der Wally herum.

Als endlich jemand abnimmt, erkenne ich in der wohlerzogenen Stimme am anderen Ende die Sardine. Ich erkläre ihr den Sachverhalt, und sie lacht, aber es klingt wie ein Quieken.

»Wenn Sie den Namen des Künstlers erfahren wollen, müssen Sie nur auf die Rückseite der Leinwand schauen: Dort befindet sich die Echtheitsgarantie. Aber wenn Sie ein weiteres Zertifikat benötigen, werde ich Vittoria bitten, Ihnen noch eines auszustellen, und Sie können es dann abholen, wann Sie wollen.«

»Ist die Signora Galli heute in der Galerie?«

»Nein«, antwortet die Angestellte kurz angebunden, um mich möglichst schnell loszuwerden.

»Und morgen?«, hake ich nach.

»Morgen schon.«

»Dann bis morgen«, sage ich und lege auf.

Den Nachmittag verbringe ich zu Hause mit Faulenzen. Die Aprilsonne taucht Rom in ein Licht, das fast so schön ist wie in der Karibik. Einen solchen Tag hätte Yukino bis zur letzten Minute genutzt, aber ich bin fix und fertig und ziehe sogar die Vorhänge vor, um nicht zu viel von der Sonne abzubekommen.

Als Cordelia nach Hause kommt, bestellen wir eine Pizza, die wir zusammen vor dem Fernseher essen.

»Hast du gesehen, wie schön sich dein Geschenk an der Wand macht?«, meint sie.

»Ach, das habe ich ganz vergessen. Ich habe die Galerie angerufen, und die meinten, der Künstlername würde hinten auf der Leinwand stehen. Aber ich gehe morgen auf jeden Fall noch das Zertifikat holen.«

Cordelia nickt müde. »In zwei Tagen fliege ich nach Oslo«, verkündet sie und vermeidet es, mich anzusehen. Sie schaltet auf einen anderen Kanal um, und der banale Dialog einer noch banaleren amerikanischen Komödie, die ich bereits mehrere Male gesehen habe, füllt unser Schweigen.

»Ich nehm's zur Kenntnis«, sage ich irgendwann vorsichtig, um sie nicht zu verstimmen. »Bist du sicher, dass das eine gute Idee ist?«

»Ich bin niemals sicher. Darum geht es nicht. Es ist bestimmt keine gute Idee. Ganz und gar nicht. Aber ich habe mich trotzdem dafür entschieden.«

»Weiß Arthur davon?«

»Arthur geht das nichts an. Außerdem bin ich ihm in der letzten Zeit ohnehin total egal, er ist ganz mit seinem Leben beschäftigt, das genau so vor die Hunde geht wie meines.«

Darauf antworte ich nichts. Wenn die Sprache auf meine Beziehung mit Arthur kommt, und sei es auch noch so entfernt, schwingt in ihrer Stimme immer Vorwurf mit.

»Und was ist mit der Frau und den Zwillingen von Lars?«, frage ich aus reiner Neugier.

»Die interessieren mich nicht. Im Augenblick ist es so, wie es ist. Vielleicht ändern sich die Dinge irgendwann – ich hoffe es –, vielleicht auch nicht. Ich begnüge mich mit dem, was mir das Leben bietet.«

»Kannst du umschalten? Dieser Film ist furchtbar.«

Sie schaltet den Fernseher ab und steht vom Sofa auf. Ichi neigt den Kopf und schaut, als ob er sagen wollte: *Komm sofort wieder!*

»Lass uns mal nachschauen. Ich bin neugierig, wer dieses Wunderwerk geschaffen hat.« Ihr Vorschlag soll, so scheint mir, die Spannung zwischen uns lösen.

»Kannst du den Namen lesen?«, fragt sie.

Meine Überraschung, als ich den Namen lese, hält sich in Grenzen, aber ganz kalt lässt es mich doch nicht.

»Wenn ich dein Gesicht so sehe, hat der Name etwas zu bedeuten. Kann ich das Bild jetzt wieder an seinen Platz hängen?«

Ich nicke nur.

»Und?«, erkundigt sie sich, die Hände in die Hüften gestemmt.

»Der Künstler heißt Oscar Azais.«

»Bei allem Respekt, Alice, das Bild ist wirklich sehr schön, aber der Name sagt mir überhaupt nichts. Warum tust du also so feierlich?«

»Das ist der Sohn von Konrad Azais.«

»Dem Schriftsteller?«

»Genau.«

»Okay, das wissen wir also jetzt. Möchtest du einen Gin mit Noilly Prat?«

Cordelia ist nicht die richtige Adresse für diese wertvolle Entdeckung.

Ich überlege.

Vittoria Galli will Oscars Bilder loswerden. Gibt es da einen Zusammenhang mit Amélies Tod?

Ich stürze mich in Theorien, von denen eine gewagter ist als die andere, bis es irgendwann dunkel wird in meinem Kopf und ich in einen tiefen, längst überfälligen Schlaf sinke.

O wie konfus es alles ist

Lewis Carroll, *Alice im Wunderland*

Nachdem ich das Institut verlassen habe, durchquere ich in der Metro halb Rom, um zur Galerie Ergi zu gelangen. Die Atmosphäre dort hat etwas Fremdes, aber vielleicht kommt das auch nur von der Musik – Acid Jazz –, die die Räume durchwabert.

Die Sardine fragt mich mit falscher Freundlichkeit, ob ich den Namen des Künstlers herausgefunden habe. Sie schiebt mir einen Umschlag mit dem Echtheitszertifikat herüber, das Vittoria neu ausgestellt hat, aber ich will mehr als das und verlange die Chefin.

»Die ist gerade beschäftigt«, antwortet sie pflichtbewusst.

»Das hatte ich mir gedacht, aber ich möchte sie nur ganz kurz begrüßen«, lasse ich nicht locker.

»Dann müssen Sie warten«, meint sie und hofft, dass sie mich damit los wird. Aber sie kennt mich nicht!

Ich nutze die Zeit und schaue mir die Ausstellung noch einmal an.

Bei meinem dritten Rundgang kommt Vittoria auf mich zu. Heute trägt sie ein auffallendes leuchtend blaues Kleid. Ihr Lächeln ist reine Fassade, ich bin sicher, dass sie bei sich denkt: *Was will die denn schon wieder hier?*

Als sie mir die Hand zum Gruß reicht, bemerke ich die vielen bunten Holzarmbänder an ihrem Handgelenk.

»Die Freude über das Bild war sehr groß«, hebe ich an.

Eine leichte Röte überfliegt Vittorias Wangen.

»Ich hatte Ihnen ja gesagt, dass es ein guter Kauf sein würde.«

»Stellen Sie sich vor, Sie haben mich derart spontan überzeugt, dass ich Sie nicht einmal nach dem Namen des Künstlers gefragt habe.«

»Ich habe nur meine Arbeit gemacht.«

»Der Maler ist nicht sehr bekannt«, entschlüpft es mir.

Vittoria hebt leicht die Augenbrauen. »Ich versichere Ihnen, dass er recht begehrt ist, vielleicht nicht in dem Maße, wie er es verdient hätte, aber in gewissen Kreisen wird er sehr geschätzt.«

»Und warum haben Sie ihn dann unter Wert verkauft?«, frage ich sie geradeheraus. Schlimmstenfalls wirft sie mich raus.

»Aus persönlichen Gründen, die nichts mit seinem Wert als Künstler zu tun haben. Ein Augenblick der Schwäche. Manchmal sind Kunsthändler noch verrückter als Künstler.«

»Sie haben mir erzählt, dass Sie seine Werke aussortiert hätten, um sie loszuwerden … das muss mehr als einen Augenblick gedauert haben«, wage ich einzuwenden.

»Sie sind ganz schön neugierig«, erwidert Vittoria schneidend, aber ich lasse nicht locker.

»Es wird gute Gründe dafür geben, dass Sie Oscar Azais nicht mehr in Ihrem Leben haben wollen.«

Ihr Blick wird misstrauisch.

Einen spannungsgeladenen Augenblick lang verharren wir beide in Schweigen. Dann reißt sie die Augen auf, ihre Miene verzerrt sich vor Wut, und ihr frisch lackierter Zeigefinger bohrt sich in meine Richtung.

»Du bist eine von seinen Schnepfen, stimmt's? Du kommst hierher, um das Terrain zu sondieren, und willst mich für dumm verkaufen? Hat er dich geschickt?«

Ich fühle, wie Adrenalin durch meine Adern schießt. Jetzt

fehlt nur noch, dass ich mich für jemand anderen ausgebe. Die Vorstellung ist nicht ohne Reiz.

»Nein, er hat mich nicht geschickt. Das war meine Idee.«

»Willst du dir das Wrack einer Geliebten ansehen, die er abserviert hat? Du hast mir sogar tausend Euro für ein Bild in die Hand gedrückt, das du umsonst hättest haben können. Nur er ist in der Lage, andere zu einem derartigen Schwachsinn zu bringen.«

»Na ja, ich ...«

»Ich sag dir nur eins: Sieh dich vor! Morgen kannst du an meiner Stelle sein.«

»Aber ich ...«

»Verschwinde ...«

* * *

Die Galerie Ergi ist fortan für mich tabu, fürchte ich. Mit einem Anruf bei Calligaris versuche ich, das Beste aus meiner Schlappe zu machen.

»Alice, was gibt's?«

»Vittoria Galli hatte eine Beziehung mit Oscar Azais, und wenn Sie mich fragen, eine leidenschaftliche. Wussten Sie davon?«

»Komm vorbei«, lautet seine Antwort.

Vierzig Minuten später sitze ich vor seinem Schreibtisch.

»Wir sehen uns mittlerweile regelmäßig. Wer hätte das gedacht, bei unserer ersten Begegnung hielt ich dich für eine notorische Lügnerin.«

»Ich habe Ihnen mittlerweile einige Gelegenheiten gegeben, Ihr Urteil zu überdenken.«

»Wie zum Teufel hast du von der Beziehung zwischen der Galli und Azais erfahren?«

»Das hat mich tausend Euro gekostet«, erwidere ich lächelnd.

»Du hast offensichtlich zu viel Geld!«, ruft der Ispettore aus.

»Das war sogar so etwas wie ein Schnäppchen. Ich habe ein Bild von Oscar Azais gekauft, wusste es aber nicht. Ich werde Ihnen jetzt nicht die ganze Geschichte erzählen, aber die Galli hat mir eine Szene gemacht, weil sie dachte, ich sei die jüngste Eroberung ihres untreuen Liebhabers.«

»Mir gegenüber hat sie genau das abgestritten. Trotz vieler Telefonate, auch zu später Stunde, die eine Verbindung zwischen den beiden nahelegen, hat sie hoch und heilig versichert, dass es sich um einen rein beruflichen Kontakt handeln würde.«

»Meiner Meinung nach ist sie ziemlich runter mit den Nerven und dabei auszuflippen.«

»Vielen Dank für die klare Diagnose, Alice.«

»Hat Vittoria Amélie Volange überfahren?«, frage ich ihn.

»Ihr Alibi ist wasserdicht. Nein, ich persönlich glaube nicht, dass sie es war.«

»Und was sagt sie, was ihr Auto angeht?«

»Das weißt du ja noch nicht. Einen Tag nach dem Tod von Amélie Volange hat sie ihr Auto als gestohlen gemeldet. Angeblich hatte sie es am Abend vorher noch benutzt und es dann nicht mehr an dem Ort vorgefunden, an dem sie es geparkt hatte.«

»Wurde das Auto mittlerweile gefunden?«

»Nein, leider nicht. Das wäre nicht schlecht.«

»Und ihr Alibi?«

»An jenem Abend fand in ihrer Galerie eine Vernissage statt, wo sie sich bis zwei Uhr nachts aufhielt. Da befand sich Amélie bereits in der Notaufnahme. Und außerdem hat unsere Zeugin eindeutig einen Mann gesehen.«

»Sie haben einen von den Azais im Verdacht, stimmt's?«

»Es wird immer enger für sie, das stimmt.«

»Wegen des Testaments?«

»Selbstverständlich. Ich habe ein bisschen gebraucht, bis ich alles verstanden hatte, aber jetzt ist es klar. Nach Amélies Tod wäre das Erbe ihrer Mutter zugefallen, aber die hat es abgelehnt. Die Azais konnten aber wissen, dass die Rouvroy so handeln würde und dass sie auf diese Weise wieder in den Besitz von Konrad Azais' Vermögen kommen würden.«

»Und wie das?«

»Das ist nur so ein Gefühl. Ich kann dir einstweilen nur sagen, dass mich eine ungeschickte Aussage von Leone Azais darauf gebracht hat.«

»Wie?«

»Ich habe ihn unter einem Vorwand einbestellt und ihn nach der Erbnachfolge gefragt. Er hat mir bestätigt, dass die Rouvroy auf Amélies Erbe verzichtet hat. Dabei wirkte er überhaupt nicht überrascht, im Gegenteil, er machte den Eindruck, als ob die Dinge genauso gelaufen wären, wie er es erwartet hatte. Ich habe ein bisschen nachgebohrt und lag richtig: Er hat zugegeben, dass es sehr unwahrscheinlich war, dass Catherine, so wie er sie kannte, das Erbe antreten würde.«

Calligaris blättert in seinem legendären Notizbuch und liest die Aussage von Leone Azais laut vor: »Catherine Rouvroy hätte das Geld niemals angenommen. Sie ist viel zu stolz, und die Beziehung zu meinem Vater war dermaßen zerrüttet, dass sie sich durch sein Erbe wie befleckt gefühlt hätte.«

Der Ispettore klappt sein Notizheft zu und seufzt. »Aber die Beweise … es fehlen uns die Beweise.«

Darauf weiß ich ebenso wenig zu sagen wie er.

Die Ausführungen von Calligaris lassen mich auf dem Weg nach Hause nicht los, auch nicht, als ich unter der Dusche stehe, und während ich anschließend ein Risotto zubereite – ich habe mich zu einer passablen Köchin entwickelt –, und auch nicht, als ich esse, denn Cordelia ist ausgegangen.

Schließlich rufe ich Claudio an.

»Weißt du, wie spät es ist?«, fragt er. Um ihn herum ist alles leise.

»Ich muss dich um etwas bitten.«

Ich erläutere ihm meine Idee und meine Bitte.

»Das kannst du dir aus dem Kopf schlagen«, meint er sofort.

»Nun komm schon... wir riskieren dabei überhaupt nichts. Niemand wird davon je erfahren.«

»Du hast wirklich kein bisschen Berufsethos«, lautet sein Kommentar, und dabei kichert er leise. Mein Vorschlag scheint ihn zu belustigen.

»Ich komme auch allein klar«, füge ich hinzu, nur damit er begreift, dass er nicht unentbehrlich ist.

»Ach ja? Na, dann mal los.«

»Fordere mich nicht heraus, Claudio Conforti.«

»Ich bin gespannt, ob du das schaffst. Vor allem, ob du es schaffst, dir das Beweismaterial zu besorgen, es aufzubereiten und es dann zu interpretieren. Na, das wird lustig!«

Wer nicht wagt, der nicht gewinnt

Ich warte, bis es drei Uhr ist und das Institut sich allmählich leert. Claudio war heute Morgen nicht hier, er hatte einen Gerichtstermin und ist seitdem nicht mehr aufgetaucht. Ich komme auch allein klar.

Im Gefrierschrank suche ich nach dem Untersuchungsmaterial. Das ist nicht so einfach: Mir frieren fast die Finger ab. Ich habe keine Ahnung, wo ich mit der Suche beginnen soll, und so schließe ich den Schrank irgendwann, wärme mir die Finger und fange von vorne an. So bin ich eine Stunde beschäftigt, aber ohne Erfolg.

»Allevi, guten Tag. Suchst du zufällig das hier?«

Claudio taucht genau in dem Augenblick auf, als ich schon entmutigt meine Sachen packen und nach Hause gehen will.

In den Händen hält er eine DNA-Probe aus Amélies Schwangerschaftsanalyse.

»Die stammt von Beatrice, die dich grüßen lässt.«

»Vielen Dank.«

»Siehst du, am Ende bringst du mich doch immer dazu, das zu tun, was du willst.«

»Das ist Macht. Eine bescheidene Macht, aber immerhin. Ich sollte sie öfter einsetzen.«

»Das sehe ich auch so.« Er zieht seine Jacke aus und seinen Laborkittel über. »Ans Werk.«

»Wir brauchen auch die DNA von Azais.«

»Da hast du auch nichts gefunden? Das wird ja immer besser!«

Während er im Gefrierschrank nachsieht und sofort fündig wird, wähle ich auf meinem PC Songs von Sade aus. Meine Wahl scheint ihm zu gefallen.

Auf ihn kann man sich verlassen.

Mit Claudio zusammenzuarbeiten ist ein Vergnügen. Er ist unermüdlich und genau. Und bringt einem etwas bei.

Ich hätte mich verbessert, meint er, und ich freue mich über sein Lob.

Auch was unser verrücktes Projekt angeht: nämlich herauszufinden, ob der Sohn von Amélie Volange ein Enkel von Azais gewesen wäre – mithin Leones oder Oscars Sohn. Oder gar der Sohn von Enrico, auch wenn das mehr als unwahrscheinlich erscheint.

Es ist schon spät. Wir schließen unsere Untersuchungen für heute ab, und er bringt mich nach Hause. Ich danke ihm für seine Hilfe, aber er sagt darauf nur: »Bis morgen.«

* * *

Am nächsten Nachmittag machen wir konzentriert weiter. Wir hören bei der Arbeit Musik und teilen uns in einer kurzen Pause ein Päckchen Kekse. Gegen sechs sind wir fertig.

Mit einem Ergebnis.

Dieses Ergebnis ist so überraschend, dass ich es kaum glauben kann. Ich brauche Claudios Bestätigung.

»Die DNA des Fötus belegt, dass es sich um eine Verbindung zwischen Blutsverwandten handelt«, lautet Claudios Urteil.

»Genau, was ich gesagt habe!«, rufe ich aus.

»Hol mal eine Probe von Amélie Volange aus dem Gefrierschrank.«

»Okay …«

»Schon gut, ich übernehme das. Und du machst in der Zwischenzeit ausnahmsweise mal was Sinnvolles.«

»Und was?«

»Du gehst aufs Klo. Du musst schon seit einer halben Stunde, und ich werde seekrank, wenn du noch länger so nervös hin- und hertänzelst.«

* * *

Es ist wirklich verrückt, aber die DNA lügt nicht.

Amélie Volange war die Tochter von Konrad Azais.

Also hatte Leone Azais recht, und ich frage mich, ob er seine Bemerkung damals wirklich nur im Scherz machte.

Amélies Kind stammt also aus einem Inzest.

Aber um welche Zeiträume geht es? Seit wann bestand eine Beziehung zwischen ihr und einem ihrer Brüder? Schon vor jenem Brief mit dem Worträtsel, oder begann sie erst danach?

Und wer von Azais' Söhnen war der Vater?

Leone … Er dachte laut darüber nach, dass es sich bei der geheimnisvollen Erbin um ihre Stiefschwester handeln könnte. Außerdem gehört das Auto, mit dem Amélie überfahren wurde, seiner Exfreundin Vittoria, auch wenn die Beziehung bereits zwanzig Jahre zurückliegt. Es gibt unleugbar eine Verbindung zwischen Amélie und Leone, aber sie ist ziemlich weit hergeholt.

Enrico … Zwischen ihm und Amélie gibt es bislang keinen erkennbaren Zusammenhang.

Und Oscar … Keine Ahnung, welche Beziehung die beiden zueinander hatten. Aber ich weiß, dass Oscar ein Verhältnis mit Vittoria hatte, mit deren Auto Amélie getötet wurde.

Eigentlich müsste ich Calligaris sofort über meine neuesten Erkenntnisse informieren, aber wie soll ich das machen?

Die Untersuchungen, die Claudio und ich durchgeführt haben, waren rechtlich nicht zulässig.

Claudio hängt seinen Kittel an den Haken und gähnt. Die kleinen Falten um seine Augen haben sich ein bisschen vertieft.

»Jetzt haben wir etwas Wichtiges herausbekommen, und was machen wir jetzt damit?«

Er zuckt die Schultern. »Keine Ahnung. Ich würde sagen, gar nichts. Wir hätten diese Analyse gar nicht durchführen dürfen. Ich habe nur aus reiner Neugier mitgemacht.«

Vielleicht stimmt das, und mir gefällt der Gedanke, dass er mitgemacht hat, um mir zu helfen. Um mir eine Freude zu machen. Alles ist möglich.

Auch dass Claudio ein netter Kerl ist.

* * *

Der Brief an Catherine Rouvroy wandert in den Papierkorb. Eigentlich wollte ich ihn mir von Beatrice übersetzen lassen, aber dann habe ich es mir anders überlegt. Mir fehlt der Mut, eine Dame ihres Alters zu fragen, ob Amélie wusste, wer ihr leiblicher Vater war. Das ist ein bisschen zu viel des Guten.

Aber ich könnte Selina etwas fragen.

Als ich zum x-ten Male in Tarquinia ankomme und an der Tür dieser vom Schicksal arg gebeutelten Familie läute, habe ich einen Kloß im Hals.

Selina öffnet mir, sie ist nur noch ein Schatten ihrer selbst und es ist offensichtlich, dass sie das Haus seit Längerem nicht verlassen hat.

»Clara ist nicht da«, sagt sie tonlos. Normalerweise möchte ich immer mit ihrer Tochter sprechen. »Ich hatte überlegt, dass es gut für sie wäre, ein Jahr ins Ausland zu gehen, vielleicht nach England. Das wird ihr bei der Ausbildung weiterhelfen, und außerdem tut es ihr gut, wenn sie alles, was geschehen ist, weit hinter sich lassen kann.«

»Eine ausgezeichnete Idee. Ist Clara einverstanden?«

»Ja, sie hat gerade ihre Englischstunde, deshalb ist sie nicht zu Hause.«

»Und wie geht es Ihnen, Selina?«

»So schlecht wie nie in meinem Leben.«

Im Haus ist es dunkel. Kein Kuchenduft, und die Katzen haben sich versteckt.

»Ich wollte Ihnen nur ein paar Fragen stellen.«

»Was soll ich darauf sagen, Dottoressa? Hören Sie… ich bin nicht einmal mehr in der Lage, die einfachsten Fragen zu beantworten. Außerdem ist doch alles klar. Edoardo hat ein Geständnis abgelegt und alles gesagt, vielleicht mehr, als gut für ihn war, und auch Dinge, die er besser für sich behalten hätte«, meint sie abschließend. Sie wirkt furchtsam.

»Es geht nicht um Ihren Mann, machen Sie sich keine Gedanken.«

In Selinas Augen blitzt so etwas wie Neugier auf. »Um wen dann?«

»Um Ihren Vater.«

»Ah.«

»Hören Sie, Selina. Sie haben mir irgendwann gesagt, dass Leone davon ausging, dass die Erbin – Amélie Volange – in Wahrheit ebenfalls ein Kind Ihres Vaters sein könnte.«

»Das hat er nicht ernst gemeint. Das hat mein Bruder nur so dahingesagt, weil er sich nicht erklären konnte, warum sie als Alleinerbin eingesetzt worden war. Es war ein naheliegender Gedanke, denn Leone hatte ja keine Ahnung, dass es sich um eine Wiedergutmachung wegen dieses gestohlenen Manuskripts handelte. Mein Gott, was für eine Schande! Was für eine Enttäuschung! Für mich ist innerhalb weniger Monate eine ganze Welt zusammengebrochen, ich bin am Boden zerstört.«

»Selina …«, lasse ich nicht locker. Ihr Kummer macht mich verlegen, aber ich muss ihn einstweilen ignorieren. »Es scheint, dass Leones These gar nicht so absurd war. Möglicherweise lässt sie sich durch Fakten belegen«, erkläre ich vage.

Sie schaut mich verblüfft an. »Auch das noch.«

»Selina, denken Sie nach. Es ist wichtig. Hatte einer Ihrer Brüder Kontakt zu Amélie?«

»Nicht, dass ich wüsste. Ich habe keine Ahnung, ob Leone versucht hat, nach der Testamentseröffnung Kontakt mit ihr aufzunehmen. Es ist möglich, eigentlich sogar wahrscheinlich. Fragen Sie ihn selbst, ich weiß nichts darüber.«

»Und Oscar?«

»Leone hat ihn in das Entmündigungsverfahren mit hineingezogen. Eigentlich stand er mehr auf meiner Seite als auf der meiner Brüder, obwohl ihm das Ganze sehr entgegenkam.«

»Was meinen Sie damit?«

»Finanziell geht es ihm von uns allen am schlechtesten. Papas Erbe hätte ihm sehr weitergeholfen. Wirklich sehr.«

»Und warum ist seine Situation so prekär?«

»Oscar spielt. Mein Vater hatte ihm Besitz überschrieben, aber davon ist nichts mehr übrig. Er hat auch keine richtige Arbeit, er malt zwar, hat aber niemals den Durchbruch geschafft. Eigentlich schade, denn er hat Talent.«

»Halten Sie es für möglich, dass er sich mit Amélie in Verbindung gesetzt hat?«

»Bei ihm ist alles möglich, auch wenn ich mir nicht so recht vorstellen kann, was der Grund dafür gewesen sein könnte.«

»Und welchen Grund hätte Leone gehabt?«

»Leone ist anders. Er nimmt den Stier bei den Hörnern, er wartet nie ab, dazu fehlt ihm die Geduld. Und falls er wirklich herausfinden wollte, welche Verbindung zwischen unserm Vater und der Volange bestand, ist er dem auf den Grund gegangen. Oscar dagegen ist gleichgültig. Nicht aus Charakterschwäche oder Gemeinheit, andere interessieren ihn einfach nicht. Für ihn zählt nur, Geld für seine Spielsucht aufzutreiben und das Leben zu genießen.«

»Vielen Dank, Selina«, antworte ich und mache Anstalten aufzubrechen. Sie begleitet mich zur Tür. Fast wäre sie noch über eine Teppichkante gestolpert; dies alles hat sie wirklich nicht verdient, denke ich bei mir. Ich bin schon fast draußen, und sie ist dabei, die Tür zu schließen, als ihr noch etwas einfällt.

»Mir kam gerade ein Gedanke … Wenn mein Vater von seiner Vaterschaft wusste, glauben Sie nicht auch, dass er dazu gestanden wäre? Er hat sogar zugegeben, einen Text gestohlen zu haben, der ihn als Schriftsteller berühmt gemacht hat. Glauben Sie wirklich, dass er da vor einer unehelichen Vaterschaft zurückgeschreckt wäre? Ich halte das für unwahrscheinlich.«

Sie hat recht. Auch ich habe das Gefühl, dass Konrad nicht wusste, dass er Amélies Vater war. Ich glaube, das war Catherines Geheimnis, und nicht einmal Amélie selbst wusste davon. Doch vielleicht hat Konrad am Ende vor Scham geschwiegen. Er hatte Olivier Volange beklaut. Hätte er wirklich zugegeben, ihm dazu noch Ehefrau und Tochter geraubt zu haben? Konrads Brief an Amélie kommt mir in den Sinn, in dem er ihr abrät, mit seinen Kindern Kontakt aufzunehmen. Wusste er, dass einer seiner Söhne ein Verhältnis mit ihr hatte?

»Und dann noch, vielleicht hilft Ihnen das weiter … Erinnern Sie sich, dass Sie mir von diesem Worträtsel in Papas Brief erzählten, bei dem am Ende der Name Amélie Volange herauskam?«

»Selbstverständlich«, antworte ich, neugierig geworden.

»Also, von uns allen ist Oscar der Einzige, der ein solches

Spiel verstanden hätte. Nur ihm wäre eingefallen, nach einem Hintersinn zu suchen, und er besitzt auch die entsprechenden Kenntnisse: Er beherrscht einfach diese Art von Rätseln.«

Ich bedanke mich bei ihr, überzeugt, dass sie recht hat. Möglicherweise hatte Oscar Azais das Rätsel entschlüsselt und begriffen, dass die Volange alles erben sollte. Und vielleicht hat er sich dann mit ihr eingelassen.

Aber aus welchem Grund?

Im Zug lese ich einen Roman von Marcela Serrano zu Ende und denke nicht mehr an die Intrigen der Familie Azais. Ich habe keine Lust mehr.

An dem Tag, an dem Cordelia aus Oslo zurückkehrt – sie war nicht lange dort –, spreche ich mit dem Ispettore und lasse die Katze aus dem Sack.

Er wirkt beeindruckt, aber nicht überrascht. Natürlich habe ich Claudio mit keiner Silbe erwähnt.

»Mach dir keine Sorgen wegen der Analysen. Beide Personen sind tot, und falls ich die Ergebnisse noch benötige, werde ich nachträglich die Genehmigung der Staatsanwaltschaft einholen. Du hast dir schon Schlimmeres geleistet, das wissen wir beide. Deine Abreibung von der Ärztekammer hast du dir ja bereits abgeholt!« Ich lächle bemüht. Ein Jahr zuvor gab es da eine äußerst unangenehme Episode. »Okay, kommen wir zum Thema, was meinst du?«

»Sehr gern«, antworte ich.

»In den letzten Wochen habe ich alle drei Söhne Azais' in die Mangel genommen und nicht lockergelassen. Enrico scheint keinerlei Kontakt zu Amélie Volange gehabt zu haben. Bei Leone und Oscar wird die Geschichte undurchsichtig. Leone war in Amélies Todesnacht angeblich zu Hause, zusammen mit seiner Frau. Aber wahrscheinlich würde sie ihn decken, und daher ist das als Alibi wenig überzeugend. Oscar sagt aus, er habe den ganzen Abend im Atelier verbracht. Sein Verhältnis mit Vittoria Galli hat er zugegeben, aber abgestritten, Amélie Volange überhaupt gekannt zu haben. Leone kannte Amélie Volange angeblich nur sehr flüchtig. Aber wie auch immer – einer von beiden hat sie geschwängert. Und noch etwas anderes ist ungewöhnlich. Auf Amélies Liste von empfangenen Anrufen gibt es eine Nummer aus Italien. Ich habe ermittelt, auf wen die zugelassen ist – und was meinst du? Auf Vittoria Galli!«

»Und was meint sie dazu?«

»Sie war überrascht. Angeblich hatte sie keine Ahnung, dass diese Nummer auf ihren Namen lief.«

»Verstehe. Und Leone, wie hat er Amélie kennengelernt?«

»Als Teenager hat er seinen Vater auf eine Reise nach Paris begleitet. Dort lernte er Amélie und ihre Mutter kennen.«

»Warten Sie, das ist sehr wichtig!«

»Was du nicht sagst! Absolut überraschend, finde ich. Jetzt schau mich nicht so an.«

»Wie denn?«

»Wie ein kleines beleidigtes Mädchen. Ich habe dir nichts getan – willst du erfahren, was damals passiert ist?«

Und das fragt er mich noch!

»Damals war er ungefähr sechzehn, und sein Vater nahm ihn auf eine Lesereise nach Paris mit. Azais hatte ihn ausgewählt, weil er der Älteste war. Danach wäre jedes Kind einmal an der Reihe, meinte er. Sie kamen also zur Buchhandlung, wo bereits viele Leute warteten. Darunter auch eine gewisse Catherine und ihre Tochter, Amélie. Die Frau ging auf Konrad zu und umarmte ihn lange. Das Mädchen stand neugierig daneben. Hinterher gingen sie alle zusammen essen … Konrad versuchte, mit dem Mädchen auf Französisch ins Gespräch zu kommen. Sie war aber viel zu still und schüchtern, um zu antworten. Die Mutter drängte sie, aber sie verschloss sich immer mehr. An etwas anderes kann Leone sich nicht mehr erinnern.«

»Na, das ist ja schon was.«

»Das finde ich auch.«

»Und danach haben sie sich nicht wiedergesehen?«

»Anscheinend nicht«, antwortet er.

»Ist das nicht merkwürdig? Catherine Rouvroy hat immer so getan, als ob Konrad Azais den netten Olivier Volange unter die Erde gebracht hätte… kein gutes Haar hat sie an ihm gelassen. Und dann trifft sie sich in Paris mit ihm… und damals war Volange sogar noch am Leben!«

»Tja, da versteh einer die Welt! Aber das ist für mich nicht der zentrale Punkt. Hier geht es um etwas anderes.«

Ich würde ihm gern sagen, dass es hier um nichts anderes geht, sondern immer um das Gleiche. Alles hängt mit allem zusammen, und Zufälle sind ausgeschlossen.

»Was glauben Sie also?«

»Es können alle beide gewesen sein; beide sind im gleichen Maß verdächtig, sowohl Leone als auch Oscar.«

»Also, ich tippe auf Oscar. Er war mit Vittorias Angewohnheiten besser vertraut und konnte ihr das Auto ohne Probleme entwenden.«

»Das stimmt. Ich werde die Staatsanwaltschaft um die Genehmigung für eine DNA-Analyse von Oscar Azais bitten, und dann nehmen wir ihn uns vor.«

»Wie kommt es, dass es keinerlei Hinweise auf einen Kontakt zwischen Amélie und ihm gibt? Etwa Telefonate, die als Indizien brauchbar wären?«

»Telefonate nicht. Und bis man die E-Mails alle überprüft hat, vergeht Zeit. Aber vielleicht kommt etwas dabei heraus.«

»Was hat es nur für einen Sinn, im Jahr 2011 etwas abzustreiten, was früher oder später ohnehin ans Licht kommt?«

»Keine Ahnung, aber die Leute leugnen aus dem Bauch heraus und nicht, weil sie sich das überlegt haben.«

* * *

Die Genehmigung der Staatsanwaltschaft für eine DNA-Analyse von Oscar Azais und die Abgleichung mit der DNA des Fötus kommt prompt. Claudio nimmt sie mit gelassener Mitwisserschaft entgegen.

»Dabei willst du sicher mitmachen«, sagt er leise. »Ich bestelle Oscar Azais für morgen ein.«

»Wunderbar.«

»Gut, dass wir zusammengearbeitet haben. Das spart uns eine Menge Arbeit, denn das DNA-Profil des Fötus haben wir ja schon.«

»Wer hätte gedacht, dass du das eines Tages sagen würdest?«

Ihm scheint eine Antwort auf der Zunge zu liegen, aber dann schweigt er doch. Das ist bei unseren Unterhaltungen immer häufiger der Fall, fast habe ich mich daran gewöhnt.

Als Oscar ins Institut kommt, drückt er mir freundlich die Hand und fragt nach dem Weg zur Toilette. Wie nicht anders zu erwarten, macht er einen angespannten, wachsamen Eindruck. Ich bleibe allein mit Calligaris zurück, der es kaum erwarten kann, endlich eine zu rauchen. Ich zeige ihm den Balkon, begleite ihn und gebe ihm eine von meinen Zigaretten.

»Er hat alles zugegeben, stell dir vor. Wir machen die Untersuchung trotzdem, auch wenn sie eigentlich nicht mehr notwendig ist. Amélie und er hatten seit einigen Monaten ein Verhältnis miteinander. Natürlich wusste er nichts von ihrer Schwangerschaft. Und diese italienische Telefonnummer von Vittoria Galli … du weißt, wovon ich rede? Er hat zugegeben, dass er eine Prepaidkarte benutzt hatte, für die die Galli keine Verwendung hatte. Sie hatte sie beim Kauf eines Mobiltelefons erhalten.«

»Haben Sie ihm erzählt, dass Amélie seine Schwester war?«

»Nein, im Augenblick noch nicht. Es ergab sich noch

nicht die passende Gelegenheit. Und dann ist die Frage, ob es wirklich wichtig ist.«

»Nein, eigentlich nicht. Hat er Ihnen verraten, wie sie sich kennengelernt haben?«

»Ja. Er hat sie kontaktiert, nachdem er das Worträtsel seines Vaters entschlüsselt hatte. Er habe die zukünftige Alleinerbin kennenlernen wollen, hat er gesagt.«

»Aber eines verstehe ich nicht: Wenn Amélie unerkannt bleiben sollte, warum hat Konrad dann in jenem Brief einen derart eindeutigen Hinweis gegeben?«

»Das habe ich mich auch gefragt. Ich hatte das Gefühl, dass nur Oscar eine Antwort darauf haben konnte, und der hat mir eine sehr fantasievolle Version geliefert.«

»Und?«

»Seiner Aussage nach war Amélies Name eine geheime Nachricht an ihn. Konrad wusste, dass er als einziger der drei Söhne in der Lage war, sofort an ein Worträtsel zu denken. Er hoffte, dass es Oscar gelingen würde, das Rätsel zu entschlüsseln, und war angeblich sehr froh, dass es auch so kam. Oscar war der Einzige, der nach Meinung seines Vaters Kontakt zur Erbin aufnehmen sollte, und er muss Oscar beschworen haben, ihr in keiner Weise zu schaden, sondern sie vielmehr vor Leone in Schutz zu nehmen. Tja, das hätte er seinem Sohn eigentlich auch direkt sagen können.«

»Azais nutzte immer solche Strategien. Ständig hat er über Worträtsel kommuniziert und alle damit verrückt gemacht. So hat man es mir wenigstens erzählt. Aber vergessen Sie nicht, dass jener Brief eigentlich Teil des Testaments hätte sein sollen und dass Leone ihn nur zufällig entdeckt, entwendet und für seine Zwecke benutzt hat. Wenn ich so darüber nachdenke, dann erscheint es mir eigentlich unwahrscheinlich, dass Konrad seinen Inhalt vorher bekannt machen wollte. Diese Geschichte, die Oscar da erzählt, halte ich für ziemlich unsinnig.«

Calligaris ist verwirrt. »Auf jeden Fall hat sich Oscar sofort informiert, sobald er Amélies Namen erfahren hatte. Es gelang ihm, ihre Adresse zu ermitteln, und er hat ihr einen Brief geschrieben.«

»Und dann?«

»Anfangs war sie ihm gegenüber sehr ablehnend und unfreundlich. Sie wusste nichts von ihrer Rolle im Testament, Oscar hat ihr offenbar alles erzählt.«

»Das war nicht sehr gescheit von ihm.«

»Na ja, die Azais zeichnen sich alle nicht durch praktische Intelligenz aus. In Bezug auf die Entmündigung hat er mir Stein und Bein geschworen, dass er zwischen allen Stühlen gesessen habe und dem Plan seiner Brüder ohne großes Engagement gefolgt sei. Aber am Ende war er natürlich auf das Geld aus.«

»Amélie hat mir geglaubt, jedenfalls nach einiger Zeit«, lässt Oscar sich vernehmen. Er muss ganz leise zu uns auf den Balkon gekommen sein. »Könnte ich bitte eine Zigarette haben?«, fragt er verbindlich. Calligaris scheint es überhaupt nichts auszumachen, dass er unser Gespräch mitbekommen hat. Ich reiche Azais das Päckchen, und er nimmt sich eine heraus und steckt sie sich mit einem teuren Feuerzeug an. Oscars Manieren erinnern an alten osteuropäischen Adel, verarmt, aber stolz. »Sie wollte das Erbe, das ihr zugedacht war, auf jeden Fall annehmen. Und sie hat mir von dem Plagiat erzählt. Zuerst traute ich meinen Ohren nicht, aber dann erschien das als einzige vernünftige Erklärung dafür, warum mein Vater sie als Alleinerbin eingesetzt hatte. Und so kamen wir uns immer näher – wir lagen uns in den Haaren und fühlten uns zugleich zueinander hingezogen. Amélie hatte einen furchtbaren Charakter und war voller Missgunst. Und trotzdem empfand ich etwas für sie und wollte sie beschützen. Leider habe ich sie nicht vor dem Tod bewahren können.«

Calligaris' Erläuterungen von eben genügen mir nicht. Ich möchte Oscars Version der Geschichte mit eigenen Ohren hören, auch wenn der Ispettore mir das übel nehmen wird.

»Warum hat Ihr Vater aus jenem Brief ein Worträtsel gemacht? Angeblich wollte er Amélie schützen, aber zugleich hat er einen eindeutigen Hinweis auf ihre Identität gegeben. Haben Sie dafür eine Erklärung?«

Oscar seufzt tief. »Sie dürfen nicht vergessen, dass mein Vater verrückt war, völlig durchgedreht. Was weiß ich, was ihm durch den Kopf ging! Vielleicht wollte er sich einen Spaß gönnen oder uns herausfordern. Er hat mit uns Kindern immer so kommuniziert. Ich erinnere mich, dass es, als wir noch klein waren, sonntags immer einen Preis gab. Mal war es ein Buch oder ein Spielzeug oder Bonbons oder auch nur Geld. Er gab uns ein Rätsel auf – meistens ein Bilderrätsel, aber manchmal auch ein Worträtsel –, und wer dahinterkam, gewann den Preis.«

»Ein gutes Training«, meint Calligaris in neutralem Tonfall.

»Zum Rätselraten braucht man Übung und Pfiffigkeit. Wie auch immer, ich war fast jeden Sonntag Sieger.«

»Dann war das also nur ein Spiel?«

Azais schüttelt den Kopf. Sein dunkles Haar ist von grauen Strähnen durchzogen.

»Keine Ahnung. Als ich jedenfalls diesen Brief in den Händen hielt, vermutete ich sofort ein Rätsel. Er hatte sich nicht einmal sehr viel Mühe damit gegeben: Er war zu ganz anderem fähig. Ich habe schon beim ersten Durchlesen den Namen Amélie erkannt und wollte gern glauben, dass mein Vater mir auf diesem Weg eine Nachricht schickte.«

»Eine Nachricht an Sie? Und warum das?«

»Weil ich von allen Kindern der Einzige war, zu dem mein Vater wirklich Vertrauen hatte. Aber er wollte, dass auch das Schicksal seine Hand mit im Spiel hat. Papa war sich im Klaren darüber, dass Leone sogar Frau und Kinder verkaufen würde, um an Geld zu kommen. Und von meinem Bruder Enrico, diesem Schwachkopf, wollen wir lieber erst gar nicht reden. Mein Vater hat es so eingerichtet, dass ich den Namen erfahren würde, ohne dass er zu viel eingriff.«

»Darf ich Sie fragen, ob Amélies Mutter von dem Erbe wusste?«

»Warum fragen Sie mich das?«

»Na, was glauben Sie? Nicht aus reiner Neugier. Wenn ich Ihnen die Frage stelle, dann, weil uns die Antwort vielleicht weiterhilft.«

»Ja, sie wusste davon. Als Amélie ihr davon erzählte, reagierte die Mutter merkwürdig: Sie hat ihr verboten, das Erbe anzutreten, weil auf dem Geld ihrer Meinung nach ein Fluch liege.«

Die Augen von Calligaris beginnen zu leuchten.

»Also waren Sie nicht überrascht, als die Rouvroy Amélies Erbe nicht angenommen hat?«

»Nicht nach dem, was Amélie mir erzählt hat. Diese Frau ist wenigstens ehrlich – das Geld gehört uns.«

»Gehen wir. Es ist schon spät«, meint Calligaris freundlich.

Während Claudio die DNA-Probe durchführt, flüstere ich dem Ispettore zu: »Glauben Sie, dass Oscar Amélie ermordet hat?«

»Er hatte ein Motiv. Er wusste, dass Catherine das Erbe ablehnen würde und dass es mit Amélies Tod wieder an die Familie zurückfallen würde. Das Auto, mit dem sie überfahren wurde, gehörte der Freundin, die er gerade abserviert hatte. Das könnte bedeuten, dass die Galli vielleicht eine aktive Rolle bei dem Mord gespielt hat. Aber da kommen wir nicht weiter – Vittoria Galli hat ein Alibi.«

»Hat Oscar zugegeben, sie an jenem Abend getroffen zu haben?«

»Er bestreitet das. Ich weiß nicht, was ich davon halten soll. Heute Nachmittag werde ich der Zeugin, die das Auto von der Galli gesehen hat, ein Foto von Oscar Azais zeigen und schauen, ob sie ihn wiedererkennt.«

Der jüngste der Gebrüder Azais lässt mit geistesabwesendem Blick die Speichelprobe über sich ergehen.

Das Ergebnis liegt zwei Tage später vor, und niemand von uns ist überrascht. So eine eindeutige Übereinstimmung habe ich noch nie gesehen. Aber ich hoffe, dass ich nicht noch einmal die Gene von Nachwuchs aus einem Inzest analysieren muss.

Kein Geheimnis ist für ewig. Früher oder später kommt jemand, der in der Lage ist, es zu lüften

Konrad Azais, *Die Gier des Deszidierius Horvath*

Lara kommt in unser Büro gestürmt.

»Was ist los?«, frage ich sogleich.

Sogar Ambra, die sich sonst immer hinter Schweigen verschanzt, scheint interessiert. Lara antwortet in einem Tonfall, der Schlimmstes befürchten lässt. Und in der Tat kommt ihre Nachricht einem Erdbeben gleich.

»In vier Monaten geht der Boss in Pension.«

»Mist!«, rufe ich aus. »Dann ist die Wally unsere Chefin.«

Der Himmel stehe uns bei!

Das Institut ohne den Allerhöchsten. Das Ende einer Epoche, der direkte Übergang vom Sonnenkönig zum Terrorregime eines Robespierre, ohne Marie Antoinette überhaupt zu berücksichtigen. Mein Arbeitseifer war ohnehin schon auf einem Nullpunkt. Nach jedem Absatz, den ich fertig geschrieben hatte, suchte ich bei Google nach kleinen Inseln im Ozean. Wenn jetzt die Wally an die Macht kommt, dann fällt mir gar nichts mehr ein, um meine Laune aufzubessern.

Ambra, oder vielmehr das, was von ihr geblieben ist, drückt ihre Ablehnung mit einem Wimmern aus. Ich bringe es nicht mehr fertig, sie wie früher Bienenkönigin zu nennen, das ist mir jetzt zu hämisch. So kann Claudio eine Frau fertigmachen: *Never forget*. Wie hat Vittoria Galli noch gesagt? *Sieh dich vor! Morgen kannst du an meiner Stelle sein.*

Unsere arme Negri della Valle steckt in einer tiefen Depression. Manchmal schließt sie sich in der Toilette ein und weint. Und immer hat sie Concealer dabei, um die dunklen Augenringe abzudecken, die spätestens morgens gegen elf Uhr erscheinen. Der Führungsriege sind ihre Verhaltensänderungen nicht entgangen, und man hat sie um eine Erklärung gebeten, aber sie reagiert gleichgültig. Unruhig sehe ich dem Tag entgegen, an dem Ambra wie Phönix aus der Asche aus ihrer Versenkung auftauchen wird. Ich wünsche es ihr, aber es wird schrecklich für uns alle werden. Nach Monaten der Frustration und des Ärgers wird sie umso schlimmer wüten.

* * *

Beim Abendessen frage ich Cordelia, ob sie etwas von der Entscheidung ihres Vaters weiß.

»Ach, und das nimmst du ihm ab? Solange ich denken kann, will er jedes Mal, wenn ich ihn sehe, in Pension gehen. Aber dann macht er es doch nicht.«

»Aber dieses Mal scheint er entschlossen.«

»Schön für ihn, dann kann er sein Leben noch ein wenig genießen. Mein Vater ist müde.«

»Uns lässt er jedenfalls in der Tinte sitzen.«

»Wer sitzt denn nicht in der Tinte?«, lautet ihr Kommentar. Dabei versenkt sie eine Garnele in der roten Soße, die ich zubereitet habe. »Du entwickelst dich zu einer prima Köchin, Alice.«

»Das ist alles Alessandras Verdienst.«

»Seit sie aussieht wie ein Luftballon, hat sie wenigstens Zeit, dir ein bisschen was beizubringen. Schade, dass mein Bruder nichts davon hat.«

»Ach, wer weiß, Cordelia«, antworte ich in einem Tonfall, der mir schon eine Sekunde später zu fatalistisch klingt. Das Schicksal entscheidet nur bis zu einem gewissen Punkt, den Rest besorgen wir selbst.

»Ich hoffe es.«

Ich würde es ja niemals zugeben, aber ein Teil von mir hofft noch viel mehr als sie.

* * *

»Am Ende hat er es zugegeben«, erklärt Calligaris in der Bar, während er den Cynar entgegennimmt, den er bestellt hat. »Bist du sicher, dass du nicht noch etwas anderes willst?«, fragt er mich und blickt auf meinen Kaffee.

Ich schüttle den Kopf und warte darauf, dass er weiterredet.

»Die Zeugin hat ihn wiedererkannt, und darauf hat er zugegeben, dass er Amélie in der Todesnacht getroffen hat. Diesem Mann ist nicht zu trauen. Er gibt erst etwas zu, wenn er mit dem Rücken zur Wand steht. Wenn er sie wirklich überfahren hat, wird er das erst einmal leugnen. Wir müssen eindeutige Indizien finden.«

»Ein chronischer Lügner. Erinnern Sie sich noch, wie er uns anlog, als Clara Norbedo von zu Hause weggelaufen war?«

»Ja, das war schon übel. Seine Nichte erzählt ihm, dass sein Schwager seinen Vater umgebracht hat, und er tut, als ob nichts wäre. Ein komischer Typ.«

Ein väterlicher Rat: Verschwende mit ihnen nicht deine Zeit und Energie. Sie wissen nicht, was es heißt, sich auf etwas zu konzentrieren und Entbehrungen auf sich zu nehmen. Sie sind grausam, darin sind sie mir ähnlich.

Konrad hat es doch ganz klar gesagt!

»Und was genau hat Oscar Ihnen erzählt?«

»Dass er sich das Auto von Vittoria Galli ausgeliehen und sich mit Amélie getroffen hat. Sie sei sturzbetrunken gewesen, sagt er. Das wird durch die Analyse von Conforti bestätigt.«

»Kam ihm das merkwürdig vor, oder hat Amélie gern viel getrunken?«

Calligaris massiert sich mit der Hand das Kinn. »Nein, überhaupt nicht. Nach seinen Worten hat Amélie so gut wie niemals Alkohol getrunken. Und sie war nicht nur sturzbetrunken, als er sie fand, sondern auch fertig mit den Nerven, weil sie herausgefunden hatte, dass er sich immer noch mit der Galli traf. Und Oscar hat wie üblich …«

»… alles abgestritten«, ergänze ich.

»Übrigens, was das Auto angeht: Hat die Galli mittlerweile ausgesagt, dass sie es Oscar geliehen hatte?«

»Nein, sie behauptet nach wie vor, dass man es ihr am Abend der Ausstellung gestohlen hat, nachdem sie es vor der Galerie geparkt hatte. Und noch etwas zu Oscars Lügerei: Amélie hatte Beweise.«

»Wofür?«, frage ich neugierig.

»Vittoria Galli hatte sie kontaktiert, und die beiden hatten eine heftige Auseinandersetzung.«

»Aber Vittorias Behauptungen waren noch kein Beweis.«

»Es scheint aber, dass Amélie SMS von Vittoria und Oscar entdeckt hatte. Das übliche Dreieck eben, mehr nicht«, beschließt Calligaris das Thema, so als wollte er sich nicht mehr weiter dazu auslassen. »Azais sagt aus, er habe Amélies Wohnung gegen elf verlassen. Sie schlief.«

»Und warum ist er nicht bei ihr geblieben? Ihr ging es doch sehr schlecht. Jemand, der sie gern hatte, hätte sie nicht allein gelassen.«

»Das weiß ich nicht. Azais ist zur Galerie Ergi gefahren, wo er das Auto abstellte, das ihm Vittoria angeblich geliehen hatte – seinen BMW hatte er ja verspielt. Dann ist er in die Galerie gegangen und hat sich die Galli vorgenommen. Die beiden hatten in einem kleinen Nebenraum eine heftige Diskussion.«

»Worüber haben sie gestritten?«

»Azais warf ihr vor, Amélie angegriffen zu haben, und bestand darauf, dass sie ihre Nebenbuhlerin fortan in Ruhe lässt. Mit anderen Worten: Er hat Vittoria für Amélie sitzen lassen. Danach hat er angeblich ein Taxi nach Hause genommen. Im Augenblick überprüfe ich das. Azais behauptet, den Taxifahrer zu kennen. Er hat das Taxi ziemlich genau beschrieben und mir den Vornamen des Fahrers genannt; sogar an die Radiosendung in jener Nacht will er sich noch erinnern. Jetzt versuche ich, diesen Taxifahrer aufzutreiben: Falls der Oscars Aussage bestätigt und die Zeiten stimmen, dann wäre Oscar aus dem Schneider.«

»Und wer hat Amélie dann umgebracht?«

»Das ist doch klar – Vittoria Galli. Ich bin gerade dabei, ihr Alibi auseinanderzunehmen, das auf der Aussage einer ihrer Mitarbeiterinnen beruht. Die Ausstellung war schon längst vorbei, aber angeblich seien Vittoria und sie noch bis zwei in der Galerie geblieben, seien dann nach draußen gegangen und hätten den Autodiebstahl bemerkt.«

»Falls die Mitarbeiterin die Unwahrheit sagt, um Vittorias Haut zu retten, dann wäre das wirklich mehr als nur eine nette Geste … Und diese Zeugin aus dem Haus hat Azais bemerkt, aber …«

»… als sie das Auto zum zweiten Mal in dieser Nacht vorbeifahren sah, und zwar mit großer Geschwindigkeit, konnte sie den Fahrer nicht erkennen«, unterbricht mich der Ispettore.

»Und damit ist alles offen«, fasse ich zusammen und bin ein bisschen überrascht.

»Ja, so ist es«, bestätigt Calligaris.

Er trinkt seinen Cynar aus, tätschelt meine Schulter und bedeutet mir, dass es für ihn Zeit ist, wieder ins Büro zurückzukehren.

»Wir halten uns gegenseitig auf dem Laufenden«, sage ich zu ihm, während der Wind mir draußen den Pony zerzaust.

Er verabschiedet sich mit einer Geste und entfernt sich, unscheinbar, die Hände in den Hosentaschen und die Verkörperung von Bescheidenheit – er übt seinen Beruf mit einer Sorgfalt aus, für die er viel zu wenig Anerkennung erhält.

Mein Lehrer in der Grundschule hat mir beigebracht, wie schwer es ist, in der Dämmerung den Sonnenaufgang zu erahnen

Cordelia, Ichi und ich sehen gerade einen Film. Cordelia hat heute Nachmittag frei, draußen ist miserables Wetter, und so haben wir es uns in den eigenen vier Wänden gemütlich gemacht.

Calligaris hält das schlechte Wetter nicht von der Arbeit ab.

»Signorinella, ich kann dir diese Neuigkeit nicht am Telefon erzählen. Wenn du sie erfahren willst, musst du dich schon hierher bemühen.«

Neugier und Faulheit fechten in mir einen Kampf aus. Meine Faulheit hat zwei Fans, die protestieren, als ich meinen Hintern vom Sofa erhebe.

Aber meine innere Rastlosigkeit, die mich schon so oft in Schwierigkeiten gebracht hat, behält auch dieses Mal die Oberhand.

Ich ziehe mir dunkelrosa Gummistiefel an, über die Cordelia nur den Kopf schüttelt, aber sie sind ein Geschenk von Yukino und erinnern mich an sie. In der Metrostation ertönt *In der Halle des Bergkönigs* aus *Peer Gynt* von Grieg, mit dem für einen Film geworben wird, und die Melodie begleitet mich als Ohrwurm bis ins Büro von Calligaris. Glücklicherweise hat er keinen Besuch, und ich muss nicht warten.

»Ich bin fündig geworden.«

»Was haben Sie gefunden?«

»Wen müsste es heißen. Den Taxifahrer. *Klar, dieser Künst-*

ler. Den kenne ich seit zwanzig Jahren. Ich habe mir die Eintragungen ins Fahrtenbuch angesehen, und Oscar Azais' Version ist glaubwürdig: Der Taxifahrer hat ihn gegen Viertel vor zwölf nachts vor der Galerie Ergi abgeholt. Die Augenzeugin hat erst später die Vollbremsung gehört, also war die Volange um diese Zeit noch am Leben. Der Unfall muss sich gegen halb eins ereignet haben, und da war Azais noch unterwegs. Der Fahrer hat ihn bei einer Bar abgesetzt, dort gewartet und ihn später nach Hause gebracht. Er hält immer genau fest, was Kunden ihm schulden … alles Leute, die über ihre Verhältnisse leben. Azais hat in jener Nacht anschreiben lassen und am nächsten Tag bezahlt. Der Taxifahrer ist sehr gewissenhaft, und seine genaue Buchführung bewahrt Oscar Azais vor der Untersuchungshaft.«

»So eine Sch…«, entfährt es mir und ich werde rot. »Damit bleibt nur noch Vittoria Galli … ich sehe nicht, wer es sonst gewesen sein könnte.«

»Genau. Aber etwas stimmt an der Geschichte nicht, denn für besagte Uhrzeit besitzt die Galli, genau wie Azais, ein wasserdichtes Alibi.«

»Ah … und jetzt?«

»Unterschätz mich nicht, Alice«, meint Calligaris mit listigem Gesichtsausdruck. »Ich arbeite gründlich, sehr gründlich«, fügt er geheimnisvoll hinzu.

»Und?«

»Ich habe einen Verdächtigen, aber ich will dir erst mehr erzählen, wenn die notwendigen Vorarbeiten erledigt sind.« Trotz meiner Neugier bohre ich nicht weiter nach: Calligaris mag zwar die personifizierte Gutmütigkeit sein, aber ein Nein ist ein Nein.

Und so kehre ich wieder nach Hause zurück, wo Cordelia und Ichi mich begeistert erwarten. Sie hatten sich darauf eingestellt, dass es länger dauern würde. Später kommt Silvia zum Abendessen, die sehen möchte, wie ich jetzt wohne. Wir verbringen einen netten Abend miteinander, aber ich fühle ein Kribbeln, eine grundlose Unruhe, etwas, das mich in das Dunkle, Verborgene in mir zieht. Yukino hätte dafür das Wort *yūgen*, die Faszination des Zwielichts, der Dinge, deren äußerer Schein trügt und die vergehen.

Ich bin ziemlich neugierig, und ich mag Abenteuer und alles Neue

Lewis Carroll, *Alice im Wunderland*

Ich suche in der Online-Ausgabe einer Lokalzeitung nach Informationen zu einem Todesfall, zu dem ich mehr erfahren möchte. Die Wally wird morgen die Autopsie durchführen. Da stoße ich auf einen Artikel, und ohne groß nachzudenken, klicke ich ihn an und trage das angegebene Datum in meinen Kalender ein. Dann rufe ich das Ehepaar Allevi junior an und mache ihnen einen Vorschlag, den sie nicht ablehnen können.

Und so sitzen wir am folgenden Samstagabend auf Plastikstühlen, die auf der Piazza delle Erbe in Tarquinia aufgestellt sind. Alessandra hat immer wieder Sonderwünsche, die mein Bruder ihr mit stoischer Ruhe erfüllt; ihr wächst der Bauch und ihm ein Heiligenschein. Die Piazza füllt sich. Wir sitzen in der ersten Reihe; ich drehe mich ständig in alle Richtungen, bis es Alessandra zu viel wird.

»Wen suchst du, Alice? Bist du schon wieder frisch verliebt?«

Ich verneine und bin damit beschäftigt, mir die Leute anzusehen, die zum Abschlusskonzert der Musikschule erschienen sind.

Und da ist sie, Selina Norbedo.

Sie läuft langsam, als hätte sie eine Bürde zu tragen, und wirkt niedergeschlagen.

Ich gehe auf sie zu, und sie sieht mich aus kurzsichtigen Augen an.

»Guten Abend«, begrüße ich sie freundlich.

»Oh«, lautet ihre Antwort, so als fehlten ihr die Worte. Sie macht einen verwirrten Eindruck.

»Ich habe in der Zeitung von dem Konzert gelesen und gesehen, dass auch Clara mitspielt, und das wollte ich mir nicht entgehen lassen.«

»Vielen Dank…«

»Möchten Sie sich zu uns setzen?«

»Ja, gern«, erwidert sie, aber es scheint ihr gleichgültig zu sein, wo sie sitzt.

Clara betritt die Bühne, das Cello auf dem Rücken. Ihre Lippen sind rot geschminkt, ihr Haar zu einem Knoten gebunden. Sie streift den bunten Frühlingsmantel ab, den ich, glaube ich, bei *Desigual* gesehen habe. Sie setzt sich auf einen Hocker und nimmt vorsichtig ihr Instrument aus dem Koffer. Um das Publikum kümmert sie sich nicht. Sie wirkt gelangweilt und scheint nur körperlich anwesend zu sein.

»Wann fährt Clara?«, frage ich Selina.

»Mitte Juni. Für sie wird es eine wertvolle Erfahrung sein, und ich will Ihnen auch nicht verheimlichen, dass Clara nach allem, was passiert ist, recht schwierig geworden ist. Ich werde mit ihren Launen nicht mehr fertig. Ihr Vater wird für lange Zeit nicht mehr zur Verfügung stehen… und ich weiß nicht, ob ich mich noch Mutter nennen kann. Ich bringe es nicht fertig.«

In diesem Augenblick wird mir alles klar. Den Beweis dafür werde ich niemals haben, aber ihre seltsamen Worte erklären alles: Sie erklären, warum Clara sich so allein gelassen fühlte. Und auch, warum sie am Ende die Wahrheit nicht mehr für sich behalten wollte, sich aber nicht an ihre Mutter wandte, sondern nach Rom zu ihrem Onkel ausgerissen ist.

Selina wusste alles.

Sie wusste, dass ihr Ehemann der Mörder ihres Vaters war. Selina liebte ihren Vater über alles. Es muss schrecklich für sie gewesen sein, als sie erfuhr, dass das Genie, das sie so verehrte, in Wahrheit ein Dieb war. Und als Edoardo ihr sein Verbrechen gestand, traf sie eine Wahl und entschied sich für ihren Mann. Und genau deshalb gelingt es ihr jetzt nicht mehr, für Clara da zu sein.

»Ich habe meinen Bruder Enrico gebeten, für eine Weile zu mir zu ziehen«, fährt Selina fort. »Wir sind beide krank vor Einsamkeit und können uns vielleicht gegenseitig ein wenig beistehen.«

»Und wie geht es Oscar?«, frage ich sie so beiläufig wie möglich.

»Oscar, tja. Hinter dem sind sie wegen der Geschichte mit Amélie Volange her. Es war klar, dass allein Oscar Papas Worträtsel in jenem Brief entschlüsseln und sich dann auf die Suche machen würde. In vieler Hinsicht ähnelt Oscar meinem Vater mehr als Leone, Enrico und ich zusammen genommen.«

»Warum hat Oscar Ihrer Meinung nach mit Amélie Kontakt aufgenommen? Aus Neugier?«

»O nein. Aus Neugier sicher nicht. Um seine Gegnerin kennenzulernen, sie zu beobachten und sie dann um ihr Erbe zu bringen.«

Ihre Sicht auf die Dinge überrascht mich. Wenn sie nicht so mit den Nerven runter wäre, hätte sie sicher freundlichere Worte gewählt – oder erst gar nicht mit mir geredet.

»Haben Sie wirklich eine so schlechte Meinung von Ihrem Bruder?«

»Wir Azais sind eine üble Sippe. Es konnte nur jemandem wie meinem Vater einfallen, Oscar einen eindeutigen Hinweis zu hinterlassen. Er wolle die Volange beschützen, behauptete er, aber zugleich hat er ausgerechnet dem skrupellosesten seiner Söhne ein Instrument in die Hand gegeben, um sie aufzuspüren. Er konnte sicher sein, dass Oscar sie suchen würde. Aber ich bin sicher, dass Oscar sie nicht umgebracht hat. Sein Rechtsanwalt hat mir erklärt, er sei außer Verdacht. Seine ehemalige Geliebte war es, aus Eifersucht. Vittoria war vor langer Zeit einmal mit Leone zusammen. Sie war damals schon sehr besitzergreifend.«

»Sie kennen sie?«

»Sie war ständig bei uns und sehr aufdringlich. Sie hatte die Hoffnung, dass Leone sie heiraten würde, und das war am Ende auch der Grund, warum die Beziehung in die Brüche ging.«

»Wussten Sie von dem Verhältnis mit Oscar?«

»Nein. Er spricht nicht über sein Liebesleben, mit keinem von uns. Aber wenn Sie mich fragen, gab es für ihn einen guten Grund, mit ihr zusammen zu sein. Ich steige bei diesen ganzen Intrigen und Leidenschaften nicht durch … Ich habe nur einen einzigen Mann geliebt, und der hat mich bitter enttäuscht.«

»Selina … haben Sie Ihren Vater jemals nach Paris begleitet, als er noch Lesungen gab?«

»Ja, jeder von uns durfte ihn mal begleiten, meine Mutter wollte das so, und hinterher fragte sie uns aus, wen wir gesehen und was wir getan hätten.«

»Und warum reiste sie nicht selbst mit?«

»Meine Mutter war agoraphob. Sie verließ niemals das Haus, wollte aber alles unter Kontrolle haben.«

»Und damals in Paris … hat Ihnen Ihr Vater jemanden vorgestellt?«

»Doch, ja, er rief eine Freundin an, die dann mit ihrer Tochter kam, damit ich nicht allein war. Aber das war für die Katz, denn das Kind war stumm.«

»Wie hieß das Mädchen?«, hake ich nach, während sie ins Leere starrt und sich nicht einmal erkundigt, warum ich ihr alle diese Fragen stelle.

»Was weiß ich, ich erinnere mich nicht mehr. Es war todlangweilig! Ihre Mutter unterhielt sich mit meinem Vater, und wir waren uns selbst überlassen. Das Kind hat die ganze Zeit über geschwiegen, wie ich eben schon sagte: Es war stumm.«

»Haben Sie sie jemals wiedergesehen?«

»Nein.«

Clara und ihre Mutter wirken wie verloren in ihrer Heimatstadt, durch die an diesem Frühlingsabend ein leichter Wind weht. Den Blick auf die Partitur gerichtet, spielt Clara gleichgültig auf ihrem Cello ein fröhliches, fast folkloristisches Stück, und die Melodie steht in krassem Gegensatz zu ihrem düsteren Gesichtsausdruck. Auf dem Programm steht das Concerto in A-Dur für Gitarre, Violine, Viola und Cello von Antonio Vivaldi.

Das Konzert ist insgesamt schön. Am Ende des Musikabends stimmt Selina kaum in das Klatschen ein.

Clara gesellt sich zu uns. Die Glückwünsche von Alessandra und Marco nimmt sie kühl entgegen. Auch mit mir ist sie einsilbig, aber nicht aus Unhöflichkeit, sondern weil sie keine Lust auf belangloses Geplauder hat. Ihr Verhalten ist grob, so als ob es ihr gleichgültig wäre, welchen Eindruck sie auf andere macht, solange sie nur mit sich selbst im Reinen ist – aber vielleicht ist auch das Gegenteil richtig.

Ich würde ihr gern sagen, wie leid mir alles tut, aber das ist so banal, dass ich ihr die Worte erspare. Mir fällt nichts Vernünftiges ein, während ich zuschaue, wie sich Mutter und Tochter entfernen, Selina geht einen Schritt hinter Clara. Beide umgibt eine Aura stumpfer Trauer, die ich nie vergessen werde.

Und alle diese Augenblicke verlieren sich in der Zeit
wie Tränen im Regen
Blade Runner

Das ist die Situation. Vittoria saß am Steuer ihres Wagens und hat Amélie Volange überfahren, nachdem sie diese geweckt und unter einem Vorwand auf die Straße gelockt hatte, vielleicht mit einem Anruf. Dann meldete sie ihr Auto als gestohlen, in der Tat hat man es ja auch noch nicht gefunden.

Selbstverständlich bestreitet Vittoria Galli das alles auf das Heftigste. Sie hat sich die besten Anwälte genommen, und die schwarz gekleidete Sardine ist sogar in der Sendung *Quarto Grado* aufgetreten und hat beteuert, dass ihre Arbeitgeberin, ihr absolutes Vorbild, nichts mit dem Tod der Volange zu tun habe: Zur besagten Stunde seien Vittoria und sie noch in der Galerie gewesen.

Und dass Vittoria ihr Anteile an der Galerie überschrieben hat? Das sei eine Anerkennung für ihre jahrlange Schufterei, eine Art Gewinnbeteiligung; es sei ein fataler Zufall, dass die Entscheidung dazu einige Tage nach dem Tod Amélie Volanges gefallen sei.

Das war also Calligaris' heiße Spur.

Jedes Mal, wenn mein Blick auf das Gemälde von Oscar Azais fällt – es ist riesig, unübersehbar und nimmt Cordelias kleines Wohnzimmer in Beschlag –, muss ich an Amélie denken – das kleine, stumme Mädchen. Eifersucht und ihre tragischen Folgen erlebe ich nicht zum ersten Mal, doch in diesem Fall hat sie etwas Irritierendes, Beunruhigendes, das ich mir nicht erklären kann.

Es hat sich wieder eine Art Normalität eingestellt, denn das Leben geht immer irgendwie weiter, egal, was geschieht. Im Netz wimmelt es von Artikeln zum Todesfall Volange, der Tötung Konrad Azais' und dem möglichen Zusammenhang beider Fälle. Die Literaturkritik hat das Werk von Olivier Volange wiederentdeckt, und ein Teil davon wird von einem der wichtigsten Verlage Italiens neu aufgelegt. Auch Oscars Malerei erlebt eine Blüte. Ich habe in *Diva e donna* ein Foto des Lebemanns entdeckt, der die Frauen mit Spielchen, Kunst und Gedichten anlockt. Da saß ich gerade im Schönheitssalon und wartete darauf, mir die Augenbrauen zupfen zu lassen (obwohl ich in der *Vogue* gesehen hatte, dass man sie zurzeit wieder durchaus breiter trägt).

Jetzt warte ich nur noch darauf, dass die furchtbaren Romane von Enrico Azais im Zuge des ganzen Geplänkels ebenfalls neu aufgelegt werden und dass somit auch er und sein unverstandenes Werk Erfolg erleben.

Und tatsächlich, er beglückt die Leserschaft mit einem neuen Roman: *Loin*.

Der französische Titel macht mich neugierig. Ich gehe der Sache nach. Dieses Mal hat er nicht im Eigenverlag publiziert, ein kleiner, aber feiner Verlag veröffentlicht das Buch. Am nächsten Dienstag stellt Azais seinen Roman in einer Buchhandlung nicht weit von unserer Wohnung vor.

Ich weiß, ich bin masochistisch. Schon die erste Lesung war eine Katastrophe, mir noch eine weitere anzutun ist pure Quälerei. Silvia wird sicher nicht noch mal mitkommen, eher würde sie Blut spenden, was ich ihr im Übrigen immer wieder nahelege, aber sie lehnt stets unter fadenscheinigen Gründen ab.

Vielleicht gehe ich aus Mitleid hin, so verkauft er wenigstens ein Exemplar.

* * *

Cordelia ist dieses Mal mein Opfer.

Kopflos und ohne Plan läuft sie mit Lockenwicklern und in einem Morgenmantel aus orangefarbener Seide im Vintage-Stil in der Wohnung herum, zwischen den Zehen hat sie Watte.

»Komm mit mir zu einer Buchvorstellung.«

»Auch das noch!«

»Da lernst du vielleicht interessante Leute kennen.«

»Intellektuelle? Vielen Dank. Mein nächster Liebhaber soll ein einfacher Mann sein, einer mit Haaren am ganzen Körper, der richtig zupackt.«

Am Ende kann ich sie doch überreden. Von der Veranstaltung bekommt sie allerdings nichts mit: Nach einem dreiminütigen Einführungsmonolog von Enrico Azais steht sie auf, fängt an, gelangweilt in den Regalen zu stöbern, und lässt mich sitzen.

Der Moderator fragt Enrico Azais, warum sein Roman in Paris spiele.

»Paris hat auf mich immer eine magische Anziehungskraft ausgeübt. Als ich das erste Mal mit zwölf Jahren dort war, war ich sprachlos angesichts von so viel Schönheit. Ich finde, es ist der perfekte Ort für einen Roman, und eines Tages möchte ich dort leben.«

»Auch Ihr Vater hat dort jahrelang gelebt …«, wagt sich der Moderator vor und beendet seinen Satz nicht, denn Enrico Azais hat ihm soeben einen vernichtenden Blick zugeworfen.

»Über meinen Vater würde ich lieber nicht sprechen. Wir sind ja nicht seinetwegen hier.«

»Nein, natürlich nicht. Verraten Sie uns denn, woher die Idee für Ihren Roman stammt?«

»Ich wollte eine Geschichte über Distanz erzählen. Und deshalb habe ich meinen Verleger auch gebeten, den von mir gewählten Titel zu benutzen. Der Schlüssel zu allem liegt in der Distanz, die meine Figuren nicht überwinden können. Es geht hier nicht um räumliche Entfernung, sondern um eine mentale Größe, um eine unüberwindliche Verschiedenheit. Vincent ist ein Mann, der seinen Jähzorn nicht unter Kontrolle hat und deshalb die Frau verliert, die er immer geliebt hat.«

»Diese Frau heißt Lily, es ist das Paris der Fünfzigerjahre. Sie ist eine wunderbare Figur, Azais, sehr gelungen, eine junge Ballerina, die alles für eine große Rolle geben würde. Sie und Vincent sind wie die zwei Seiten einer Medaille.«

Aus dem Publikum erhebt jemand die Hand. »Lily ist Ballerina, wie Margot, die Romanheldin Ihres Vaters. Auch wenn Sie nicht von ihm sprechen wollen, könnten Sie uns wenigstens den Grund für Ihre Wahl verraten? Geht es um eine Hommage?«

Enrico Azais runzelt die Stirn.

»Nein, es handelt sich um eine wahre Geschichte, eine, die eben lange zurückliegt. Jemand hat sie mir erzählt.«

Der Moderator ergreift eilig das Wort. »Ah, sehr interessant! Was für eine Geschichte? Und auf welche Weise haben Sie sie verändert? Und vor allem – warum erzählen Sie sie?«

»Weil sie faszinierend ist. Ich habe diese Geschichte selbst miterlebt … sie ist gewissermaßen die Geschichte meines Lebens, oder besser, die Geschichte, die mein Leben verändert hat.«

»Könnte man von einer Autobiografie sprechen?«

»Nein, denn es geht nicht um mein Leben, sondern um das Leben eines Menschen, den ich einmal kannte. Er würde sich sehr darüber freuen, dass seine Geschichte als Buch erscheint. Das, was andere Menschen tun und lassen, bestimmt aber auch unser Leben, beeinflusst und verändert es, selbst wenn wir passiv bleiben und alles nur erdulden.«

Das ist doch die Geschichte von Konrad und Catherine!

Das ist dermaßen offensichtlich! Warum kommt nur niemand darauf?

»Könnten Sie uns bitte einen Ausschnitt Ihrer Wahl vorlesen?«

Wie schon bei der letzten Buchpräsentation lässt Azais sich das nicht zweimal sagen. Er greift zu einem Exemplar – der Umschlag ist stimmungsvoll (er zeigt ein Aquarell des alten Paris), und die Qualität des Einbands ist hervorragend. Mich freut diese Aufmachung. Es ist schön zu sehen, dass hin und wieder auch einmal etwas klappt.

Sie aßen in einem Restaurant zu Mittag, in dem zu Kriegszeiten amerikanische Soldaten verkehrten, und dann ging sie in ein Hotel.

Er ließ seinen Sohn in der Eingangshalle zurück, dort konnte er sich mit dem stummen Mädchen die Barockdecke ansehen.

Vincent und Lily taten so, als würden sie sich nicht kennen. Sie fuhren sogar in verschiedenen Aufzügen nach oben. Das Alter hatte ihrer Anmut nichts anhaben können. Sie trug Stiefel, schritt aber einher, als hätte sie immer noch Ballettschuhe an, solche, die vorne eine Spitze aus Gips haben, an denen man sich die Fußnägel verletzt. Sie verloren sich in der Menge der Geschäftsleute und Durchreisenden, sie mischten sich in die Menge wie das Schwarz und Weiß in Vincents Bildern.

An jenem Nachmittag gab es wieder nur sie und ihn, gerade so, als läge nicht bereits die Hälfte des Lebens hinter ihnen und als wären die beiden Kinder nicht ihre eigenen.

Das ist genau die Geschichte, wie sie Leone dem Ispettore erzählt hat. Da bin ich ganz sicher. Es ist genau die gleiche Episode, nur aus einer anderen Perspektive. Wahrscheinlich hat Azais auch Enrico einmal mit nach Paris genommen, und sie haben sich dort mit Catherine und Amélie getroffen, oder Leone hat seinem Bruder von einer solchen Begegnung erzählt. Konrad und Catherine müssen eine langjährige Beziehung geführt haben, die sie trotz ihrer turbulenten Vergangenheit, ihrer jeweiligen Familien und allen Streitereien aufrechterhielten. Konrad wusste von Amélie, anders kann es nicht sein.

Am Ende der Lesung gehe ich auf Enrico zu und bitte ihn um eine Widmung.

»Ist das nicht das *Chez l'Ami Louis*?«, frage ich ihn. »Das ist doch sehr berühmt, weil dort amerikanische Soldaten verkehrten.«

Arthur hat mir das erzählt.

»Was?«, murmelt er verwirrt.

»Das Restaurant, in dem Vincent und Lily mit ihren Kindern zu Mittag essen.«

»Ich habe nicht geschrieben, dass sie dort mit den Kindern zu Mittag essen«, gibt Azais zurück. Anscheinend hat er mich nicht erkannt, was entweder bedeutet, dass ich eine höchst unauffällige Erscheinung bin oder dass er nicht viel mitbekommt.

»Stimmt. Aber ist es dieses Restaurant?«, frage ich erneut.

»Kann schon sein. Es gibt in Paris viele Restaurants, wo einst amerikanische Soldaten zu Gast waren.«

»Ich bin neugierig auf Ihren Roman, Signor Azais. Ich bin sicher, ich werde ihn verschlingen.«

Nach einem Räuspern lächelt Enrico triumphierend. So als hinge sein Leben von den anerkennenden Worten der anderen ab.

»Was Sie heute Abend sagten, erinnert mich an eine Geschichte, und zwar an die von Catherine Rouvroy.« Das Lächeln auf Azais' Gesicht verflüchtigt sich. »Ich mag es, wenn

Realität und Fantasie sich mischen. Das ist eine ausgezeichnete Idee.«

Azais beugt sich zu dem Buchexemplar hinunter, seinen teuren Füller zückend. »Wem gilt die Widmung?«

»Für Alice, danke.«

Enricos Hand ist unsicher, und er schreibt meinen Namen nicht gut, das i lässt er ganz weg, und so erhalte ich ein Buch mit der Widmung *Alce* zurück.

Aber dafür habe ich einen sehr interessanten Hinweis erhalten.

Das Mädchen machte aus Schweigen eine Religion

Enrico Azais, *Loin*

Hat Enrico Azais Ihnen gegenüber jemals bestätigt, Amélie Volange gekannt zu haben?«, frage ich Calligaris am Telefon. Ich bin mal wieder auf der Toilette, dem einzigen ungestörten Ort des Instituts.

»Nein. Das hat er immer bestritten.«

»Ich komme heute Nachmittag bei Ihnen vorbei.«

Jemand klopft heftig an die Tür, und ich muss das Telefonat abbrechen.

Ich öffne die Tür und sehe Ambra.

»Die Toilette ist für alle da.«

Ihre Niederlagen haben sie dermaßen verbittert und nachlässig gemacht, dass sie nicht einmal ihre Strähnchen erneuert hat. Sie sind schon einen Zentimeter herausgewachsen. »Starr mich nicht so an!«, faucht sie mich an.

Ich lächle ihr grimmig zu. Wie heißt es noch so schön: *Setz dich ans Flussufer und warte, bis die Leiche deines Feindes vorübertreibt.*

* * *

Am Nachmittag gehe ich kurz nach Hause und finde mich dann mit dem Exemplar von *Loin* in der Tasche bei Calligaris ein.

Ich zeige ihm die Stellen, die ich gestern noch angestrichen habe.

Das Mädchen sah ihm nicht ähnlich, aber sie bestand darauf, sie sei seine Tochter.

Aber für ihn hatte sie die Augen von Armande. Böse und diebische Augen.

Oder:

Vincents Frau wollte, dass er die Kinder mitnahm, auf diese Weise hatten sie schon als Teenager halb Europa bereist.

Es gab ständig Streit darum, wer ihn nach Paris begleiten sollte, doch Vincent war gerissen, er nahm immer einen anderen von ihnen mit, und so begegneten sie alle Lily nur ein einziges Mal und hatten keine Ahnung, wer sie war.

Oder auch:

Während eines Streits hatte er ihr einmal das Handgelenk gebrochen. Deshalb hatte Lily ihn verlassen.

Jetzt war er auf dem besten Wege, seine Tat zu wiederholen, während er sie schubste und als Hure beschimpfte.

Vincent wollte die Realität nicht akzeptieren. Er warf ihr vor, alles falsch zu machen, Armande tauge nichts, und sie entscheide sich immer für das Falsche. Ihr seid alle beide Versager, verflucht noch mal, Versager!

»Du hast recht, diese Geschichte kennen wir.«

»Enrico Azais hat gelogen, er kannte Amélie und wusste, dass sie Konrads uneheliche Tochter war.«

»Oder er hat es von Leone erfahren.«

»Dann hat er trotzdem gelogen. In diesem Fall hat er

Ihnen nichts von der Verbindung zwischen Leone und der Volange erzählt. Haben Sie einmal daran gedacht, dass das Alibi Vittoria Gallis am Ende vielleicht stimmen könnte? Und dass uns vielleicht Leone etwas verschweigt?«

»Okay, noch mal von vorne. Welches Motiv hätte Leone gehabt, seine Stiefschwester aus dem Weg zu räumen?«

»Wut? Neid, …«

»… und Geld.«

»Aber da ist die Sache mit der Erbfolge.«

»Wie du weißt, hat Catherine Rouvroy das Erbe abgelehnt. Damit geht es an die Kinder Azais' zurück.«

»Hat Leone Azais wirklich davon gewusst?«, überlege ich laut.

»Um diese Regelung nachzuvollziehen, musste ich einen Notar befragen, den ich gut kenne«, erläutert Caligaris. »Und selbst der musste sich erst schlaumachen und hat mir dann bestätigt, dass das Erbe in der Tat auf Catherine übergegangen wäre. Spontan war er jedoch überzeugt, dass das Vermögen im Fall von Amélies Tod direkt an die legitimen Erben von Konrad Azais gehen würde.«

»Und was bedeutet das?«

»Dass die Azais-Brüder sich vielleicht doch gar keinen Kopf um die Erbfolge gemacht haben und einfach davon ausgingen, dass sie nur die Volange aus dem Weg räumen müssten, um an das Erbe zu kommen.«

»Ispettore, ich glaube nicht, dass die Azais einen Mord begangen hätten, ohne vorher diese Fragen zu klären. Falls es einer von ihnen war, und davon bin ich überzeugt, dann vielleicht gar nicht wegen des Geldes.«

Calligaris starrt mich an, und ich frage mich, ob meine Hartnäckigkeit ihm auf die Nerven geht oder ob er sich meine Thesen durch den Kopf gehen lässt.

»Gut, ich werde mit Leone Azais sprechen. Aber nur zur Sicherheit, Alice. Du kennst mich, ich will keine Spur außer

Acht lassen, so banal oder unbedeutend sie sein mag«, meint er mit einem Anflug von Eitelkeit.

Er erhebt sich, ruft einen Fahrer und bittet ihn, in zehn Minuten vor der Tür zu stehen.

»*Come on*, Dottoressina.«

»Wohin geht's?«

»Zum Büro von Leone Azais, ein Blitzbesuch.«

Wenn du dich vor einem Geheimnis fürchtest, dann lass es frei, und es wird aufhören, dir Angst zu machen

Konrad Azais, *Margòs Unruhe*

Das Büro ist geräumig und anonym. Auf dem Schreibtisch stehen, wie bei jedem Geschäftsmann aus dem gehobenen Bürgertum, der etwas auf sich hält, Fotos von der Ehefrau und dem Nachwuchs.

Leone bittet seine Sekretärin, anstehende Termine zu verschieben. Er gibt sich freundlich und entgegenkommend und lässt sich geduldig vernehmen.

Der Ispettore befragt ihn erneut zu dem Abend, als Amélie starb, und er wirkt weder besorgt noch verärgert.

»An jenem Abend war ich mit meiner Frau zu Hause. Wir haben uns einen Film angeschaut … mit Johnny Depp. Ich erinnere mich nicht mehr, wie er hieß, denn eigentlich habe ich gelesen.«

»Und was?«

»Sie wollen es ganz genau wissen, was? *Das Durchdrehen der Schraube* von Henry James.«

»Waren Sie den ganzen Abend über zu Hause?«

»Nein, gegen elf habe ich meinen Jüngsten von einer Geburtstagsfeier abgeholt.«

»Und dann?«

»Dann sind meine Frau und ich zu Bett gegangen und haben geschlafen. Ohne Störungen oder Albträume.«

»Haben Sie Ihrem Bruder Enrico irgendwann einmal von jener Begegnung mit Amélie Volange in Paris erzählt?«

Leone Azais hält kurz inne.

»Enrico? Das ist schon möglich. Das ist aber sicher länger her, vielleicht, als wir beide noch Teenager waren.«

»Hat Ihr Vater auch Enrico mit nach Paris genommen?«

»Keine Ahnung. Eigentlich durften wir alle einmal mitfahren. Ich war in Paris, Wien, Stockholm … in Mexiko … Mein Bruder Oscar hat ihn einmal auf einer Lesereise durch Spanien begleitet. Sie kehrten mit einem Torerodegen zurück, in dieser Zeit machte mein Vater eine Hemingway-Phase durch. Er schrieb eine ziemlich müde Imitation von *Fiesta*, die bei einem seiner vielen Wutanfälle im Kaminfeuer gelandet ist.«

»Glauben Sie, dass Enrico und Oscar Amélie kannten?«

Nun wirkt Leone gereizt. »Dürfte ich erfahren, warum Sie mich das alles fragen? Meine Brüder sind beide noch am Leben, bei guter Gesundheit und sicher bereit, mit der Polizei zusammenzuarbeiten. Fragen Sie sie doch selbst!«

»Sind Sie sicher, dass Sie Amélie nur das eine Mal getroffen haben?«

»Nein, ich habe sie noch einmal wiedergesehen. Viele Jahre später. Sie hat meinen Vater besucht, sie kam mit ihrer Mutter«, gibt er widerstrebend zu.

Calligaris horcht auf. »Könnten Sie das etwas näher ausführen?«

»Mein Vater muss mit der Rouvroy eine ausgiebige Korrespondenz geführt haben, denn während er bei uns wohnte, erhielt er viele Briefe. Eines Tages, es war im Sommer, standen diese beide Frauen vor der Tür. Die Ältere erinnerte sich noch an mich. Da stellte ich den Zusammenhang her, ich hatte immer schon ein gutes Gedächtnis, das liegt in der Familie.«

»Und dann?«

»Sie war in Begleitung ihrer Tochter Amélie. Die sagte nichts, dann gingen alle beide in das Zimmer meines Vater und … ja, ich gebe zu, ich habe gelauscht.«

»Und?«

»Sie gerieten sich heftig in die Haare. Aber sie sprachen Französisch, und so habe ich kein Wort verstanden. Das war das letzte Mal, dass ich die beiden sah.«

»Wussten Sie, dass Amélie Volange die Tochter Ihres Vaters war?«

»Ich wusste es nicht mit Sicherheit, habe es aber angenommen.«

»Und glauben Sie, dass Amélie es wusste?«

»Keine Ahnung.«

»Warum haben Sie uns diesen Besuch verschwiegen? Ist Ihnen nicht klar, dass Sie sich damit verdächtig machen?«

Leone fährt sich mit einer Hand über die Stirn. »Mir ist schon klar, wie so was läuft ... aber ich habe wirklich nichts damit zu tun. Und habe alles gesagt, was ich weiß.«

* * *

Im Auto seufzt Calligaris auf. »Wir müssen Catherine Rouvroy befragen.«

»Was wollen Sie von ihr erfahren?«

»Ob Konrad und seine Söhne wussten, wer Amélies Vater war.«

»Ispettore, Oscar wusste sicher nichts davon. Er mag ein Taugenichts und Frauenheld sein, aber ein Inzest ...«

»Stimmt, er war nicht im Bilde«, unterbricht er mich. »Aber die anderen beiden? Mein vermaledeites Berufsethos! Ich will wirklich jeden Zweifel ausschließen.«

»Was für ein Glück, Ispettore, dass es noch jemanden mit Berufsethos gibt!«

Als das Herz meines Vaters aufhörte zu schlagen, fühlte ich keinen Schmerz

Calligaris hat keine Zeit verschwendet, und schon ist Catherine Rouvroy, einsam, ausgemergelt und alt, wieder in Rom.

Ihr Gesicht ist von tiefen Falten durchzogen, ihre Tränensäcke sind gerötet und geschwollen. Wieder besteht ihre Garderobe aus einem Sammelsurium von Kleidungsstücken, die aus der Mode gekommen sind und deren Farben nicht harmonieren; nur sie kann so etwas mit Stil tragen. Calligaris trifft sich mit ihr im *Le Clarisse al Pantheon* in ihrem Hotelzimmer, wo sie in einem Sessel aus beigefarbenem Samt thront.

Ihr aschgraues Haar hat sie zu einer kunstvollen Frisur aufgesteckt. Unter ihrem dünnen Pullover trägt sie ein Geschmeide aus Altsilber, ein Stück vom Trödel, das ebenso gut aus dem fernen Osteuropa wie aus einer Fabrik in China stammen könnte.

Sie hat die Unverwüstlichkeit von Frauen, die alles und jeden überleben. Neben ihr sitzt ein Dolmetscher, der für die Polizei arbeitet, und ich bedaure, dass Beatrice diese Aufgabe nicht übernehmen kann. Sie hat Catherines Gedankengänge, ihr distanziertes Wesen und ihre Selbstgewissheit, auf ihre Art eine lebende Legende zu sein, mit viel größerem Einfühlungsvermögen ins Italienische gebracht.

»Wie ich Ihnen schon andeutete, brauche ich Ihre Mithilfe, um die Umstände des Todes Ihrer Tochter aufzuklären. Ich habe Grund zu der Annahme, dass es sich nicht um einen Unfall handelte. Leider muss ich Ihnen Fragen stellen, die Ihnen indiskret erscheinen mögen. Aber das ist nun mal meine Pflicht«, beschließt Calligaris seine Ansprache, und dabei wird sein Tonfall immer bestimmter.

Catherine strafft ihre schmalen Schultern und signalisiert ihre Bereitschaft. Sie hat die klare Stimme einer Nichtraucherin.

»Was für ein Verhältnis hatten Sie zu Konrad Azais?«, beginnt der Ispettore.

»Was hat Konrad mit dem Tod meiner Tochter zu tun? Hat nicht diese Verrückte sie überfahren?«, gibt sie ungehalten zurück. Die bloße Erwähnung des Namens hat sie an den Rand der Selbstbeherrschung gebracht, das sieht man ihr an.

»Diese Verrückte, wie Sie sie nennen, hatte enge Beziehungen zur Familie Azais, Signora Rouvroy.«

»Natürlich. Sie hatte ein Verhältnis mit Oscar, der meine Amélie verführt und hintergangen hat. Diese Frau hat meine Tochter aus Eifersucht umgebracht, das ist alles dermaßen banal und scheußlich.«

»Aber Amélie ist Oscars Schwester«, sagt Calligaris betont langsam. Es wird still im Raum.

Catherines Augenbrauen heben sich bedauernd.

»*Ja.*«

»Wusste Amélie davon?«

»Natürlich nicht. Amélie ist immer davon ausgegangen, dass Olivier ihr Vater wäre. Niemand wusste davon, nur ich.«

»Und Konrad?«

»Ihm konnte ich das nicht verschweigen. Konrad wollte seine Schuld gegenüber Olivier wiedergutmachen. Er hatte ihm alles geraubt, was es zu rauben gab, und zwar ohne das geringste Schuldgefühl. Bis vor einigen Jahren fühlte er sich sogar noch im Recht, denn seiner Meinung nach hatte Olivier es nicht anders verdient, weil er sich um nichts kümmerte und nichts wertschätzte. In gewisser Weise stimmte das auch. Mein Mann war depressiv und ging jeder Auseinandersetzung mit anderen Menschen aus dem Weg, vor allem mit mir. Ich glaube, er war an seinen Misserfolgen selbst schuld, denn er konnte sich nirgendwo behaupten. Ich habe Konrad immer geliebt. Trotz meiner Ehe mit Olivier und dem ersten Kind, meinem Sohn Sebastian, hatte ich ihn nicht vergessen. Konrad nahm dann wieder mit mir Kontakt auf, lange nach unserer letzten Begegnung. Das war ein furchtbarer Tag gewesen, an dem er mich so sehr schlug, dass ich einen Monat im Krankenhaus verbringen musste.

Als ich wieder schwanger wurde, war mir sofort klar, dass er der Vater des Kindes war, aber er hat keine Ansprüche angemeldet. Er hätte Maia und die vier Kinder niemals verlassen, und das war auch richtig so… Und auch ich schwieg, denn Olivier hätte das nicht verkraftet. Aber ich irrte, denn Jahre später hat er dann doch das getan, was ich damals fürchtete, und mit Sicherheit nicht, weil er den Verdacht hatte, dass ich ihn betrogen hatte. Jemand wie er konnte dem Selbstmord nicht entgehen, das ist die Wahrheit, früher oder später musste es so enden. So hatte ich wenigstens keinen Grund, mich verantwortlich zu fühlen, ich konnte seine Seele nicht ändern, die war krank, und ich war nicht in der Lage, sie zu heilen.

Konrad hat das Ausmaß seiner Fehler erst in seinen letzten Lebensjahren begriffen. Nie zuvor hatte er zugegeben, nicht einmal mir gegenüber, das Manuskript gestohlen zu haben. Als ich ihn einmal danach fragte, hielt er sich gerade noch mit einer Ohrfeige zurück. Ich weiß, dass er mit seinem Testament alles gutmachen wollte und dass er einen Brief mit einem Geständnis hinterließ. Ich freute mich für ihn, vielleicht hatte er endlich seinen Frieden gefunden.«

»Wussten Sie von dem Verhältnis zwischen Amélie und Oscar, Signora Rouvroy?«

»Selbstverständlich nicht. Glauben Sie, ich hätte Inzest gutgeheißen? Amélie hatte den Charakter ihres Vaters, sie war also furchtbar. Weil ich vorher schon nicht immer mit der Wahl ihrer Liebhaber einverstanden gewesen war, haben wir über dieses Thema nicht mehr gesprochen. Sie hütete sich davor, mir zu erzählen, dass sie mit diesem Mann verkehrte.«

»Wir haben von Leone Azais erfahren, dass Sie und Amélie Konrad einmal in Leones Haus besucht hatten. Was haben Sie Ihrer Tochter bei dieser Gelegenheit erzählt?«

»Ich bat sie, mich zu begleiten. Ich habe ihr einen Teil der Wahrheit erzählt ... dass ich ihn einmal sehr geliebt hatte und dass er nicht so schlimm war, wie sie annahm. Amélie willigte ein, aber sie war sehr voreingenommen. An jenem Tag hat sie ihn mit ihrer Art an den Rand des Infarkts getrieben. Zwei Charaktere wie die beiden, das konnte nicht gut gehen ... sie brachten fast das Haus zum Einsturz.«

»Hatte Amélie auch zu den anderen Brüdern Kontakt? Von ihrer Beziehung zu Oscar abgesehen.«

»Als Kind hat sie sie alle kennengelernt. Konrad kam immer unter dem Vorwand einer Lesereise nach Paris, und dabei hat er immer eines der Kinder mitgenommen, denn Maia wollte das so.«

»Auch Oscar?«

»Natürlich. Oscar war der Hübscheste und Interessanteste von allen. Aber daran konnte sich Amélie nicht mehr erinnern, dazu war sie noch zu klein. Ich bin aber sicher, dass er sich erinnerte. Oscar hat ein bisschen nachgedacht und dann alles durchschaut, dafür würde ich meinen Kopf verwetten. Oscar wusste genau, dass es sich bei Amélie um das Mädchen handelte, dass er kennengelernt hatte, als er mit seinem Vater in Paris war. Und er muss auch durchschaut haben, dass sie Konrads Tochter war. Warum hätte Konrad ihr sonst sein ganzes Vermögen vermachen sollen? Und die anderen Kinder um ihr Erbe bringen? Nur um den Diebstahl des Manuskripts wiedergutzumachen? Sicher nicht! Oscar Azais war im Bilde. Er ist mit seiner Schwester ins Bett gegangen, weil er so an das Geld herankommen konnte. Wollen Sie meine Version hören, Ispettore? Vielleicht hat Vittoria Galli meine Tochter umgebracht. Sie behaupten, aus Eifersucht. Aber haben Sie jemals daran gedacht, dass sie es getan haben könnte, um Oscar einen Gefallen zu tun? Weil er sie darum gebeten hat?«

»Und Leone? Kannte Amélie ihn ebenfalls? Als Erwachsene, meine ich«, fragt Calligaris weiter und übergeht Catherines Einwurf.

»Er hat sie nur bei dem Besuch kennengelernt, von dem ich Ihnen eben erzählt habe. Ich glaube nicht, dass es zwischen den beiden weitere Kontakte gab.«

»Und Enrico und Selina?«

»Diese griesgrämige Tochter von Konrad … doch, an die erinnere ich mich. Sie war so alt wie Amélie. Ich glaube nicht, dass sie sich kannten. Und was Enrico angeht … ich glaube, den hat sie auch nicht mehr wiedergesehen.«

»Hören Sie, Catherine, von wem hat Amélie erfahren, dass sie Konrads Erbin war?«

»Mir hat sie erzählt, sie habe es vom Notar gehört. Erst später habe ich begriffen, dass das gelogen war. Als Amélie starb, war das Testament ja nicht einmal eröffnet. Also konnte sie es nur von Oscar haben. Finden Sie nicht, dass Oscar ausgezeichnete Gründe dafür hatte, sie aus dem Weg zu räumen?«

»Wie alle Azais. Aber niemand von ihnen konnte sicher sein, dass Sie auf das Erbe verzichten würden und dass damit das Geld an die Geschwister gehen würde.«

»Stimmt, das konnten sie nicht wissen. Sie haben anscheinend geglaubt, dass sie mit Amélies Tod alles erben würden. Diese Dummköpfe, nichts als Geld und Vergnügen im Kopf. Sie können davon ausgehen, dass einer der Brüder hinter dem Mord steckt, und falls es Beweise gibt, dass es doch Vittoria Galli war, dann können Sie sicher sein, dass Oscar sie dazu angestiftet hat.«

Im Auto starrt Calligaris mürrisch vor sich hin.

Ich bin sicher, dass er die Möglichkeit, dass Vittoria und Oscar unter einer Decke stecken könnten, nicht bedacht hat. Aber um ihn nicht noch mehr zu reizen, will ich ihn lieber nicht danach fragen. Doch sein Gesichtsausdruck spricht Bände.

Während das Radio *Me & Mr. Jones* von Amy Winehouse spielt, schlägt er mit einem Mal mit der flachen Hand auf das Lenkrad.

»Falls Catherine Rouvroy recht hat ... und das ist durchaus nicht ausgeschlossen ... dann bleibt mir kein anderer Weg, als Vittoria Galli in die Zange zu nehmen und sie zum Reden zu bringen.«

»Vittoria hätte schon längst ein Geständnis abgelegt. Bei der Aussicht auf dreißig Jahre Knast würde jeder reden. Und glauben Sie wirklich, dass sie so leicht zu manipulieren ist? Nein, Ispettore. Meiner Meinung nach nicht. Falls Sie den Mord begangen hat, und meine Betonung liegt auf *falls*, dann hat Vittoria in voller Absicht gehandelt und nicht, weil Oscar sie dazu gedrängt hat.«

»Du glaubst, dass es einer der Brüder war.«

»Auf jeden Fall ist das Ganze eine Familienangelegenheit.«

»Auch ich gehe davon aus, dass es einer der Azais war, und zwar wegen des Erbes. Von den Dreien wusste nur einer, wie er sich hinter Vittoria verschanzen konnte, um ungeschoren davonzukommen. Vittoria mit ihrer Eifersucht. Vittoria mit ihrer Unvorsichtigkeit, die sie dazu getrieben hat, Amélie anzurufen und sie zu bedrohen. Wer, wenn nicht Oscar, kann es gewesen sein? Wie auch immer, Oscar ist unangreifbar. Er ist ein infamer und widerlicher Lügner, aber er hat ein stichhaltiges Alibi.«

»Dann vielleicht Leone. Er kennt Vittoria, weiß, wie besitzergreifend und blind vor Eifersucht sie ist. Er könnte das alles inszeniert haben. Vielleicht hat er, während seine Frau schlief, das Haus noch einmal verlassen, nachdem er seinen Sohn nach Hause gebracht hatte. Er hätte Vittorias Auto stehlen und Amélie umbringen können. Er konnte davon ausgehen, dass der Verdacht auf Vittoria und seinen Bruder Oscar fallen würde. Leone war der Einzige, der so gut wie sicher wusste, dass Amélie seine Halbschwester war. Er begriff bestimmt sofort, dass sie die Erbin war, von der in jenem Brief die Rede war. Vielleicht hat er einen Privatdetektiv angeheuert oder sie beschattet und hat so herausgefunden, dass sie ein Verhältnis mit Oscar hatte.«

Calligaris erwidert nichts. In dieser Stimmung will er in Ruhe gelassen werden. Besser, man lässt die Ideen in ihm heranreifen und wartet darauf, dass ihm eine Eingebung kommt.

* * *

Der Roman von Enrico Azais ist nicht schlecht, er hat eine Veröffentlichung durchaus verdient.

Mit viel Einfühlungsvermögen erzählt er die Geschichte von Catherine und Konrad. Wenn ich deren Gedanken nachlese, dann entsteht das Bild der beiden vor meinem inneren Auge, was sicher daher kommt, dass ich sie kennengelernt habe. Mir fehlt nur noch das letzte Kapitel. Vincent,

Lily und ihre Tochter leben mittlerweile zusammen, aber wenn ich den Hang des Autors zum Drama richtig interpretiere, dann geht das nicht gut aus. Enrico Azais ist sicher nicht der Typ, der seinem Vater etwas schenkt. Vermutlich schenkt er niemandem etwas. Er ist eher der Typ, der seine Figuren benutzt, um sich an Menschen zu rächen, gegen die aufzulehnen er sich im richtigen Leben nicht traut.

Seinem Bruder Oscar hat Enrico jedenfalls einen Bärendienst erwiesen, indem er Vincents jüngsten Sohn als unsensibel, opportunistisch und nichtssagend beschreibt. Ganz unrecht hat er nicht damit. Ich lese das Ende und lege das Buch auf den Nachttisch.

Ein Mittagessen voller Wunder

Es ist Sonntag, und ich habe gerade die Augen aufgeschlagen, als mein Mobiltelefon lostobt – Ispettore Calligaris will mich offenbar dringend sprechen.

»Ich habe die ganze Nacht kein Auge zugetan!«, meint er in einem Tonfall, als wollte er genau das Gegenteil verkünden.

»Und Sie freuen sich darüber?«

»Klar, denn meine Schlaflosigkeit hat mir eine wertvolle Eingebung beschert.«

»Erzählen Sie mehr«, bitte ich ihn und setze mich im Bett auf. Ichi lauert schon, in zwei Minuten wird er anfangen zu winseln, weil er sein Frühstück will.

»Wenn du magst, kannst du zum Mittagessen zu uns kommen, dann können wir ausführlich darüber reden. Meine Frau würde dich gern kennenlernen, außerdem sind auch die Zwillinge da …«

Ich bin neugierig auf die Frau des Ispettore und seinen Nachwuchs und nehme an.

Er gibt mir seine Adresse, und ich stehe zur verabredeten Zeit vor seiner Tür. Ich habe ein Tiramisu dabei, das ich heute Morgen nach einem Rezept von Alessandra zubereitet habe. Ein Junge, etwa doppelt so breit wie hoch, öffnet mir die Tür. Er sieht aus wie ein McDonald's Doppelwhopper auf zwei Beinen.

»Ciao.« Der Doppelwhopper kann sprechen.

»Ciao«, antworte ich und halte ihm die Form mit dem Tiramisu hin.

»Was ist das?«

»Tiramisu.«

»Das darf ich nicht essen. Mama hat uns Süßes mit Kaffee verboten.«

Das macht überhaupt nichts, hätte ich gern erwidert. Stattdessen lächle ich ihn an und habe das Gefühl, Alice im Wunderland zu sein: Vor mir stehen Tweedledum und Tweedledee. Der andere Zwilling ist nämlich mittlerweile in Begleitung seiner Mutter aufgetaucht.

Das ist sie also, Signora Calligaris, ebenso mager wie ihr Ehemann, aber nur halb so groß und sehr freundlich.

Ihr Gesicht ist ebenmäßig und offen, und Calligaris ist in sie verliebt, als würde er noch die Schulbank drücken. Während des Mittagessens lässt er sich über ihre Talente als Köchin und Mutter aus und sieht sie an, wie mich in meinem ganzen Leben noch nie jemand angesehen hat. Wirklich niemand.

Unter diesem Dach, das zarte Eltern und ihre beiden XXL-Söhne beheimatet, geht es friedlich zu. Der Hausfriede nimmt nicht einmal Schaden, als das Ehepaar aus einem mir unverständlichen Grund befindet, dass mein Tiramisu ü-ber-haupt nicht gelungen sei und die Zwillinge darüber heimlich froh sind.

Nach dem Mittagessen gehen die beiden Söhne auf ihr Zimmer, Signora Calligaris wäscht ab, und der Ispettore und ich ziehen uns in das kleine Wohnzimmer mit den Polstersesseln im Laura-Ashley-Verschnitt zurück. Alles ist gewienert und gebohnert, und in der Ecke steht ein Luftbefeuchter, der leichten Lavendelduft verbreitet.

Der Ispettore schenkt sich ein Gläschen von seinem Punch Abruzzo ein und bietet auch mir eines an.

»Endlich haben wir die Gelegenheit, in Ruhe miteinander

zu reden. Ich habe gerade einen toten Punkt … es tut nicht gut, wenn man nicht schläft, auch wenn einem dabei geniale Eingebungen kommen.«

Er unterbricht sich und scheint sich darüber zu freuen, mich in Spannung zu versetzen, aber ich springe nicht darauf an, sondern warte geduldig ab, bis er weiterspricht.

»Ich habe lange über ein Detail nachgedacht. In unmittelbarer Nähe der Eingangstür zum Haus, in dem Amélie Volange wohnte, wenn sie sich in Rom aufhielt, fand man mehrere Indizien. Darunter etwas, das mir damals auf den ersten Blick unwichtig erschien. Es handelt sich um eine Wohngegend, in der die Bürgersteige sauber sind – kein Hundedreck, keine Zigarettenkippen, man denkt, man wäre in Österreich. Es handelt sich um einen Rechnungszettel, der an Amélies Todestag von einem edlen Schreibwarenladen ausgestellt worden war. Weißt du, einer dieser Läden, wo sie zu exorbitanten Preisen Notizbüchlein verkaufen, Papier von höchster Qualität aus China und sündhaft teure Füller. Ich bin dort hingegangen und habe alle vernommen. Ich habe ihnen ein Foto von Oscar gezeigt, eines von Amélie und von den anderen Hausbewohnern – am Ende waren es gar nicht so viele Leute. Niemand hat Oscar wiedererkannt, und wenn ich mir die Preise ansehe, bin ich auch nicht sicher, dass unser verkannter Künstler sich etwas von dort leisten könnte. Heute Nacht sind mir dann deine Worte eingefallen. Einer der drei hat ein besseres Tatmotiv als Vittoria Galli, habe ich überlegt. Vielleicht habe ich den Ladenangestellten Fotos der falschen Personen gezeigt. Ich habe ein bisschen in den Akten nachgeblättert und entdeckt, dass ein Sohn von Leone Azais ein Gymnasium mit Schwerpunkt Kunst besucht. Vielleicht hat Leone dort eingekauft … das Geld dazu hätte er. Falls man ihn wiedererkennen würde, wäre das ein wichtiger Hinweis, und viele Details, die uns bislang nicht klar waren, ergäben mit einem Mal Sinn.«

»Haben Sie sich meine Theorien zu Leone Azais durch den Kopf gehen lassen?«

»Ja. Was du sagst, klingt vernünftig, und ich möchte nichts unbeachtet lassen. Vittoria Galli ist die einzige Tatverdächtige, obgleich sie ein Alibi hat, das durch die Aussage ihrer Mitgeschäftsführerin bestätigt wird. Das Alibi von Leone Azais ist viel wackliger.«

»Und? Gehen Sie morgen in dieses Geschäft?«

»Selbstverständlich. Morgen Nachmittag.«

»Ich würde gern mitkommen.«

»Mittlerweile sind wir ein Team, vielleicht ein ungewöhnliches und inoffizielles, aber wir arbeiten gut zusammen. Wenn's dir Spaß macht … mir auf jeden Fall.«

* * *

Im Geschäft läuft im Hintergrund *J'attendrai* von Rina Ketty. Während ich auf den Ispettore warte, mit dem ich hier verabredet bin, fahre ich über die in helles Leder gebundenen Notizbücher, atme den Papiergeruch ein und probiere Kugelschreiber aus. Ich betrachte die Kohlezeichnungen und die hölzernen Gliederpuppen, mit denen Kunststudenten die Dynamik des menschlichen Körpers darstellen lernen.

Die Angestellte begrüßt Calligaris herzlich und führt ihn in einen Nebenraum. Ich folge den beiden, und nach ein paar einleitenden Sätzen zeigt er ihr ein Foto von Leone Azais.

Die Angestellte ist verdutzt und sucht nach einer Antwort.

»Das ist schon einige Zeit her, wissen Sie …«

»Ich weiß, ich weiß. Aber ist dieser Mann hier einer Ihrer Stammkunden?«

Sie nagt unsicher an ihrer Unterlippe. »Ich muss zugeben, dass mir das Gesicht irgendwie bekannt vorkommt. Aber ich bin nicht ganz sicher!«

»Warum? Wenn es Ihnen doch bekannt vorkommt …«

»Das will ich Ihnen sagen. Ich kenne einen Mann, der diesem hier ähnlich sieht, aber er sieht längst nicht so gut aus. Der Typ hier macht einen ernsthaften und tüchtigen Eindruck, mit seinem grauen Anzug und der teuren Krawatte … der Mann, den ich kenne, wirkt auch älter.«

Ich suche Blickkontakt mit Calligaris, aber er konzentriert sich ganz auf das Gespräch. »Was fällt Ihnen noch zu diesem Mann ein?«

»Er kommt hin und wieder zu uns, aber nicht regelmäßig. Wenn ich mich recht erinnere, bezahlt er immer bar und kauft kleine Notizhefte.«

»Und zu seinem Aussehen?«

»Wie ich Ihnen schon sagte … vielleicht ist es derselbe Mann wie auf dem Foto, aber sicher bin ich mir nicht. Auf dem Bild sieht er besser aus, aber ich kann nicht ausschließen, dass es sich um ein und dieselbe Person handelt. Es tut mir leid.«

Calligaris' Augen leuchten. Er berührt sie leicht an der Schulter und meint: »Das muss Ihnen gar nicht leidtun. Sie haben uns sehr, sehr weitergeholfen.«

Als wir aus dem Laden kommen, hält Calligaris mir die Tür des Punto offen, hinter dem Steuer sitzt ein Fahrer.

»Steig ein«, fordert er mich auf. »Via Nievo 13«, ruft er dem Fahrer zu, der wie in einem Krimi aus den Siebzigerjahren sofort den Motor anwirft und losfährt.

»Wohin fahren wir?«

»Zu Enrico Azais natürlich.«

Die Wohnung ist total heruntergekommen, noch nie ist mir ein derartiger Gestank begegnet. Selbst an einem Ort, an dem man nach drei Monaten eine Leiche findet, riecht es besser. Enrico trägt einen blauen Morgenmantel, darunter graue Schlafanzughosen. Seine Bewegungen sind langsam, als er die Vorhänge öffnet, um ein wenig Licht in den Raum zu lassen. Er bietet uns einen Kaffee an, aber ich würde sein Angebot selbst unter Todesandrohung nicht annehmen. Dann setzt er sich auf einen der samtbezogenen rosa Sessel und schaut uns abwartend an.

Calligaris nimmt ihm gegenüber mit einem gequälten Lächeln Platz.

»Kannten Sie Amélie Volange, Signor Azais?«

»Nein.«

»Das kommt ja wie aus der Pistole geschossen.«

»Warum sollte ich zögern? Wenn ich sie nicht kenne, dann kenne ich sie nicht.«

Der Ispettore zieht seinen Mantel aus und versucht, ein einigermaßen sauberes Plätzchen zu finden, wo er ihn ablegen kann, sonst wird ihm seine Frau vermutlich etwas erzählen.

»Sind Sie Kunde in diesem Papierwarengeschäft … na, Sie wissen schon, in dem Geschäft für Kunstbedarf am Largo di Torre Argentina?«

Enrico zieht eine Augenbraue hoch. »Ja, das bin ich, und zwar Stammkunde«, bestätigt er mit leichtem Stolz.

»Und was kaufen Sie dort üblicherweise?«

»Hefte, ich bin Schriftsteller.«

»Wir haben eine Quittung von solch einem Einkauf vor Amélie Volanges Haus gefunden.«

Enrico ist verdutzt. »Wollen Sie mir etwas anhängen? Ich wusste gar nicht, dass die italienische Polizei solchen Bagatellen nachgeht.«

Calligaris lächelt ihn kalt an. »Nur wenn es sich um Beweisstücke handelt.«

»Wofür?«

»Für die Tatsache, dass Sie sich am Todestag Amélie Volanges in der Nähe ihrer Wohnung aufgehalten haben.«

»Ich kenne diese Frau überhaupt nicht. Oder besser, ich habe erst kürzlich erfahren, dass diese Frau meinen Vater kannte ... und dass mein Bruder etwas mit ihrem Tod zu tun haben soll.«

»Ihnen ist nicht bekannt, dass sie alles erben sollte?«

»Mir erzählen meine Brüder nichts. Ich bin das schwarze Schaf der Familie.«

»Hören Sie auf, mich an der Nase herumzuführen, Enrico. Sie wissen, wer Amélie Volange war. Sie haben sie sogar in Ihrem Roman erwähnt, dort ist sie das stumme Mädchen. Muss ich Ihnen das wirklich in Erinnerung rufen?«

»Es freut mich, dass Sie mein Buch so aufmerksam gelesen haben. Aber ich muss Sie enttäuschen, es handelt sich um reine Fiktion. Das stumme Mädchen hat es nie gegeben.«

»Aber Vincent und Lily hat es gegeben, das haben Sie bei einer Buchvorstellung selbst gesagt. Angeblich ist es eine Geschichte, die Ihnen jemand erzählt hat.«

»Ich bin ja berühmter, als ich dachte«, ruft Enrico aufrichtig erfreut aus. »Sie kennen den Satz: Schriftsteller sind Diebe. Sie klauen hie und da von anderen deren Geschichten. Sie klauen ihre Gesichter, ihre Sätze und machen damit, was sie wollen. Ich mache das auch nicht anders.«

»Was wollten Sie in der Nähe der Wohnung von Amélies Freundin?«

»Ich habe keine Ahnung, wovon Sie sprechen.«

»Dann werde ich es Ihnen verraten. Sie wussten genau, dass Amélie Ihre Stiefschwester war. Denn Sie verfügen über eine außerordentliche Sensibilität und Beobachtungsgabe, und als Sie mit Ihrem Vater in Paris waren, haben Sie alles durchschaut. Sie hatten nicht den geringsten Zweifel, als Leone dann diesen Brief fand: Die Adressatin war genau jenes Mädchen, das sich in Ihre Erinnerung eingegraben hatte, so tief, dass Sie es sogar ausführlich in Ihrem Roman beschreiben konnten. Sie haben mir gegenüber einmal erwähnt, dass Sie viel Zeit hätten. Seit einiger Zeit nutzten Sie diese rege. Ihr Bruder Oscar hatte Anzeige erstattet, weil er sich überwacht fühlte … aber was für ein Zufall – seit Amélies Tod hat er dieses Gefühl nicht mehr. Sie haben Amélie und Ihre Brüder bespitzelt, nicht wahr? Sie brauchten nicht viel, um herauszufinden, dass Oscar und Amélie ein Verhältnis hatten. Und Ihnen war klar, dass das die Gelegenheit war: Über die Beziehung zwischen Oscar und Vittoria bot sich die Chance, Amélie auszuschalten und es so einzurichten, dass Oscar der Hauptverdächtige sein würde. Sie haben ihn immer gehasst, aus tiefstem Herzen wahrscheinlich. Wo ist übrigens das Auto von Vittoria Galli?«

Enrico erhebt sich würdevoll und nimmt ein uraltes Mobiltelefon zur Hand, das auf dem Küchentisch liegt.

»Kann ich meinen Anwalt anrufen?«, fragt er schneidend.

»Verraten Sie uns wenigstens noch, ob Sie das alles des Geldes wegen getan haben«, sagt Calligaris mit stoischer Miene.

»Für Geld? Sicher nicht. Ich heiße nicht Oscar, der würde sogar die Seele unserer Mutter verkaufen. Ich habe das gemacht, weil Amélie Volange dumm und nutzlos war und weil sie alles kaputt gemacht hätte, was unser Vater in fünfzig Jahren aufgebaut hat. Diese Plagiatsgeschichte ist ... erstunken und erlogen. Mein Vater hat einiges abgeschrieben, das stimmt, aber Olivier Volange wäre gar nicht in der Lage gewesen, ein solches Meisterwerk zu verfassen.«

»Also wussten Sie von dem Plagiat? Und seit wann?«, unterbricht Calligaris ihn in dem Versuch, die Chronologie der Ereignisse zu begreifen.

»Amélie selbst hat es mir gesagt. Stimmt, ich habe behauptet, ich würde sie nicht kennen, aber was hilft das Leugnen jetzt noch?«

»Erzählen Sie uns mehr«, fordert der Ispettore ihn auf.

»Das erste Mal, als ich Amélie sah, war sie noch ein Kind. Solange er noch erfolgreich war, durften wir unseren Vater reihum nach Paris begleiten, aber in den letzten Jahren nahm er nur noch mich mit. Denn ich hielt meinen Mund, und das war ihm wichtig, damit meine Mutter keinen Verdacht schöpfen würde. Oscar und Selina waren noch kleine Plaudertaschen, und Leone hing sehr an meiner Mutter und hätte irgendwann ausgepackt. Deshalb wählte mein Vater mich. Ich habe Amélie in den Jahren danach, als es mit seiner Karriere abwärts ging, nicht mehr wiedergesehen. Aber sie tauchte zusammen mit ihrer Mutter bei der Beerdigung auf. Sie haben sich beide abseits gehalten und mit niemandem von uns geredet, doch ich habe sie wiedererkannt.«

Diese Aussage ist merkwürdig, denn Leone hat die Anwesenheit der beiden auf der Beerdigung niemals erwähnt. Und das, obwohl er ihr nicht lange davor begegnet war. Hat er gelogen oder sie einfach nicht bemerkt?

»Ich bin auf die beiden zugegangen und habe mich für ihre Anwesenheit bedankt. Amélie schaute mich feindselig an und meinte auf Französisch, dass ich allen Grund zur Dankbarkeit hätte. Mein Vater, dieser Dieb, hätte ihren Besuch auf der Beerdigung eigentlich gar nicht verdient.

Da ist Catherine ihr ins Wort gefallen, und die beiden sind gegangen.«

»Und dann?«

»Ich habe lange über das Wort *Dieb* nachgedacht, das Amélie verwendet hatte. In bestimmten Kreisen kursierte einst dieses böswillige Gerücht, und ich wusste sofort, worauf sie anspielte. Das Ganze wäre mir nicht eingefallen, wenn mein Vater in jenem Brief, den Leone fand, nicht von Gewissen gesprochen hätte. Nach einiger Zeit suchte ich sie auf. Ich tat so, als wüsste ich von nichts, und fragte sie, warum sie meinen Vater als Dieb beschimpft habe. Amélies Version mir gegenüber war, dass Volange ihr vor seinem Selbstmord alles erzählt hatte. Sie wusste auch bereits, dass mein Vater ihr sein gesamtes Vermögen vermacht hatte, vermutlich hatte Oscar ihr das gesteckt. Sie ging natürlich davon aus, dass es wegen dieses Plagiats war ...«

»Amélie war Ihre Schwester, nun tun Sie nicht so, als ob Sie das nicht wüssten.«

»Ich habe nur eine einzige Schwester: Selina. Sie glauben doch wohl nicht, dass ich einer wie Catherine traue? Catherine und Margò? Sie kennen die Geschichte? Mein Vater hat eine ganze Trilogie zu ihr verfasst ... egal. Was mich angeht, kann sie die Tochter von wer weiß wem sein, ich erkenne sie als Schwester nicht an. Selbst mein Vater war sich nicht sicher. Sonst hätte er das festgehalten, als er sie wegen des Diebstahls an Volange als Alleinerbin einsetzte.«

»Aber warum haben Sie Amélie ...«

»Sie wollte mit der sogenannten Wahrheit an die Öffentlichkeit. Ich habe mich mein Leben lang von meinem Vater erdrückt gefühlt, aber ich habe ihn über alles geliebt. Ich neidete ihm all das, was mir nicht gelungen ist. Er war ein Kultautor, sein Leben war wie ein Roman. Davon kann ich nur träumen.«

Enrico wirkt am Boden zerstört, mit tonloser Stimme

fährt er fort: »Ich lasse nicht zu, dass alles, woran ich geglaubt habe, eine Illusion sein soll. Ich lasse es nicht zu, dass mein Vater als Dieb bezeichnet wird. Amélie hätte ihren Vater, diesen Durchschnittstypen, zu rehabilitieren versucht, und mein Vater hätte sich nicht mehr verteidigen können. Das ist nicht fair. Hätte ich das einfach zulassen sollen? Ich habe nur das getan, was notwendig war ... das ist alles.«

Es ist der 27. September 2011.

Flughafen Rom, Fiumicino, 13 Uhr 30. Das Check-in habe ich hinter mir. Auf meinem Weg zum Gate höre ich über Kopfhörer *Alone in Kyoto* von Air, um mich in Reisestimmung zu bringen, der Lonely Planet *Japan* liegt ganz oben in meiner Tasche.

Da sehe ich ihn – er steht vor der Gucci-Boutique zwischen all den anderen Reisenden.

Im ersten Augenblick bin ich überrascht.

Aber eigentlich sehe ich ihn irgendwie immer und überall. Ich arbeite mit seinem Vater zusammen und wohne bei seiner Schwester, und beides hilft mir nicht, ihn zu vergessen.

Kein Zweifel, er ist es.

Er lacht leise in sein Handy, so als ob er flirten würde. Eifersucht durchfährt mich wie Messerstiche. Arthur hat mich nicht bemerkt, also baue ich mich vor ihm auf. Ich bin aber um einige Zentimeter kleiner als er, und so muss er erst den Blick senken. Er beendet das Telefonat, ich bin ganz sicher, dass am anderen Ende eine Frau war. Sein leicht verlegener Gesichtsausdruck verrät ihn.

»Alice!«

»Normale Leute trifft man zufällig in der Stadt. Der einzige Ort, um dir über den Weg zu laufen, ist natürlich der Flughafen.«

»Stimmt«, antwortet er freudestrahlend. »Wohin geht die Reise? Bist du allein?«, fragt er weiter und sieht sich um.

»Ich fliege zu Yukino nach Kyoto, und du?«

»Ich fliege nach Abidjan, es geht zurück an die Elfenbeinküste«, schiebt er nach, als ich ihn ratlos ansehe.

»Gefällt dir dein neues Leben?« Und schon ist sie draußen, die Frage, die mir seit Ewigkeiten auf der Zunge lag. Ich habe sie eher aus Trotz als aus Neugier gestellt: Jemand wie er ist nie zufrieden, das passt nicht zu seinem Charakter.

»Und du bist mit Conforti glücklich?«, gibt er zurück.

Ich bin überrumpelt, und mein Gesichtsausdruck erweicht ihn.

»Lassen wir das, ich will's auch gar nicht wissen. Warum fragst du?«

»Um zu begreifen, ob sich der Preis wirklich lohnt.«

Er sieht mich ernüchtert an. »Der Preis für das, was wir wirklich wollen, ist immer zu hoch. Aber das ist schon in Ordnung, *don't you think*?«

»Du hast meine Frage nicht beantwortet.«

»*I'm quite satisfied but … sometimes I feel a little lonely*.«

Wenn er über seine Gefühle spricht, dann flüchtet sich Arthur immer in seine Muttersprache.

»Ich dachte, du würdest zu der kleinen Gemeinde von Privilegierten gehören, denen Einsamkeit nichts ausmacht.«

»Keiner ist davor gefeit. Wollen wir etwas essen?«

»Gern«, antworte ich, und schon gehen wir auf ein kleines sizilianisches Restaurant zu. Er nimmt einen gefüllten Reisball und ich einen Teller Pasta, und hinterher teilen wir uns eine Cassata, ganz so wie ein Liebespaar. Mir fällt meine Sizilienreise ein, wie gern wäre ich dort mit ihm hingefahren. Aber im nächsten Moment muss ich daran denken, was sich in Sizilien ereignet hat.

Hätte ich das doch nur gelassen.

Es wird spät, ich muss zu meinem Gate. Arthur lädt mich ein.

Er begleitet mich noch ein Stück, dann ist es Zeit für den Abschied. Ich weiß nicht, warum, aber mir kommen plötzlich die Tränen.

Jetzt hör schon auf, du Heulsuse.

Auch das noch! Ich reiße mich zusammen und schaffe es auch, nicht zu weinen, aber ein paar Tränen rollen doch über meine Wangen, die sich ganz heiß anfühlen.

»Alice«, meint er unbehaglich und verwirrt. »*Tears? Why?*«

Ich will jetzt nicht irgendwelche unsinnigen, unlogischen Sätze sagen, bei denen ich ahne, dass sie in ein Melodrama münden würden.

»Weil ich blöd bin.«

Er legt mir einen Arm um die Schulter und zieht mich zu sich heran. Ich weiß nicht, wie lange mein Kopf an seiner Brust liegt.

»Gute Reise«, sagt er dann. Er spricht leise.

»Dir auch.«

Er berührt mit den Fingerspitzen leicht meine Lippen, und dann küsst er mich, aber ganz vorsichtig, so als hätte er Angst, dass mehr daraus werden könnte.

Postcards from far away

Kyoto ist eine zauberhafte und anmutige Stadt. Schnee bedeckt die Bäume, die Straßen, Häuser und Tempeldächer und macht alles noch harmonischer.

Im Kamo-Schrein kaufe ich ein *omikuji*, eine jener Zufallsprophezeiungen, die man aus einem Holzkistchen fischt wie einen Obolus. Wenn einem die Prophezeihung nicht gefällt, dann darf man sie an einen Tannenzweig hängen, und damit erfüllt sie sich nicht, erklärt mir Yukino. Wenn sie einem aber zusagt, dann soll man sie aufbewahren. Sie ist auf feines Seidenpapier gedruckt.

»Deins ist ein *sue-kyo*, ein Beinahefluch.«

»Na, der fehlt mir jetzt noch… und was steht dort genau?«, erkundige ich mich.

»Wunsch: Du brauchst viel Zeit, um ihn zu realisieren, aber am Ende gelingt es dir. Falls du Besuch erwartest: Er wird kommen, aber spät. Geld: Kaufen. Arbeit: Streng dich an, oder du wirst scheitern. Liebe: Gib deinen Gefühlen Ausdruck. Reise: Lass dir Zeit.«

»So schlecht ist das gar nicht«, befinde ich. »Das trifft in allem so ungefähr den Punkt.«

»Es ist ja auch nur ein Beinahefluch. Du hättest auch einen Fluch ziehen können.«

»Und was hast du dir ausgesucht?«

»Einen *sho-kichi*, einen Kleinen Segen. Damit bin ich zufrieden.«

»Vielleicht ist es besser, wenn du meinen Beinahefluch an den Zweig knotest«, sage ich.

»Ja, das würde ich auch so machen. Das ist besser für dich.«

Wir fahren lange mit dem Bus und erreichen Higashiyama. Die untergehende Sonne taucht Kyoto in rötliches Licht. Von hier aus hat man einen wunderbaren Blick auf die klare Symmetrie der Stadt.

Es ist eine ungewöhnliche Reise.

Ich spüre beglückende Melancholie, gibt es so etwas?

* * *

Nach einem Abendessen mit Sashimi, das Yukinos Vater zubereitet hat, und einem Abend, den wir in alter Manier verbringen – nur in einer Umgebung, die um einiges wohnlicher ist als das Loch, das wir uns teilten –, ziehe ich mich in das Zimmer zurück, das man für mich vorbereitet hat. Es gehört Kaoru, Yukinos jüngerer Schwester, überall liegt noch ihr Zeug herum, und ich fühle mich wie ein Eindringling. Ich strecke mich auf dem Bett aus. Der Lampenschirm auf dem Nachttisch wirft Blumenmuster an die Wände, das Licht ist gedämpft.

Nach einigen Seiten Lektüre in einem Roman von Haruki Murakami tauche ich langsam in den Schlaf ab. Meine Muskeln sind gerade dabei, sich zu entspannen, da reißt mich das Geräusch meines Mobiltelefons aus den Tiefen.

Es ist eine Nachricht von Lara:

Alice, wann kommst du zurück?

Es ist etwas Schlimmes passiert. Ambra … ist spurlos verschwunden.

Dank

Ein Schriftsteller ist ein Dieb. Wie wahr!

Diesen Roman verdanke ich vielen Menschen.

Vor allem möchte ich mich bei Professor Claudio Crinò bedanken, der die Idee hatte, ein Testament als Ausgangspunkt für die Handlung zu wählen, und auch bei meiner Freundin Amalia Piscopo, die bei vielen Details dieser Geschichte ihre Hände mit ihm Spiel hatte und mir für den Schlussteil einen genialen Vorschlag machte.

Meinem Verlag möchte ich danken, er umsorgt mich wie eine Prinzessin. Ich habe das große Glück, mit Könnern zusammenzuarbeiten: mit Giuseppe, Fabrizio – meinem genialen, weisen und geduldigen Lektor –, mit Valentina, Tommaso, Alessia, Guglielmo, Viviana, Elena, Francesca und natürlich mit Stefano und Cristina. Ihr macht viel mehr als nur eure Arbeit und macht sie mit einer Leidenschaft und einer Professionalität, die ich von ganzem Herzen bewundere.

Dank auch meinem Mann, Stefano, dem Licht in meinem Leben.

Mama, meine lieben Großeltern, Tanten und Onkel, Chiara und Francesco – ich liebe euch.

Ein tiefer Dank auch an alle Mitglieder meiner angeheirateten Familie für eure Geduld und die Zuneigung, die ihr mir entgegenbringt.

Danke an alle meine Freunde und Kollegen, von denen

ich etwas gestohlen habe, Ihr seid wirklich zu viele, um euch alle zu erwähnen – und jeder von euch weiß, worauf ich hier anspiele.

Natürlich will ich auch meiner lieben und unersetzbaren Agentin Rita Vivian danken sowie den ausländischen Verlagen, die mir die Ehre erwiesen haben, mich zu veröffentlichen.

Ich bedanke mich bei allen Kollegen des Instituts für Rechtsmedizin in Bari, von denen ich Anekdoten hörte, die ich hier nur unzureichend wiedergegeben habe: Bei ihnen klangen sie sehr viel lustiger.

Für die Beratung in Sachen Erbfolge bedanke ich mich bei Amalia Macrì Pellizzeri.

Das Institut für Rechtsmedizin in Messina hat sich jahrelang mit dem Tod durch Gefühlsüberschwang, Stress und Herzversagen beschäftigt, und ich habe aus den einschlägigen, immer noch hochaktuellen Publikationen sehr viel gelernt, wie auch aus allen weiteren wissenschaftlichen Veröffentlichungen, die ich für die Romanhandlung eingesehen habe. Eine von ihnen ist mit dem Originaltitel zitiert, und mein Dank geht an das Institut für Rechtsmedizin in Foggia.

Für Fehler übernehme ich allein die Verantwortung und lege Wert auf die Feststellung, dass das ethisch nicht immer einwandfreie Verhalten von Alice nur dazu dient, die Geschichte unterhaltsamer zu machen.

Auch den Künstlern, deren Musik ich beim Schreiben dieses Romans gehört habe und aus deren Stücken ich zitiere, möchte ich danken: den unersetzlichen Coldplay, Led Zeppelin, Fabrizio de André, CCCP, Franco Battiato, Franz Ferdinand, Smith, Smashing Pumpkins, Johnny Cash, Morgan, Daniele Silvestri und Francesco de Gregori.

Ein Dank an alle, die auf ihre Weise beim Entstehen dieses Buches mitgeholfen haben: den Buchhändlern, Bloggern, Journalisten und allen in Herstellung und Marketing, ohne die kein Buch auf den Markt kommt.

Mein Dank geht nicht zuletzt auch an alle, die mir geschrieben haben (auf Facebook oder via Mail oder direkt an den Verlag Longanesi) und mir ihre Gedanken zu dem Roman *Mit Skalpell und Lippenstift* mitgeteilt haben oder ihre Begeisterung. Ihr könnt euch nicht vorstellen, wie wichtig ihr für mich unbekannte und unsichere Autorin wart. Mein aufrichtiger Dank für eure Worte, über die ich mich immer gefreut habe. Schreibt mir wieder, bitte.

A. G.

2. Januar 2011